八旗王汪

努哈不赤

新星出版社
NEW STAR PRESS

胡长青 著

图书在版编目（CIP）数据

八旗汗王·努尔哈赤/胡长青著．—北京：新星出版社，2008.10
ISBN 978 – 7 – 80225 – 546 – 3

Ⅰ．八… Ⅱ．胡… Ⅲ．历史小说 – 中国 – 当代 Ⅳ．I247.5

中国版本图书馆 CIP 数据核字（2008）第 123044 号

八旗汗王·努尔哈赤

胡长青 著

责 任 编 辑：王　津
责 任 印 制：韦　舰
装 帧 设 计：视觉共振

出 版 发 行：新星出版社
出 版 人：谢　刚
社　　　　址：北京市东城区金宝街 67 号隆基大厦　　100005
网　　　　址：www. newstarpress. com
电　　　　话：010-65270477
传　　　　真：010-65270449
法 律 顾 问：北京建元律师事务所

读 者 服 务：010-65267400 service@ newstarpress. com
邮 购 地 址：北京市东城区金宝街 67 号隆基大厦　　100005

印　　　　刷：山东新华印刷厂临沂厂
开　　　　本：700 ×1000　1/16
印　　　　张：18.75
字　　　　数：240 千字
版　　　　次：2008 年 10 月第一版　2008 年 10 月第一次印刷
书　　　　号：ISBN 978 – 7 – 80225 – 546 – 3
定　　　　价：28.00 元

目录

引子 · 屠城

1……一阵马蹄声急急而来，来人高喊道："大帅，且慢攻城——"他听声音极是耳熟，睁眼看时，一个须发苍苍的老者与一个精壮的中年汉子飞马赶到，二人下马，那老者施了最为尊贵的抱见礼道："建州左卫都督觉昌安拜见大帅。"

一 · 闯府

9……二人缠绵，正在情浓之时，不提防床后跳出一个凶神恶煞般的大汉，吃惊之下，李成梁身手甚是敏捷，仰身向后一倒，想要躲过剑刺，梨花却惊羞交加，娇呼一声，双手掩胸往李成梁怀里躲藏，恰恰挡在了李成梁身前。努尔哈赤没想到二人突然之间移形换位，眼睁睁宝剑便要刺到梨花的前胸，梨花惊叫着闭了双眼，努尔哈赤陡然看到她眼角闪着泪水，在烛光映照之下分外晶莹。

二 · 劫杀

25……一顶小轿如飞而来，到了巨树跟前停下，轿中出来一个高大的中年汉子，虽是一身的儒服，手中摇着一把乌木折扇，但却凛凛生威。伐树的几个大汉见了，急忙上前躬身施礼，神色极是敬畏。这几个樵夫难道是儒服汉子的家奴？努尔哈赤正觉诧异，儒服汉子冷笑道："努尔哈赤，皇上赐的御酒、宫膳好吃么？"

三、识奸

41……"是谁这么狠心？何必这么大动肝火，小心伤了和气！"一个阴恻恻的声音从屋里传来，一个高瘦的蒙面人持刀拉着一个披头散发的女人出来，努尔哈赤大惊，那女人赫然就是佟春秀，身穿宽松的睡袍，被蒙面人挟了脖颈推操出来。

四·报怨

57……两个妇人嘴里起了节拍，一起跳起莽势舞来。一会儿将一只袖子覆在额头，另一只袖子挽到背后，两脚变换着地，盘旋数圈，宽袖和裤管随身飘摇，露出一段雪白的胳膊和粉嫩的足踝，诺米纳、奈喀达看得发呆，开怀畅饮。莽势舞极是繁复，有九折十八势之多，起式、拍水、穿针、吉祥步、单奔马、双奔马、怪蟒出洞、大小盘龙、大圆场，妇人使出浑身手段，舞得千娇百媚，二人看得心旌摇荡，如醉如痴。

五·大捷

73……布寨正在砍杀，一颗大木顺坡滚落下来，他急忙一提缰绳，躲闪过了，但那根大木砸在一块巨石上，一下子又高高弹起，撞到坐下战马的后腿上，那马一声悲嘶，登时摔倒，将布寨甩落在山坡上。布寨痛哼一声，正要挣扎起来，不料建州武士吴谈从马上猛扑下来，正好骑在他身上，一刀砍下，布寨的人头滚出多远。他大呼道："布寨给我杀了，布寨给我杀了！"

六·悔婚

89……布占泰这才惊醒过来，迟缓地转过身来，一边往外走，一边摇头，口中喃喃自语道："不……东哥怎么变了模样？不会……不会……她不是东哥……"努尔哈赤目光如电，看着大惊失色的妻子，喝道："回来！你说什么？"众人暗自吃惊，布占泰吓得两腿一软，几乎坐在地上，额实泰伸手将他扶住，他感激地看了妻子一眼，声音颤抖地说："贝勒，我不是……是信口乱说，只是……只是觉得奇怪，天底下怎么会有两个东哥？"

七·香殒

105……努尔哈赤还要再问，就听孟古大叫道："你……你什么人？离我远点！"似是极为惊恐，急忙跨进屋内，见她在炕上摇晃着身子，两眼却依然闭着，像是做了什么噩梦。努尔哈赤抱住她的身子，失声喊道："孟古，孟古！我回来了！"连叫了两三遍，孟古呻吟两声，悚然而醒，颤缩了一下，费力地微睁开两眼，声气低弱得犹如耳语："贝勒爷，你……可回来了。若再迟一步，就见不到了。"

八·割袍

123……"有刺客！"努尔哈赤一惊，变故仓猝不及思虑，他狠力一夹马腹，白龙马向前猛冲。树上的刺客见一击不中，急忙抽箭再射，不想努尔哈赤的坐骑神骏异常，骨挺筋健，奔驰若风，四蹄翻飞，早已跑出了半箭之地，又有树林遮掩，射出的羽箭掉在他身后。努尔哈赤驰出林子，与颜布禄等人会聚，向林中查探，林中已没了刺客的人影，射落在地的羽箭也没了踪迹。

九·抢妻

141……她用蔷薇露细细洗过头发，又将周身洗搓干净，起来喊侍浴的丫鬟送过澡巾来。红木托盘上整齐地叠放着雪白的澡巾，轻轻地放在了池边，她抬眼一看，见褚英不知何时进来，正色迷迷地靠在池上，看着水中自己赤裸的身体，惊得娇呼一声，将澡巾挡在胸前，脸上一热，垂头问道："怎么……是你？"褚英哈哈一笑，说道："美人出浴，是何等的眼福，我怎舍得离开？"

十·杀子

157……努尔哈赤一脚踢翻了褚英，目光阴森得吓人，褚英福晋歪倒在地，晕了过去。龚正陆被五花大绑着押进屋来，皇太极用力一推，他向前冲了几步，摔倒在褚英身旁，二人对视了一眼，褚英登时脸色惨白。努尔哈赤踱步上前，叱问道："你还有什么话说？"此时，几个兵卒将法坛、大伞、令牌、法器、朱砂、印符、桃木人、蒲团、钢针等物搬运进来。

十一·夺城

177……努尔哈赤蓦然回头问道："怎么个夺法？""汗王可先派人扮作赶赴马市的商贩，分成数伙，驱赶马匹，暗藏兵刃，混入城内。入夜之后，大军偷偷潜到城下，发炮为号，里应外合，内外夹攻，李永芳必无防备，抚顺唾手可得。"努尔哈赤大喜，快步上前，一拍他的臂膊，笑道："真是后生可畏！"

十二·称王

193……"你……你罪不可恕！"努尔哈赤大叫两声，骂道，"你这禽兽不如的东西！东哥是被你害的，你却诬赖别人！来人，快！快，给我把他拉出去勒死！"布扬古咬牙道："其实你心里时刻没忘记东哥，破得了我叶赫二城，算得什么英雄！东哥已远嫁蒙古，你这辈子再也娶不到她了。哼哼，我叶赫那拉一族就是只剩下一个女人，也要灭你建州。"他目光怨毒，面目竟有些狰狞。

十三·激战

211……他看看阴霾的天空，又向台下扫了一眼，脸上隐隐透出一股杀气，声色俱厉地喝道："白云龙！抚顺一战，死了多少军卒？"抚顺游击白云龙出列，躬身叉手答道："一万有余。""你怎么却活着？""……"白云龙两腿战栗，软身跪下，面如死灰。杨镐森然道："你贪生怕死，临阵脱逃，还有什么话说！左右，与我绑了！"上来几个武士将白云龙剥去盔甲，五花大绑，推下台去。白云龙没命地喊道："大帅！努尔哈赤兵马势大，哪里挡得住？求大帅恩典，求大帅恩典呐！"

十四·鏖兵

227……贾朝辅仰脸大笑，说道："熊经略果然见识不凡，只几句话就将我问出了破绽，佩服佩服！"右手一扬，两点寒星径向熊廷弼面门飞来，身子向外高高纵起，熊廷弼大喝一声，将桌子踢翻，挡在身前。两声痛呼，却见酒馆掌柜和店小二倒地翻滚，熊廷弼大惊，只此一缓，眼见贾朝辅两个起落，飞身上了驴子，疾驰而去。

十五·废储

243……阿巴亥身子一颤，胳膊有如雷击，登时麻热起来，略挣了几下，竟未挣脱，仰头看着代善。代善见她漆黑的眉毛微微蹙起，双眼含嗔，似怒似喜，满面晕红，不知是酒色还是羞怯，两个酒窝时隐时现，一双柔弱无骨的小手簌簌抖动，身子摇摇欲坠，代善向前伸手揽住，阿巴亥嘤咛一声，酥倒入他怀中，酒壶落在桌上，滚落在地，摔得粉碎……

十六·中炮

261……一声巨响，炮弹落在黄龙幕帐不远处，幕帐登时腾起了一团火焰，努尔哈赤顿觉后背给人猛击了一下，火灼一般疼痛，那马也受了惊吓，竟人立而起，他猝不及防，被掀落在地。金国兵将见大汗落马，无不惊惶，四面八方围了过来。

尾声·归天

279……阿巴亥扶他慢慢坐起身来，努尔哈赤道："给朕装上一袋烟。"阿巴亥听他想抽烟，以为病情有了转机，忙将烟袋递上，打火点燃。努尔哈赤吸了一小口，却猛烈地咳嗽起来，突然两眼圆睁，张嘴吐出一口鲜血。阿巴亥吓得呆了，赶忙将他揽在怀里，擦干净嘴角的血迹，忽觉他身上一阵冰凉，冷汗直流，气若游丝……

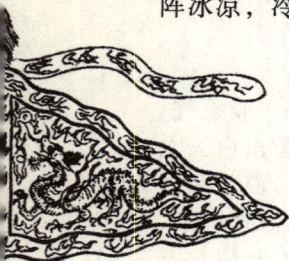

主要人物表

努尔哈赤 ◎ 又作努尔哈齐。庙号清太祖，姓爱新觉罗氏。世袭建州卫左都督，后受明朝敕封，为建州都指挥使、龙虎将军，建国号金，称覆育列国英明汗，年号天命，后被尊为太祖承天广运圣德神功肇纪立极仁孝睿武端毅钦安弘文定业高皇帝。享年六十八岁。

佟春秀 ◎ 努尔哈赤原配福晋。生子：褚英、代善，女：东果。

衮代 ◎ 努尔哈赤大福晋，姓富察氏。生子：莽古尔泰、德格类，女：莽古济。

孟古 ◎ 努尔哈赤大福晋，姓那拉氏。美艳娴静，人称孟古姐姐。生子：皇太极。

阿巴亥 ◎ 努尔哈赤大福晋，姓那拉氏。世誉满蒙第二美女。生子：阿济格、多尔衮、多铎。

东哥 ◎ 姓那拉氏，孟古堂侄女。世誉满蒙第一美女，为报父仇，居家至三十三岁，人称叶赫老女。

舒尔哈齐 ◎ 努尔哈赤同胞二弟，曾与努尔哈赤齐名，后因争夺权位，被努尔哈赤处死。

褚英 ◎ 努尔哈赤长子，封广略贝勒，赐号洪巴图鲁，立为太子，后因叛逆被处死，年三十六岁。

代善◎努尔哈赤次子，赐号古英巴图鲁，正红旗、镶红旗旗主，立为太子，后遭废黜。皇太极继位后，封礼烈亲王。

莽古尔泰◎努尔哈赤第五子，正蓝旗旗主，四大贝勒之三。

皇太极◎努尔哈赤第八子。庙号清太宗。建国号大清，年号崇德。四大贝勒之末，正白旗旗主。子清世宗福临为大清入关第一位皇帝。

阿敏◎舒尔哈齐次子，镶蓝旗旗主，四大贝勒之二。

额亦都◎开国五大功臣之一，官至议政大臣。

费英东◎开国五大功臣之一，官至议政大臣。

何合礼◎开国五大功臣之一，官至议政大臣。娶东果而为额驸。

扈尔汉◎开国五大功臣之一，官至议政大臣。

安费扬古◎开国五大功臣之一，官至议政大臣。

张一化◎北直隶大名府举人。后流落辽东，因为努尔哈赤讲授《三国演义》及历朝兴衰故事，是建州第一个军师。

龚正陆◎一作龚正六。浙江会稽人，本为贩马商人，因通文墨，为努尔哈赤执掌文书，并教其子弟，被称龚师傅而不名。

范文程◎明·诸生，后金智囊。字宪斗，号辉岳，辽宁沈阳人。归顺后金，极被尊重，称范章京而不名。

李永芳◎明·抚顺游击，辽东铁岭卫人。后归顺后金，娶努尔哈赤孙女而为额驸。

李成梁◎明·辽东总兵。字汝契，辽宁铁岭卫人。驻守辽东三十多年，以军功第一，加太子太保，封宁远伯，生子九人，人称李家九虎。

杨镐◎明·辽东经略。字汝京、京甫，号凤筠。河南商丘人。万历八年进士。率十一万大军讨伐后金，在萨尔浒惨败，下狱。后被杀。

熊廷弼◎江夏四贤之一。字飞白，号芝冈。湖北江夏人。万历二十六年进士，代杨镐经略辽东，与辽东巡抚王化贞不和，广宁兵败遭冤杀，传首九边。遗骸多年不得归葬故里。史称明末三雄。

袁应泰◎字大来，陕西凤翔人。万历二十三年进士。代熊廷弼经略辽东，辽阳失陷，自缢殉国。

袁崇焕◎明·辽东巡抚。字元素，号自如，广东东莞人。万历四十七年进士。守宁远而获大捷，清·太祖中炮受伤，气病而死。又与皇太极大战宁锦，再获大捷。崇祯时，以兵部尚书兼右副都御史，督师蓟辽。后被冤杀，凌迟而死。

龙敦◎努尔哈赤堂叔。

尼堪外兰◎努尔哈赤仇敌，图伦城主，努尔哈赤祖父、父亲受他陷害而死。

引子·屠城

　　一阵马蹄声急急而来，来人高喊道："大帅，且慢攻城……"他听声音极是耳熟，睁眼看时，一个须发苍苍的老者与一个精壮的中年汉子飞马赶到，二人下马，那老者施了最为尊贵的抱见礼道："建州左卫都督觉昌安拜见大帅。"

万历十一年春二月，天气阴霾，北风呼啸，霰雪飘飞。

关外一望无际的沃野，笼罩在无边的风雪之中。古勒城环山绕水，拔地而起，城北峰峦起伏，地势险要，上面积满了厚厚的冰雪。又深又急的苏子河波浪滚滚，蜿蜒流过城南，虽仍结冰封河，但冬季河水干涸，河岸变得异常陡峭，城里的守兵又在岸上泼水而冻成一道冰墙，攀爬颇为不易。东西两面有重兵把守，城高沟深，易守难攻。

关外人家逢到如此风雪的天气，都团团围坐在火炕上吃酒玩耍。此时的古勒城西却来了大队的明军，突近城墙，架云梯攻打。城上箭如雨发，军卒一次次冲到城下，又一次次给乱箭射回。明军中央的大纛旗下，一匹大青马上，一员大将身着二品总兵补服，冒着风雪，气定神闲地看着军卒攻杀，运筹帷幄，极是轻松自在，仿佛登临山水的书生文士，笑看云卷云舒，花白的胡须随风飘散，手中令旗时缓时急，不住挥动，无奈城上弓箭太急太密，明军急切之间难以靠近。不一会儿，一个都司气喘吁吁地跑来禀道："大帅，城中的弓箭实在厉害，是不是换个法子再攻？"

"嗯？换个法子？难道本镇指挥有误，要你来饶舌多嘴？"总兵眼中精光一闪，露出无限杀机，抬头看看日头已经偏西，冷哼道："你跟随我在辽东征战多年了，本镇的脾气你也知道，将令既出，断无收回之理！天色将晚，若不能拿下城寨，跑了古勒城主阿台，哼！你知道本镇怎么处置你。"

那都司吓得脑袋一缩，慌忙说道："标下该死！就是拼了这条命不要，天黑前也要给大帅拿下古勒城。"说着将上身的铠甲扒了，露出紫糖色的臂膊，持刀大呼道："弟兄们，大帅有令，破了城寨，里面的金银财宝、女人牛羊见者有份，随我杀呀！"明军潮水般涌向城门。

箭如飞蝗，没了铠甲的遮护，都司顷刻间连中三箭，兀自挥刀猛冲，不料腿上又中一箭，终于趔趄摔倒。他给两个军卒抬到总兵面前，挣扎着匍匐在地，满脸羞愧道："大帅，标下无能，坠了您老人家的威名。"

那总兵却未发怒责骂，反而温声宽慰道："起来吧！亏你追随本镇这么多年，竟蠢得有如三国时的许褚，知道他们的弓箭厉害，怎么竟脱了铠甲，那不是有意给人家做活靶子么！"

都司拄着刀柄摇晃站起身来，尴尬憨笑道："标下一时情急，若攻不下区区一个小城寨，岂不是枉费大帅多年的栽培！"

总兵大笑道："我李成梁纵横辽东四十年，师出必捷，威震绝域，拓疆七百里，若都像你这般蛮干硬拼，不知死过多少回了。强攻不成，便要智取。尼堪外兰呢，将这个王八羔子揪过来！"

一个獐头鼠目的中年汉子惶恐地快步跑来，神色极为恭敬，见李成梁目光咄咄逼人，不敢直视，两眼闪闪躲躲，游移不定，赔笑道："不必劳驾了，奴才在这儿！大帅有什么事情只管吩咐？"此人便是女真图伦城主尼堪外兰，也是此次围剿古勒城的向导，多日之前，他已暗派得力手下混入城中，以为内应。

"你这兔崽子！诳本镇说有人做什么内应，攻克古勒城不费吹灰之力。你胆子不小，竟敢欺蒙本镇。"李成梁喝道："给我绑了！"

两个亲兵过来将尼堪外兰绑翻在地。尼堪外兰大惊，哭道："大帅，就是借给奴才几个胆子，奴才也不敢欺蒙大帅呀！"

"哼！你卧底的人呢？怎么还乌龟似的缩着脖子不动？非要等着拿下城寨才露面邀功么？"

"大帅，也许是那几个人行事不够机密，给阿台那乱贼察觉了，如此那几个人无异羊入虎口，断无生理了。"

李成梁冷笑道："此次攻打古勒城，本镇已上奏朝廷，若无功而返，朝廷的脸面何在？本镇如何向皇上交代？看来只好以你的人头向朝廷谢罪了。"他狞笑着一拉腰中的宝剑，剑如龙吟。

尼堪外兰吓得跪倒，以头触地，哀告道："大帅，念奴才急于求功，也是出于一片忠心，暂且开恩将这次记下，容奴才他日将功赎罪。"

"你等得，本镇等不得！本镇已年过花甲，还有几年建功立业、封妻荫子的日子？再说女真建州三卫各部均被本镇剿灭殆尽，阿台手下不过两千人马，栖身在这弹丸之地，今日正可一鼓作气破城擒贼，岂有白白坐失良机之理？"

尼堪外兰回头看看不远处自己那一千多个部下，登时心如死灰，安心做一城之主，天高皇帝远，日子多么快活逍遥，何苦昧于名利，妄想依靠明人，统一建州三卫，岂非自找麻烦，身惹是非？再多的牛羊马匹人口，也是身外之物，哪里有性命要紧？今日犯在李成梁手里，此人嗜杀成性，心狠手辣，怕是脱不过了。正在闭目暗悔，一阵马蹄声急急而来，来人高喊道："大帅，且慢攻城——"他听声音极是耳熟，睁眼看时，一个须发苍苍的老者与一个精壮的中年汉子飞马赶到，二人下马，那老者朝李成梁施了最为尊贵的抱见礼道："建州左卫都督觉昌安拜见大帅。"

"觉昌安，你们父子二人来古勒城做什么？"李成梁一怔，并不还礼，扫视了二人一眼，神情似是不快。

觉昌安知道李成梁是杀人不眨眼的魔王，小心应对，不敢有丝毫闪失，赔笑打躬道："听说大帅要攻打古勒城，奴才与儿子塔克世急急赶来接回小孙女。"

塔克世见李成梁面露狐疑之色，接话解说道："阿台的妻子是奴才大哥礼敦的女儿，奴才的阿玛担忧城破伤及性命，赶来接她回家，幸好城寨还没有攻破，不然侄女不知死活，阿玛不免要伤心了。"

李成梁与觉昌安多年前就已相识，知道他的底细。觉昌安世代住在赫图阿拉城，自六世祖猛哥帖木儿给永乐皇帝敕封为建州卫指挥使，传到觉昌安已有四代，觉昌安生有五子，长子礼敦、次子额尔衮、三子界堪、四子塔克世、五子塔察篇古。觉昌安年纪大了以后，上书朝廷将建州左卫都督一职转封给四子塔克世，颐养天年，不再过问政事。李成梁见觉昌安如此老迈的年纪，竟还惦记着一个远嫁出门的孙女，他心里暗自感慨，舐犊情深，凡人概莫能外呀！随即诡秘一笑，问道："觉昌安，如今古勒城被困，你如何接出孙女？"

觉昌安抱拳道："请大帅让一条生路，老奴进城接她出来。"

"念我们多年的交情，本镇倒可放你入城，可阿台肯为你打开城门么？"

不等觉昌安答话，一旁的尼堪外兰大叫道："大帅，不止阿台的妻子是塔克世的侄女，阿台的姐姐还是他的妻子，他们是极为相好的亲戚，进城自然不难。就是劝说阿台开门归降，也费不了几句话的。"他心头一动，猜到李成梁想诱开城门，只要古勒城破，擒住了阿台，李成梁怒气必消，自己便不必再做替罪羊了。想到此处，仿佛垂死的人抓住了救命的稻草一般，轻易不愿放手，甚至不惜以邻为壑。

李成梁心下颇觉愕然，如此阿台、塔克世二人如何称呼？这些蛮夷当真不曾开化，哪里有半点中原的礼教！他心中早有打算，自然不会听从尼堪外兰的撺掇，但他城府极深，不让人窥出一丝的心机，微笑着顺势问塔克世道："你可愿意进城劝他们来降？"

"这个、这个……"塔克世踌躇地看一眼父亲。觉昌安向来是个十分谨慎的人，不曾有这样的打算，事出突然，不容细想，又畏惧李成梁的威势，点头道："老奴愿意效劳，但有一事请大帅应允。"

"讲!"李成梁平日骄横惯了,无人敢在他面前打什么折扣,他见觉昌安答应得不十分痛快,心里便多了几分不悦。

觉昌安自幼年起便在辽东安居,一直周旋在明朝官军与建州女真各部之间,察言观色的功夫练就得炉火纯青,李成梁杀人如麻,建州女真妇孺皆知,八年前他第一次血洗古勒城,玉石俱焚,血流成河,吓得人人心惊肉跳,此刻见他眉毛一挑一耸,登时加了小心,求他放过孙女婿阿台的话不敢胡乱说出,干咳两声,遮掩道:"老奴求大帅不要惩罚那小孙女,阿台作乱,她并不知情。"

"好!一言为定。"

女真礼俗,入城拜见不能带兵刃,以示绝无敌意。塔克世锁着眉头,将腰刀解下,觉昌安觉察他有些为难,伸手一拦道:"带在身上无妨,怎么说与阿台也属至亲,劝他归顺也没恶意。你既担心,我与你一起进城。"

二人到了城前,守门的军卒见城主的岳父到了,明军离得又远,一面飞报阿台,一面小心打开城门,二人催马要进,后面却传来一声呐喊,无数明军一拥而上,随后杀来。觉昌安大惊,如何也想不到李成梁会趁此机会攻抢城门,慌忙打马向城中飞奔,堪堪离城门还有一箭之地,城头有人大喝道:"快快关门放箭!"觉昌安、塔克世抬头看时,见阿台横眉立目站在城头,大骂道:"觉昌安呀觉昌安,好你个反复无常的小人!当年你们父子引着明军攻打古勒城,杀我阿玛,我念在多年至亲份儿上,不与你们计较,没想到养虎遗患,这次又来害我,岂能再饶你?放箭射他!"

觉昌安父子急忙掉转马头回来,不料双方箭发如雨,腹背受敌,好在二人马术精奇,急忙蹬里藏身,躲在马腹下面。哪知一支火箭从背后飞来,深深插入觉昌安肩头,顷刻之间,引燃了须发、衣裳,觉昌安大叫一声,跌落马下。塔克世死死拉住马缰,俯身去救,却给城上的乱箭射得犹如刺猬,登时毙命。觉昌安满身着火,痛得在地上乱滚,可是箭上涂了油脂,噼噼剥剥,烧溅起来,不易扑灭,片刻之间,活活烧成了一具焦尸。

才开的城门瞬间关闭,冲到城下的军卒也给乱箭射回。李成梁见计谋不成，面色冷峻，刚刚松绑的尼堪外兰害怕迁怒自己，朝城上大喊道："城里的弟兄们，天朝大军既然来了，自然不会轻易撤兵。你们困死城中，不如归顺朝廷。大帅有令，谁杀了阿台，就叫他做古勒城的城主！"

阿台骂道："尼堪外兰，你这女真的败类！觉昌安父子待你不薄，你却勾结明军，将他们害死，别忘了塔克世还有三个儿子，他的大儿子努尔哈赤勇武过人，会放过你么？"

尼堪外兰嘲笑道："阿台，你死到临头了，还是这么嘴硬，想想自家怎么逃过这一劫吧！我有大帅做靠山，就不用你担忧费心了。"他一边与阿台斗嘴，一边偷扯弓箭射去，阿台听得弓弦响，急忙闪身，饶是躲闪得快，那箭堪堪擦着耳边飞过。阿台惊出一身冷汗，正要命人射他，背后几个军卒一拥向前，为首的那个一刀将他的头颅砍下，大叫道："弟兄们，我们不过这担惊受怕的日子了！分了阿台的财宝女人，归顺大帅。"

城门洞开，为首的军卒双手捧着阿台的首级，其他军卒紧随其后，一齐迎接出来。李成梁仰天大笑，随即令旗一挥，喝令道："给我杀，一个不留！"城外的明军蜂拥而上，霎时无数的刀光剑影闪动，鲜血溅洒，将空中的飞花和地上的积雪染得殷红……

古勒城被劫掠一空。尼堪外兰目送着李成梁率兵乘风雪返回抚顺，默默地集合起手下部众，缓缓返回图伦城。立马雪野，回望古勒城，一片瓦砾，满目焦土，渐渐隐没在交夹的风雪中，心里不胜黯然，涌出无尽的酸楚。行不到半路，后面响起急骤的马蹄声，马上人大呼道："站住！尼堪外兰，我有话说。"

尼堪外兰勒住缰绳，见一匹健马挟着冰雪，旋风般地飞奔而来。一个身形高大魁梧的汉子拉住马头，挡在面前，厉声喝问："我爷爷和阿玛哪里去了？"

尼堪外兰一肚子的火气憋了半日，正无处发作，见来人劈面责问，怒道："努尔哈赤，你好生无礼！我怎么也是你的长辈，竟如此说话！"

"你也配做长辈！勾结明军，屠杀我女真，若不是你卖友求荣，古勒

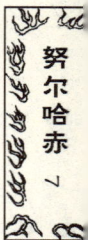

城怎么会给明军杀得片甲不留？"努尔哈赤紧握剑柄，怒目而视。

尼堪外兰冷笑一声，呼着他的小名道："小罕子，你还有心思为古勒城抱什么不平呢！还是想想怎样替你爷爷、阿玛收尸吧！放着正经事不做，竟有闲工夫教训别人，真是奇怪之极！"

"你说什么？我爷爷、阿玛怎么了？"

"你这辈子是再见不到他们了。"

"他们到底在哪里？"努尔哈赤惊恐无状。

"古勒城一战，他们死在了明朝的乱军之中。"

努尔哈赤悲痛欲绝，急声问道："可是给李成梁杀的？"

"除了宁远伯、征虏将军李大帅，辽东哪个能有这本事？"

"啊——我们爱新觉罗一家与他并没有不共戴天的大仇，他怎么竟下如此辣手，如此狠毒？"努尔哈赤捶胸号啕，在马上恍惚摇晃数下，咬牙问道："那、那我爷爷、阿玛的尸首埋在哪里？"

"哼！我看你是伤心昏了头，这冰天雪地的，哪个愿意费那些牛马力气，挖坑掩埋死人？多半是带回了抚顺，你赶紧预备银子去赎吧！他们断不会少要的。"

努尔哈赤望着尼堪外兰领着部众淹没在风雪之中，仰天长啸："爷爷、阿玛，你们在哪——"

四周寂寂，只有狂风卷起的漫天飞雪迎头撒落……

注：汉语中的爷爷，满语称萨格答玛法；满语中的爷爷，是汉语中外祖父的称谓。为阅读方便，故借用汉语称谓。

一·闯 府

　　二人缠绵，正在情浓之时，不提防
床后跳出一个凶神恶煞般的大汉，吃惊
之下，李成梁身手甚是敏捷，仰身向后
一倒，想要躲过刀刺，梨花却惊羞交
加，娇呼一声，双手掩胸往李成梁怀里
躲藏，恰恰挡在了李成梁身前。努尔哈
赤没想到二人突然之间移形换位，眼睁
睁腰刀便要刺到梨花的前胸，梨花惊叫
着闭了双眼，努尔哈赤陡然看到她眼角
闪着泪水，在烛光映照之下分外晶莹。

努尔哈赤回到家中，将消息禀告了四个伯叔，四人脸上尽皆失色，礼敦叹气道："你爷爷当真老糊涂了，任凭我当时怎么劝也劝不住，非要去古勒城，还白白搭上了你阿玛一条命。唉！你说要报仇，谈何容易？对手可不是一般的山贼草寇，李成梁在辽东经营三十多年，杀人无数，你见谁讨个公道回来？他手里雄兵上万，又是朝廷的命官，他那九个儿子，人称李家九虎，辽东一带人人闻名，胳膊扭不过大腿，咱能把他怎么样？"

"难道就没人主持公道？"

礼敦颇为世故地摇头道："你这孩子怎的任性！如今李成梁雄霸一方，明朝皇帝正要倚重他，就是告到蓟辽总督张国彦、辽东巡抚顾养谦那里，他们也动不得李成梁，能有什么用！再说他们汉人官官相护，岂会因一个无名小子，坏了官场的义气？"

"爷爷和阿玛总不能这么白白地死了吧！"努尔哈赤欲哭无泪，心里无限愤懑，红肿的两眼看着伯叔们。

额尔衮低头说："大哥说得有理，不能意气用事，还是想办法筹集些银子，换回阿玛与四弟的尸体，找个风水吉地安葬为上。小罕子，我们惹不起汉人，千万不要再生出什么是非了。"

努尔哈赤见他们只想忍让，知道商议下去也没有其他办法，无奈地说："我那儿有些松子、人参、木耳，还有十几张兽皮，值不了几两银子，不知道他们要多少？"

礼敦满面忧色道："多带些总没坏处。不知李成梁在抚顺待几天，事不宜迟，等他回了广宁就要多跑路了，来回奔波，耽误工夫倒没什么，可尸首若是发臭了，岂不给人耻笑！"

"好在初春，天气尚寒，不然真叫人痛断了肠子。"努尔哈赤想到爷爷和阿玛的尸首给人随意搬动，或许夜里暴露在外，无人照料，眼圈一红，忍不住落下泪来。

礼敦看他一眼，说道："小罕子，你身为建州左卫都督的长子，此事当仁不让，及早赶去抚顺，免得迟了，悔恨莫及。"带头捐了一百两银子，其他几人见了也各自捐了，一起交给努尔哈赤。努尔哈赤知道众人给李成梁吓破了胆，不敢去抚顺，只得默默将银子收了，孑然一人转回到家里。此时，夜已深了，女儿东果、儿子褚英早已睡熟，怀孕的妻子佟春秀在灯下坐等。刚刚搬回来不久，屋子还是簇新的。看着腰身日渐粗重的佟春秀，努尔哈赤想起八年漂泊在外的凄苦，扑簌簌地滴下眼泪来。

努尔哈赤的额娘是塔克世的大福晋喜塔喇氏，生了三个儿子，努尔哈赤是长子，下面还有两个弟弟——舒尔哈齐、雅尔哈齐。努尔哈赤八岁那年，喜塔喇氏撒手人寰，撇下三个年幼的孩子。继母那拉氏年轻貌美，却心毒如蝎，扬言要将兄弟三人赶出家门，幸亏觉昌安执意阻拦，塔克世心里也惦记着建州左卫都督的位子，不敢做得过分出格儿，没有顺从妻子的心思往外硬赶。那拉氏见硬赶不成，就变了法子，动辄打骂，不给饭吃，想方设法逼三人自行离开。努尔哈赤见这样忍饥挨饿也不是办法，依仗身体强健，进山挖参打猎，往抚顺、宽甸、清河等地换回银钱，勉强度日。如此，又过了九年，塔克世做了都督，那拉氏的儿子巴雅喇也已六岁，再也容不得三人。觉昌安怕日子久了，那拉氏为了亲生儿子巴雅喇继承建州左卫都督之位，对三个孙子下毒手，见他们年纪长大了，就偷偷给了些银子，命孙子们离家谋生。兄弟三人抱头大哭一场，各奔东西。这一年，努尔哈赤十七岁。

努尔哈赤一路向南，流浪到抚顺城。抚顺城三面环山，一面临河，乃是女真与汉人互市贸易的大邑，商贾辐辏，买卖兴隆。成群结队的女真人驮着人参、松子、木耳、蜂蜜、蘑菇、兽皮等山货，来抚顺换取银钱，买回兵器、布匹……努尔哈赤从未见过这么高大城垣，也没见过这么大的集市，便在城里找了一户人家做工。这家的主人是个六十多岁的老汉，名唤佟千顺，为人和善，是个忠厚的长者，颇有家资，只是门下人丁极为单薄，生了一个儿子、五个女儿。五个女儿早已出嫁，儿子三十多岁得病死了，儿媳妇只养下一个女儿春秀。春秀长得十分标致，性情也温婉，对祖父母、母亲极是孝顺。佟千顺与媳妇商量给她招个上门女婿，也好养老送终。他见努尔哈赤虽是天涯浪子，并非汉人，但身形魁伟，仪表非凡，就将孙女许了他。婚后一年，佟千顺病故，努尔哈赤成了佟家的主人，自立门户。佟家家底殷实，佟春秀精明干练，极善持家，努尔哈赤衣食无忧，每日或寻师练武，或到书场听说书人讲《三国演义》，结识了几个要好的兄弟，过得快活自在。

五年以后，塔克世因小儿子巴雅喇资质驽钝，纨绔不肖，越大越不成器，想起三个流浪在外的儿子，派人找回了三兄弟，并有意将都督之位传与努尔哈赤。多年分别，一朝欢聚，父子相处却也和睦，谁知不出两月，觉昌安、塔克世双双惨死古勒城。

佟春秀见努尔哈赤悲伤不已，知道丈夫性情有些执拗，难以劝阻，陪他落了一会儿眼泪。等努尔哈赤心绪平静下来，径自将他的手拉到微微隆起的肚子上，轻声问道："今儿个这小东西一直在里面折腾，你回来时，才好了一些。你说会是儿子还是女儿？你愿意要什么？"

"儿女都好。是儿子将来跟我打猎护家，是女儿帮你说话解闷儿！"努尔哈赤见妻子眉目流盼，带了几分娇羞，想到抚顺之行吉凶难测，万一有什么闪失，不是把她们娘几个撇得好苦？登时想起早早死去的额娘，难道自己孤苦的经历竟要轮回给儿女？一把搂住妻子，又是悲伤又是惭愧，良久几乎难以自制。想到尸骨未寒的爷爷、阿玛，暗恨礼敦等人不肯出力，区区几百两银子怎会看在李成梁眼里？看来只有暗偷或明抢了，但不知道爷爷、阿玛尸身的下落，如何下手？看来只有在李成梁身上打主意了。逼他还！他心底暗吼，咬着牙狠下心肠，勉强堆出一丝笑容，尽量轻声道："明日我要回趟抚顺。"

"清明还早呢！倒不急着祭奠我爷爷和阿玛，家里刚刚出了这么大事，你可要当心身子。"

"我……"努尔哈赤欲言又止，他看到了佟春秀隐忍的泪光，大觉痛惜，不敢说去见李成梁，讨要爷爷、阿玛的尸体，摸摸她的长发，缓声道："你不用担心，我的身子素来强壮，吃得了苦。年少时没了额娘，遭后母驱赶，伤心也惯了。我到抚顺，是想看看我那几个兄弟。"

佟春秀知道丈夫在抚顺有五个几位要好的生死弟兄，结义多年，平日经常往来走动，切磋武艺，一起吃酒欢笑，只是搬回了赫图阿拉，才断了联络，家族突遭如此巨变，他去抚顺与弟兄们见见面，也好散散心，便不阻拦，起身给他预备路上的衣服干粮。

抚顺在赫图阿拉的西北方向，不到二百里的路程。骑马跑了大半日，刚过晌午，努尔哈赤便进了抚顺城。他在抚顺城住了八年，对周围的山川、道路、城垣了如指掌。他进了城内的一家小饭馆，已过了吃饭的时辰，店里没有什么生意，店小二正围着火炉打瞌睡，努尔哈赤讨了一碗热水，吃着自带干粮，不露声色地打问李总兵可还在城里，那小二头也不抬，说客官来得不巧，李大人早回广宁了，只在抚顺逗留了一夜。努尔哈赤听了，心里暗觉失望，道了声谢，上马出城赶往广宁。广宁是关外的重镇，角楼巍峨，城墙高厚，人烟稠密，驻有重兵，屯兵四卫，计有两万两千余兵员。努尔哈赤先找了个客栈住下，到总兵府左右查看。广宁的东门称永安门，总兵府雄踞在永安门内。府门外有条大街，门前影壁高大，黑漆的大门口几个兵卒手持刀枪，更显得宅院深深，门禁森严。努尔哈赤一连看了两天，暗暗记下了总兵府四周的路径。

第三天，定更时分，广宁城大街小巷一片寂静，街上没了行人。广宁地处边塞，素有宵禁的律令，一过初更夜间便不许出行，如有违反便要坐牢囚禁。夜色沉沉，寒风透骨，努尔哈赤携了弓箭、腰刀，悄悄来到总兵府外，见军卒还在门前来回巡弋，便绕到后面，翻墙而入。总兵府华灯初上，借着远近闪烁的烛光，朦朦胧胧可以分辨出府中的路径，眼见楼阁瓦舍处处，李成梁妻妾甚多，不知他今夜歇在哪里，总兵府情形又不甚了了，不敢随意抓个往来的婢女和侍卫逼问，努尔哈赤一时大费踌躇。他暗想："此次夜探总兵府，千万不可有什么闪失，一旦惊动了他们，爷爷和阿玛的尸首怕是难以讨回了。"想到这里，他沉住了气，放轻脚步，在后院仔细查探，找了小半个时辰，不见丝毫端倪，穿过一个阔大的花园，闪入一条回廊，忽听一阵细碎的脚步声响，前院的月亮门里灯光闪动，急忙缩身藏在廊柱后面，不多时，却见一个婢女手提一盏红灯笼过来。努尔哈赤随在她身后，又穿过几个游廊，进了一个跨院，眼前突兀着一座高耸的三层楼阁，小婢女拾级而上，脚步放得极轻。努尔哈赤隐身在楼下阴影之中，向上窥视，楼上红灯高挂，雕梁画栋，极是气派，想必是李成梁的居处。正要直身上楼，却传来那个婢女的问话声，抬眼见她已然到了三层，在楼门外候着，并未进去，只在门外问道："小红，夫人打扮得怎样了？老爷可是在厅上等着呢！"

"你急什么？老爷去了多日，今日才回来，六夫人能不好生装扮装扮？嘻！可是大夫人叫你催的？"话声未落，门外已是多了一个婢女。

"好姐姐，可不能这么说！六夫人是老爷的心肝肉儿，阖府上下谁敢得罪？是妹妹看人都齐全了，怕六夫人去得迟了，有人背后乱嚼舌头，过来看看。"那婢女当真机灵，一番话滴水不漏。

小红却并不领情，挖苦道："难得妹妹有这番心思，姐姐怎么好生受！这看花楼可是人人眼红的地方，那几个夫人巴不得挤进来呢！怎么，你近日跑得这么勤快，不是也惦记上了吧？"说出的话竟比天气还冷。

那婢女听她语含讥讽，心里大觉不快，嘴上却赔笑道："那怎么会！妹子也没那个福气呢，看花楼是什么样的地方？梨花夫人美艳贤淑，姐姐又聪明过人，妹子就是眼红也不敢动那个心思的。"

"小红，怎么又跟人家斗嘴！快帮我将碧玉簪找出来。"阁中的夫人愠怒道，"叫她回去，说我即刻便到。"

小红慌忙进去，问道："可是老爷新近托人从京城磨制的那个？"

"还有哪个？"

小婢女讨得无趣，将楼梯踏得咚咚响，下楼朝前院去了。努尔哈赤蹑足潜身跟在后面，来到前院的花厅，小婢女进里面去了。努尔哈赤绕到厅后，伏身贴壁，捅破花窗，向内窥看。花厅里灯烛辉煌，摆了满满三桌酒席。正中一桌坐着一个年过花甲的老者，自然是总兵李成梁。他一身宝蓝缎员外氅，须发花白，容颜略显憔悴，却也无龙钟之态，双目炯炯有神，身边围坐着几个年纪大小不一的妇人，左面的一桌是九个青壮汉子，右面一桌是十几个花枝招展的年轻妇人。努尔哈赤少年时见过李成梁，虽是远远瞧看，但他模样并未有大变，只是苍老了一些。倒是旁边那九个青壮汉子，不可不多加提防，他们必是人人艳称的李家九虎将：如松、如柏、如桢、如樟、如梅、如梓、如梧、如桂、如楠，都自幼跟随在李成梁左右，练就一身的武艺。李成梁见小婢女回来，问道："梨花夫人可收拾妥了？"

不待小婢女回话，右首的那个老妇人鼻子轻哼了一声，怒道："都是老爷将她宠坏了，一点规矩也没有，她是什么人，还以为是原配夫人么！老爷留着位子给她，大伙儿这么眼巴巴地等她，还吃什么酒席，气都气饱了！难不成要老爷给她送到看花楼里，一口一口地喂不成？"厅内的妇人们一阵窃笑。

李成梁军纪极严，却没什么家规，听大夫人当众絮叨不止，也不以为意，赔笑道："晚饭晚饭，晚些吃也没什么大碍，何必那么着急？"

那大夫人也不是李成梁的原配，他的原配夫人生下九个儿子便死了，临死前做主将身边的陪送丫鬟给他收了房，意在替她看顾尚未成年的儿子，九个儿子感念她多年看顾，待她自然不薄，但她出身终属卑贱，以后李成梁又续娶了五位如夫人，出身姿色都在她之上，岂会将她放在眼里，说话也没多少分量。大夫人倒也知道分寸，见其他几个夫人只是脸上有些不平之色，也不出言帮腔，李成梁更是不愠不怒，登时没有了斗志，将目光收拢到酒席上，看着那盘松仁烧鹿筋那香喷喷的热气渐渐变少。李成梁等得也有些心焦，正要命那小婢女去催，门外一声娇笑："我来晚了，老爷久等——"红灯高挑，环珮叮当，弱柳扶风一般，一个宫装丽人施施然走进大厅，细腰婀娜，笑靥如花，走到李成梁身边，俯身万福道："老爷得胜荣归，怎么说也不该叫大伙儿坐等扫兴的。"努尔哈赤见她果然生得娇美绝伦，难怪惹人怜爱。

梨花夫人款款地坐在李成梁身边，美目流盼，风情万种。李成梁位不过区区一个总兵，算不得什么封疆大吏，可他经营辽东多年，家财万贯，钟鸣鼎食，辽东巡抚常常走马灯似的换来换去，若论积威与财势，反而有所不及。酒宴上珍馐毕陈，金杯玉盏，觥筹交错，笑语喧哗。努尔哈赤看得无趣，不知酒宴何时才散，花厅里他们人多势众，单是李成梁那九个儿子就颇令人忌惮，动起手来，想近李成梁的身都难，遑论其他？若不动手，又不知他今夜歇在何处，偌大院落，夜色漆黑，找寻起来定会大费周章，正在踌躇不决，他见梨花殷勤地伺候他吃喝，大有不容他人插手之势，心念一动：推想李成梁多半会留她陪宿，不如先到看花楼等他。

努尔哈赤到了看花楼下，见四周静悄悄的，贴在墙壁上稳住身形，往楼梯上投个石子，只听噼里啪啦一阵响动，春夜寂静，显得格外清脆。屏气等了一会儿，不见人声，努尔哈赤径直登上三楼，闪身进了梨花的绣阁，见里面红烛高烧，桌几甚为雅洁，不及多看，倏地躲入床帏后面。梨花夫人想必精心布置了绣阁，阁中飘荡着浓浓的脂粉香气，绵软香甜，极是魅人，掩了口鼻，香气竟从指缝中吸入，欲罢不能。铜盆中的炭火烧得又旺。香气热气蒸腾，努尔哈赤觉得沉沉欲睡，打不起精神。恍惚之中，似是过了二更，李成梁才给搀上了看花楼。

小红伺候李成梁脱了外衣，转身关门出去。此时梨花也将外衣脱去，一身鹅黄短袄和葱绿色的裤子，一双淡白的罗袜踏在一对绣花拖鞋之中，因吃了几杯酒，脸色酡红。李成梁一把搂了，问道："你方才迟迟不下楼去，可是有心等我上来？"

梨花顺势扑入他怀中，扯着胡子撒娇道："人家掐着手指算你什么时候回来，盼了多少个日日盼夜夜？只让你等这一会儿，就心焦了？心焦了也好，才会记着家里有人在痴痴地等你回来，不会只想着什么打仗用兵，不把我放在心上了。"

李成梁笑着拉她坐在床头，便要撕扯她的衣裳，梨花媚笑着闪躲过，说道："方才吃了那许多的酒，妾身给老爷煮杯热茶，好去去酒气。"

"茶冲得酽一些，解解酒气，才好与你床上嬉戏。"李成梁淫笑着跟在梨花身后，伸手去摸她的双乳，梨花打脱了他的手，娇嗔道："先不要这般猴急的，若碰翻了茶盏，溅在手上可不是耍的，气恼了我，罚你在床头替我焐脚。"

李成梁不敢放肆，讪讪地说："焐脚倒也没什么不好，你的小脚与这双玉手一般嫩呢！屐上足如霜，不著鸦头袜……"

梨花将一盏热茶放在李成梁面前，撇嘴道："老爷领了这么多年兵，铁马金戈，冲锋陷阵，竟还没忘那些穷酸的旧习，当真难得！"李成梁是诸生出身，寒窗苦读，读书颇多，后来投笔从戎，也一直以儒将自居。努尔哈赤生性粗豪，哪里见过夫妻间如此调笑的，虽是身负血海深仇，不能心猿意马，但心中也不禁一荡，隐隐觉得一阵燥热。李成梁乘着酒兴，俯身捉住梨花的一条腿，放在自己的膝上，一手捏住她的足髁，一手给她脱了罗袜，一只雪白晶莹的小脚握在蒲扇般的大手里，竟是不盈一握。他轻轻抚摸几下，艳叹道："'高擎彩凤一钩香，娇染轻罗三寸长，满斟绿蚁十分量。窍生生，小酒囊，莲花瓣露泻琼浆，月儿牙弯环在腮上，锥儿把团栾在手掌，笋儿尖签破了鼻梁。

钩乱春心，洗遍愁肠，抓辘辘滚下喉咙，周流肺腑，直透膀胱。举一杯恰像小脚儿轻跷肩上，咽一口好似妙人儿吮乳在胸膛，改样风光，着意珍藏，切不可指甲儿掐坏了云头，口角儿漏湿了鞋帮。'莲杯饮酒，文人风流，由来已久了。冯惟敏这首词将此乐事描绘得淋漓尽致，不愧大家手笔。年少轻狂，偎红倚翠，有什么错？"

梨花将纤足缩回，不悦地说："常言道：男不知女痛，女却知男乐。你们男人当真好狠的心，只知道要女子裹个三寸金莲，状如新月，步生莲花，可知道束脚一双，眼泪一缸？那缠脚布一紧，钻心也似的疼……"她忆起往事，泪水竟泫泫而落，想那痛苦记忆得极为深刻。李成梁吟咏的词句，努尔哈赤听得半懂不懂，但见他不胜向往钦羡，又见梨花赤裸的那只小脚，当真纤细柔软，温腻如玉，一颗心登时乱跳起来，待听她哭诉缠足的痛苦与不幸，心里暗暗发誓道：有一天，我若统一了建州，必定不让女真女子受这份苦楚，走路摇摇摆摆，极是不稳，如何操持家务，替打仗的男子们放牧割草？

李成梁正在兴头上，嘴里兀自说个不住："你不知道竟有人写了一本书呢，叫什么《香莲品藻》，细分为五式九品十八类，其实不过瘦、小、尖、弯、香、软、正七字而已。十趾盘兮双掌曲，三寸莲钩新月出……"忽见梨花哽咽而泣，才住口吃茶。

梨花见扫了他的兴，忙转话题道："老爷此次马到成功，实在值得庆贺。"

谈及征战，李成梁登时一扫方才的淫邪之态，生出一股睥睨天下、旁若无人的气概，放了茶盏，抹嘴道："那阿台狼子野心，也忒狂妄了，竟想着统一建州，我岂能容他做大？"

"老爷盖世英雄，卧榻之旁，岂容他人酣睡？妾身实在佩服得紧！"

"不瞒夫人说，朝廷定的是以夷制夷之策，好叫他们女真一盘散沙，犹如一群绵羊，选个听话的做头羊，平日只要调教好头羊，其他的羊自然随在它身后，不需再费什么心思。可是头羊却不能多，若多了个头羊，羊群就不易牧养了。"

努尔哈赤听得惊惧不已："这个计策当真歹毒无比，李成梁又是个极厉害的角色，若由他驻守辽东，女真只怕是永无出头之日了。"

李成梁接着说道："朝廷本来已选好了尼堪外兰做头羊，阿台却横里插这杠子，若不除去他，将来必要酿成大患。"

"其实老爷倒不需亲自出马，发个令箭给建州卫都督塔克世，命他剿灭阿台，岂不两便？"

李成梁摇头道："塔克世与阿台是至亲，怎么靠得住？"

"塔克世若不从命，正好一并剿杀。"

"若是想将他们一口吃下，兴师动众不说，将他们挤到了一条船上，他们势必合兵一处抗拒，做困兽之斗，那样就棘手喽！"李成梁手拈胡须，含笑道，"古语说：吉人自有天相。这话不假，我剿灭阿台，不想却捎上了觉昌安和塔克世父子，倒省了我不少气力。他们父子一死，建州更是群龙无首，无人再能与尼堪外兰争胜了。"努尔哈赤听他提到自己祖父、父亲的名字，耳中登时嗡的一声，全身发热，心道："原来这次就是爷爷和阿玛不去古勒城，他们随后也要来攻打的，看来蓄谋已久了！"当下便觉此行不单是讨要爷爷、阿玛尸身，更要替他们手刃仇人。

"那老爷也不必事事躬亲，如松他们九个都已长大成人，让他们代你出征，有什么不可？老爷敢是担心有什么闪失？"

"那倒不是，其实我并不计较一时胜败。"李成梁摇头说，"他们九人其实足以独当一面，担当重任，只是他们还缺少人情世故的体会和历练。我在辽东雄踞三十多年，你们也许以为单凭武艺娴熟、兵法精通？其实打仗不能只盯着战场和敌手，还要多想想身后。"

"还要看身后？"

"是呀！自古没有常胜的将军么，不把朝廷打点好了，胜了也不见得有什么封赏，败了……哼！自然不用说了。天下做臣子的，一举一动，根子无不在朝廷。就像一个风筝，绳子不在自家手里。"

梨花点头道："怪不得老爷每年往京师打点许多的银子、貂皮、鹿茸、人参，原来是去消灾弥祸。"

"不这样怎么行？阁老、兵部、吏部、户部、工部、都察院、科道言官……宫里的公公们更是不能少。什么冰敬、炭敬、三节两寿……这样出了什么事才会有人给挡着，你看辽东巡抚换了多少人，我还是岿然不动。不然几个折子就将你参办了，管你会不会用兵打仗！"

努尔哈赤虽在抚顺住了数年，可毕竟不曾与地方官府打什么交道，遑论那些远在京城的朝廷大事？李成梁话中满含了多年的为官处事之道，其中玄机深奥无比，非经历者难以道出玩味。努尔哈赤听得自是费解，冰敬、炭敬、三节两寿……懵然不知什么意思，便觉得他的话一忽儿觉得大有道理，一忽儿又觉得纷乱不堪，理不出一个头绪，但想到今后免不了要与明朝的官吏往来应付，当下用心体味，渐渐觉得这些话句句入耳，都是洞彻人情世故之言，内心竟有了多听一会儿的期盼，一时也似忘了闯府是要刺杀此人。正自入神之际，梨花嗔怪道："老爷说的这些话实在难懂之极，妾身听得头都晕了。那都是你们男人的事情，我等这些小女子何必操那些闲心？只要老爷平安回来，我自然踏实了。"

李成梁听了，见梨花云鬓半偏，昤睇流盼，登时觉得闺阁之中，面对如此美人良宵，大谈什么用兵为官，实在大煞风景，搂住梨花的细腰，伸手将她的亵衣剥下，露出嫩藕般的玉臂和红艳艳的肚兜儿来，扯开肚兜儿，露出一抹酥胸，皓白似雪。梨花半推半就，吃吃地笑起来，微闭星眼道："老爷，拳头粗的红烛那般明亮，羞人答答个半死，少时再见了老爷那贪吃的模样，又要吓个半死，妾身岂非没命了？"

大凡男子富贵后讨妾，重在颜色，李成梁此时已有些酒意，梨花本是个宜喜、宜嗔、宜謦、宜笑的娇娃，笑晕娇羞，俏脸绯红，眼如秋波，登时神昏心摇，不能自持，口中淫喋浪语道："灯下看美人本是人生的乐事，既然夫人不喜欢，咱就将蜡烛熄了，只是你不可在床上四处躲藏，以免咱找得心焦！"

努尔哈赤见他起身去吹熄台上的巨烛，心想："此时若不动手，等他吹熄了蜡烛，一片漆黑，看不真切，阁中的物件他们极为稔熟，一击不中，给他们躲藏了，哪里寻找？"刺啦啦左手扯裂床帏，右手持刀，跃身疾向李成梁胸口劈刺。二人缠绵，正在情浓之时，不提防床后跳出一个凶神恶煞般的大汉，吃惊之下，李成梁仰身向后一倒，想要躲过刀锋，梨花却惊羞交加，娇呼一声，双手掩胸往李成梁怀里躲藏，恰恰挡在了李成梁身前。努尔哈赤没想到二人突然之间移形换位，眼睁睁腰刀便要刺到梨花的前胸。梨花惊叫着闭了双眼，努尔哈赤陡然看到她眼角闪着泪水，在烛光映照之下分外晶莹，不忍伤及无辜，猛地一扭腰，刀锋倏地向右荡开，饶是应变迅捷，梨花的左臂上也被割开了一道血痕，霎时间，淌出殷红的鲜血。努尔哈赤收住脚步，回看梨花浑身簌簌颤抖，仿佛风中舞动的娇花，软软地晕倒在床上，心下大起怜惜之意。稍稍一缓，李成梁赤着上身翻滚到床帏后面，向外喊道："抓刺客——"努尔哈赤挥刀疾刺，李成梁绕床躲避，窗体宽大，又有床帏遮掩，急切之间，刺他不着。努尔哈赤大急，情知总兵府乃虎狼之地，不可久留，舞刀将床帏乱砍，见李成梁依然绕床躲避，算定他躲闪的方位，跃身而起，直扑而下。李成梁再要躲闪，已然不及，腰刀冷森森地横在脖颈之上。努尔哈赤叫道："狗贼，你还我爷爷、阿玛命来！"便要割下他的首级，手腕却给一双柔软的嫩手死死攀住，梨花不知何时醒来，跑上前来阻拦道："他是朝廷命官，擅杀可是死罪！"

　　努尔哈赤见她赤着一双粉嫩的小脚，上身的兜肚将前胸映衬得愈发凹凸玲珑，雪白的肌肤禁不得轻轻一击，但她此刻却横身将李成梁遮住，想将她扯开，手伸到半途堪堪触及她浑圆的臂膊，却蓦地缩了回来，脸上一阵窘热。"好大胆的贼子！"随着背后有人呼喝，兵刃舞动的风声破空而来，努尔哈赤无心自保，打定主意要与李成梁同归于尽，不顾背后的偷袭，用力将腰刀向前一推，唰的一声，一把宝剑刺到，将腰刀荡开。李成梁危情顿解，大声命道："如梅、如桂，此人想必是觉昌安的孙子，斩草除根，不可放他逃了！"李如梅、李如桂二人答应着各舞刀剑夹击努尔哈赤。努尔哈赤见他们武艺不凡，知道李成梁强援已至，再要支撑下去，势必凶多吉少，一边抵挡，一边往后窗退却，李如梅舞出一团剑光，狞笑道："你死了那份心吧！后面没有楼梯，看你的身手自然不能从三楼上平安跃下。"

努尔哈赤恍若不闻，奋力挡开二人的刀剑，抓起一把椅子破窗掷出，趁二人一怔的工夫，纵身而起，两个起落已到门边，想循原路退走。楼下早已灯火通明，李如松与几个兄弟率领众家丁，各拿刀枪火把将看花楼团团围住。他见努尔哈赤沿着楼梯欲下，大喝一声，挥起鬼头大刀向楼梯砍下，登时将楼梯砍作两截。努尔哈赤见楼梯已断，只得纵身从两丈多高的楼阁跃下。他轻功不佳，双脚重重摔落，身子向后歪倒。不等他起身，数十把长枪齐齐对准他的要害，上来两个壮汉将他五花大绑，推搡着押入看花楼。李成梁顺着搭好的木梯下楼，众人过来请罪，他哈哈大笑，挥手命人将努尔哈赤绑在楹柱之上，耸眉道："好小贼，有些胆色！明日看我怎生消遣你！"他心里惦记着楼上的梨花，转身上了楼，众人也各自散去。

云遮残月，更漏初歇。偶尔几声犬吠传来，越发显得孤寂寒冷凄凉……努尔哈赤脸颊奇痒，登时从昏睡中醒来，浑身上下冷得哆嗦。蜡香袅袅，烬垂金藕，梨花裹了紫貂大氅，独自坐在自己面前，笑嘻嘻地手拿一柄拂尘，拂尘上的一束马尾兀自在脸上拂动。梨花见他醒了，笑容收敛，变色咬牙道："你这小贼，看你相貌堂堂的，怎么竟做这般阴暗的勾当，闯到总兵府行刺！好！你砍了我一刀，我要砍你一万刀。"调转拂尘柄，在他脸上左右各打数下，努尔哈赤的脸颊立时火辣辣生疼，梨花撇了拂尘，拔出一把小刀，便要向他脸颊戳去。努尔哈赤冷笑道："没想到你这般貌美如花，心肠却狠如蛇蝎，我不过无意伤了你的丁点儿皮肉，竟要一万倍的偿还，世间哪有这样的道理？"

梨花收住小刀，惊愕地看着努尔哈赤道："明明是你伤了我，却还诬赖好人！我怎么心如蛇蝎了，你方才拿刀凶巴巴地砍我，何止是心如蛇蝎？我这样讨个公道，有什么不对？"

努尔哈赤恨她歪缠，愤声道："讨个公道？你才伤了一点儿皮肉就要戳我一万刀，那我的爷爷、阿玛给人无故杀死，该怎样讨还？"

"你真是建州卫都督塔克世的儿子？"梨花吃惊道。

"若不是有此大仇，我何必远远……远远跑来广宁？"努尔哈赤一酸，想起在家中悬望的妻子儿女，本要说"何必抛下他们远来广宁"，在这个柔媚的女子面前，又不愿失了男人的尊严，话到嘴边生生咽下。

梨花这才明白他不远数百里奔波拼死寻仇的缘由，叹了一声，劝说道："我家老爷其实也无心杀你爷爷和阿玛，只是刀剑无眼，也是难免的。你……你孤身一人到广宁，也实在是自不量力了，何必白白再搭上一条性命呢！方才你顾惜伤及我才没能得手，其实……其实你就是杀了我家老爷，你爷爷和阿玛也不能复生了，你还是回去吧！躲得远远的，好生过日子的好。"

努尔哈赤见她转眼之间判若两人，心下愕然，摇头道："你说得轻松！谁不知你们汉人心机深沉，斩草都要除根的，我躲得过么？天明后就要给人家砍头了，还说什么过日子？"

梨花转到他身后，解着他身上的绳索道："你失手被擒，都是因为我，我欠你一条命，放你走如何？"

绳索一松，努尔哈赤活动几下麻木的手臂，疑虑道："你放得了我这次，还能放得了下次？我就是出了城，也会给他们追上抓回来，何必费那些周折？就当你不欠什么罢了。"

梨花以为他信不过自己，急切道："此时天色将明，城门即刻开放了。马厩中有匹大青马，那是我家老爷的坐骑，脚程极快，你去偷了骑走，他们断难追上的。若再迟疑，老爷醒来，我也帮不了你。"

努尔哈赤想着祖辈父辈的血海深仇，自己终不能这样寂寂无为地死去，拜谢了梨花，问明马厩的路径，偷偷牵出大青马，出了总兵府后门，上马扬鞭，到了城北，见城门刚刚开启，冲出靖远门，慌不择路，顺着向北的官道疾驰。耳畔呼啸生风，路上寂寥无人，他明白身后不久必会有骤急的马蹄声与呼喝声，稍一迟缓，将是万劫不复，再难躲过这场杀身大祸。

二·劫 杀

　　一顶小轿如飞而来，到了巨树跟前停下，轿中出来一个高大的中年汉子，虽是一身的儒服，手中摇着一把乌木折扇，但却凛凛生威。伐树的几个大汉见了，急忙上前躬身施礼，神色极是敬畏。这几个樵夫难道是儒服汉子的家奴？努尔哈赤正觉诧异，儒服汉子冷笑道："努尔哈赤，皇上赐的御酒、宫膳好吃么？"

　　努尔哈赤一口气跑了大半日，身上的伤痛，多时的饥渴，使他渐渐恍惚起来，伏在马背上，一任它随意奔走。大青马饶是神骏异常，奔跑了半日，又不见主人呼喝催促，脚程慢了下来，竟离了官道，沿着一条小河缓缓而行。河道上结满了厚厚的冰层，大青马干渴之极，收住脚步，不住地用前蹄刨踢冰面，碎冰而饮。那冰层极厚，刨了多时，只有一丝小小的裂痕，大青马似是极不甘心，奋起前蹄，不料冰面光滑太甚，大青马身子一晃，重重摔倒，将努尔哈赤抛出多远。大青马已将胫骨摔裂，挣扎几下也未站起，仰头迎风长嘶哀鸣。努尔哈赤给寒冰激醒，头痛欲裂，看着倒地难起的大青马，急惊交加，又昏了过去。朦胧之中，他感到浑身燥热不已，伸手想解脱衣裳，却只摸到一层单薄的内衣，似是紧紧箍在身上，撕扯不下，依稀觉得热浪逼人，仿佛有重物压在身上，呼吸艰难，只听得有噼噼剥剥的干柴燃烧爆裂之声。努尔哈赤血脉贲张，大叫一声，悚然而醒，果是埋身在焦热的砂石之中，翻身欲起，浑身却酸软无力。

　　"好了，撤火吧！"一个身穿黑色皮袍的老者搭了搭他的脉搏，点头道："还算侥幸，他身上的寒毒都已除去。范楠，扶他出来，到火炕上歇息，慢慢给他煮些粥吃。"声音之中似有几分惊喜，在他听来又有几分稔熟，只是脑袋昏昏的，一时想不起来。

一个健壮的童子将努尔哈赤身上温热的砂石小心除去，努尔哈赤这才觉察原来自己被埋在一个硕大的水缸之中，大半缸的砂石埋了腰腹以下的身子，水缸下的木柴兀自暗火红亮。努尔哈赤任由童子半扶半拖到炕上，覆了厚厚的棉被，觉得腰腹以下热不可挡，一股热气直透天顶的百会穴。"你们要将我蒸了吃么？"他心中一急，又昏了过去。醒来时，已过晌午，一股粥香飘来，那是煮得稀烂的玉米大碴子粥，努尔哈赤腹中登时一阵蛙鸣，实在是饿了。那童子果然端来一大钵粥来，努尔哈赤一口气喝得精光，抬头看看童子，意犹未尽。那童子嘻嘻一笑，露出一口的皓齿，道："你想必没有吃够，可师父吩咐了，你多日不曾饮食，不可一餐吃得过多，尚需调理几日，每顿饭只能吃个半饱，以免伤了脾胃。"

"多日不曾饮食？我不是昨日才昏倒在冰上，怎么会是多日？"

童子大笑道："你已昏睡了三天三夜，若不是遇到我师父，只怕是醒转不来了。"

"我竟昏睡了三天三夜？"

"可不是么？那日师父带我到河上破冰垂钓，见你与一匹高头大马躺在冰上，师父探你还有气息，那马却摔断了后腿的胫骨，怎么也拖不动，只好救了你一个。"

"我梦见似是有人将我埋在砂石中热蒸，可是真的？"

"此事自然有的。那日你浑身伤痕，又在冰上僵卧了多时，寒毒侵体已深，师父怕你身子废了，落下一辈子的病痛，不得已用砂石将你埋在水缸中，架火蒸烤，尽快驱出你体内的寒毒。"

努尔哈赤大惊，挣扎起身道："尊师是何方高人，请来拜见。"

"你切莫心急，我师父到河边钓鱼去了，天黑才能回来。"

努尔哈赤想起老者称呼童子，问道："小哥可是范楠？"

"嗯！"童子点头，却无自报家门之意，努尔哈赤也不好追问，穿衣起来道："躺卧太久，烦闷之极，小哥陪我去寻尊师如何？"

童子答应着，与努尔哈赤一起出了屋门。房屋不大，处在河边的树林之中。林木经过严冬，变得疏朗干枯，风吹枝条，鸣咽作响。午后正是一天最为温暖的时光，旷野郊外却无一点儿暖意。二人迤逦向河边而行，河堤不高，远远就见一个黑袍人坐在河冰之上，独钓寒江。四周衰草连天，凄清孤寂，越发显得似是出世高蹈的仙人，任意往来，不惹半点红尘。黑袍人嘴里反复吟哦道："千山鸟飞绝，万径人踪灭。孤舟蓑笠翁，独钓寒江雪。"继而摇头道："无舟无蓑无笠，却与诗境不合了。"努尔哈赤轻轻上前跪了，叩头道："多谢救命，师父大恩，没齿不忘。"

黑袍人缓缓转过身来，放下鱼钩说："小罕子，想不到我们竟会在此见面。"

"张先生——"努尔哈赤惊愕不已，"你……你怎么会在这里？"原来此人他早已见过，乃是在抚顺结识的一个忘年之交，名唤张一化。此人是河北大名府人氏，科场蹉跎多年，好歹中了举人，打算凑些银子，捐个出身，却因得罪了大名知府，反被革去了功名。大名府待不下去，辗转流落到了辽东，在抚顺设馆授徒。关外地处偏僻，文风不盛，收不得几个学生，设馆的束修又少，免不了受冻挨饿。他看书极为驳杂，经史子集以外，占卜星象阴阳风水兵法奇门……无所不观，有时在酒楼茶肆谈古论今。努尔哈赤最喜欢听他讲述历代兴亡掌故，尤其是《三国演义》、《水浒传》等小说中用兵打仗的故事，曾想跟他学习兵法。张一化见努尔哈赤识字不多，自然读不懂《孙子兵法》等武经七书，每日教他读一回《三国演义》。努尔哈赤聪慧异常，终日请益，不到半年的工夫竟将一本《三国演义》背得烂熟，后来他结识了五个异姓兄弟，每日舞弄枪棒弓箭，与张一化见面便稀少了许多。

"一言难尽呀！"张一化长叹一声，命范楠收起鱼竿鱼篓，一起回家。他边走边说道："李成梁不知从哪里听说了我占卜算卦的名声，请我到广宁为他看看前程。我生性耿介，据实直说，不想得罪了他。李成梁果然是枭雄本色，当时他并未有什么不快，如数奉上程仪，哪知他早已知会抚顺游击李永芳，我一回到抚顺，便将我押入大牢，说我妖言惑众，诽谤朝廷命官。好在你那五个兄弟听说了，四下打点，才将我赎了出来。抚顺是待不下去了，我只得四处游走躲避。"

"师父何时收了这个徒弟？"

"范楠乃是我好友沈阳卫指挥同知范沉之子，他祖上是北宋名相范文正公，世居江西，太祖高皇帝时，获罪谪迁沈阳。范沉锐意功名，但他读书不多，难以腾达，便让他儿子随我学习时文制艺，也好博个正途出身，乌纱蟒袍，光宗耀祖。"说着收了鱼竿。

三人回到林间小屋，努尔哈赤便将独闯广宁的前后细说了一遍，张一化听得唏嘘不已，范楠大睁着两眼，极为钦佩地看着他。

"小罕子，你今后有什么打算？"张一化问努尔哈赤。

努尔哈赤一拳击在火炕上，闷声道："还能怎样打算？父母之仇，不共戴天，早晚我还要去广宁，拼着一死也要杀了李成梁。"

"你想公然与朝廷为敌么？"

"那倒不是。我心里只恨李成梁，京城的皇帝与此事毫不相干。"

"在关外李成梁就是朝廷，二者并无分别。"

努尔哈赤不解道："如此岂非动不得他了？"

"你不必急于向他发难，还有更要紧的事该做。"

"那报仇之事……"

"君子报仇，十年不晚。先放一放，一味想着报仇，以你眼下的实力，无异以卵击石，伤不到李成梁分毫的。"张一化见他心有不甘，问道："你有多少人马？"

"我阿玛一死，手下人马多数奔散，各寻其主，剩不下几人了。就是留下不走的，也都是些老弱病残无处可投奔的人。"

"军械、马匹、粮草有多少？"

"只有阿玛留下的十三副铠甲……"努尔哈赤心头异常沉重，一种近乎绝望之情油然而生。

张一化捋须道："这些人马不用说李成梁，就是他手下的抚顺游击将军李永芳，你能抗拒得了吗？"

"李永芳手下有一千多号人马，自然难于抗衡。"

"是呀！抚顺离赫图阿拉不过几十里的路程，你在李永芳的鼻子底下，有什么风吹草动能躲得过他的眼睛？如今之计，是万万不可再妄兴什么报仇的念头了。"

"先生以为该怎么办？"努尔哈赤渐渐冷静下来，听他鞭辟入里，暗自佩服。

张一化沉吟道："三十六计之中第十计，我以为大可运用。"

"那是什么计策？"

"笑里藏刀。"一旁的范楠插嘴道。

"不错。信而安之，阴以图之。备而后动，勿使有变。刚中柔外也。古人说：辞卑而益备者，进也；无约而请和者，谋也。你可还记得关羽为何败走麦城？"

努尔哈赤点头道："陆逊为夺取荆州，给关羽写了封书信，极力夸耀关羽功高威重，可与晋文公、韩信齐名。自称一介书生，年纪太轻，难担大任，还要关羽多加指教。关羽为人，骄傲自负，目中无人，读罢陆逊的信，仰天大笑，说道：无虑江东矣。亲率大部人马，一心攻打樊城。陆逊暗中向曹操通风报信，约定双方夹击关羽。孙权派吕蒙袭取南郡。关羽回师，为时已晚，孙权大军已占领荆州，他只得败走麦城。"

"陆逊为何不在信中名言攻取荆州？"

"如此关羽势必全力戒备，荆州攻取就难了。"

"以智取不以力拼，正是陆逊的高明之处。你要报仇，其实也属人之常情，但暗自韬晦，卧薪尝胆，避人耳目，对李成梁恭谨从命。常言道：口里喊哥哥，手里摸家伙，这样才是上策，千万不能泄露给人，引其警觉，非但报不了仇，反而会自取其祸，自招败亡。你独闯总兵府，誓死寻仇，必定已打草惊蛇，李成梁视你为心腹大患，岂会放过你？一旦大兵压境，建州各部势必灰飞烟灭，你们女真就元气大伤了。”

努尔哈赤脸色一赧，低头道：“我一时气愤之极，本没想这许多，实在鲁莽了。”他深知此事极为重大，关系女真各部存亡，想到因自己一时之愤，招来弥天大祸，族人难免惨遭杀戮，神情愀然，悔恨不已。

张一化劝解道：“此事也并非没办法化解，若想逃过此厄，必要借重朝廷。”

“如何借重朝廷？朝廷在关门之内，千里以外，远水难解近渴。”

“其水虽远，不失妙用。朝廷上权相张江陵病亡，万历皇帝亲操权柄，乾纲独断。他是个喜好名声的人，首辅申时行柄政宽大。若是厚备财物，进京朝贡，纳物称臣，对朝廷言明忠顺守边，讨要封号，得了朝廷敕书，李成梁自然不敢轻举妄动了。此事最为紧要，不可拖延。”

“好！我回去即刻派人四处采买特产，准备进京朝贡。还有一事求先生恩允。”

“直说无妨。”

“我想请先生到赫图阿拉助我。”

张一化看了范楠一眼，踌躇道：“那岂不是辜负了朋友所托？我要先去抚顺一趟，不敢一口应承下来。”

范楠少年心性，对行兵打仗颇为神往，慨然道：“我若中不了进士，便要到赫图阿拉找你，骑马射箭，你可愿意？”

“我就在赫图阿拉等你。”努尔哈赤哈哈大笑，点头答应。

努尔哈赤潜回赫图阿拉，只字不提前往广宁之事，暗里命人加紧采买名贵珍稀之物，不到一个月的工夫置办齐整。张一化也从抚顺赶来，又添办了不少物品，计有虎皮十张，豹皮十张，熊掌十对，鹿皮三十张，黑貂皮二十张，人参二百斤，鹿茸一百架，名马十匹，珍珠五十斤，还有榛子、松子、干蘑菇各若干斤。时节已到四月下旬，二人带了十个侍卫护送财物，启程上路。众人一路奔波，到了山海关前。

山海关被誉为天下第一雄关，北倚燕山，峰峦叠翠；南临渤海，波涛汹涌。城楼九脊重檐，城门四座：东为镇东门，南为望洋门，西为迎恩门，北为威远门。东门最为伟拔高耸，高大的城门上矗立着四丈多高的箭楼，楼分两层，檐下高悬着一块白底黑字的巨匾，镌刻着"天下第一关"五个行楷大字，笔力沉雄顿挫，凝重遒劲，乃是当地名士肖显所书。整个城池与万里长城相连，以城为关。枕山襟海，峭壁洪涛，地势险要，壁垒森严，一夫当关，万夫莫开，素有京师屏翰、辽左咽喉之称。努尔哈赤究心征战，对山川要塞尤为留意，而山海关乃是今后南下中原的必经之路，又与一般关隘不同，于是贿赂了守关的将领，登关眺望，北面山峦重叠，万里长城如一条昂首的巨龙，蜿蜒起伏在崇山峻岭之中，气势磅礴，景色异常壮观；极目而南，一望无际的渤海波涛汹涌、云水苍茫，那长城与大海交汇之处，碧海金沙，水天相接，令人有天开海岳、雄襟万里之感，豪气顿生，暗暗思忖道："有朝一日能用弓箭、铁骑冲破此关，南下牧马，逐鹿中原，大快我心！"

张一化见他面色阴晴不定，只顾出神地四下观望，担心守关将士起疑，忙劝他下关赶路，努尔哈赤兀自恋恋不舍。

过了山海关，离京城还有六百里的路程，都是平坦宽阔的官道，极为好走。努尔哈赤平生第一次入关，关内的山川、景色，以至行人衣着、言谈笑语，无不觉得新奇有趣，赞叹道："天子脚下，到底与咱关外不同！"

张一化应道："咱们入关所见，并没有什么稀奇。关内受圣人教化，千年有余，人文风物自然与四方蛮夷迥异。中原历来为兵家必争之地，一是位置要紧，二是天下人文渊薮，自古得中原者得天下，比如魏、蜀、吴三国，莫不如此。中原的精粹一在北京，皇城根下，天璜贵胄，气派自然无处可比；一在长江之南，杏花春雨，莺啼梅黄，风月无二，以致当年金主完颜亮听得'三秋桂子，十里荷花'之句，顿有投鞭南下之意。"

努尔哈赤听他赞不绝口，问道："北京比辽阳如何？"

"辽阳可是没法比了。北京城分外城、内城、皇城、紫禁城四层。外城、皇城各有七座城门，内城周长四十五里，城门九座，用途各不相同，最为讲究，哪座城门通行什么样的车辆，都有定死的规矩，绝不可乱来。正南的城门叫正阳门，专走皇帝龙车，宣武门走囚车，东边的朝阳门走粮车，东直门走木材车，西边的阜成门走煤车，西直门走御水车，北边的德胜门走兵车……规模宏大，人丁辐辏远远胜过辽阳。那皇帝居住的紫禁城，更是天下少见的美苑仙阁，那好处我一时也难说尽，过几日就可看见了，你自去体会。"

"嗯！原来如此。"努尔哈赤出乎意外，又觉甚是烦琐，问道，"那我们从哪个城门进去？"

张一化道："按规矩，我们要从东直门进城，先到礼部禀报，然后由礼部堂官禀明皇帝，皇帝若有意召见，我们就可抬着贡盒，进入紫禁城，朝觐皇帝，然后领赏赴宴。"

努尔哈赤一时难以记住如此繁缛的礼仪，也想象不出皇城如何壮丽堂皇，一心等着进城仔细观看，路上的景致再难入眼，什么燕京八景的卢沟晓月，尽管张一化旁征博引，说得天花乱坠，他仍未数对那桥上雕刻精美的石头狮子。过了五日，将近黄昏时分，远远望见了北京的城楼，落日熔金，雁阵北归，墙垣高大，绵延数十里的京城，整个笼罩在暮霭之中，越发显得神奇缥缈，气势非凡。努尔哈赤终于目睹了天下帝王之都，惊得挢舌难下，想不到世间竟有这样宏伟壮丽的都城，脱口赞叹道："好大的一座城池！"及至进了城里，正是上灯时分，街上行人依然络绎不绝，夜市酒楼，瓦肆勾栏，更是熙熙攘攘，笑语喧哗，家家户户街门两旁插着不知名的树条草叶，门楣上贴着花花绿绿的图画，往来的女人和孩子胸前背后挂着五彩丝线编织的穗条。努尔哈赤十分好奇，问道："京师每日里都这般热闹？"

"平日也是这样，不过看今天的情形，想必端阳节要到了。端阳节又称端午节、重午节、天中节、女儿节，乃是一年中较大的节日。每到端阳，家家街门旁都要插菖蒲、艾草，门楣上要贴钟馗、张天师等镇宅神像，驱邪逐祟。那天午时，要饮朱砂、雄黄、菖蒲酒，吃粽子。你看街上的妇人和孩子身上也挂了用青、白、红、黑和黄色五彩丝线编织的长命缕，里面串的是樱桃、桑葚、茄子、秦椒、白菜、豆角等蔬果。若是赶上皇帝高兴，还要在西苑斗龙舟、划船，与诸大臣宴乐呢！"张一化多年避仇居住关外，也是多年不见了如此繁华的景象，一边给努尔哈赤解说，一边暗自叹惋。

女真人在京城极是罕见，努尔哈赤一行人身穿关外服饰，紧衣箭袖，样式极为怪异，一时引得街上众人纷纷驻足侧目，交头接耳道："他们是哪里来的？可是当年的三宝公公带来的西洋人种？"

"想是给皇上进贡方物，送什么宝贝的。"

努尔哈赤在众人的议论声中，找了一家客栈歇息。次日天明，一早赶到礼部。礼部衙门在紫禁城午门以外的棋盘街。承天门至大明门之间，用石板铺成供皇帝出入的中心御道，两侧建有连檐通脊长两排朝房，东接长安左门，西接长安右门，俗称千步廊，围以朱红色宫墙，礼部与吏部、户部、工部、宗人府、钦天监等都在东宫墙的外边，西宫墙外为五军都督府、刑部、都察院、大理寺等武职衙门。礼部的主客司，掌管附属诸蕃朝贡接待赏赐，努尔哈赤、张一化进了会同馆，一个主事大剌剌翘着二郎腿，问道："你们是哪里来的，所贡都是些什么物品？"

努尔哈赤按照张一化讲解的礼仪，躬身道："建州努尔哈赤给大人请安。我们此次进贡的有虎皮、豹皮、熊掌、黑貂皮、鹿皮、人参、鹿茸、名马、珍珠，还有榛子、松子……"

那主事一翻眼皮，打断道："按照规矩，这些贡物还要挑选才能登记在册，不必费什么口舌了，将东西抬上来吧！"

努尔哈赤见他冷眼相待，心中愤愤不平，好不容易千挑万选地置办了贡品，还要再经他挑选，这分明是有意刁难人么？但见张一化在一旁不住使眼色，隐忍着命人抬入大厅。那主事一手捏着鼻子，一手拨弄着虎皮，揪下几根兽毛，嘴里啧啧怪道："刚刚贡来就这样脱毛，等献给了皇上，还不剩下一张光皮子了。皇上怪罪下来，哪个敢担待？不行不行，回去另选好的送来。这熊掌一看便不是阴干的，还有些潮呢，存入内府发了霉，我可吃罪不起，快快收了……"

经他一番挑拣，许多的贡物竟剩不下多少，努尔哈赤脸色大变，不知如何应付，张一化却不着急，知道这是此人意在索要贿银，他一个区区六品的小京官，那点儿俸禄只够勉强度日，要想手头宽裕，也没有别的法子。等他验看过了，取出一张银票递上，赔笑道："我们那里是小地方，没什么像样的东西，让大人见笑了。急切之间，没有什么好孝敬大人的，这几两银子求大人笑纳。眼看五黄六月的，天也热了，权当买冰消暑之用。"

那主事精于此道，瞥了一眼，已知是一百两银子，见张一化是个见过世面的人，出手也大方，心里早应允了，嘴上却说："兄弟这样做也是怕验看不周，皇上怪罪，连累了两位。其实你们千里迢迢，不用说东西如何地好，单就这份儿忠君之心，兄弟也是万分佩服的。来来来，先坐下吃杯茶，等登记好了，再给二位摆酒接风。"努尔哈赤见他改称兄弟，竟十分亲热起来，心下暗自瞧他不起，忽然想到或许就是在总兵府听李成梁说的什么"冰敬""炭敬"之类。张一化见那主事前倨后恭，转换竟极是自然，全无生硬之嫌，也觉大开眼界。

万历皇帝刚刚罢黜了司礼监大太监冯保，又追夺了已故权相张居正的敕封，大权独揽，有意振作，听说女真进贡方物，竟破例召见。努尔哈赤自东华门进了紫禁城，随着小太监七拐八绕，左右前后是一座座巍峨壮丽的宫阙，最后停在一座宫殿前，小太监进去工夫不大，出来喊道："皇爷有旨，宣努尔哈赤上殿——"

努尔哈赤手捧礼单，小心进了大殿。殿里静悄悄的，并无什么文武大臣，正中的御案后坐着一个十五六岁的少年，金冠黄袍，笑嘻嘻地看着自己。努尔哈赤急忙跪下，连磕了几个头，将礼单高擎头顶，说道："建州左都督塔克世之子努尔哈赤叩谢皇上天恩庇护，特来朝贡方物，愿吾皇万万岁！"

御前太监接过礼单，呈到御案上，万历皇帝略略看了一遍，颔首道："那建州寒冷荒凉，乃是不毛之地，女真人骑马射猎，置办这些方物实在不易。前些日子，顾养谦报说建州都督得暴病死了，可是真的？"

"不错。小臣此次朝贡，有心继承父业，接着替皇上保守天朝边陲地界，忠顺朝廷。"努尔哈赤心里一阵酸楚，想到辽东巡抚也替李成梁开脱，爷爷、阿玛的沉冤怕是难以昭雪了。

万历皇帝命太监将虎皮铺在脚下，怀里拥着黑貂皮，微笑道："子承父业，也是常理。你若是不来朝拜朕，那就未必了，顾养谦的奏折上举荐了别人。难得你对朝廷一片忠心，朕准你。路上也辛苦了，朕赐你御酒五坛，宫膳十碗，回馆舍歇息吧！"

努尔哈赤出了宫门，咫尺天颜，本想大明皇帝该是何等的睿智神武，不料却是一个尚未成年的孩子，却要向他叩头下跪，心里隐隐觉得上天不公。正自思想，张一化迎上来，本要询问，见他面色如常，便忍住了。二人走在京城的大街上，努尔哈赤回望宫阙，说道："赫图阿拉太狭小了，不然我们多养牛羊，多猎些兽皮，多换些银子，仿着这宫阙的样子，也建一个小紫禁城。"

张一化一惊，急声道："京城是天下的重地，厂卫横行，若给他们侦知，可是死罪。千万说话小心，以免坏了大事。"回头看看四周无人，放心下来，接着说道："你有此心，取而代之，足见气魄。这紫禁城可不是一般的所在，从它的名称也可领略一二。"

"紫禁城还有什么深意？"

"深意倒也不难领会，不过法天取象而已。紫微星垣，高居中天，永恒不移，中星环绕，名为紫宫，乃是天帝的居所，皇帝自称昊天之子，便以紫宫来象征其居所；皇帝的居所本属禁地，戒备森严，故称紫禁城。它处在皇城、内外城的层层拱卫之中，周围建有天、地、日、月四坛，有房屋九千九百九十九间，宫殿庄严瑰丽，御苑精巧秀美，穷天下财物，历经数代的扩建修缮，才有今天的规模。千万两银子堆起来座座宫阙，仅供皇帝一人居住，实在奢侈之极。"

努尔哈赤望着午门上飞翘的五座楼阁，说道："即是人间帝王所居，他人若做了帝王，自然可以造个新的来住，这事恐怕也不能一味地爱惜民力。"

张一化听他说得斩钉截铁，附和道："你志向远大，决不是久居人下之辈。只是北京数代都城，地形之固、关隘之险、人才之聚、经济之富，陪都金陵以外，普天之下，无一处可比。若能得了天下，还是定都此城最善。"

二人回到馆驿，静等圣旨敕书。努尔哈赤每日与张一化在京城四下游玩，查看帝京风物民情，中土商贾往来、物产丰沛，张一化又讲了北京历代的兴衰，努尔哈赤边听边看，大觉震动。万历皇帝倒也没有食言，三天过后，努尔哈赤接到了圣旨，随即启程回赫图阿拉。原道返回，轻车熟路，加上努尔哈赤归心似箭，一行人走得极快，不几天出山海关到了锦州地界。努尔哈赤要机密行事，因此不走官道，转入一段山间小路，崎岖难行，好在没了来时的贡物，只人匹马，走来容易得多。此山名医巫闾山，满语的意思为翠绿之山，山岭重叠，回环掩抱，竟有六重之多。山上古木苍苍，鸟鸣啾啾，关内春事已尽，此处地势高峻，兀自百花盛开，各种花香随风飘来，努尔哈赤等人赶路走得一身热汗，精神为之一爽，劳乏也减轻了许多。张一化毕竟是熟读经史的饱学之士，见山间碑碣、摩崖题刻随处可见，随手摩挲。

转过一个山坳，道路更为狭窄，众人小心牵马缓行，忽听前面传来坎坎的伐木之声，循声望去，几个大汉挥着巨斧在路旁伐着一棵大松树。那松树拔地而起，势可参天，已经泛绿的丫杈虬曲盘旋，遮挡了山路上方的天空，张一化想起《庄子》书中那棵大椿，暗自嗟叹，替那巨树惋惜，不知历经多少岁月才长得如此高大。几个大汉对努尔哈赤等人恍若不见，挥斧猛砍，那松树已给伐得过半。那几个大汉肩抗手推，只听嘎吱吱的声音刚过，巨树缓缓倒下，随着轰隆一声巨响，霎时枝条、石块四处飞溅，巨树倒落，横在山路之上，堵得严严实实。饶是努尔哈赤等人早有防备，紧紧扣住缰绳，坐骑也惊得昂头嘶叫。为首那大汉喊道："想过去的快过来帮忙搬开，不然耽误了你们回赫图阿拉，咱心里也是不忍的。"

努尔哈赤听了，顿生疑窦，暗想：我们建州女真在关外并不罕见，居处又极分散，这些人怎么知道我们要回赫图阿拉？回身与张一化对视一眼，见他也正朝自己看来，便要暗令侍卫们小心戒备，却见一顶小轿如飞而来，到了巨树跟前停下，轿中出来一个高大的中年汉子，虽是一身的儒服，手中摇着一把乌木折扇，但却凛凛生威。伐树的几个大汉见了，急忙上前躬身施礼，神色极是敬畏。这几个樵夫难道是儒服汉子的家奴？努尔哈赤正觉诧异，儒服汉子冷笑道："努尔哈赤，皇上赐的御酒、宫膳好吃么？"

努尔哈赤见他言词之中有一股慑人的气魄，惊问道："你是什么人？怎么知道我进京了？"

"朝中阁老王锡爵大人早有书信寄来，京中的事情有什么能逃过我爹爹的耳目？"儒服汉子面皮上堆着笑容，嘲讽道："你真好记性！才数十天的工夫竟忘了我是谁？想是以为受了皇封，便有些自觉了不起了，哼！一个小小的建州卫都督金事，在我看来比眼前的一只蚊子大不了多少！还想着与我们作对么？广宁城的总兵府等着你再去闯呢！可惜再也不会有人发善心放你逃了。"

努尔哈赤登时想起此人就是辽东总兵李成梁的大公子李如松，锦州地界离广宁不远，也是辽东总兵的辖区，方才那几个大汉偏偏将巨树砍倒拦住去路，可知他们蓄谋已久，早已布好了陷阱。想到无辜死去的爷爷、阿玛，悲愤不已，恨恨地说道："你们父子在关外横行多年，无恶不作，辽东百姓恨不得吃你们的肉，喝你们的血，但凡有一点儿天良的，哪个愿意替你们卖命？"

李如松厉声道："哼，梨花那个贱妇，若不是爹爹宠着她，我早一刀将她砍了，除了后患，也不用今天这样大费周折。努尔哈赤，你躲得过初一，逃不过十五，你的死期到了，看今天可还有哪个贱妇来救你！"

"你们把梨花夫人怎样了？"努尔哈赤一惊。

"哈哈哈哈……"李如松仰头狂笑，"那样一个千人骑万人跨的娼妇，你还心疼么？若不是我爹爹老糊涂了，喜欢她的颜色，花了大把的银子给她赎身，我怎容这等低贱的人玷污家声？如今好了，她放你逃了，爹爹醒来大怒，责打了她，没想到她竟受不得半点儿委屈，一根白绫吊死了。除去了我的眼中钉，本该谢你，可你我势同水火，断难相容。再说梨花也不会放过你，怕是要向你讨命呢！"一挥掌中的折扇，喝道："给我拿下！"

那几个大汉早已在树丛中、山石后取出了暗藏的兵器，一起向努尔哈赤围上来，十个随行的侍卫不等努尔哈赤下令，也拔出腰刀，与他们混战成一团。张一化怕努尔哈赤一心想着报仇，拼命厮杀，快步上前低声道："此地离广宁不远，他们又早有准备，不知带了多少人手，若拖延太久，势必危急，走为上计，不可恋战。"

努尔哈赤随即醒悟，呼哨一声，飞身上马。李如松见他要跑，身形纵起，跃过树身，一扬手中折扇，劈面拍下。努尔哈赤急挥刀遮挡，哪知李如松见他招式已老，蓦地一翻手腕，向他左肩扫来。李如松武功高出努尔哈赤许多，瞬间变招，努尔哈赤猜想不出，躲闪已是不及，扇柄扫到肩胛之上，虽有箭囊略减轻了力道，努尔哈赤依然觉得痛入骨髓。李如松一击得手，身形下坠之际，收腹拧腰，一脚踢在他的马背上。那马负痛，一声哀鸣，腾空而起，堪堪跃过树障，不想李如松暗中用上了上乘的内功，一脚之力似有千钧，早将马的脊骨震裂，那马竟从空中直摔下来，眼看就要坠在树干之上，那树枝杈甚多，犹如耸立的长枪利剑，若给它碰到，非死即伤。努尔哈赤忙扔了缰绳，双脚甩离了马镫，双手在马背上一按，往旁边跃下，立足未稳，李如松的折扇又已点到，闪身躲避，不想踩到一粒石块，脚下一滑，仰身摔倒，就地滚翻，躲过了李如松致命一击。那边的张一化等人恶斗也酣，张一化一介书生，本不懂什么武功，左躲右避，饶是侍卫们前后掩护，也几处挂彩，神情极为狼狈。那几个大汉都是挑选的顶尖高手，擒下几个功夫平常的侍卫自然不难，无奈侍卫们个个舍命相拼，心中顿生忌惮，竟丝毫讨不到半点儿便宜，只是时候一长，侍卫们拼命打法极为耗损体力，渐渐刀法迟缓杂乱，防身尚可，却已无力进攻，大汉们招式一紧，立时险象环生。努尔哈赤大急，想要取下弓箭相助，李如松知道女真人的弓箭极为犀利，既已抢得先机，岂肯给他半点儿喘息的机会，一招一式，好似长江大河，连绵不绝。努尔哈赤忙于招架，自顾不暇，抽手不出，眼看侍卫们纷纷中刀，血染衣袍。正在危急，不远的山坡上有人高声问道："下面可是罕子哥哥么？"树丛之中，出来五个手持钢叉、身背弓箭的大汉，沿着山坡飞奔而来。努尔哈赤见了，大喜道："兄弟，快来助我！"张一化和侍卫们见有援军到了，顿时精神大振。

三·识　奸

"是谁这么狠心？何必这么大动肝火，小心伤了和气！"一个阴恻恻的声音从屋里传来，一个高瘦的蒙面人持刀拉着一个披头散发的女人出来，努尔哈赤大惊，那女人赫然就是佟春秀，身穿宽松的睡袍，被蒙面人挟了脖颈推搡出来。

那五个大汉如下山恶虎，一阵狂打猛冲，解了努尔哈赤等人的困厄，众人且战且退，向北落荒而走。李如松施展轻功，几个起落便赶到了他们身后，努尔哈赤见他奋勇杀来，拈箭搭弓，高声喊道："李如松，不怕死的尽管来追，看我射你的左耳！"李如松知道女真人的弓箭厉害，近在咫尺，不敢大意，听得弓弦声响，急忙躲闪。努尔哈赤料他要躲，虚扯弓弦，随即射出一箭，那狼牙箭贴着他的耳边飞过。李如松吓得急忙收住脚步，不敢再追，眼睁睁看他们跑得远了。他本来准备得极为仔细，但料想不到对头竟来了帮手，暗悔自己太过托大，带的人手不足，广宁城离此山十几里的路程，增援已然是不及了，只好懊恼回城。

努尔哈赤等人一口气跑出了医巫闾山，见后面没有追兵，这才停在路旁歇息。五个大汉过来施抱见大礼相拜，多日不见，极为亲热。努尔哈赤问道："五位兄弟，听张先生说你们打算结伴入关，怎么到了此处？"

为首的大汉大笑道："我们一路打猎游玩，将要到了山海关，却听说哥哥独闯广宁，想哥哥必缺人手，便到广宁去找哥哥，谁知打听着哥哥又回了赫图阿拉，我们就打算先到关内玩耍些日子，再去投靠哥哥。我们自关内回来，正在山上追赶一只猛虎，听到山下厮杀，不想却是哥哥。"

努尔哈赤命五人见过张一化，五人又施了抱见大礼，张一化含笑道："五位好汉可还记得小老儿？"

其中一人答道："大哥都称您作先生，我们怎么敢忘了您老人家！怕是您老人家记不得我们五兄弟了吧！"

张一化指点道："额亦都、费英东、何和礼、安费扬古、扈尔汉五人的大名，在抚顺城里妇孺皆知，小老儿怎么会忘？就是你们的来历出身，小老儿都是一清二楚，额亦都世居长白山，天生神力，能拉开两百斤的硬弓，十九岁那年在嘉木瑚寨长穆通阿家与努尔哈赤结识……"

五人之中以额亦都年纪最长，结识努尔哈赤最早，他听张一化当面夸赞，急忙摆手道："老人家不要说了，我们不过玩笑之言，千万当不得真。哥哥在京城可见着了皇帝？"

努尔哈赤道："那个小皇帝可是威风得紧呢！一个人住了好大一片屋宇，他在金殿上召见了我，还赏赐我御酒、宫膳，下旨命我接任建州卫都督金事。"说着取出敕书给五人传看，五人见了敕书，纷纷说道："哥哥做了建州之主，咱们女真各部岂不是都受哥哥节制了！"

张一化道："既做了朝廷命官，可要有些规矩了。今后的称呼要改一改，小罕子之名是万万不可再叫了。"

"那我们五人该喊什么？"扈尔汉问道。

张一化忽然想到努尔哈赤乃是异族，只有姓名，无字无号，难以表示尊崇，只得说："咱们就以都督称呼他如何？"

"都督？那是朝廷给哥哥的官职，人人都可如此称呼，显不出咱们的亲近之意，不如换作满语，叫得顺口。想那都督是总管一方的长官，咱们满语称首领为贝勒，如今哥哥做了建州之主，岂不就是咱们的贝勒了？"

"兄弟不要高抬哥哥了，说什么建州之主。建州共有三卫，我不过统辖左卫一处，职权哪里有那样大？再说咱们建州女真四分五裂，各自为政，不相统领，这个都督不过是名义上的虚衔，不用说苏克素护河、浑河、完颜、栋鄂、哲陈、鸭绿江、纳殷、朱舍里等部不会听命于我，就是图伦、萨尔浒、嘉木湖、沾河、安图瓜尔佳等小部城寨，也未必心服，更不用说海西女真的哈达、辉发、乌拉、叶赫四大部了。至于东海女真的窝集、瓦尔喀、库尔喀三大部，黑龙江女真的力虎尔哈、萨哈连、索伦、使犬、使鹿等部，不少住在乌苏里江沿海的岛屿上，相距遥远，平日难得往来，咱们女真要想齐心协力，合在一处，却也不是件容易的事。"

张一化点头道："女真个个能上马飞腾，箭发如雨，却饱受他人的欺凌，错在部落林立，互相战杀，强凌弱，众暴寡，甚至骨肉相残，正好给人个个击破。若要成就一番功业，第一步必先稳定自己，安内才能攘外呀！常言道：女真不满万，满万不可敌！"

努尔哈赤听得雄心大起，拊掌赞道："先生说得极妙！若不能统一女真，想要不受他人欺凌实在难上加难，自然改变不了做奴才的命运。我若统领女真定要教人们相互友爱，老少病弱不受欺辱。"

"能有这个心，便是女真人的福气了。"张一化微微颔首，随即面带忧色道，"能世袭此职，算是向前迈出了一大步，可喜可贺，但也可忧可畏呀！建州卫都督金事，不管是实职还是虚衔，毕竟是朝廷敕封，建州各部对此垂涎的不在少数。你骤然之间得此重任，定会有人不服，虎视眈眈，必欲取你而代之，不可不防！"

最小的扈尔汉叫道："哪个胆敢痴心妄想，我就拧下他的脑袋做尿壶用。"

"他们人多势众，到时吃亏的怕是我们。"张一化重重吐出一口长气。

努尔哈赤沉思道："我们回去尽快整顿人马，早做准备。"众人一边商量如何招兵买马，一边谈论各自的见闻，说笑着回到了赫图阿拉。努尔哈赤将礼敦、额尔衮、界堪、塔察篇古四位叔伯和弟弟舒尔哈齐等人请到家里，将皇帝封职的敕书给众人看了，并将京城见闻大略说了一遍。额亦都等人也见过了嫂子和侄女侄子。

努尔哈赤被封作建州卫都督金事的消息传得极快，一些远方的亲戚也赶来观瞧敕书，努尔哈赤不胜其烦，但眼下正是用人之际，急需笼络人心，因此强自隐忍，不敢露出一丝不悦之色。将近黄昏，送走了一拨客人，正要逗弄儿女嬉闹，贴身侍卫帕海进来禀报："龙敦老爷求见。"

努尔哈赤的曾祖父福满共有六个儿子，即长子德世库，次子刘阐，三子索长阿，四子觉昌安，五子包朗阿，六子宝实。后世称他们为"宁古塔六贝勒"，也称清前六祖。六人之间并不和睦，常有纷争。龙敦是三爷索长阿的第四子，是努尔哈赤的堂叔，住在离赫图阿拉十几里远的城寨。龙敦人品虽有些龌龊，又因上代人的恩怨，平日里极少走动，没有多少亲情，但毕竟属于长辈，努尔哈赤不好怠慢，迎了出来，在院中相见。龙敦摇摆着矮胖身子，进屋便大声说道："哎呀！大侄子，给你贺喜了！听说你给皇帝亲口封了官，叔叔好生欢喜，快将敕书拿给我看。"他摸着胡子，接过敕书仔细端详片刻，细小的眼睛不停地眨动，嘴里啧啧有声，夸奖道："皇帝金口玉言，当真非同小可！这敕书可是做官的凭证，小心收好了，以免丢失损坏了，皇帝即便不会追究，有些宵小之徒不承认你为首领，岂不糟糕，白费了许多的心血！"

努尔哈赤听得不是滋味，却又不便发作，冷冷地说："侄儿做这建州都督，有皇帝的旨意，哪个胆敢不从？"

"那倒也是，不过你阿玛刚刚故去，朝廷准你继承这个位子，这山高皇帝远的，难保有人不听招呼。"龙敦嘴上兀自喋喋不休。

努尔哈赤默然无语，见龙敦讪笑着走了，他再也没有逗弄孩子的心情，命人将儿女带下去看管，独自出了一会儿神，便要去看望张一化，回来这几日一直忙着应酬宗族的事务，害怕手下人照顾不周，冷落了他。还未起身，却见兄弟舒尔哈齐闪身进来，问道："刚才龙敦所说，我隐在窗户后面，听得清清楚楚。他说话阴阳怪气，哥哥可听出了什么弦外之音？"

"弦外之音？"

"自从阿玛死在古勒城，哥哥又出了京城，龙敦四处走动，邀买人心，散布流言，说朝廷要另立建州之主。听说他还常与图伦城主尼堪外兰、萨尔浒城主诺米纳及其弟奈喀达往来，此人心怀鬼胎，哥哥要多加小心，夜里多增派些侍卫，轮流当值，以防不测。"

努尔哈赤心头一热，与二弟患难相依多年，知道他对自己情意极是深厚，轻轻拍着他的手臂说："你也忒小心了，放心去吧！有帕海与洛汉轮流巡守，周围又有那五个结拜的兄弟护卫，不会出什么事的。"

努尔哈赤看过张一化回来，夜已经很深了，他见妻儿已经安睡，便在熊油灯下看着《三国演义》。自从跟着张一化读了《三国演义》以来，闲暇下来，总是要看上一两个回目，揣摩其中征战的计谋，暗自赞叹那些计谋当真匪夷所思，不知如何想出的。今夜却怎么也静不下心来，只看了不到一章，再也看不下去，烦乱地丢开书册，挎着腰刀，迈步出门。

天似穹庐，星汉灿烂，和风轻拂，草原的夜宁静而恬美。努尔哈赤带着侍卫帕海与洛汉二人在内城四处查看了一遍，回到家里，躺下歇息。朦胧之中，听到屋顶上有窸窸窣窣的衣袂摩擦之声，登时醒来，凝神静听，房上又传来轻微的脚步声响。他悄悄起身，背好弓箭，将东果、褚英和代善轻轻抱起，藏在西弯道炕脚供奉祖宗的神案下面，正要将南炕的妻子佟春秀摇醒，要她躲进南炕角的描金红柜里，门外帕海已然呼喝起来："什么人躲在房上？快滚下来！"急忙闪身到堂屋门后，朝外张望。

扑通扑通几声闷响，房上跳下七八个身穿黑衣面蒙黑巾的刺客，听他们落地的动静，轻功并不怎么高明。帕海呼喝一声，挺刀相迎，兵器撞击，溅出点点火星，声音极为清脆响亮，在寂静的夜里传出很远。已经歇息的洛汉也从梦中惊醒，跳到院中支援帕海。努尔哈赤怕他二人抵挡不住，开门出来，众人登时打作了一团。打斗之声惊动了额亦都五人，胡乱披着衣服，各持刀枪赶来，将蒙面人团团围在核心，努尔哈赤命人点起火把，喝问道："我与你们有什么冤仇？竟然夜闯我家？"

几个蒙面人默不作声，背靠背地持刀全身戒备，额亦都大怒道："贝勒哥哥问他们做什么！将他们乱刀砍了，看还有没有人敢再来行刺！"他来得匆忙，情急之下，只穿了一条裤裤，赤裸着上身，铁一般的筋肉在火光下时而红亮，时而乌黑，好似庙里的金刚，横眉立目，神情有几分狰狞可怖。

"是谁这么狠心？何必这么大动肝火，小心伤了和气！"一个阴恻恻的声音从屋里传来，一个高瘦的蒙面人持刀拉着一个披头散发的女人出来。努尔哈赤大惊，那女人赫然就是佟春秀，身穿宽松的睡袍，被蒙面人挟了脖颈推搡出来。

额亦都呼喝道："放开我嫂嫂，不然定将你碎尸万段。"

蒙面人嘻嘻笑道："好啊！你过来砍我几刀，我绝不还手，只是要在你嫂嫂的娇躯上也划上几下，看谁挺得住！"话语却是极为冷酷无情，将额亦都噎得无言以对，倏地一声，狠力将刀插入地中。

"你想怎样？"努尔哈赤踏前一步。

"不想怎样，只要你交出朝廷的敕书，让出建州卫都督的位子，我保你的女人无恙。不然，哼……你知道我会怎么做。"

"小罕子，不要管我，万万不可听他的！职位可是祖宗传下来的，不能给了别人……啊——"佟春秀急得大喊，怕丈夫忌惮自己在仇敌手中，救人心切，答应下来，她深知丈夫的脾气，即使受了胁迫才应允，但话一旦出口，却是万不肯反悔的。蒙面人恼怒异常，将臂弯收紧，佟春秀喉咙被卡住，痛哼一声，说不出话来。

"将她放开，有话好商量。"努尔哈赤大急，又向前跨了一步。

蒙面人呵斥道："我知道你会些拳脚，不想与你过招。你再往前一步，我就在她脸上划一刀。"

努尔哈赤停在原地，一时不知如何是好。自从回到赫图阿拉，他日夜不离地将敕书带在身上，小心保管，以为万无一失，不想竟会有人明抢明夺。他暗暗叹了口气，从怀中摸出敕书，扬一扬说："敕书在此，你过来拿吧！"

"你当我是三岁的孩童，给你轻易哄骗了！将敕书放在地上，退后十步。"

"你若不放人怎么说？"

"没什么可说的，刀在我手上，人在我怀中，你们人多势众的，怎么也要等到我们全身而退，才会放她。"

"也好，只是不可伤了她！"努尔哈赤面色一寒，"不然，你就是逃到天涯海角，我也定取你性命！"说着将敕书抛在地上，身后众人一阵惊呼，既惋惜又无奈，不知所措。

"不要呀！不要对不起祖宗——"佟春秀凄厉地嚎叫着，双手抓住蒙面人的刀刃，向自己胸口狠命刺下，事出突然，蒙面人想要阻拦，已然不及，鲜血四处飞溅，佟春秀倒在地上。

"春秀——"努尔哈赤伤心欲绝，俯身抢回敕书，不料那蒙面人见失了活口，抽回腰刀，兜头向努尔哈赤砍下。努尔哈赤身形甫起，又不知妻子伤势如何，略一分神，躲闪不及，身后的侍卫帕海看得真切，暴叫道："主子快闪开！"一掌将他推开，举刀欲架，蒙面人怪叫一声，钢刀向前一推，一颗硕大的人头飞出丈外，努尔哈赤便觉脸上一热，帕海的一腔热血喷溅了满身。额亦都大吼着飞身上前，挥刀狂砍，蒙面人舞刀招架。额亦都招式威猛，势大力沉，蒙面人震得臂膀酸麻，见几个同伙纷纷向外奔逃，抽身欲退，努尔哈赤哪里肯舍，疾步纵到他身后，一刀刺去，正中后心，众人一拥而上，将他乱刀砍死，等想到要留活口时已是迟了。

努尔哈赤跪在地上，将佟春秀抱在怀里，看她胸口的血汩汩流个不住，脸色惨白似纸，手足冰冷，浑身不住地颤抖，抱她进屋，放在炕上，撕了袍子给她堵住伤口。佟春秀当时已怀必死之心，出手无情，伤口刺得既深且大，哪里堵得住。急命洛汉去喊萨满医生，佟春秀幽幽醒来，摇头道："不要去了……我怕是不行了，浑身好冷……我想与你待上一会儿，说说话儿……孩子呢？他们没事吧？"

"你不要担心，我将他们放了神案下面，祖宗保佑着呢！"努尔哈赤瞥见神案的帏布依然垂着，将案下遮得严严实实，流泪道："只可惜，我没来得及喊醒你，让你受惊了。"

"都怪我给代善哭叫得累了，睡得太沉，竟没有听到你起来……"

众人不忍再听，各自叹着气，蓦然走出屋子。努尔哈赤将她揽在怀里，流泪道："你怎得竟那么傻！为了一纸敕书……"他哽咽着说不下去，眼泪低落在佟春秀脸上、襟前。

　　"那可不是一张普通的纸，是……是祖宗留下的基业，是……是你今后施展抱负的本钱。我……我小时候爷爷就手把手教我如何管家，在嫁给你之前，经手的银子每年也有数千两了，我知道手头没钱，是什么也做……做不成的……"佟春秀凄凉地一笑，说了大段的话不禁有些气喘，略停了停，拉住努尔哈赤的手说："你别拦我，我怕今后再也不能这样与你说话了。我……"大颗的眼泪落到她脸上，她怔了怔，又说："你又哭了？我最见不得你哭，你若一哭，我心里竟觉比你还难受，有时想能替你哭一番，可是……可是我却没力气替你哭了。你做了建州的贝勒，这样在我身边守着哭泣，可不给人小瞧了？"

　　努尔哈赤替她抚去脸上的乱发，欷歔道："带你回赫图阿拉，本想认祖归宗，过几天舒坦的日子，哪里料到变故突起，祸患不断，反而不如在抚顺时陪你的工夫多，真苦了你！"

　　佟春秀闭上眼睛，泪水无声滑落，她已无力抽出手来擦拭，嘶哑着声音说："我不觉得苦，你做的是大事，总是守着妻子儿女怎么行？我、我只……"她哇地喷出一口鲜血，努尔哈赤伤心地给她擦净嘴角，佟春秀出气已觉艰难，她大张着嘴巴，断断续续地说："我想求……求你……千万好生……好生看待东……东果……褚英与代善，就是他们有什么不、是之处，也、也不要……轻易责罚……今后要给东果找、找个好、好人家出门嫁了，褚英顽皮，代善才三个月……"她眼睛直直地望着西弯道炕上的神案。

　　努尔哈赤知道她想看看孩子，含泪放下妻子，掀起西炕脚的神案帏布，见三个儿女睡得正香，没有被屋外的叫喊厮杀之声惊醒，轻轻将他们抱到南炕，推醒他们，再摸妻子的额头已是冰凉，没有了一丝气息，三个醒来的儿女见父母浑身血淋淋的，惊恐得号啕大哭……

　　努尔哈赤走出屋子，木然地看着众人。额亦都等人跺脚大骂，不知如何劝解。正觉尴尬，张一化匆匆赶来，禀报道："大贝勒，我听说夜里出事了，正要赶来，途中有人禀报北城外有战马嘶叫之声，赶到城楼上看了，果见城外不知何时来了大队人马，怕是有人要偷袭城池，我已让守城将士严加戒备。"

"好毒的恶计！走，到城头看看！"努尔哈赤霍然起身，不顾儿女哭得嗓子沙哑。

努尔哈赤率领众人来到北面城头，扒着城墙垛口细看，城外果有不少人影走动，却只在护城河外徘徊，似是并不想攻打城池，询问守城将士，说是已有半个时辰了。他蹙起眉头，忽然挥手喝道："快到西城！"

赫图阿拉在苏子河南岸，建在一片突兀的高岗之上，一面依山，三面环水，只建了东、南、北三座城门，西边因没有城门，没有兵马把守，只有一小队兵卒时常巡城，是赫图阿拉守卫最为薄弱的地方。努尔哈赤等人来到西城，探身向城下看，果然有些人马已渡过了护城河，正在竖起几架云梯往城上攀登，抢在前边的一个蒙面人已将脑袋探出了城墙，额亦都一刀劈下，蒙面人惨叫一声坠落城下，下面的人吃了一惊，知道城上已有准备，不敢强攻，撤了云梯，整队人马消失在夜色中。

神秘的兵马虽然退了，可努尔哈赤不敢歇息，带了额亦都等人四处巡视，直到天亮才回到家里。佟春秀的尸体已经停尸院中，努尔哈赤奠酒三杯，恸哭失声，一夜之间，神色憔悴了许多，想到凶手不知是谁，命人将棺椁放在一个空闲的小屋子里，暂不发丧。折腾了一夜，虽觉疲惫，但想不出刺客的来历，没有一点儿睡意，抚摸着那死去刺客的钢刀，钢刀砍得有了几处缺口，木制的刀柄已有些松动，略微用力，竟将刀柄拔下，里面的铁柄上隐隐刻着"甲肇"的字样。甲肇是城北老街祖传肇家铁匠铺打制兵器的记号，本族中的人所佩带的刀剑多半是出自肇家的铺子，难道刺客就在身边？也许是刺客故意设下的圈套，挑拨我们相互猜疑，自相残杀？努尔哈赤怔怔地出神，苦思难解，额亦都五人还以为他伤心过度，左右不离地陪侍着。

张一化跨步进来，一把抓起桌上的钢刀，笑问道："大贝勒，你也看到上面的字迹了？"

他见努尔哈赤轻轻点了点头，说道："我到城北老街的肇家铁匠铺去了一趟。"

努尔哈赤摇头道："肇家铁匠铺是祖传的手艺，锻造钢刀既好且多，各地的人慕名来买，卖到哪里就是当家的老板也记不清楚，去了也难有什么结果。"

"大贝勒说得不错，若是一般的买卖，肇掌柜的自然记不清楚，但这次却是有人上门订货。"

"是谁上门订货？"额亦都五人围拢过来。

张一化并不回答，反问道："肇家铁匠铺历来的规矩大贝勒该知道吧？"

费英东抢着答道："肇家的规矩是必要在刚刚锻好的钢刀上凿上记号。"

张一化颔首道："不错。肇家锻造的钢刀上个个都有记号，外人看不出什么分别，但他们看来钢刀每把各不相同，肇家锻造的钢刀何止万千？识别全靠这上面的记号。但要凭记号查出是何人所买，销往何处，却不可能，可这次上门订货的人反复叮嘱刀上不要记号，因此肇家记得清清楚楚。"

"钢刀上不是有记号吗？"

"大贝勒，你看着刀上的记号，与肇家平常的记号有什么不同？"

"肇家钢刀的记号平常都在护手以上，怎么这把刀上的记号却到了护手以下，难道是冒牌货？"

"非也，非也！千真万确出自肇家铁匠铺，是正宗的肇家钢刀。上门订货的人不要记号，可肇家不愿坏了祖上的规矩，只好想了个两全其美的法子，把记号凿在护手以下，再用配好的木柄盖住。此事是肇家从未经历过的奇事怪事，就是年月过得再久也不会忘记。"张一化话锋一转，摸着胡须问道："订货的人为什么不要记号，大贝勒可清楚？"

"想必是要做见不得人之事。"

"大贝勒可想知道买主是谁？"

"必是我的仇人。"

"大贝勒想不到会是龙敦吧？"

"咦——"努尔哈赤圆睁了眼睛，"怎么会是他？我与他同是一个祖宗，并无仇怨，他为什么要下这样的毒手？"

"汉人有句古语：秦失其鹿，天下共逐之。建州卫都督就好比那头秦鹿，你想此缺空悬，谁不想补上，进而做建州之主。"

"其实龙敦倒是有资格做建州都督的。当年我高祖福满给朝廷封做建州都督，他生有六个儿子，大爷德世库、二爷刘阐、三爷索长阿、四爷就是我爷爷、五爷包朗阿、六爷宝实，传位给谁也是颇费了一番周折。六位爷爷长大成人以后，高祖只将我爷爷留在赫图阿拉，其他五人给了些银子让他们出去，各自寻找合适的地方安家。五人修城的修城，盖房的盖房，打猎的打猎，种田的种田，没过多久，都有了自己的城寨。大爷建了觉尔察城，二爷建了阿哈伙洛，三爷建了河洛噶善，五爷建了尼玛兰城，六爷建了章甲。六人之中，以三爷和我爷爷擅长做买卖，高祖本来就靠到抚顺、清河、开原、广宁等地的马市发的家，因此最为宠爱兄弟二人，只是后来发觉三爷心术不正，最后选定了我爷爷。可三爷心里一直耿耿于怀，以为是我爷爷在高祖面前说了他坏话，愤恨不已，几乎断绝了往来。这些上辈人的恩怨本来过了多年，如今却又给人翻出，确实来者不善啊！"努尔哈赤面色沉郁，众人明白牵扯他家族旧事，不好多说，唯恐拿捏不准分寸，静听他的意思。

努尔哈赤沉默片刻，才说："此事不过是肇家一面之词，不足以取信他人，没有十足的把握，不好揭穿他。不然，一旦龙敦不认账，我不好向众位长辈交待，也会给肇家惹来杀身之祸。上辈的恩怨已经多年，万一是他人栽赃，挑拨我们相互争斗，岂不正中了奸计！"

张一化点头说："这把钢刀本来算不得什么凭证，他轻轻一句丢了的话，就推得干干净净了，要定龙敦的罪，没有铁证不行。钢刀只是给咱们提了个醒，必须小心提防此人。反正此事必与龙敦有关联，他要想洗刷得清白，脱得没有一丝干系，却也不容易。"

努尔哈赤忧虑道："此事是他主谋，有没有帮手，尽早弄明最好。"

额亦都拍案叫道："贝勒哥哥，这个容易！小弟也学他的手段，夜里将他偷偷擒来逼问，重刑之下，问出实情不难。"

费英东也附和道："我与二哥一起将那老贼擒来，贝勒哥哥亲自问他。"

"不能鲁莽，龙敦怎么说也是我的长辈，一旦有什么差池，反而弄巧成拙了。我看此事不是他一人所为，他没那么大本事，背后必有更厉害的主谋，必要不动声色地试探才好，千万不可打草惊蛇。"

张一化初次来到赫图阿拉，不明白其中的底细，虽有智谋，却无处使用，额亦都等人都是勇猛的武夫，更是拿不出什么上佳的计策，众人面面相觑。努尔哈赤愁眉紧锁，苦笑道："张先生与各位兄弟来到赫图阿拉，尚未来得及摆酒庆贺，接风洗尘，却遭此祸患，我心里真有些过意不去。"

"哥哥说得哪里话！我们未能使嫂嫂免于祸患，又不能手刃仇人，已感对不住哥哥了。"费英东含泪道，"若是知道是哪个狗贼，小弟就事拼了这条性命，也要割下他的人头来！"

不等努尔哈赤张口，张一化说："要试探幕后真凶也不难……"

"先生快说如何试探？"额亦都性如烈火，忍不住急急发问。

张一化轻轻一笑，看着努尔哈赤道："贝勒该给福晋发丧了，灵柩存放着有诸多不便，再说猛然间没了福晋，也要向族人交待明白。"

"我是想春秀死得不明不白，不能这样没事儿似的下葬，她至死都没有闭上眼……"努尔哈赤哽咽着。

"福晋下葬，正可观察龙敦的动静，他再掩藏形迹，终会露些马脚，我们也好想法子对付他。不然，我明敌暗，吃亏的还是咱们。"

"就说她给刺客杀死？"

"假称暴病而亡，看那些祭奠人的情形如何，自然不难判断。"

依照女真丧礼的习俗，努尔哈赤家中院子的西南处，竖起一个七米长短的木杆子，木杆顶上挂起了大红的魂幡。赫图阿拉本来不大，附近的城寨距离也不远，魂幡悬挂起来，远远就能望得见，好比战时报信的烽火狼烟，不多时亲朋故里便得了凶信，纷纷前来吊唁。舒尔哈齐带着妻子第一个赶到，痛哭了一回。进了五月，天气转热，当天就入了殓，南窗之下，搭建灵棚，灵柩安放在棚中，灵前点起一盏豆油长明灯。直到响午，吊唁的人络绎不绝，灵前叩头之后，男左女右，分列两旁，直到夜间。龙敦身为长辈，不用吊唁，只派了两个儿子与儿媳妇前来哭丧。张一化暗暗吩咐舒尔哈齐和他的妻子必要留他们守灵。女真习俗，人死以后，较为直近亲友晚辈要轮流在灵前守夜。佟春秀年纪轻轻，守夜的人手不多，龙敦的儿子、儿媳虽是平辈，也不好推辞，只得答应了。

守夜是个极辛苦的活儿，不能睡觉，要定时在灵前上香，照看着长明灯不致熄灭。舒尔哈齐与守灵的男人们在一旁吃喝，他媳妇陪着龙敦的两个儿媳妇等女人在灵前拥被而坐。虽进了五月，关外夜风仍有些凉意，招魂幡被吹得簌簌作响，灵前的灯光忽明忽暗，土红色的花头棺材上画的一只仙鹤，似在云子卷儿上振翅欲飞。舒尔哈齐的妻子见了害怕道："都说横死的人最容易诈尸，我这心里敲鼓似的，老是静不下来。"

"怕什么！一个死去的人还能怎样？再说咱们又是至亲，她忍心吓你么？"龙敦的大儿媳妇见她如此胆小，口气有些不屑。

"话是那么说，可好端端的一个大活人，怎么一下子就没了？那病怎么来得这般凶猛，真叫人胆战心惊。你说嫂子是个多么贤惠的人呀！怎么老天这样狠心，让她撇下年幼的儿女，好命苦呀！"舒尔哈齐的妻子说到伤心处，不由擦起了眼泪。

"什么暴病？她是给人家一刀……"龙敦的大儿媳妇还要说什么，却给她的妯娌岔开话题说："郎中都不及请到，大嫂得的到底是什么暴病，你可知道？"

大儿媳妇登时醒悟，顺势指着舒尔哈齐媳妇道："这话你该问她才是，怎么却问起我来了？"

舒尔哈齐媳妇忙说："什么病我也不知道，人都没了，还请什么郎中诊断病根儿！"说着起身说："哎呀！方才水喝多了，去方便一下。你们辛苦照看着，我去去就回来。"

努尔哈赤伤心至极，他实在不愿证实果真是龙敦所为，他儿媳妇既说什么"给人家一刀……"，显然是他早已知情，可龙敦手下没有那么多兵马，那城外的兵马又是哪里来的？看来他们还有更大的阴谋。他将心中的忧虑向张一化说出，张一化沉思道："他们想得敕书，其意在于建州卫都督的职位，一计未成，知道已有准备，他们断不会愚蠢得还派人偷抢敕书，想必换一种法子。"

"会是什么法子？"

"什么法子我一时猜不出来，但我想他们必是乘乱攻取赫图阿拉。"

努尔哈赤沉默良久，决然道："今夜我到龙敦家里，窥探一下动静。他们如有此意，或许会趁出殡之日作乱。"

额亦都道："我与哥哥同去。"

努尔哈赤知道他性情急躁，怕他一时情急误事，婉言说："此次窥探不是打仗，不需太多的人，三弟费英东轻功最好，我们二人去就行了。赫图阿拉是咱们的根本，更需人手照看，丝毫大意不得，你们四个兄弟协助张先生留守，哥哥才能放心。"随即与费英东换了夜行的衣服，偷偷出城。

龙敦的城寨离索长阿筑建的河洛噶善城不足三里，努尔哈赤与费英东攀城而上，悄悄向城中摸来。见一所高大的院落，坐北朝南，三楹的房门朝东开着，门前兵丁来回巡弋。二人绕到宅院后面，由一个连山的耳房爬上屋顶。女真的房屋以西为尊，通常北侧居中的丈二大屋是正房，进门即是堂房，内置炉灶、炊事用具。西间称上屋，由家中长辈居住，东间居晚辈。他们伏到西间屋顶贴耳细听，屋内隐隐传来说话的声音，他拔出腰刀，轻轻往屋顶插下，那屋顶乃是茅草搭筑而成，登时撬了一孔缝隙，凝

努尔哈赤
55

目往下细瞧。只见数盏熊油灯将屋内照得一片通明，南面的大炕上团团围坐着六个人，三爷的五个儿子长子礼泰、次子武泰、三子绰奇阿、四子龙敦、五子斐扬敦赫然全都在座，其余一人只见背影，认不清面目。绰奇阿道："努尔哈赤如今想必心神已乱，等出殡之日，我们多派些人手，假意去送丧，他必不会防备，乘机除去了他，建州卫都督的职位自然就会由咱们这一房接掌了。"

龙敦一扫那日的猥琐之态，目光凌厉地扫过众人，恨声说："当年爷爷偏心，将都督一职传与四叔，致使四叔这么多年一直压在咱们头上。嘿嘿，他万万想不到死后还不出一年，努尔哈赤竟保不住这个位子。本来这个位子是祖宗传下来的，凭什么四叔一房做个没完？就是轮流坐，也该到咱们一房了。其他五房人才凋零，哪里比得了咱们兵强马壮！"他端起一杯烧酒吃下，向另外一人问道："你家主子的人马可调集齐了？我想出殡之期不外明后两天，若是小三天，死去的当夜也算一天，就是明天，如是大三天么，就是后天了。"

"四爷放心，我家主子已将重兵埋伏在佛阿拉祖茔附近，只要努尔哈赤一到，他们一个也跑不了！"

龙敦冷笑道："话不可说得太满，昨日夜里我命人假扮刺客，去偷敕书，努尔哈赤被围困在家中半个时辰，可你们那么多人马还是偷不出城。回去与你家主子说，这次再不可大意了，必要成功。"

龙敦说完站起身来，走到西面炕前，原来那神案上早已备好了牛、马、羊三牲，龙敦端起满满一碗酒，对着神位立誓道："杀了小罕子，与尼堪外兰一起统领建州。"

"杀了小罕子——"众人随他立在神位前齐声立誓，将各自碗中的烧酒一饮而尽，"呼——"的一声将酒碗摔碎在地上。

努尔哈赤见了此等阵势，顿时惊出一身冷汗，心想："原来他们怀着多年的怨恨，甚至不惜勾结图伦城主尼堪外兰，做这等辱没祖宗的勾当！就是拼死恶战一场，也不能让他们的毒计得逞！"

四·报 怨

两个妇人嘴里起了节拍，一起跳起莽势舞
来。一会儿将一只袖子覆在额头，另一只
袖子挽到背后，两脚变换着地，盘旋数圈，
宽袖和裤管随身飘摇，露出一段雪白的胳
膊和粉嫩的足踝，诺米纳、奈喀达看得发
呆，开怀畅饮。莽势舞极是繁复，有九折
十八势之多，起式、拍水、穿针、吉祥步、
单奔马、双奔马、怪蟒出洞、大小盘龙、
大圆场，妇人使出浑身手段，舞得千娇百
媚，二人看得心旌摇荡，如醉如痴。

　　努尔哈赤二人回到赫图阿拉，已近黎明时分。张一化、额亦都等人一夜未眠，等着他们的消息，听说龙敦兄弟与尼堪外兰勾结，要在出殡之日血洗赫图阿拉，心里各自吃惊。额亦都跳起来便要领人去攻打龙敦，张一化摇头道："倒不必用那样的蛮力，咱们既已知道龙敦的图谋，不如将计就计。贝勒可将出殡日期明告族人，龙敦他们必然按计而行，咱们到时不妨先下手为强，就在贝勒福晋的灵前将他们拿下。"

　　"龙敦若能亲来，擒下他不难。但那尼堪外兰怎么对付?"努尔哈赤仍觉放心不下。

　　张一化解说道："尼堪外兰在祖茔周围埋伏重兵，确实棘手。照理说，咱们知道了他的动向，不难对付。只是咱们人手太少，一面要举办丧礼，一面还要防备着他，实在难以两全。我想此事可否变通一下，另选坟茔如何?一来可以如期出殡，二来可以暂避尼堪外兰的锋芒。等福晋的后事了结，再找他报仇不迟。"

　　众人纷纷看着努尔哈赤，等他决断。努尔哈赤无奈地叹了口气，声音低沉地说："不归葬祖茔，实在不合我们女真的族规。可咱们人马不足千人，又难与尼堪外兰抗衡，变通一下，也是为祖宗神位前今后还能有人四时祭奠，我想祖宗是不会怪罪的，就按张先生之计行事吧！"

次日，戊时刚过，送殡的亲友陆续赶到，依照长幼次序拜祭哭丧，龙敦兄弟的儿子、媳妇一齐赶来吊丧，十几辆牛车满载着纸人纸马等诸多祭奠之物，浩浩荡荡进了赫图阿拉，车前车后簇拥着几十个精悍的家奴。家奴们正要陪着那些少主子进灵棚祭奠，早有执事人员拦住，将他们让到一个跨院里歇息，迈进院子，院门紧紧关闭，家奴们尚在惊愕之际，额亦都等人用刀将他们逼住，搜出他们身上暗藏的兵刃，用绳索绑了，押往灵棚。龙敦兄弟的儿子、儿媳们正在假装哭得昏天黑地，额亦都等人悄悄围了灵棚，将那些家奴押了进来，禀报努尔哈赤道："这些家奴暗藏利刃，想是图谋不轨，现都已拿下，请贝勒定夺。"

努尔哈赤朝舒尔哈齐使个眼色，舒尔哈齐跳起来，对那些堂兄弟大叫道："你们可是想趁我嫂嫂大丧之机，来抢夺赫图阿拉？"

为首的堂兄突见家奴被擒，以为事情败露，却不想这么轻易承认了，支吾道："咱们是一……一个祖宗，怎会自相残……残杀？"

"既来吊丧，为什么暗藏兵刃？"

"不过是为了防身，老三，你不要多想。"那堂兄渐渐冷静下来，朝努尔哈赤冷笑道，"我们若想抢这赫图阿拉，怎会只来这几十个人？老三也太疑神疑鬼了。"

自打龙敦那些吊丧的人马进城，努尔哈赤便已知道龙敦等人没来，想必他已带人到了祖茔与尼堪外兰合兵，只擒杀这几个虾兵蟹将没什么益处，如今与龙敦尚是暗斗，事情没有挑明，其他族人也不知原委，若擒杀了他的儿子等人，撕破了同宗的情面，反而会授人以柄，他必然会横下心来与尼堪外兰联合攻击赫图阿拉，情势必会更加危急。电光火石之间，努尔哈赤心里闪了许多念头，赔笑道："刀不离身，是咱们女真人的习俗，没有什么值得大惊小怪的。老三想必伤心太过，心智乱了，看在同宗的份儿上，众位兄弟不要见怪。将家奴们放了，兵刃先代为保管，等出殡以后，如数奉还。"

额亦都暗自焦急，哥哥怎地如此慈悲了，既然已将他们擒下，不如在嫂嫂灵前砍了他们的头，祭奠亡灵。如不加惩戒，无异放虎归山，岂非太便宜了他们？他恍若不闻，怒目而视。那堂兄毕竟做贼心虚，喝骂家奴道："你们这些胆大的奴才，福晋灵前，不知下拜祭奠，眼里还有主子么？"家奴们慌忙祭拜了一番。

此时，已近晌午，因尚有长辈健在，出殡的时辰不能过午，阴阳师早已看好了时辰，一声呼喊，灵柩抬上了牛车，朝城北外缓缓而行，东果、褚英二人大哭起来，众人也各自悲啼。努尔哈赤的祖茔最早一个建在会宁城南面四十里处，是远祖猛哥帖木儿的茔地，后人称猛哥洞古坟。到了曾祖福满死后，因祖茔过于遥远，在佛阿拉的念木山就近择地而葬，念木山在赫图阿拉以西三十多里处。灵车出了北城折向城西，走了不足三里，前面一片深山碧岭，有奇峰十二座，乃是有名的樵山，南面的苏子河如玉带一般蜿蜒流向东方，隔岸的烟筒山遥相对峙。努尔哈赤与张一化互递了眼神，灵车登时停下，任凭鞭子怎样抽打，竟是纹丝不动。阴阳师高喊道："福晋舍不得两个孩子，想就近归安。"

努尔哈赤挥手道："就在后面樵山山麓埋了吧！"

那堂兄大急道："怎么不归葬祖茔了？这可是坏了祖宗的规矩。"

努尔哈赤扫视他一眼说："春秀是暴病而死的，想必是她在天之灵，怕坏了祖茔的风水。果真如此，我也不好向伯叔们交待，人死为大，就依了她吧！"

额亦都命人加紧挖坑埋葬，不到半个时辰，丧事完毕，尼堪外兰、龙敦等人知道消息时，众人已回到赫图阿拉，龙敦仔细询问，也觉察不出什么破绽，懊悔计策不成，白白空等了一场，只得各自悄悄回去。过了不多几天，朝廷的邸报传到了广宁，李成梁见努尔哈赤的都督一职难以再变，慑于朝廷威仪，命人将觉昌安、塔克世的尸身送还，努尔哈赤将爷爷、阿玛一并葬在了樵山山麓，一桩心事终于了结。朝廷本来就惹不起，此时又没有了争斗的理由，于是安下心来，准备讨伐图伦城，向尼堪外兰复仇。

父亲手下的兵马只剩下不足七百，兵器、铠甲、马匹都极缺乏，接连数日，努尔哈赤与张一化、舒尔哈齐、额亦都、费英东、安费扬古、何和礼、扈尔汉等人商议。张一化道："尼堪外兰投靠李成梁，自以为有朝廷撑腰，飞扬跋扈，欺凌弱小，建州各部多数依附于他，其实是出于被迫，并非心服，能给他出死力的没有几个。惟今之计，还是需提防龙敦等人，以免内外交困，祸起萧墙，那样就不好应付了。"

努尔哈赤锁眉道："如今看来，先生所说的攘外必先安内一策已不可行了，龙敦等人可先置之不理，等擒住了尼堪外兰，他失去外援，自然难以兴风作浪，不足为惧了。"

"贝勒说得有理。只是还要提防他们联手，人不打虎，虎却吃人，外患好挡，家贼难防，无论怎样说，龙敦也是咱们的后顾之忧，若是后院起火，咱们就没有了后路。"

"两处都要用人，这事就难了。古人说：兵分则弱，不如合而击之。急切之间，咱们哪里去招许多人马？"努尔哈赤摇头叹息。

额亦都道："贝勒哥哥，不要担忧，我带几个精干的兵卒，偷入图伦城去，杀了尼堪外兰。"

"我怎忍心你身处险境！此事比不得你那日倒拖牛车，你那一身蛮力竟将那头壮牛死死拖住，不得前进半步。"

费英东不忍努尔哈赤为难伤神，抱拳道："小弟回苏完部向我阿玛借些兵来。"

何和礼也说："小弟回栋鄂部向父兄借兵给哥哥报仇。"扈尔汉不甘示弱，也要回雅尔古寨找父亲借兵，努尔哈赤喜道："三位老世叔若能答应借兵，破了图伦城，所有财物我分毫不取，任凭世叔们挑选。"

"贝勒哥哥见外了。"三人一齐辞别，努尔哈赤等人送出家门，目送他们上马而去。舒尔哈齐赞叹道："真是义薄云天的好弟兄！哥哥结交了他们，何愁大事不成！我去找二哥穆尔哈齐，他与五爷的儿子棱敦叔叔、孙子扎亲、桑古哩交情莫逆，也可帮忙。"

"千万不可勉强。"努尔哈赤叮嘱完毕，与张一化、额亦都、安费扬古三人走上城头，向北眺望，西北五十里以外，便是图伦城寨。张一化知道他报仇心切，说道："方才贝勒担心两处用兵，其实龙敦他们却也不必提防。"

"赫图阿拉是自我曾祖筑造以来，经营多年，一石一木，都是祖宗的心血，岂可轻易放弃？"努尔哈赤听他言语前后抵牾，先是提醒要提防龙敦，此时却又改口，大为不解。

"贝勒误会了，虽说龙敦与贝勒同宗，但赫图阿拉依然不可拱手与人。既然不能让龙敦与尼堪外兰联手，我想出一个计策，使他二人反目成仇，龙敦自然不肯再帮他了。"

"先生有什么计策？"努尔哈赤脱口追问，随即摇手道："先生不要说破，看我可猜得出来？"他沿着城道向西踱步缓行，将到城西，转头说道："让他二人互相交恶，最上之策莫过离间计。"

"贝勒果真聪颖，若是多读些兵书，多加历练，必成良将。"张一化含笑拈须，似是胸有成竹，"我知道贝勒与萨尔浒城主诺米纳、嘉木瑚城主噶哈善哈思虎、沾河城主常书素相友善，贝勒可招他们前来助阵，声言讨伐图伦城。龙敦定将消息透露给尼堪外兰，贝勒却不发兵，尼堪外兰白白忙乱一场，龙敦再有什么密报，想必他不会放在心上，二人相互猜忌，自然不会联手了。"

"萨尔浒城主诺米纳、嘉木瑚城主噶哈善哈思虎、沾河城主常书与他弟弟扬书都与尼堪外兰有仇，招他们一同讨伐图伦城，自是不难。"努尔哈赤即刻派人分头去知会萨尔浒城主诺米纳、嘉木瑚城主噶哈善、沾河城主常书，萨尔浒城主诺米纳、嘉木瑚城主噶哈善一口答应，沾河城主常书却害怕得罪尼堪外兰，假称身染疾病，推辞不来。

过了两日，萨尔浒城主诺米纳与他弟弟奈喀达、嘉木瑚城主噶哈善先后来到了赫图阿拉，城内狭小不堪，一时驻扎不下这许多人马。嘉木瑚城主噶哈善在城中无意中见了一个美貌的女子，打问一下，竟是努尔哈赤的妹妹，在接风的酒宴上，他即向努尔哈赤求亲，努尔哈赤只得答应了，当晚就收拾喜房给二人成亲。噶哈善做了新郎，自然不好住在城外，诺米纳与弟弟奈喀达二人只好领兵在城外扎营。春夜孤寂，兄弟二人想着噶哈善正拥着娇美的新婚妻子，心痒难耐，没有一丝睡意，对坐喝起闷酒，正在对饮，亲兵进来禀报："龙敦老爷求见。"

不等二人起身，龙敦笑眯眯地进了大帐，抱拳道："如此良宵，怎么只有你们二人喝这不咸不淡的鸟酒？连个陪酒的女人都没有，也太无味了。"说着轻拍两下手掌，从帐外进来两个妖艳的妇人，兄弟二人乜斜着醉眼，看着那来那两个妇人将玄色斗篷解下，上身都裹了元白宽袖旗袍，下身穿着翠绿的绸裤，脚上穿着花盆底的厚木底花鞋，头上高耸着乌黑的盘髻，手上捏着一方粉红的手巾，腰肢轻摆，上前深深一个万福，一阵腻腻的脂粉香气直透鼻孔。诺米纳、奈喀达眼睛直直地看着，口中还礼不迭。龙敦见二人垂涎贪婪的模样，命那两个妇人道："给两位城主跳舞以助酒兴。"

两个妇人嘴里起了节拍，一起跳起莽势舞来。一会儿将一只袖子覆在额头，另一只袖子挽到背后，两脚变换着地，盘旋数圈，宽袖和裤管随身飘摇，露出一段雪白的胳膊和粉嫩的足踝，诺米纳、奈喀达看得发呆，开怀畅饮。莽势舞极是繁复，有九折十八势之多，起式、拍水、穿针、吉祥步、单奔马、双奔马、怪蟒出洞、大小盘龙、大圆场，妇人使出浑身手段，舞得千娇百媚，二人看得心旌摇荡，如醉如痴。龙敦两手一招，那两个妇人停下舞步，偎身上来陪酒，二人各自搂定一个，欣喜万分。诺米纳在妇人耳鬓不住嗅闻，妇人左躲右闪地挑逗。奈喀达将妇人的花鞋脱下，翻着眼睛向哥哥说："这可不是什么莲杯，竟是一个巨瓯了。"

妇人滚在他身上又捶又打，不依不饶道："饮酒就饮酒罢了，怎么无端脱人家的鞋子？"

奈喀达嘻嘻笑道："他们汉族的妇人自幼缠足，窄窄小小的，才三寸上下，汉族的男人最喜欢什么莲杯饮酒，就是将妇人的鞋中放只酒杯来饮。"

那妇人扭捏着说:"鞋子若给酒泡了,可要赔新的。"

"那个自然,明日我叫人多买几双给你。"奈喀达端起花鞋狂饮。

龙敦等二人调笑一番,才说道:"听说你们后天要与小罕子一起攻打图伦城?"

诺米纳早已欲火高炽,心里暗暗埋怨龙敦太不识趣,可两个美妇人毕竟是他送来的,不好翻脸,敷衍道:"不错。尼堪外兰那厮自恃兵马众多,屡次到萨尔浒索要骏马、铠甲,实在欺人太甚!这回定要让他怎么吃的怎么吐出来!"

"你们中了小罕子的计策,还蒙在鼓里想好事呢!"龙敦连声冷笑。

"中什么计策?我们一起攻城,城破后一起分财物,有什么不好?"诺米纳有些不耐烦他啰嗦。

"小罕子有多少人马?"

"不足一百人。"

"小罕子只有十三副铠甲,那攻城岂不是依仗你们?再说朝廷对尼堪外兰青眼有加,李总兵手握数万雄兵,更是一心扶持他,准许他筑造嘉班城寨,让他做满洲国主,当建州女真的首领。听说哈达万汗王台也有心助他,你们跟小罕子一起去攻打图伦城,李成梁能袖手旁观吗?若是你们轻举妄动,李成梁出兵毁了你们的萨尔浒城,不但断了你们的后路,你们还会腹背受敌,那时尼堪外兰与李成梁前后夹击,你们往哪里逃?老弟这招实在是危险得紧呀!"龙敦阴冷地看着二人,诺米纳听得冷汗直流,酒醒了大半,连夜带领人马回了萨尔浒。

努尔哈赤一早知道诺米纳兄弟二人不辞而别,想到必是受到了龙敦的挑唆。此时,费英东、何和礼、扈尔汉三人借兵未归,努尔哈赤手下青壮部众仅三十人,张一化劝他再等几日,努尔哈赤以为兵贵神速,龙敦必会将诺米纳撤兵一事报与尼堪外兰,正好出其不意,奇袭图伦城。再说尼堪外兰正在修建嘉班城,一旦筑成,沟深墙高,攻打起来势必难于图伦城。张一化见他心意已决,不好多加劝阻。

次日凌晨，努尔哈赤齐集三十部众与妹夫噶哈善的数百人马，开堂子祭奠过了关圣帝君、佛陀本尊和观音菩萨，命侍卫依尔古捧出十三副盔甲来，整整齐齐地摆放在桌案上，那盔甲使用了多年，闪着乌油油的暗光，已有破旧之色。努尔哈齐含泪依次抚摸了一遍，紧握拳头高声说：“尼堪外兰原本是个平常的马贩子，出生在咱们建州的巴哈，他骨子里却瞧不起咱们女真，终日想着讨好汉人，多次到广宁巴结李成梁，进贡送礼，奉献骏马、貂皮、人参、鹿茸……跪在地上，称李成梁一口一个太爷，奴颜婢膝，丢尽了咱们女真人的脸面。我祖父抬举他当上图伦城主，这恶贼不但不思报恩，却恩将仇报，卖主求荣，与李成梁里应外合，杀了我祖父、父亲，如此恶贼岂能容他在世间为害！我今起义兵讨伐此贼，定要铲平图伦城，用他的人头祭奠父、祖在天之灵。”他两眼扫过众人，捧起一副盔甲，大声喊道：“额亦都——”

“在！”额亦都上前接过盔甲。

“此盔甲乃是我祖父、父亲遗留下来的，今日出征，特赠与兄弟，以此护身，多杀仇人。”努尔哈赤想起父、祖的先泽，悲从中来，一时声泪俱下。

额亦都振臂大呼：“踏平图伦城，宰了尼堪外兰！”众人随声呼喊，军威登时雄壮了许多。

“安费扬古——”

“扬古利——”

安费扬古、扬古利二人依次上前领了盔甲，眨眼间，十三副盔甲发放完毕，拜过天地，立下誓言，直奔图伦城而去。

图伦虽称之为城，实则是一座屯堡，土城土墙，高不过一丈，方圆仅有三里。城内除尼堪外兰住的是青砖瓦房，其余多是茅屋窝棚。努尔哈齐打听得图伦城东面有一座山峡，名叫九口峪，乃是通嘉班城的要道，他悄悄地派一百名兵士去把守九口峪，断他救兵之路，亲领三百兵士，含枚疾走，到了图伦城下，已是三更时分。努尔哈赤吩咐去南门放一把火，城中兵士从睡梦中惊醒过来，去救南门的火。额亦都带领十几个兵卒搭起人梯，偷偷爬上东门，大喝一声，杀散了守军，冲进城内。城中大乱，不知道城外来了多少兵马，四散奔逃。随后安费扬古护卫着努尔哈赤冲到尼堪外兰的家中，四处寻找仇人不见，知道尼堪外兰必是已逃出了城，叹息一番，下令将俘获的马匹、牛羊、衣物等清点一遍，分与各位将士。

初战告捷，士气大振。努尔哈赤安抚城中百姓，降者免死。在图伦城息兵一天，犒赏将士，又派人搜寻尼堪外兰的下落，终无消息，过了几天，听说尼堪外兰逃往了嘉班城，于是一路追赶下来。

尼堪外兰逃出图伦后，渡过结冰的浑河，顺流而下，到了嘉班城，收拾残兵并督造城寨的兵卒，回兵去救图伦。途中正遇到努尔哈赤领兵赶来，尼堪外兰自恃兵多，上前狞笑道："小罕子，你好不识时务！你祖父、父亲都被咱略施小计，死在乱军之中；就是你本家的伯叔们都有心除掉你，想着归顺咱，众叛亲离，你成了孤家寡人，还有什么脸面与咱作对？"

努尔哈赤见他趾高气扬，咬牙骂道："你这忘恩负义的小人！我祖父待你极为宽厚，抬举你做了城主，你却恩将仇报，对他老人家暗下毒手，如此血海深仇，岂能就这么算了！你这负心的恶贼，我就是生吃你的肉，喝光你的血，也难消我心头之恨！"说着张弓便射，尼堪外兰知道他箭法极准，急忙打马后退。那些兵马见主将抵挡不住，纷纷跟他后退，不战自乱，霎时溃不成军，尼堪外兰约束不住，落荒而逃。努尔哈赤星夜兼程，一直追到抚顺城南的河口台，只见关上聚集着手持刀枪弓箭的明军，人声嘈杂，战马嘶鸣，众军士簇拥着一个把总，正与关前的尼堪外兰说话。

安费扬古勒马道："贝勒哥哥，可是关内的明军要出来援助尼堪外兰？"

努尔哈赤骑马站在一个高坡上，察看了良久，打马上前，站在尼堪外兰身后向关上施礼道："敢问关上是哪位将军？"

那把总乃是军中最末一级的军官，被称作将军，极是受用，问道："你是何人？"

"在下建州卫左都督努尔哈赤，将军可是关上的守将？"

"小将王廷山，是关上的把总。都督有什么事？"那把总知道来人是经朝廷敕封过的，狂傲之气登时收敛了许多，话语也客气了不少。

"尼堪外兰与我有杀父之仇，求将军不要庇护这恶贼。"

尼堪外兰大呼道："不要听他胡说！他父亲是李总兵下令斩杀的，本没有什么差错。将军不要给他迷惑了。我与将军的上司抚顺游击将军李永芳大人交情颇厚，将军千万不可信他。"

王廷山听了李永芳的名字，心下踌躇，皱眉道："尼堪外兰既然投归于咱，我若将他交与你，岂不给人说我惧怕了你，坠了名头，我在军中如何立身？朝廷早已有令，遇到你们女真人争斗，不许偏袒任何一方，以免惹出纠纷，扰乱边陲。但此事正在关前，我难以袖手旁观，不然误伤了他人，我也难以推托罪责。"

努尔哈赤听他说得极为周全，无可驳辩，又不敢得罪，只得下令就地安营扎寨，守候在关前，堵住去路。不料，尼堪外兰见明军不愿收留，换上手下兵卒的衣甲，连夜逃往鄂勒珲城去了。努尔哈赤闻报，没有责怪守卫的兵卒，反而欣喜道："他既逃离了抚顺关，咱们不必再忌惮明军，再破了鄂勒珲城，看他哪里逃！"下令拔营追赶，忽然一匹战马飞驰而来，马到帐前，跳下一个人，称萨尔浒城主诺米纳有紧急书信送来。

努尔哈赤展信细看，上面写道："建州左卫努尔哈赤都司：据悉您要发兵去鄂勒珲，攻打尼堪外兰城主。特函奉劝，切勿轻举妄动。浑河部的栋嘉和扎库穆二处，不准你军侵犯。栋嘉和巴尔达两城是我的仇敌，你若攻鄂勒珲，必先取栋嘉、巴达尔。你若取此二城，就送给咱。否则，不许你的兵马路过我的边境。"努尔哈赤气得浑身乱颤，正要发作，张一化怕失了分寸，急命将送信人带出大帐，努尔哈赤怒吼一声："岂有此理！诺米纳这个乘人之危的小人，当初怎么会与他交好，真瞎了眼睛！"

张一化把信看了一遍，说道："诺米纳与他弟弟奈喀达屡次阻挠咱们出兵讨伐尼堪外兰，不除此患，难成大事。"

嘉木湖寨主噶哈善也忧虑道："他们兄弟二人横行霸道，不讲道理，若不先击败诺米纳，哥哥不足以立名树威，还有哪个敢来归附哥哥？"

"那好，就先除去他们。"努尔哈赤语调冷若冰霜，命那信使回去禀报诺米纳，随后带兵来到萨尔浒城下，商议如何攻打栋嘉、巴达尔两城。诺米纳、奈喀达接到信使的回报，不禁大喜，大开城门，将努尔哈赤、噶哈善、额亦都、安费扬古等接入城中，摆酒相迎。

诺米纳举杯贺道："老弟以十三副遗甲起兵，一举攻克图伦城，杀得尼堪外兰东逃西窜，威风扫地，令人赞佩！"

努尔哈赤淡然笑道："古语说：吉人天相。我身负血海深仇，兵马虽少，却是正义之师，自然所向无敌。尼堪外兰那贼子就是再亲近的人他都出卖，一心只想着自己的荣华富贵，这等见利忘义的小人，只可共贫贱，不可共富贵，哪里有半点儿亲朋的情谊？人神共愤，怎能不败？"

"老弟所言极是。如今老弟刚刚攻破了图伦城，士气正旺，最好一鼓作气与哥哥合兵攻克巴尔达城。"诺米纳眼中闪过一丝狡黠的光。

努尔哈赤喝下杯中酒道："老兄过谦了。老兄兵多势众，哪里用得着小弟出些微薄之力？想是老兄看小弟军械不足，才盛情邀请小弟攻破城寨，也好添些军械。老兄如此提携，小弟怎敢不从！只是小弟手下只有百余骑，势单力孤，攻城自然该由老兄为首。"

诺米纳一口烧酒尚未咽下，却听他有心退缩，心里暗怒：不想卖力，却只想着分财物，天下哪有如此的便宜可沾？我既招你一起合兵，自然该你打头阵，怎容你在一旁袖手！气恼之下，那口烧酒竟忘了下咽，呛在喉咙里，火辣辣地生疼，眼泪、鼻涕一时齐流出来，他用衣袖抹了，摇头道："哥哥怎能抢了你老弟的风头？哥哥年纪大了一些，有了这萨尔浒城和这些兵马也知足了，老弟可不同啊！你年纪轻轻，正是扬名立万的时候，此时不挣下些本钱，实在可惜了。再说哥哥的兵马久疏战阵，打不得硬仗，比不得老弟连战连捷，士气昂扬，还是老弟打头阵吧！"

努尔哈赤见他醉眼朦胧，脸上、胡须上还沾着些许污物，暗觉厌恶，低下头说："兄长如此看重小弟，照理说，既已有命，自然不该推辞。只是小弟破了图伦城，人马虽说伤亡不多，可军械损坏殆尽，城中的财物又多分给了借来的兵马，军械实在不够用了。若是老兄肯借些兵器、甲胄给小弟，就是独自攻打巴尔达城，小弟也心甘情愿。"

"咱、咱可一言为定，不准反悔！"诺米纳心头狂喜，如此坐享其成的好事岂肯放过？他猛地站起身来，伸出毛茸茸的右掌，说道："咱们来个三击掌，以前种种恩怨一笔勾销，今后咱们还是好兄弟，再不听他人挑唆了。"

努尔哈赤听他说到"今后咱们还是好兄弟"一句，心中热血滚动，竟有些不忍下手，又听他说什么"再不听他人挑唆"之言，想起他受堂叔龙敦的蛊惑，竟将自己抛下不管，哪里有什么兄弟之情，心下登时一片冰冷，默然不语，伸出右掌，与他连击三下，随即派人去取兵器、甲胄，披挂起来。奈喀达端了大杯过来劝饮，努尔哈赤趁他二人仰头之际，将酒洒在襟前。

次日，努尔哈赤、噶哈善带兵先行出了萨尔浒城，在城门外等候诺米纳、奈喀达，过了半个时辰，二人才摇摇晃晃地骑马领兵出城，显然是宿酒尚未全醒。努尔哈赤见城门缓缓落下，大喝一声，一脚将诺米纳踢落马下，额亦都上前将他五花大绑起来。奈喀达惊叫一声，酒醒了大半，打马要逃，安费扬古疾步跳到马前，伸手抢过缰绳，奋力一勒，那马受惊，一声长嘶，前蹄高高跃起，将奈喀达甩落尘埃。努尔哈赤忌惮他们人多，担心有变，当场历数诺米纳兄弟的罪行，就地斩首，不费吹灰之力，夺下了萨尔浒城。

努尔哈赤起兵不到两个月，攻破图伦城，智取萨尔浒，又连连攻下数个小寨，声名鹊起，军威显赫，投军归附的人络绎不绝，费英东与父亲苏完部长索尔果率领军民五百户来投，何和礼带来栋鄂部的一彪人马，扈尔汉与父亲雅尔古部长扈喇虎一起投奔赫图阿拉。努尔哈赤乘势又灭了几个小城寨，人马渐渐增多，兵势大振，操练之声，震撼山谷。努尔哈赤心里一直想着领兵直捣鄂勒珲城，给爷爷、阿玛报仇。鄂勒珲处在浑河北岸，距明朝边境较近，尼堪外兰极容易逃入明军关隘，若为明军庇护，想捉他就难了，万一他逃入关内，真如鱼游大海，踪迹不见，必要先绝了他的后

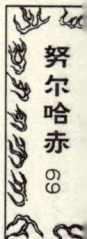

路，方可攻城。努尔哈赤派人进了抚顺关，给守关的把总王廷山送去厚礼，王廷山满口答应，决不放他入关，努尔哈赤火速带兵赶奔城下。

鄂勒珲城也是一座土石杂筑的城寨，尼堪外兰本想筑得高厚一些，但图伦城破之后，手下部众纷纷叛离，人力物力顿感不足，只好草草了事。尼堪外兰听说努尔哈赤杀来，早已慌了手脚，派人到抚顺关向明军求救，那王廷山得了努尔哈赤的厚礼，自然不再理会，下令手下兵卒："不准放他进来！"尼堪外兰没有办法，只好一边严守城寨，一边暗命手下两个神射手鄂尔果尼、罗科各带五十名弓箭手埋伏在城垣周围。不久，努尔哈赤领着人马到了，一声号令，万箭齐发，城上守兵慌忙俯身卧倒，不敢起身抗拒。猛将额亦都率先冲到城下，将城周围的草房点燃，顷刻之间，烟尘滚滚，火光冲天，城头上下一片火海。努尔哈赤借着浓烟，搭起人梯，纵身跃上城头，城上的守兵死的死，逃的逃，纷纷退入城内。努尔哈赤跳到一座高大的屋顶上，骑着屋脊，居高临下，一连射倒数人。鄂尔果尼和罗科正埋伏在离此不远的一座房上，躲在烟筒后面，指挥兵卒射箭，身边的兵卒却不断给人射中，四处寻找，见一个高大英武的汉子从容开弓放箭，例无虚发，暗暗喝彩，拈上一支狼牙箭，奋力射出。努尔哈赤听得头上一声暴响，脑袋不知被什么东西重击了一下，身子一晃，好在手脚敏捷，伸手抓住屋脊，俯身上面，摘下头盔，不禁惊出一身冷汗，那箭贯盔直入，露出一指多长的箭头，将头发割断一绺，鲜血直流，伤口隐隐作痛。

努尔哈赤忍痛将箭拔出，搭弓又射倒一人。此时，却听身边不远处有弓弦声响，俯身躲避，正中脖子，虽有护甲遮挡，那箭力道极大，入肉深达寸余。努尔哈赤大叫一声，伸手握紧箭杆，狠力拔下，不料因透甲而入，箭头卷折，犹如上有倒钩，竟然扯下两块肉来，顿时血流如注。努尔哈赤牙齿紧咬，面色苍白，强自支撑。额亦都、安费扬古等人在房下见他伤势过重，大喊着上房救护。努尔哈赤怕乱了阵脚，尼堪外兰乘机掩杀，又担心有人中箭，连连摆手道："不必上来，这城中竟有如此的高人，切不可犯险！"

费英东如飞跑来，大喝道："快放箭！将他们射住，不然贝勒难以平安下来。"

众人立时醒悟，箭如飞蝗，射得鄂尔果尼、罗科等人抬不起头来，努尔哈赤挂弓为杖，从容地走下房屋。双脚刚一落地，摇晃着摔倒在地，昏厥过去。众人慌忙跑上来，见鲜血顺着铠甲涔涔而下，流个不住，伤势极是严重。额亦都将他抱在怀中，安费扬古急忙扯裂内衣，替他包裹伤口。费英东又给他喂下几口水，努尔哈赤才苏醒过来，喝令道："快寻尼堪外兰，千万不可让他逃了！"

众人找遍了整座城寨，也没见尼堪外兰的影子。"又给他逃了！"努尔哈赤大急，命贴身侍卫颜布禄、兀凌噶搀扶着登城遥望，见城外一队人马向抚顺关跑去，为首一人头戴毡帽，身穿青绵甲，装束与常人不同，大呼道："那想必是尼堪外兰，不要给他逃入关去！"

额亦都、安费扬古、费英东三人见他箭伤流血不止，不敢离开寸步，劝道："贝勒哥哥不要心急，王廷山既然答应了紧闭关门，尼堪外兰自然无路可逃，想必还要转回来。"

众人簇拥着努尔哈赤缓缓下城，上马去追尼堪外兰。远远看到了抚顺关，见关门忽地一开，飞出一匹健马，迎着尼堪外兰而来。努尔哈赤大惊失色，仰天恨声说："难道我要报此大仇竟这等艰难！"

话音未落，却见那匹健马与尼堪外兰等人交错而过，竟向自己驰来。马上的人高声问道："来人可是建州卫都督努尔哈赤？"

"正是。"努尔哈赤大惑不解。

"我奉把总老爷将令，告知与你：尼堪外兰任凭你们处置，抚顺关的人马决不插手。"

"那怎么还准尼堪外兰赖在关下？"

那兵卒见他如此小心，知道他存有疑虑，信不过别人，笑道："你既然怕中了我们的埋伏，就派些人马过去试探，不必亲自去擒他。"说完打马转回。

努尔哈赤听他说得恳切，似非虚言，派部将斋萨带兵四十人，去捉拿尼堪外兰。尼堪外兰方才见关门一开，以为明军接他入关，不想关内出来的那人竟舍了自己，奔到努尔哈赤面前，心知不妙，见他匹马回来，正要跟随着入关，关上射下箭来，吓得他沿着荒僻小路，绕关而走。走不多远，闻听后面有人追来，慌得走投无路，见旁边有个台堡，想要上去躲藏。那台堡里的明军等他到了近前，却把梯子凌空拉上台堡，不顾他急得连声大叫。尼堪外兰绝望之极，再要逃走，斋萨等人已经赶到，拦腰挟住，拖离雕鞍，兵士上前去捆绑起来，押送回去复命。

努尔哈赤见了仇人，箭伤也觉减轻了许多，吩咐押回赫图阿拉，祭奠祖父、父亲。到了赫图阿拉，努尔哈赤请教如何祭奠，张一化说："汉人最重的刑罚莫过于凌迟，依例要割三千六百刀，共行刑三天，其间犯人哀嚎之声不绝于耳，但却不能令他断了那口气，千刀万剐为的是让他活受罪。当年正德皇帝将大太监刘瑾生生割成了一具骷髅，惨不忍睹，却大平民愤，受过他残害的人家纷纷用一文钱买来已被割成细条块的肉吃下，以解心头之恨。"

努尔哈赤说："那就活剐了他，只是割上三天时候太长，再说一时也找不到有如此刀法的刽子手，多砍他几刀就行了。"他身穿麻衣，扶伤领人将尼堪外兰押至樵山，众多亲族也都披了重孝随行，在觉昌安、塔克世坟前摆设了灵位，灵前供奉了黑牛、白马两牲，还有各色干果、糕点，已给清水冲洗干净的尼堪外兰，一丝不挂地被绑在一棵木桩之上，嘴上勒了一道绳索，呜呜呀呀，说不出话来。

努尔哈赤跪在灵位前泣拜道："爷爷、阿玛，如今奸邪小人尼堪外兰已给孩儿捉拿到了，二老泉下有知，看这恶贼如何伏法！"祭奠已毕，刽子手斋萨身披红色衣衫，手执鬼头大刀，走到木桩前。解开尼堪外兰嘴上的绳索，不等他张嘴说话，一把拖出舌头，"唰"地一声割了下来，然后剜眼、破腹、挖心、掏肝……最后一刀砍下头颅，各自放在一个个大碗里，血淋淋地端到灵位前，众人一片呜咽。

五·大 捷

布寨正在砍杀，一颗大木顺坡滚落下来，他急忙一提缰绳，躲闪过了，但那根大木砸在一块巨石上，一下子又高高弹起，撞到坐下战马的后腿上，那马一声悲嘶，登时摔倒，将布寨甩落在山坡上。布寨痛哼一声，正要挣扎起来，不料建州武士吴谈从马上猛扑下来，正好骑在他身上，一刀砍下，硕大的人头滚出甚远。他大呼道："布寨给我杀了，布寨给我杀了！"

　　努尔哈赤杀了尼堪外兰，犹觉不甘心，时时切齿痛恨李成梁，恨不得打进广宁杀了他，才泄心头之恨；但是看看自己兵马有限，女真各部多未归顺，一时也不敢树敌太多，与他作对。只得一面深自韬晦，向朝廷称臣纳贡，将辽东所产的明珠、人参、黑狐、玄狐、红狐、貂鼠、猞猁狲、虎、豹、海獭、青鼠、黄鼠等贡入京城，求朝廷不要插手女真部族争斗，对李成梁也越发恭顺，百般结好；一面招兵买马，远交近攻，顺者以德服，逆者以兵临，满洲女真苏克苏浒河、浑河、王甲、董鄂、哲陈五部都已归附，相邻的还有扈伦国的乌拉、哈达、叶赫、辉发四部，自恃兵马强盛，不肯降服。

　　自佟春秀死后，留下三个幼小的孩子无人照看，虽说请了客居辽东的明朝秀才龚正陆做师傅，教他们读习汉字，但毕竟不能伺候他们吃穿，努尔哈赤颇觉不便，接连娶了钮祜禄氏、兆佳氏两个妻子，不料二人不久就有了身孕，顾不上照看三个儿女。正好三爷索长阿的儿子威准暴病而死，妻子富察氏孀居，众人撮合将富察氏娶了。女真本来就有父死妻其后母、兄终纳其寡嫂的风俗，威准是努尔哈赤的堂兄，更没有什么可忌讳的，他见富察氏生得丰腴白皙，就答应下来。富察氏名叫衮代，见努尔哈赤英武高大，远胜原来的丈夫，更是极力侍奉。但努尔哈赤总觉她们难与佟春秀相比，又娶了伊尔根觉罗氏，仍不如愿。额亦都、安费扬古等人私下商议，费英东说："要说衮代倒是极为勤快，对褚英三人也好，一家人和和美美，贝勒哥哥还有什么不如意的？"

额亦都与安费扬古对视一眼，笑道："兄弟年纪尚轻，自然不会明白其中的奥妙，贝勒哥哥想必是嫌弃新娶的三位嫂嫂不够俊俏，比不上原先的春秀嫂嫂。"

安费扬古点头道："贝勒哥哥的心意你猜得不错，他每晚还是一个人睡在原先的那张炕上，三个嫂嫂轮流过去陪侍，没有哪个过得了两天的！看来她们仨做不得大福晋。"

"自古盖世英雄须有绝世美人相伴，千古佳话，代不乏人。不然战阵征杀，刀光剑影，若无佳人相伴，纵能笑傲群雄，睥睨天下，只怕也是终生抱憾。贝勒本来就是个至情至性的英雄，身边自然少不得美人。"随着话音，门外进来一个儒服的文士，朝额亦都等人颔首致意。

"原来是龚师傅，我说咱们建州可找不出这样文绉绉的雅士来！"费英东说着，与众人一起抱拳施礼，招呼着让座。

"褚英与东果怎么没跟龚师傅一起过来？"额亦都问道。

"怎么少得了他们？"龚正陆含笑朝门外叫道，"你们不用站在门外了，到里面见见几位叔叔吧！"

"龚师傅，我阿玛没在么？"门口露出两个小脑袋瓜儿，怯生生地看了一眼，见只有额亦都几人，两个粉团似的锦衣儿女一齐吵嚷欢叫着跳进来，扑到众人身边。额亦都一把将褚英抱起，连抛几下，放在膝上，笑道："你这么怕阿玛么？怕不怕龚师傅？"

"怕！"东果正在炕上吊在安费扬古的脖子上玩耍，听额亦都提及师傅两字，登时滚入安费扬古的怀里，抬起眼睛，一眨一眨地偷看龚正陆。褚英却挺着小腰道："不怕！师傅已说了让进来，怎敢违抗师命！"仿佛天下只知畏惧阿玛和师傅二人，众人大笑。

额亦都等人心里既诧异又佩服，自佟春秀死后，褚英与东果姐弟俩一时没了调教，极为顽皮，褚英更是天不怕地不怕的，带着姐姐四处耍闹，满赫图阿拉城只害怕努尔哈赤一人，别人的话再难入耳，可努尔哈赤每日忙于军务，无暇顾及他们，姐弟俩越发顽劣。努尔哈赤心志高远，特地给儿女请了一个汉人秀才龚正陆做师傅，教习汉文。龚正陆本是浙江会稽人氏，说着略带江南口音的汉话，手无缚鸡之力，不想他做了几天师傅，竟将这两个小魔头调理得服服帖帖，额亦都等人本来看不起汉人的文弱，可对龚正陆却不由不刮目相看。

安费扬古将东果搂在怀里，点头道："陆师傅这番提醒，我倒想起当年与贝勒哥哥在抚顺城听书的情形，那日说的是三国中的一段故事……"

"什么故事？快讲给我听！"褚英凑近上来。

"那天我记得是讲的吕布与貂蝉，名字么？叫什么大闹凤仪亭。"

"好不好听？"褚英还在那里歪缠，但听到龚正陆咳了一声，急忙住了口。龚正陆扫了他俩一眼，却未呵斥，只是缓声问道："可是《三国演义》的第八回'王司徒巧使连环计，董太师大闹凤仪亭'？"

"名字极长，说起来很麻烦，记不得了。反正是讲董卓与吕布爷俩儿争一个美人的事。"安费扬古面色一赧，似是在龚正陆面前怕被取笑一般。

龚正陆看褚英急不可耐，但在自己面前却不敢放肆吵嚷，小孩心性，能有如此的耐力已属难得，说道："凤仪亭一节乃是司徒王允定下的美人计。东汉末年，董卓专权，有心谋朝篡位。满朝文武，对他又恨又怕，王允不得已设下美人计，将府中歌伎貂蝉许配董卓义子吕布，又奉送给董卓。董卓不知内情，娶了貂蝉，吕布暗恨。一日董卓上朝，忽然不见身后的吕布，心生疑虑，马上赶回府中。他见吕布与貂蝉在后花园凤仪亭内抱在一起，顿时大怒，要杀吕布。啊呀，说得远了。贝勒听了凤仪亭一节，怎么说？"

"贝勒哥哥说吕布英雄盖世，又与貂蝉年貌相当，那董卓老贼却要来胡乱搅扰，生生拆了一对好鸳鸯，可惜了！"

龚正陆道："贝勒是个心智高远的人，眼下又做了名符其实的建州之主，心雄万夫，也该有个美人相伴才好。只是没有听说咱们建州有什么美貌的女子。"

费英东摇头说道："龚师傅来辽东几年了？"

"不到两年。"龚正陆不知他问话的用意，看情形似是觉自己来得日子尚少。果然费英东笑道："龚师傅来了两年，要说日子也不短了，你没有听说过辽东有个叶赫部？"

"听说了，叶赫部离赫图阿拉几百里远呢！"

"叶赫部是出美人的地方，龚师傅可听说过东哥？"

"东哥是谁？"龚正陆不解，众人却哈哈大笑起来。

费英东笑过才说："东哥是满蒙头号的美女，叶赫部布寨贝勒的女儿，模样比貂蝉绝不差的。"

"这倒奇怪了，明明称呼什么哥，却是女孩的名字。我们汉人断不会如此的。"龚正陆大摇其头，暗自发笑，问道，"此女嫁人没有？"

"不曾嫁人，却收过聘礼了。"

龚正陆叹惋道："可惜，可惜！恨不相逢未嫁时，如此美貌的女子，竟给贝勒错过了，真是造化弄人！"

费英东知道他会错了意，赶忙道："龚师傅心急了。此女虽接了人家的聘礼，可下聘礼的那人却死在了迎娶的路上，不及将她接到家中。"

"这么说她如今还是待字闺阁？"

"那个下聘礼的人也不是平常之辈，是哈达部的贝勒歹商，他祖父是哈达汗王台。哈达部与叶赫部紧邻，早听说了东哥的芳名，就备下厚礼向布寨贝勒求婚。布寨贝勒允了，请他亲自到叶赫迎娶。谁知走到半路上，却来了一群叶赫的强徒，把歹商杀了。其实这都是布寨一手安排好的，只因当年哈达汉王台受朝廷之命，起兵杀了不听话的叶赫都督褚孔格，褚孔格的两个儿子清佳砮、杨吉砮怀恨在心，常常想替父报仇。王台也觉得对不住人，想法子与叶赫部讲和，情愿将自己的女儿许配给杨吉砮做妻子，谁知杨吉砮却不愿意，娶了一位蒙古夫人。王台丢了面子，发起怒来，仗着自己兵强力壮，要去攻打叶赫部。后来总兵李成梁出了面，两家才不得不罢手。谁知哈达部却暗地厚赂了辽东巡抚李松和总兵李成梁，将清佳砮、杨吉砮兄弟二人和清佳砮的儿子兀孙孛罗、杨吉砮的儿子哈儿哈麻诱到广宁斩杀，叶赫大受挫折。清佳砮的儿子布寨，隐忍多年，一天也未忘记世仇，借嫁女为名，在半路上暗暗埋伏刺客，杀了王台的孙子，也算报了两代的冤仇。"费英东一口气说出了叶赫、哈达两部的恩怨，额亦都等人都已知道其中的原委，表情淡定。龚正陆与褚英、东果初次听说，姐弟二人更是听得津津有味。

龚正陆说："既然东哥尚未出嫁，快给贝勒聘下不就是了！"

费英东答道："龚师傅有所不知，那东哥为人十分挑剔高傲，当年她父亲布寨将她许配歹商，不过是为了报仇，才使了这条美人计。东哥也知道内情，因此权且答应，其实她哪里看得上歹商，就是到今日，放眼辽东，她也没有一个称心如意的人。"

"布寨做不了她的主，若要叫她嫁人，必要先看上一眼，她不中意万万不行。"额亦都叹气道，"这个女人眼界太高了。"

"贝勒如此神武的人物，普天下有几个，她还能不中意？"龚正陆不禁诧异万分。

安费扬古摆手说："贝勒的秉性你还不知？他怎会向一个女人低头，千里迢迢跑去任她选看！"

"是呀！倘若阿玛给人家选不中，岂不是折了脸面？"褚英大睁两眼，拍着小手说，"阿玛要是娶她回来，我也喜欢，她有我额娘好看吗？她会哄我睡觉吧！"

东果却瞪他道："哄你睡觉就叫她额娘了？你的嘴怎么这样贱！"

众人听他姐弟俩斗嘴，都觉好笑。龚正陆也不管他们，自语道："请个人提媒也好，说不定东哥一口应下了呢！"

费英东锁眉道："媒人可是难找，那些油嘴的媒婆早就踢破了东哥家的门槛儿，看门的丫鬟都给叨扰得不耐烦，闭门锁户的，更不用说东哥了，弄不好连她的面儿也见不到，就给打发走了。"

此时，褚英给东果骂得大哭起来，东果兀自不依不饶，嘟起小嘴不理睬他，任由他哭，额亦都等人却哄不来。龚正陆伸手拉起褚英道："不要哭了，我讲吕布给你听。"褚英立时破涕为笑，一蹦一跳地出门去了。

额亦都几人本来是一时心血来潮，不想给龚正陆撺掇起来，竟一起去与努尔哈赤说了。努尔哈赤听说过东哥的美名，心里自然愿意，嘴上却说："此女极为挑剔，若给她回绝了，哥哥的脸上可不好看，说不定会让他人取笑我痴想了。"

额亦都攥紧拳头道："既然哥哥中意了她，她若不应，小弟带一彪兵马给哥哥擒来！"

不等努尔哈赤说话，费英东调笑道："二哥若是抢了东哥回来，做了咱们的新嫂嫂，那时嫂嫂生了你的气，要想进这大门可是不易了，就是跪下哀求，也要给人家骂的。"

"骂什么？她见了哥哥英武的模样，必定欢喜得紧，怕是还要谢我呢！"额亦都抓着乱蓬蓬的胡须，大不以为然。

众人赞道："都说二哥粗豪，没想到今日却心细如发，嘴上抹了蜜一般的甜，不动声色地将贝勒哥哥夸耀了一番，令人好生佩服。"额亦都听了，得意大笑。

一连几日，努尔哈赤想着派什么人去提亲，不料消息却给龙敦传到了叶赫部，贝勒布寨与福晋商量说："努尔哈赤倒是一条好汉，最近又统一了建州，他的原配妻子死了，东哥嫁过去便做福晋，就替她应下了吧！"

那福晋却啐的一声，骂道："天下哪里有你这样的阿玛！身为一部之长，守着如花似玉的女儿，四方提亲保媒的不断，却硬要给她嫁个这样的人家，给人家做填房！我的女儿哪一点儿不如人了，我不答应！"

布寨冷笑道："你真是妇人之见！努尔哈赤也是富贵之家，他的家世在辽东没有几个比得上的。他如今又做了建州之主，荣华富贵是可眼见的，放着这样的人家不嫁，找那些白脸的后生能依靠么？说不定咱们还要时常贴补她呢！有咱俩在世，时常给她些财物倒没什么，总不能照看她一辈子吧！"

福晋给他说得有些心动，但嘴上仍不肯答应，推说道："女儿眼高，还是由她拿主意为好，以免勉强了她，嫁过门去还使性子。若是二人不能相合，整日吵闹不休，那时才没了主意呢！"起身到了女儿房内，东哥给母亲请了安，福晋看着俊俏的女儿，越看越爱，叹气道："东哥，额娘的好女儿！额娘真舍不得你离家。"

东哥未语先笑，露出一排整洁的皓齿，她用一双美目睽着额娘道："女儿就这么陪伴着额娘，哪里也不去！"

"瞎说！"福晋含笑道，"你是女儿身，终归要嫁人的，额娘怎好留你？你忘了老辈人常说：女大不中留，留来留去留成仇。额娘要留你一辈子，你可要恨死额娘了。"

东哥咯咯一阵银铃似的娇笑，拉着福晋的手说："女儿嫁到哪里，就接额娘去住，不也是陪伴额娘么？"

"你这丫头！额娘还以为你真的不想嫁呢！看你终日给媒人脸色，冷言冷语的，我要是媒人呀，一辈子再不踏入你家门槛儿。"

"还不是额娘生了个美貌的女儿，叫他们看得个个眼红，朝思暮想的？"

"你知道就好，可婚事也总不能老是这么拖着，你今年也十七岁了，额娘在你这个年纪已生下你哥哥了。"福晋慈爱地抚摸着东哥乌黑的长发，说道，"听说建州贝勒努尔哈赤有意要娶你，他可是了不起的豪杰，以十三副遗甲起兵复仇，杀了尼堪外兰……"

"额娘，女儿听说过了，你还絮叨个没完！"东哥打断福晋的话，低头拨弄着辫梢道，"他什么时候来下聘礼？"

"他……他……那倒还没有说，想他是建州之主，必是派人来的。"

"不行！女儿早就定了规矩，哪个想娶我，必要先让我选看，若不中意，怎能随便嫁人？努尔哈赤的名字虽然听说了，可他的模样几时见过？女儿可不愿找个只知打仗不懂风情的邋遢男人。他要有心娶我，就要亲身赶来，不然……哼！倒像是我上赶着嫁他！"

福晋附和道："那是自然的。我的女儿想求的人家可多呢！只愁挑选得麻烦，还愁什么嫁人！"

过了几日，建州果然派了媒人来提亲，东哥命侍女传话给努尔哈赤，有结好之意，十日后亲身前来，不然再也休想。努尔哈赤又气又怒，暗想：这东哥出落得如何天姿国色，这样的不近情理，竟要相看男人？我堂堂一个建州贝勒，难道还要走四百多里的路程上门么？想到要顾惜脸面，又忍不住思念她娇美的模样，踌躇不决。额亦都等人担心布寨生出什么计谋，不放心他孤身去叶赫，努尔哈赤想着赫图阿拉刚刚有了起色，扈伦四部依然强大，要想称雄满洲，懈怠不得，只好将一腔热情放下。

东哥等了十天，也没见到努尔哈赤的影子，十分气恼。她自长大成人以来，看见的都是低声下气求婚的人，向来千依百顺，如今努尔哈赤非但不听自己的话，反而没了音信，分明是不把自己放在心上，瞧在眼里，心里发狠道：努尔哈赤，你这般瞧不起我，小看叶赫部，今后就是后悔了来求我，也不会轻饶了你，定让人将你斩成肉酱，扔到深山里喂野狼吃。一时气苦，却又无从发泄，铁了心要及早嫁人，好令努尔哈赤愿望落空。正好乌拉部贝勒满泰派人给弟弟布占泰提亲，东哥竟一口答应下来，并将消息故意传到赫图阿拉。努尔哈赤暗觉可惜，心便凉了，将娶妻一事暂且放下。东哥见努尔哈赤不加理会，不住哭闹，定要布寨给她出气，给努尔哈赤吃些苦头。布寨只有她一个女儿，自幼视如掌上明珠，从未疾言厉色地训斥过，遑论打骂？见女儿哭得两眼红肿泪水汪汪，乱了方寸，命人到东城请来堂弟纳林布禄商议。

纳林布禄的东城与布寨所居的西城相距数里，他进了堂兄的家中，见布寨拧着眉头闷声弯腰在炕上独坐，便问有什么事情吩咐。布寨叹口气说："还不是为你那不知好歹的侄女！"一边叹气，一边将努尔哈赤提亲、东哥发怒的始末说了一遍。

纳林布禄与布寨一样，自幼失去了父兄，生成了睚眦必报的好斗性格，最受不得他人一点儿的怨气，叶赫邻近开原，控制贡道，得天独厚，二人处心积虑经营多年，叶赫部又强大起来，称雄扈伦四部，自然目空一切，一见堂兄面色沉郁，并不劝解开导，却说："这有什么难的！将那努尔哈赤责罚一顿，哄侄女开心就是了。"

"这话说来容易，只是咱们与建州素来没有什么恩怨，单为东哥这点儿琐碎小事，若要发兵争斗，实在师出无名，不免遭人议论。"

纳林布禄思忖片刻道："打架靠的是拳头，本来就用不着什么理由！哥哥非要找个借口也容易，小弟派两个信使给他传个话就行了。"

"传什么话？"

"叫他让出点儿土地给咱们，他统一了建州五部，数年之间，所辖的土地多了几倍，西起辽东都司边墙，东至鸭绿江，北与咱们扈伦的哈达、辉发二部为邻。他凭什么占这么大的地盘儿？当年只靠着十三副遗甲起兵，却换来了这么多的土地，做的可真是没本儿的买卖，天下还有这样便宜的事儿？都说见者有份，总不能有了好处，他一人独吞，让大伙儿看着眼馋吧！"

"他能给吗？"平白无故地向人讨要土地，布寨心下有些难为情。

纳林布禄一拍炕桌道："他不答应，咱们正好有借口攻打他。此时他虽统一建州，但羽翼终究尚未丰满，不趁此时机给他点儿颜色，他哪里还知道天高地厚！"他略微停顿一下，语气和缓下来，"若是他识相给了，就将那些土地送给侄女做陪嫁，侄女毕竟是孩子心性，占点儿便宜，气就消了。"

布寨一时也没有什么更好的计策，就派了两位使者宜尔当、阿摆斯汉去往建州。二人来到赫图阿拉，见城里一片兴盛的景象，连接东北南三门的一条丁字大街，两侧牌匾林立，商号旗幡飘扬，茶馆、酒肆、皮张店、马具店、鱼庄、米店、满药铺、绸缎庄、丝棉店、铁匠铺、杂货铺、马市……鳞次栉比，热闹非凡。肩扛担挑，马拉牛驮，都是松子、蘑菇、山梨、山里红、榛子、核桃等野山货，还有虎、豹、狐狸等皮毛，往来商贩熙熙攘攘，叫卖之声不绝于耳。来到都督的府门，几个带刀侍卫在门前不停巡视，府门高大，甚是威严。侍卫通禀过后，二人随着进了厅堂，努尔哈赤居中坐在一把宽大的黑木椅上，身穿五彩龙衣，带刀侍卫站立两旁，威风凛凛，气势非凡。二人以为他不过是故意做出的样子，自恃叶赫强大无比，大大咧咧地上前略施一礼，说道："我俩奉叶赫部纳林布禄大贝勒的差遣，前来有话相告。"

努尔哈赤也不请他们坐下，乜斜着两眼说："我这建州卫都督可是朝廷敕封的，朝廷给我三十道敕书，赐我金顶大帽服色，只有朝廷的旨意，我才遵奉，你们叶赫部有什么话给我？"

宜尔当听他动辄以朝廷压人，不愿听他吹嘘，冷冷说道："天高皇帝远，在咱们关东，谁的人马多谁是老大。朝廷的旨意自然要遵奉，可关东首领的话也不可不听。"

阿摆斯汉直一直身子，高声说："我们大贝勒说了，乌拉、哈达、叶赫、辉发等扈伦四部与你们建州，言语相通，相邻又近，就该合五为一，怎能有五个首领？现在你们建州占地极多，我们人马众多，所占的地盘却少，可把你们的额尔敏、扎库木两个地方，任选一个送给我们。"

努尔哈赤冷哼一声，厉声说："我们是建州，你们是扈伦，早就划定了地界，多少年来，一直不曾变动。若是叶赫的地域广大，我不该向你们讨要；我们建州领土再多，也不容你们强取豪夺！何况土地自有其一定之数，比不得牛马牲畜，岂有随便分给别人的道理！你们二人都是叶赫部的管事大臣，纳林布禄如此无礼，你们却不尽一份臣子的职责，不加谏阻，听任他败坏德行，反而厚着脸皮来到这儿说三道四，岂不是为虎作伥么！"

"我们只知忠于主子，主子的话不敢不从！"

努尔哈赤哈哈大笑，讥讽道："主子要的可不全是摇尾巴听话的狗！

要的是明辨是非的刚直奴才。建州地盘再大，也是我们不畏刀林箭雨，拼着性命打下的，岂是像叫花子一般讨要来的？回去捎话儿给纳林布禄，若再无礼，休怪我翻脸不讲情面。滚！"喝令左右侍卫，将他们驱赶出去，宜尔当、阿摆斯汉二人抱头鼠窜而去。

纳林布禄得知努尔哈赤拒绝了自己的要求，暗自得意，又派尼喀里、图尔德带着哈达部孟格布禄派遣的使者岱穆布、辉发部拜音达里派遣的使者阿拉敏比来到建州，努尔哈赤与张一化商议一番，哈达、辉发并无过节儿，不好轻易得罪，以免树敌过多，于是设宴款待。尼喀里、图尔德二人会错了意，以为努尔哈赤怕了，洋洋得意，神情极是跋扈张狂。一杯酒才下肚，图尔德起身说道："我们大贝勒有话要传给贝勒，不知贝勒想不想听，有没有不生气的海量？先请谢罪。"

努尔哈赤摸着虬髯，含笑道："有话尽管说出，你不过转述你们主子的话，我不会为难责怪你的。"

"我家主子说本来打算要你们建州一块地盘儿，额尔敏、扎库木两处任选一地都行，你们却不愿割让。我家主子动了怒，一旦大兵压境，后悔可来不及了。我俩不忍心建州生灵遭此涂炭，劝下了主子。我俩想贝勒也不是那不识时务的莽汉子，轻重自然分得出来。赫图阿拉城若是不保，要那些土地又有什么用处？贝勒要是能退后一步，大伙儿平安相处，共享康泰，岂不是好事？"

"好事！那是天大的好事！"尼喀里拍手称颂。

努尔哈赤目光如刀，刺向图尔德说："是不是我给你们一块土地，你们就不再有什么非分之想了？"此话一出，额亦都、安费扬古、费英东等人脸色一变，各自伸手按住刀柄。

"这……这……我家主子的心思深不可测，不好断言。"

努尔哈赤霍地站起身来，拔出佩刀向下一挥，众人眼前闪过一道白光，咔嚓一声，将桌案砍断，大怒道："你们的主子兄弟二人，依仗的不过是祖宗留下的基业，可有一寸土地是他们统兵与强敌交战争来的？过去哈达部与叶赫部不相上下，但哈达部的孟格布禄、歹商叔侄相互争斗，你们的主子乘其内乱才称雄扈伦，我可不是孟格布禄、歹商，岂会如他们那样容易对付！我若领兵攻打你们叶赫，建州铁骑纵横往来，如入无人之境，你们有谁能够阻挡？你们的主子没有什么本事，只知道口出大话。我父、祖被官军误杀，我以十三副遗甲起兵，往返千里追捕仇人，杀了尼堪外兰，朝廷给我敕书三十道，马三十匹，还送回我父、祖的灵柩，授给我都督敕书，每年照例赏银八百两，赏给蟒缎十五匹。你们主子的父亲兄弟也被官军杀了，可他们的尸首至今不知下落，布寨、纳林布禄二人也不敢到广宁寻找，不知内情的还以为清佳砮、杨吉砮没有了后人，放着父兄的大仇不报，却妄想夺取我建州的土地，向女真本族示威发狠，真叫人齿冷心寒！"

尼喀里、图尔德羞得满脸涨红，呆呆听着，无言以对，灰溜溜地退出大厅。院外的空地上，早已站满了手持兵器的军士，额亦都带领环刀军，安费扬古带领铁锤军，扈尔汉带领串赤军，鄂尔果尼、洛科二人带领能射军，数千兵马，军容庄整，三部落的使者吓得面无人色，仓皇而去。

努尔哈赤怒气不息，将这些羞辱的话语写成书信，派巴克什阿林察送往叶赫。纳林布禄闻知，也动了肝火，与布寨一起召集哈达部贝勒孟格布禄、乌拉部贝勒满泰之弟布占泰、辉发部贝勒拜音达里，还有蒙古科尔沁部的瓮刚代、莽古思、明安三位贝勒，长白山朱舍里部的裕楞额、讷殷部的搜稳、塞克什，锡伯、卦尔察两部，总共九部联军，合兵三万，分作三路，向建州杀来。

努尔哈赤与军师张一化、大将额亦都、安费扬古等人商讨迎敌对策，放出三拨哨探，昼夜不息轮番报告敌情，头一拨哨探报说联军自扎喀尖向东进发，二拨哨探报说联军已抵达浑河北岸，三拨哨探报说联军已越过沙济岭，正向古勒山而来。努尔哈赤听了，不慌不忙地说："古勒山在苏子河南岸，头道关隘扎喀关西南，苏子河贴其背下流，水势至此甚大，山路纵横，四面断崖峭壁，南北两山对峙，中间一条狭路，地势十分险要。此为联军必经之路，可在两边道旁埋伏精兵；在高阳崖岭上，安放滚木礌石；在沿河狭路上，设置横木障碍，迎击他们。"

张一化点头道："用兵之道，无论什么计谋不外乎天时、地利、人和三事，兵法上说：'夫地形者，兵之助也。'古勒山天然形胜，易守难攻，在此伏击，事半功倍。"

布置好了人马，夜已深了，努尔哈赤命众人回去歇息，然后倒头便睡。衮代知道三万大军将要杀到，心里惊慌不已，一丝睡意也没有，却听努尔哈赤鼾声大起，以为他没将此事放在心上，忙推醒他，埋怨说："大军即将压境，你竟然这样沉睡，是急晕了头，还是吓破了胆？"

努尔哈赤勉强布满血丝的双眼，翻身坐起来说："你说的当真好笑，害怕的人还能如此安睡？敌兵既来，腿长在他们身上，哪个也阻拦不住，我就在这里等他们，看他们如何攻破我的城寨！"说完掉头呼呼大睡。

次日清晨，吃过早饭，努尔哈赤率领众将祭奠了堂子，然后披挂整齐，统帅兵马出征，口衔枚，马勒口，立险扼要，以逸待劳，埋伏在古勒山上。哨探报说叶赫兵于辰时进入建州地界，先围了扎克城，未能攻下，改攻黑济格城，两军互有伤亡，僵持不下。努尔哈赤命额亦都统领精锐骑兵百人前去挑战，将联军引上山来。此时，联军正在拼力攻城，无奈攻城比不得结阵野战，人多势众却不能一齐冲杀，好似狮子搏兔，未免笨手笨脚，无处用力，大队人马聚集在城下，城上箭如雨发，士卒损伤甚众。布寨心急，害怕挫伤了士气，得知建州出兵挑战，便一马当先，率兵迎击。他见额亦都手下不过百人，手舞大刀，放心大胆地与额亦都战成一团。几个回合过去，额亦都佯败而走，布寨拍马追赶。为他观阵的纳林布禄，以为建州兵败，一挥大刀，率领联军随后追杀，一直赶到古勒山下。到了山下，布寨、纳林布禄才发觉山道崎岖狭窄，大队人马拥挤在一处，阵形大乱，急忙喝令兵士向山坡杀来，二人奋勇冲在前面，其余各部兵马呐喊着蜂拥而上，山上山下到处是厮杀的人马，呐喊之声，惊天动地。

努尔哈赤见敌兵势大，若是攻上山坡，短兵相接，自己在人数上就处了下风，急忙下令扔放滚木礌石。建州军卒，居高临下，奋力推抛，霎时之间，木石俱下。布寨正在砍杀，一颗大木顺坡滚落下来，他急忙一提缰绳，躲闪过了，但那根大木砸在一块巨石上，一下子又高高弹起，撞到坐下战马的后腿上，那马一声悲嘶，登时摔倒，将布寨甩落在山坡上。布寨痛哼一声，正要挣扎起来，不料建州武士吴谈从马上猛扑下来，正好骑在他身上，一刀砍下，布寨的人头滚出多远。他大呼道："布寨给我杀了，布寨给我杀了！"

纳林布禄早已看见，惊呼一声，昏厥坠马。左右亲兵侍卫急忙将他救起，向山下败退。叶赫兵见主子一个被杀，一个昏倒，无心恋战，夺路而逃。联军群龙无首，登时没了斗志，各自奔散。

努尔哈赤纵兵追杀，势如猛虎下山。可怜三万联军，拥挤在狭小的山谷小路上，首尾不能相顾，被杀得七零八落，遍地是尸首、刀枪，没了主人的战马或四下奔逃，或围着死去的主人不住悲鸣。努尔哈赤在山下抓住一个溃逃的兵卒，命道："回去告知纳林布禄，快将东哥送到建州，不然我要踏平叶赫，将东、西二城夷为废墟！"

那兵卒吓得浑身抖个不住，说不出话来，只是连连点头。纳林布禄逃回叶赫，已是惊弓之鸟，听了兵卒的报告，忙请来东哥过来商量，哪知话刚出口，东哥横眉发狠道："努尔哈赤是杀父仇人，我怎能忘了不共戴天的大仇，屈身侍贼！叔叔，你转告他，这辈子就死了这贼心，我宁肯嫁给那些贩夫走卒，也决不会嫁给他！"

纳林布禄知道她脾气本来就大，又新逢丧父之痛，不敢强逼，想到努尔哈赤咄咄逼人，心里颇觉为难，不由连声长叹。正在踌躇，屋内施施然走出一个秀丽的女子，搂住东哥道："好侄女，不要使性子了。努尔哈赤真要杀来，咱们叶赫男女老少可是几千条人命呢！你狠得下心？"

东哥咬着银牙道："姑姑不要劝我，要嫁你自去嫁，我是决不会的！"

六·悔 婚

布占泰这才惊醒过来，迟缓地转过身来，一边往外走，一边摇头，口中喃喃自语道："不……东哥怎么变了模样？不会……不会……她不是东哥……"努尔哈赤目光如电，看着大惊失色的妻子，喝道："回来！你说什么？"众人暗自吃惊，布占泰吓得两腿一软，几乎坐在地上，额实泰伸手将他扶住，他感激地看了妻子一眼，声音颤抖地说："贝勒，我不是……是信口乱说，只是……只是觉得奇怪，天底下怎么会有两个东哥？"

　　那女子登时眼圈一红，幽幽地说道："你这丫头说话好没分寸！姑姑本是为你好，那努尔哈赤凭着十三副遗甲统一了建州，是何等英雄！你与他郎才女貌，可算是天生的一对，放着这样的人物不嫁，还要嫁谁？"

　　东哥心中一动，但想起努尔哈赤没有如约而来，分明是小看自己，那时没有杀父之仇，他尚且如此，若是这样轻易地嫁了他，岂不是越发给他瞧不起了。越想越恼，听姑姑还在耳边不住规劝，赌气道："果真要嫁，谁杀了努尔哈赤，我便嫁他。努尔哈赤他却休想，我就是死了，也不会嫁他！努尔哈赤又没有三头六臂，怕他什么？你若害怕，自去答应他好了，我自然不会与姑姑争抢！"

　　"嫁就嫁，你可不要后悔！"那女子见她不是一时负气的话，也伤了心，沉着脸说，"那日若是你答应了这门亲事，布寨哥哥哪里会给人杀死？你这做女儿的，不能替他分担忧愁也就罢了，还吵闹着非要与建州用兵不可，若不是为你，布寨哥哥怎么会遭此劫难？分明是害死了自己的父亲，却来埋怨别人！"

　　东哥一时无话可说，嚎啕一声，掩面哭着跑了出去。纳林布禄责怪道："孟古，东哥毕竟是孩子的心性，布寨哥哥死了，她正伤心，你不该这样招惹她！"

"都是布寨哥哥少了家教，养下这样一个不知好歹的女儿来！她的这个坏脾气不改，哪个男人能够容忍得了她，迟早要吃亏的，哥哥为何还要祖护她？"

纳林布禄摇头说："若不好生规劝，一旦惹恼了她，她打定主意不嫁，你能将她捆绑了送去？努尔哈赤破了我们九部联军，正在志满意骄之时，不将东哥送到建州，他怎肯罢休！"

"哥哥，建州无人见过东哥，我俩相貌本来有几分相似，东哥既然打定主意不嫁，不如我代她嫁给努尔哈赤，也好化解两家的怨仇，使叶赫免遭兵灾。"

"但愿如此，只是委屈了你，哥哥有些过意不去。"纳林布禄听孟古说得坚决，心头一酸，抚着刀柄道，"你嫁到建州，必可延缓努尔哈赤进兵，就是他还要兵临叶赫，那时叶赫的兵马业已休整齐备，重振士气，不会轻易受人宰割了。"随即派了信使赶到建州。

古勒山大捷，努尔哈赤的人马又增多了三千余人，已达一万五千兵马，住户也多了二百多户，赫图阿拉城寨登时显得狭小仄窄，拥挤不堪。努尔哈赤有意另外选址再建一处大一些的城寨，于是带着张一化、额亦都、安费扬古、费英东等人，骑马出城，在赫图阿拉周遭查看了大半天，选中了一处高起数丈地势平坦的山冈，地处哈尔萨山的北麓，在赫图阿拉城西南，相距八里的路程。此处东枕鸡鸣山，西偎烟筒山，北临嘉哈河及硕里河，南傍哈尔萨山，东、南、西三面环山，都是悬崖绝壁，北方一面临河，取水方便，西北方向地势开阔，向外伸展，进可以攻，退可以守，水陆出入便利，既隐蔽又通达，地势险要，最宜筑城。努尔哈赤问过当地的土人，此处名为佛阿拉，满语是旧城的意思，因为曾祖福满当年曾在此地建造城寨，历经多年，早已残败不堪，碎石断垣，依稀可以想见当时城寨的风貌。努尔哈赤欷歔不已，次日命何和礼与洛寒二人筑造佛阿拉新城。不到半年的工夫，新城完工。

新建的佛阿拉城，分为套城、外城和内城三重，最里面的第一重为木栅城，用木栅围筑而成，为努尔哈赤及其家属亲眷居住，城中设有神殿、鼓楼、客厅、楼宇和行廊等，居中的楼宇高有二层，上覆鸳鸯瓦，雕梁画栋，精美异常。第二重为内城，周围四里左右，高约四丈，宽有五尺，上有雉堞、垛楼、瞭望楼等。内城中的居民约有二百多户，全是努尔哈赤的亲近族人。内城东边，有大堂一所，乃是议事或祭奠天地、祖宗之处。内城西侧高台之巅，建有四栋屋宇的宫阙。登上殿顶，举目四顾，呼兰哈达、鸡鸣山、苏子河、赫图阿拉城尽收眼底。第三重为外城，周围十二里左右，城墙先用石头垒砌，砌石三尺，铺设椽木，如此反复砌筑三次，墙高一丈，内外全用粘泥涂抹，光滑坚固，不易攀缘。城外挖有壕沟，引河水注入，水深齐胸。壕沟以外，住有八百多户居民，他们多是军人、工匠、商人等。

大明万历十五年，努尔哈赤迁入佛阿拉城，改尊号为汗王，封弟弟舒尔哈齐为贝勒，随即派人到叶赫迎娶东哥。孟古盛装赶往建州，马拉的花轿四周围着红绫子，孟古蒙着红盖头，端坐在花轿中，一路颠簸，眼看快到外城，孟古拉开轿帘向外偷看。一声炮响，城门大开，绣旗招展，城中冲出一大队人马，前面是十二匹对子马，马上都是锦衣花帽的英俊剽悍少年，各配腰刀，身背弓箭，后面众人簇拥着一身披红的高大汉子，虬髯方脸，浓眉大眼，生得甚是威严。孟古心里怦怦一阵慌乱，跳得极快，脸上霎时发起热来，此人想必就是努尔哈赤了，忙把盖头蒙好。耳边听得鼓乐喧天，人声嘈杂，又过了一顿饭的工夫，花轿停下，两个伴娘掀起轿帘，将她搀出花轿，府门街前，张灯结彩，烛火辉煌，挤满了看热闹、道贺的百姓，手里提着熊、虎、豹、狍、山果、蜂蜜等贺礼，叽叽喳喳地评头论足："看呀！新娘子好苗条的身材！"

"啧啧啧，真不愧是满蒙第一美人，看她的那双手又白又嫩，像是没长骨头一般。"

"你看她走起路来，真如分花拂柳似的，柔软得像春风里的娇花。"

"……"

她既兴奋又惭愧，知道多半是沾了东哥声名的光，心里忍不住有些悲伤。任由伴娘搀着，沿着铺地的大红毡，走入大堂，但觉被一双粗大的手掌一拉，身子不由一软，跪拜下去。萨满在一旁祭奠天地诸神及祖宗神位，晨光初露，他们已开始祭拜，此时更是振作精神，主祭萨满焚香祝祷，众萨满们击鼓甩铃，边舞边唱："美满夫妻，鹊神安排。路神保佑，娶到家来。万事如意，相亲相爱。"主祭萨满高声喊道："一叩头，谢观音大士，福星高照；二叩头，谢诸神保佑，全族安好……"

二人拜完天地，搀到洞房门口，跟在努尔哈赤身后跨过放着两串铜钱的马鞍，伴娘拿起那两串铜钱，在她肩头左右各搭一串。进到房内，伴娘从一个小女孩手里接过红布扎裹的一对宝瓶，给她夹在腋下，那宝瓶甚是沉重，孟古知道里面装了五谷粮食。好不容易坐在南炕上歇息，揉揉肿胀酸软的双腿，想着努尔哈赤威风的模样，掀起盖头，看院中燃起松明子火堆，噼噼啪啪，将窗户映照得一片通明，众人猜拳狂饮。盘膝坐等，直至深夜，才听到人声渐渐稀少，随着门环响动，一阵踉跄沉重的脚步声由远而近，直到炕边，盖头被人一把掀掉，长明灯下，孟古看到努尔哈赤脸色通红，满身酒气，坐到炕上。努尔哈赤见孟古一身大红的吉服，微微低着头，露出粉嫩的脖颈，含羞带怯，灯光之下，越发娇艳动人。伸手扳起她的额头，就见一双水汪汪的大眼睛，左右顾盼，闪烁不定，樱唇红润，身段丰腴，有着说不尽的风流。努尔哈赤将她搂入怀中，闻着她周身的香气，将浓密的虬髯蹭到她脸上，嘴里喃喃地说道："东哥，我的小美人，我苦熬了这么多个日夜，今天才将你抓到手心。"双手将她托在臂弯，平放在炕上，一下撕开她的衣服。孟古吓得一声惊叫，一动不动地躺着……

次日一早，钮祜禄氏、兆佳氏、富察氏衮代、伊尔根觉罗氏四人一齐过来道喜，稍后张一化、额亦都等人齐来拜见大福晋，其他众人听说叶赫的东哥貌美如花，都想趁着贝勒高兴之际一睹芳容，早早地等在府门外。努尔哈赤拉着孟古的手坐在大堂上接受众人拜贺，凡是有点职位的军士都允许进来。将近晌午，努尔哈赤觉得劳乏了，正要退下歇息，近侍颜布禄进来报说："那些出嫁的格格们约齐了前来道喜。"

努尔哈赤强打精神，向新婚妻子歉然一笑，说道："这些丫头是讨喜钱来了。"

"我们迟到了。"五六个艳装的妇人吵嚷着进来，盈盈下拜，施了个万福，孟古忙将喜钱分发给众人。舒尔哈齐的女儿额实泰不依道："伯父娶了这样美貌的大福晋，我们姐妹几个好不容易凑得齐了，才来拜见，却只赏这点儿喜钱，可真小气！"

努尔哈赤笑道："我已给你找了个如意的郎君，那是多大的彩礼！乌拉富甲一方，你还在乎这点儿喜钱，我倒要问问大伙儿哪个小气呢！怎么，没见布占泰来？"

东果取笑道："阿玛想必还不知道，她将布占泰妹夫看做心肝宝贝似的，生怕有人给强夺了去，平日难得放他出来，若不是阿玛的大喜日子，我们想看他一眼都难呢！"

额实泰给她说得脸颊绯红起来，支吾道："好姐姐，嘴下留点儿德吧！你可屈杀人了，他是害怕见伯父，在外面候着呢！哪里是我不让他来！"

众人一阵哄笑，努尔哈赤道："叫他进来，如今是一家人了，还怕我吃了他不成！"

"那我去喊他。"东果出去不久，带进一个英俊的男子，衣着华丽，仪表堂堂。东果将他向前一拉，说道："快拜见我阿玛和大福晋。"

古勒山一战，布占泰给额亦都生擒，额亦都举刀要砍，他慌忙哀求道："不要杀我，不要杀我！将军若放我一条生路，我愿意以牛羊马匹赎身，将军想要多少好商量。"额亦都听他口气，不是平常的军士，押解回来交给努尔哈赤。努尔哈赤一问，知道他是乌拉部满泰贝勒的弟弟布占泰。努尔哈赤正担心九部人马再次联合进犯，打算留他在建州，好令满泰有所顾忌，不致再听叶赫号令，亲自给他松了绑绳，赐他一袭猞狸狲裘，又将侄女额实泰嫁给了他，布占泰就在建州居住下来。近日，他听说努尔哈赤迎娶东哥，想起当年哥哥给自己到叶赫下了聘礼，东哥一口答应了，谁知她变心另嫁建州。他心里暗骂东哥水性杨花，本来害怕尴尬，更怕生出什么祸事，不想当面道贺，却给东果一把扯了进来。布占泰红脸低头朝上施礼，孟古也取了一份喜钱给他，他看着那双白嫩的小手，心里慌乱得厉害，生怕自己一时把持不住，摸到那只嫩嫩的手上。他接过红包，低声说："多谢大福晋。"声音竟似蚊子鸣叫，低得旁人难以听到。

孟古笑笑，说道："你也不是新姑爷了，面皮竟还这样薄！倒像个绣阁里的大姑娘。"

布占泰听了，不禁一怔，微微抬头，看见笑面如花的新娘，登时有如给磁石吸住一般，面色惊恐地怔住。额实泰见他目光呆滞，以为给大福晋的美貌迷惑，在身后使劲儿拉拉他的衣袖，低声道："你怎么只顾呆看，小心伯父面前失仪，砍了你的脑袋！"

努尔哈赤早已看见他紧紧盯住大福晋不放，愠声道："布占泰你看够了没有？还不下去！"

布占泰这才惊醒过来，迟缓地转过身来，一边往外走，一边摇头，口中喃喃自语道："不……东哥怎么变了模样？不会……不会……她不是东哥……"

努尔哈赤目光如电，看着大惊失色的妻子，喝道："回来！你说什么？"

众人暗自吃惊，布占泰吓得两腿一软，几乎坐在地上，额实泰伸手将他扶住，他感激地看了妻子一眼，声音颤抖地说："汗王，我不……不是信口乱说，只是……只是觉得奇怪，天底下怎么会有两个东哥？"

努尔哈赤听他语无伦次，颠倒错乱，转头向妻子问道："这是怎么回事？"

孟古面色苍白，她没有想到这么快给人揭穿，知道难以遮掩过去，狠下心肠，叹口气说："汗王，我骗了你，我确实不是东哥。"

此言一出，满屋子的人一阵惊呼，努尔哈赤气急败坏地问道："你是谁？"

"东哥是我侄女。"

"你……你为什么要冒名顶替？"

"为了叶赫东、西二城不破，为了祖宗今后还能有人按时祭奠。"

努尔哈赤站起身，声嘶力竭地喊道："东哥怎么不来？"

"汗王何必明知故问，其中的缘由你心里清楚。汗王难道忘了布寨哥哥是怎么死的？"

努尔哈赤颓然坐在椅子上，自语道："她是为了杀父之仇，才躲着我？"

"不躲着汗王，难道还要她天天侍奉杀父的仇人？你们男人做不到，难道我们女人就要做到么？"孟古心里一酸，泪水潸然而落。

"你怎么敢来？"努尔哈赤目光灼灼。

"我不想汗王因为多年一直将一个女人放在心上，却把叶赫数万的百姓视若无物，他们何罪之有，却要因汗王的冲冠一怒，而血流成河，死于非命？世人都有父母兄弟，都有妻儿老小，汗王难道没有遭受家破人亡之痛，颠沛流离之苦？"孟古泪流满面，努尔哈赤脸色铁青，众人默然无声。

"汗王不会忘了当年为什么以十三副遗甲起兵吧！人同此心，心同此理，人生际遇不同，但他人之苦不难体味出来。汗王的心肠就那么冷么？"

"你不该骗我！我是女真的英雄，东哥理应陪伴我。"努尔哈赤伤心已极。

孟古苦笑一声，脱下大红吉服，凄然说道："汗王，我自知容貌比不上东哥，从离开叶赫那天起，就没打算舒舒坦坦地做什么大福晋。我命苦，没那么富贵，只想求汗王大发慈悲，放过叶赫，千万不要因为东哥不来，我骗了你，征讨叶赫。"孟古仿佛看到了叶赫二城浓烟滚滚，杀声震天，不由跪倒在地，痛哭失声。

"阿玛，你就放过叶赫吧！杀戮太重，有损阳寿，只要他们俯首听命，不必非东哥不可呀！"东果看得心酸，领头跪下，登时大堂上跪了一片。

努尔哈赤扶起孟古，含泪道："我答应你，如叶赫今后不再无礼，我就不会踏上叶赫的一寸土地。"

孟古破涕为笑，偎入他怀里，哽咽道："我骗了汗王，随你怎么处置，决无半点儿怨言！"

"男子汉大丈夫立身处事，要胸怀天下，去建功立业，不能整日缠绵于温柔乡中。我对你别无所求，也不想处罚你，只想你能带领其他四个福晋，管理家务，不可令我分心。"

"这是我们女人份内的事，不用汗王吩咐，我自会好生去做，汗王尽可以放心。"

东哥得知姑姑假冒自己嫁给了努尔哈赤，被极为隆重地迎娶做了大福晋，虽给布占泰识破，但努尔哈赤并未为难她，心里越发恼恨，与哥哥布扬古商量招亲报仇。布寨死后，布扬古做了贝勒，凡事对东哥多有忍让，见妹妹心意已决，命人广告海西四部，谁杀死努尔哈赤，东哥便做他的妻子，并多赠彩礼。消息传出，哈达部孟格布禄立即响应，声言替叶赫报仇，布扬古便将东哥许婚给孟格布禄。留居在佛阿拉的布占泰暗自焦急，他与东哥早有婚约，生怕给孟格布禄抢了先手，便在努尔哈赤面前挑唆讨伐哈达，孟格布禄闻讯，果然吓得悔了婚约。此时纳林布禄忧郁而死，他弟弟金台什做了贝勒，闻知大怒，领兵攻打哈达。孟格布禄无力抵抗，向努尔哈赤求救。努尔哈赤痛恨他反复无常，提出他将三个儿子送到建州做人质，才肯发兵。孟格布禄只得照办，努尔哈赤派费英东、噶盖统兵两千援助。金台什得知，不敢交战，修书一封，托明开原通事带给孟格布禄，说若能取回送往建州的人质，并杀了建州的兵卒，叶赫便将东哥送到哈达。孟格布禄想着如花似玉的东哥，一时利令智昏，竟背信弃义向建州索要人质。努尔哈赤怒不可遏，当即发兵，以舒尔哈齐为先锋，征讨哈达。

大军来到哈达部城下，只用了七天，就攻破了城寨。扬古利擒住孟格布禄，努尔哈赤亲手给他松绑，并赏赐了他貂帽、豹裘，一举收服了哈达部。

哈达部归顺了努尔哈赤，建州与叶赫已然接壤，布扬古与叔叔金台什一时彷徨无计，正好辉发部首领拜音达里与族人争斗起来，族人杀死了他的叔父等七人，投靠了叶赫部。拜音达里见势不妙，又无力向叶赫讨要那些逃人，便想以管事大臣的儿子当做人质，请努尔哈赤出兵相助，努尔哈赤答应发兵一千，帮助拜音达里平定内乱。叶赫部听说努尔哈赤将要兵临辉发，恐慌不已，哈达已亡，辉发再听命建州，叶赫南面就没有了屏障，建州铁骑便可长驱直入，直达叶赫，布扬古急忙秘遣信使游说拜音达里："如果你们取回送往建州的人质，就归还你部的逃人。"拜音达里依附叶赫已久，毫不怀疑，答应说："我将不偏不倚，处于中立，以求存活于叶赫与建州两部之间。"随即将送往建州的人质转给叶赫。叶赫部得到人质，却食言背约，没有返还辉发部的一个逃人，拜音达里深觉受骗，心中愤恨，忙派信使再求努尔哈赤，并向他求婚，愿与建州永结盟好。努尔哈赤既往不咎，答应了辉发部的请求，并愿意将女儿嫁给拜音达里。叶赫部得知消息，重施故技，如辉发与建州绝交，愿将东哥嫁给拜音达里。拜音达里一时神魂颠倒，先大兴土木，筑城三层，借以自固，随后背弃了与建州的婚约。努尔哈赤隐忍已久，派了数十个精兵扮成商人暗暗混入城中，亲统大军，日夜兼程，疾驰辉发城下，里应外合，一举攻破辉发城，拜音达里父子战死，辉发并入了建州。努尔哈赤各个击破，灭了哈达、辉发二部，又相继征服了科尔沁、东海各部和朝鲜王国，建州、叶赫、乌拉鼎足而三。

乌拉部自古勒山战败，布占泰被俘，元气大伤，贝勒满泰本来胸无大志，目光短浅，且嗜酒好色，无心处理政务。他前后娶了八个妻子，却仍不满足，总愿找个陌生的女子取乐，终日在外寻花问柳。一天，满泰带着儿子苏翰延锡兰查看修筑壕沟，见到附近村寨中有两个美貌的少妇，父子二人登时将正事抛到脑后，尾随她们进了家门，恣意轻薄，强行奸淫。不料那人家竟是当地大户，两个美妇的丈夫带着一帮人，将满泰父子捉住，乱刀砍死，此事轰动了整个部落。满泰父子被杀，布占泰身在建州，满泰的叔父兴尼雅乘机做了乌拉贝勒。

满泰的女婿拉布泰在乌拉素有威信，他不服兴尼雅夺了乌拉贝勒的职位，偷出城寨赶往建州，张一化向努尔哈赤献计说："乌拉将要内乱，不如放回布占泰，让他回乌拉去继位，贝勒恩养布占泰已久，他必俯首听命，如此乌拉不战而得，不必再大动干戈。"

努尔哈赤派遣煌占、费扬古二人护送布占泰，兴尼雅见布占泰回来，知道争不过他，被迫投叶赫部去了。布占泰承袭兄位，做了乌拉拉部的贝勒，自然十分感激努尔哈赤，便将送妹妹滹奈嫁给舒尔哈齐为妻，又将十二岁的侄女阿巴亥送给努尔哈赤做了福晋。

一时没有战事，努尔哈赤终于腾出手来，与龙敦等人做个了断。他与张一化密召将领商议，最后定下由何和礼处死龙敦、觉善和康嘉绰其达，解除后顾之忧；追捕逃跑的纳申和完济汉，决不能让二人逍遥法外。龙敦不顾年老辈尊，跪在地上痛哭流涕，发誓悔改。龙敦的死党既经扫清，剩下他一人，孤掌难鸣，毕竟是自己的堂叔，努尔哈赤心肠一软，饶他不死，交专人监管。除去内患，佛阿拉城平静如水，一时再没有了当年的危机四伏。

东哥得知布占泰做了乌拉贝勒，想起了当年的婚约，与哥哥布扬古商议联合布占泰抗击建州。布扬古命兴尼雅回乌拉传话给布占泰，布占泰答应下来，但称受努尔哈赤恩养，兵马尚须整顿，请东哥不要急于一时。布占泰是个胸怀大志的人，弓马娴熟，剽悍异常，梦想着东山再起，复兴乌拉，与建州争雄。乌拉鼎盛之时，疆土辽阔，东邻朝鲜，南接哈达，西为叶赫，北达牡丹江口及其以北、以东地带，扈伦四部之中，治域最广，兵马最众，部民最多。因哥哥满泰荒淫无度，不问政事，乌拉国势日渐衰弱，而建州此时勃兴，再不振作，早晚会如哈达、辉发一样，城破族亡。

布占泰暗自韬晦，尽管离开了建州，依然小心谨慎，亲将年少貌美的侄女阿巴亥送与努尔哈赤，并求再聘一个爱新觉罗的女儿做妻子，努尔哈赤为了笼络住他，慨然应允，将舒尔哈齐的另一个女儿娥恩哲也嫁给他，不久，又将五女穆库什送到乌拉，连送三女给布占泰。布占泰有了建州这样的强援，外联叶赫、科尔沁蒙古，逐渐将邻近各部收为卵翼，六镇"藩胡"及东北各地女真都听从他的号令。乌拉铁骑如云，戈甲炫耀，四出掳掠，国势日隆。

东哥等了多年，不见布占泰有什么举动，反而与建州的多次联姻，以为他口是心非，派人说只要他先赶走建州的妻子，东哥便可与他再续前缘。东哥为使布占泰动心，派人送来亲手缝制的虎皮靰鞡、一领鹿皮袍子和一对绣花纳朵的枕头，布占泰见了礼物，想起温柔多情美艳绝伦的东哥，本来多年以前都可以成为眷属，谁料如此的好姻缘竟一再蹉跎，红颜易老，美人迟暮，一针一线，多少个日夜，东哥舍出那双嫩手，足见情谊。他把玩着三件礼物，嗅着上面透出的阵阵幽香，仿佛东哥已坐在了身边，美目流盼，肌肤如雪……布占泰心中悲苦，叹息道："世间好物不坚牢，彩云易散琉璃碎。无缘对面不相逢，有缘千里能相会。好一个绝世的美人，却是远隔云端，这么多年都不能一亲芳泽，只能痴想，真是好汉无好妻！像我那三个福晋，倒是天天相处，可面貌丑陋，性情凶恶，还不如不见呢！若是换了东哥该多好啊！"

他如此睹物思人，感慨万千，哪知穆库什、额实泰、娥恩哲三人听说叶赫来了信使，正在屏门后面偷听，额实泰是在布占泰被俘后嫁他的，自然有些盛气凌人，以为是自己将他自囚犯中解脱出来，从不把他放在眼里，见他将东哥送来的礼物闻了又闻，嗅了又嗅，把玩不已，早已愤懑在胸，听他又嘲笑自己丑陋，更是怒火冲天，闯进屋子，一把抢过那些礼物，狠命摔在地上，用脚又踩又跺，跳脚大骂。布占泰一惊，见她来势汹汹，竟怔住了，待想到抢拾起来遮护，那礼物早已污浊不堪了。布占泰心痛不已，却又不敢发作，只是呆坐在一旁默不作声。额实泰见他不向自己赔礼，越发恼怒，转身便走，嘴里说道："你这忘恩负义的小人！当年我叔叔怎样恩养你的？宴赏、配婚、盟誓，诚心抬举你做了乌拉贝勒，你不知报答，却一心想着东哥那狐媚子，她给你送来一双靰鞡，你就这样发痴发呆，我们姐妹三人还不如那双鞋子？我们姐妹离开家乡，随你来到乌拉，没想到你竟敢这样对待我们！我回建州告诉叔叔去！"

布占泰听了，心里害怕，忙上前一把搂住，软语求饶。额实泰有心杀杀他的威风，故意不加理睬，掉头出门。门后的穆库什、娥恩哲二人年纪尚幼，只当笑话来看，并没想到劝说他们。布占泰见她铁心要讦告自己，心中由恐转怒，看她走远了，在壶里抽出一支箭来，将箭头拔下，飕的一箭射出，额实泰"啊哟"一声大叫，摔倒在地。穆库什、娥恩哲急忙跑过去看，那箭头贯出酥胸，露出光秃秃的箭杆，伤口处不住滴落鲜血，额实泰大睁着两眼，朝后咬牙道："布占泰，你好狠！"

穆库什、娥恩哲吓得手足无措，痛哭流涕，额实泰抓住她俩的手，断断续续地说："不要哭！快……快回建州，给……给我报……报仇！"

"快来人呀！"穆库什、娥恩哲大声呼喊。布占泰大步过来，他本只想拦下她，不想下如此狠手，谁知自己力气本来就大，又在气头上，虽拔了箭头，那箭杆却仍入肉极深，他看额实泰目光已然散乱，难以救治了，面色大变，冷哼一声，拔出腰刀向娥恩哲砍下，娥恩哲惊叫着躲闪，与穆库什逃向门外，布占泰大喝道："拦下她们！"

门外的乌拉侍卫团团围住二人，一拥而上，捆绑起来。她们带来的几个建州侍卫听到呼喊声赶来，见乌拉人多，不敢抢救，偷偷溜出城去，飞马赶回建州报信。布占泰命人将她俩好生看管，拾起地上的礼物，掸去灰尘，小心抚弄平整，心痛不已。

努尔哈赤听了，又惊又怒，便立刻调动人马，命长子褚英留守，亲统三万大军，张扬黄盖，吹响号角，向乌拉进发，在乌拉河对岸列阵。布占泰也统兵三万，出乌拉城，赶到富尔哈城，他等建州大军到了，却不急于交战，只带十几个侍卫到河边登船，渡向对岸。努尔哈赤身披金甲，骑着一匹白马，见布占泰站在船头，一提马缰，步入乌拉河中，扬鞭厉声问道："布占泰，我在古勒山生擒了你，那时你本该死，我不仅宽释了你，还厚养款待，抬举你为乌拉贝勒，将我的三个闺女许配你为妻。你反而不知报恩，却想与我争夺东哥，又用无头的箭支射死额实泰，你没有想过她是我的侄女吗？"

布占泰谢罪道："我并没有想杀她，不过是一时失手。要怪也怪你侄女太刁蛮任性，常常对我恶语相加，什么死囚犯、贼配军，竟说没有她，我至今还要给铁锁系着颈脖，最终免不了一死。这哪里是做妻子说的话？我身为乌拉贝勒，一味隐忍，今后如何管教他人？"

"布占泰，你死到临头，竟还嘴硬！我侄女不过据实而言，有什么不对的？"努尔哈赤满脸怒容。

布占泰涨红了脸说："天下的男子有几个不爱惜脸面的？谁肯给别人说笑？你侄女既嫁给了我，却还想骑在我头上，岂有此理！"调转船头，返回城去。

努尔哈赤大喝："放箭！"

布占泰冷笑道："还是省下些箭弩吧！"随后向后一指道："我知道你们建州的弓箭厉害，请你们射得远一些，最好将上面那两个女人也射死，岂不省了我动手！"

城头上一队士兵，将两个五花大绑的女子推到城墙跟前，数把闪着冷光的钢刀架在脖子上，赫然就是穆库什、娥恩哲二人。努尔哈赤大怒，呼喝着下令渡河，布占泰高声说："你敢渡过乌拉河，向前一步，就等着给她俩收尸吧！"

努尔哈赤勒住马头，呆呆地望着城头，依稀看到两个孩子在城上哭喊、挣扎，心如刀绞，大是怜惜，立马在河边良久，挥手下令撤军。张一化此时已年近八十，老态龙钟，劝阻说："汗王，前两次进攻乌拉，俘获不多即行回兵，军士颇有怨言，此次再中途而止，势必挫伤士气，既贻误战机，也放纵了布占泰这个恶贼！再说两位格格现在他手上，若是退兵，何时将她们从水火中解救出来？"

努尔哈赤含泪道："倘若我们攻城，她俩的性命怕是难保了。若只是穆库什一人，我决不会受布占泰要挟，可还有娥恩哲，她不能再死了。不然，我就对不起弟弟舒尔哈齐了。此次兵发乌拉，他与褚英留守佛阿拉，额实泰已然死了，岂能再叫他死第二个女儿？"

"刀在布占泰手里，汗王要想救人，也不是件容易的事。两位格格年纪尚小，这样耗下去也不是法子，那要等上多少年？我知道汗王投鼠忌器，但若只想着她俩，反而会给了布占泰机会，两位格格再也回不到建州。"

"容我想想。"努尔哈赤缓马而行。

当年襁褓中的二儿子代善已长成了英武少年，此次随军出征，侍奉左右，也劝说："军师所言不错。布占泰因手里有两位妹妹，知道阿玛有所顾虑，才敢这么放心大胆地领兵离开乌拉城。发兵之初，担心他在城中龟缩不出，还总想用什么计策引他出来，如今他既然已经弃城而来，真是天赐的良机，就这么白白浪费掉，实在可惜！阿玛早有统一女真的大志，慨然思定其乱，此时乌拉还只是一支孤军，正好乘机歼灭。等布占泰迎娶了东哥，两部联兵，人强马壮，再想各个击破，就艰难多了。"他见父亲默然无语，不敢再劝，心下颇觉失望。

此时正值深秋季节，夜露极重，北风已凉，大军驻扎野外，不免有些辛苦。努尔哈赤坐在大帐中，毫无睡意，眼前总是晃动着穆库什、娥恩哲二人泪水涟涟的眼睛，他迈步出帐，月冷星寒，长风浩浩吹来，似是女人的呜咽悲号，眺望富尔哈城，隐隐约约地看见城上灯火点点，飘忽闪烁，心里暗暗叹气道："不知她俩此时在受怎样的煎熬？"正在遥想冥想，却听贴身侍卫颜布禄问道："前面可是二阿哥么？"

"是我。阿玛可睡了？"代善大步而来，身后跟着十几个兵丁，捆绑着二十几个人，见了努尔哈赤，上前施礼道："阿玛，儿子方才巡营时，抓到了这些乌拉人。布占泰打算向叶赫借兵，将儿子绰尔启甫、女儿萨哈簾和十七个大臣的儿子送往叶赫部做人质。"

　　努尔哈赤扫视了一眼，那些乌拉人个个低着头，浑身发着抖，神情极为惶恐，他咬牙狞笑道："好呀！他儿子到了我手里，我要看看布占泰有没有父子之情？传令下去，明日一早攻城！"

七·香 殒

努尔哈赤还要再问，就听孟古大叫道：
"你、你什么人？离我远点！"似是极为惊
恐，急忙跨进屋内，见她在炕上摇晃着身
子，两眼却依然闭着，想是做了什么噩
梦。努尔哈赤抱住她的身子，失声喊道：
"孟古，孟古！我回来了！"连叫了两三
遍，孟古呻吟两声，悚然而醒，颤缩了一
下，费力地微睁开两眼，声气低弱得犹如
耳语："贝勒爷，你……可回来了。若再迟
一步，就见不到了。"

　　天刚蒙蒙亮，努尔哈赤开始渡河。渡了一半，城中一声炮响，城门大开，布占泰统兵迎战。努尔哈赤急忙命弓弩手放箭，掩护大军过河。布占泰也不示弱，放箭还击，一时镞矢如风发雨注，杀气凌云。努尔哈赤拍马舞刀冲杀，代善、侄子阿敏、费英东、何合礼、扈尔汉、科罗紧紧跟随。布占泰见他们来势凶猛，将手中的大刀一挥，城头上的兵卒押出穆库什、娥恩哲。布占泰狂笑一声，用刀指点努尔哈赤，高声道："你这做父亲的好狠心，不要女儿的命了么？"

　　努尔哈赤勒马大骂道："你若敢动我女儿一根头发，我便踏平你这富尔哈城！"喝令身后军士将绰尔启鼐、萨哈簾和十七个大臣的儿子押到阵前，"布占泰，我将女儿嫁你，就没想着她还能回到建州，她俩随你斩杀，只是你杀我一人，我就叫你的这些人偿命！"

　　布占泰见一双儿女和那些大臣的儿子给人生擒，叶赫兵马自然不能赶来相助，大惊失色，是进是退，踌躇不决。费英东、科罗二人抢到城下，拈弓搭箭，将城头的军士射死两个，其余军士撇下穆库什、娥恩哲，纷纷后退到女墙后面。努尔哈赤举刀纵马，建州大军潮水般地涌向敌阵，乌拉兵抗挡不住，阵脚顷刻大乱，弃盔卸甲，四散奔逃。布占泰喝止不住，只得率领数百名亲兵拼死冲出包围，向北逃回乌拉城。不料，刚到西城城下，城上箭如雨发，亲兵大叫道："你们这些瞎了眼的母狗！可是给建州兵马吓破了胆，没见是咱们贝勒回来了么？"

话音刚落，就听城楼上有人哈哈大笑："布占泰，你可还认识咱？乌拉城你不用回了，如今城寨已属建州。"布占泰这才看清城上建州大旗迎风飘扬，那员大将正是建州第一勇士额亦都，想必是努尔哈赤乘自己在富尔哈城交战之机，暗派人马攻占了乌拉城。他见城寨失陷，没了存身之地，后悔已不及，代善等人随后追到，他无心恋战，夺路而逃，只身往投叶赫部去了。

努尔哈赤余怒未息，在乌拉城犒赏将士，歇兵十天，以悔婚、匿藏建州女婿为由，乘势直取叶赫。不出数天，先后攻克璋城、吉当阿城、乌苏城等大小十九座城寨，叶赫部慌忙派人向广宁求救。此时，辽东总兵李成梁年纪已大，只想着玩乐安逸，大起府第，广纳妻妾，无心辽东战事。巡抚又换成了杨镐，不敢自专做主，凡事都向杨镐请命。杨镐初到，担忧建州坐大，成为朝廷的心腹之患，以为有叶赫在，可牵制建州，辽、沈才可无恙，急派游击将军马时楠、周大岐等带领枪炮手一千人，赶到叶赫，一起驻守东、西城。努尔哈赤知道明军枪炮十分厉害，连珠枪可容十只铁丸，触发之下，百弹齐飞。还有一种千里铳，铳形小巧，威力却远甚于弓箭，一发洞中，马步俱宜。不敢贸然攻城，惹恼明军，一来有违韬晦之术，二来挫动锐气，只得缓图。正在彷徨无计，佛阿拉飞马传来讯息，大福晋孟古病得沉重，请贝勒回去探视。努尔哈赤急忙撤兵，回到佛阿拉。

殿中药香弥漫，孟古面如白蜡，紧闭着两眼躺在炕上，腋下垫着厚厚的大宽枕，鼻子一耸一耸地呼吸，儿子皇太极在一旁陪着，丫鬟奴仆都侍立在屋外。努尔哈赤到了门前，下人们慌忙过来请安，他沉着脸道："不可惊动了福晋！"

皇太极闻声，急忙起身恭恭敬敬地施礼说："阿玛回来了。"

努尔哈赤见他眼圈红红的，问道："你额娘怎样？"

"请了萨满郎中看过，说是额娘先是受了风寒，咳伤了肺，懒进饮食，将身子拖得虚了，又惊悸过度，怕是熬不了几日。"

努尔哈赤见他年纪幼小，话说得倒极流畅明白，定力过人，颇觉安慰，问了他的学业，皇太极说跟龚师傅认识了不少汉字，努尔哈赤点头，打发他出去，这才贴着孟古身边坐了，伸手摸摸她的额头，滚烫得吓人，拉起她的手来，那手竟有些枯干，条条青筋露在肌肤以外，仿佛缺水的花枝，手心满是虚汗。努尔哈赤看她昏睡不醒，起身暗暗叹口气出来，问丫鬟道："福晋病了几天？"

"十几天了。开始时，不过是头疼脑热，福晋没放在心上，后来有些喘了，才觉着不大爽利。这两天沉重了，一早已发过两三次昏了，身上不住出冷汗，湿透了好几遍衣裳，又不敢脱换，怕着了凉，病得更重。哎！身子汗涔涔的，终日像泡在水里，福晋可遭老罪了。"丫鬟抹着眼泪。

努尔哈赤还要再问，就听孟古大叫道："你、你什么人？离我远点！"似是极为惊恐，急忙跨进屋内，见她在炕上摇晃着身子，两眼却依然闭着，想是做了什么噩梦。努尔哈赤抱住她的身子，失声喊道："孟古，孟古！我回来了！"连叫了两三遍，孟古呻吟两声，悚然而醒，颤缩了一下，费力地微睁开两眼，声气低弱得犹如耳语："汗王，你……可回来了。若再迟一步，就见不到了。"

努尔哈赤温声道："我接到音信，立时飞马赶回来了。这会儿觉得怎样？"

"我只觉……觉得……胸口闷……堵得慌，身上……不住地出冷汗，像在露天里……淋雨……"孟古大喘着气，脸上一片潮红，细若游丝地叹息一声，说道："唉……我怕是侍候不成汗王了……"

努尔哈赤见她有气无力，累得满头大汗，心疼道："你先静养，不要多说话，不要睁眼，只管歇着。就是说话也不急于这一时，往后工夫还长呢！我又不忙着立时出征，就在这儿好好陪陪你。"

孟古脸上闪过一丝笑意，璀璨明艳，瞬间即逝，她无力地摇摇头道："我有几句……要紧话儿……给你说，不想给他人听……"

　　努尔哈赤见她如此吃力，不忍拂她的心意，吩咐不准放一个人进来，才重新坐在孟古身边，听着她急促的呼吸，俯下身子细听。孟古强作欢颜道："这都是我没福……本来嫁了你，你敬我，我敬你，十分恩爱，从来没有红过脸儿。与那几个姐妹处得也好，操持家务虽说累些，但和和美美的，上下一团和气，大伙儿也都欢喜……"她吞咽了一口，停下歇息，气力已是不足。努尔哈赤给她喂下几口参汤，扶她调息一会儿，孟古精神好了许多，说道："我来到建州已有十三年了，当时叶赫与建州交恶，这些年来一直没有好转，叶赫我是回不去了，我这病容不得走那么远的路，也没那么多的工夫了。叶赫的亲人虽多，我谁也不想见，只想能与额娘见上一面。十月怀胎，我生下咱们的儿子才知道做额娘的辛苦。"她眼里满含着泪水，哽咽说："汗王，我知道你为难，可是真想我额娘……"

　　"好！我这就派人送信给金台什、布扬古，接你额娘来佛阿拉。"努尔哈赤站起身来，孟古却将他拦下，苦笑道："不用了。我知道我二哥与侄子的秉性，他们不……不会答应的。布寨哥哥死……死在古勒山，我大哥回到家昼夜啼哭，不进饮食，忧郁成疾，怀恨死去。他们恨建州，也恨我。东哥为了复仇，年近三十，至今未嫁，他们怎么会不恨？能派个人来探望就算不错了。"

　　"还是试试，不然我怎对得起你！"

　　"试试也好，也许……也许上天可怜我一片苦心……"猛地一口痰卡在喉咙里，孟古憋得两颊涨红，呼吸越发粗重，她痛苦地皱紧了眉头，胸脯剧烈地一起一伏，发出低沉的呻吟之声，死命地连咳几下，吐出一大口带血的痰来。外面蹑脚进来两个丫鬟将痰盂端起，偷偷啜泣流泪。孟古将气力一时耗尽，歪头昏睡过去。努尔哈赤拉起她的手，竟又灼热滚烫起来，只觉她胸口似是剩下一口悠悠余气，若断若续，守在炕边，不忍离开。

过了一顿饭的工夫，孟古轻声惊呼："不要过来！你要歪想，我就告诉你哥哥……"努尔哈赤正要试她额头，孟古猛然醒来，翻身紧紧抱住他的胳膊，颤声说："汗王，还好有你在呢！我怕……"

"你怕什么？"

"我怕……怕死。"孟古言辞闪烁，努尔哈赤疑心大起，追问道："你不要瞒我，方才你在梦中已说了。"

"你……你听到了？"

"嗯！究竟是怎么回事？"

孟古长叹数声，说道："你扶我坐起来，我躺得够了。"她挣扎起身，推推枕头，将一半的身子靠在努尔哈赤身上，惊恐地看看门口，耳语说："你要小心着三……三弟！"

努尔哈赤本来奇怪她如此神秘其事，好像担心什么人会泄露出去，但听到三弟两个字却如晴空霹雳，石破天惊，脱口道："他怎么了？"

"你可是强占过他看中的女人？"

努尔哈赤暗自惊诧，忍不住反问道："你听谁说的？"

"真有此事？"

"此事已过去多年，是谁旧话重提？"努尔哈赤还要追问，看到孟古幽深的眼神，收口敛声，点头说："那是十四年前的事了。万历十七年，我率领人马攻打兆佳城，派三弟舒尔哈齐为先锋，他与两个心腹将领常书和武尔坤领着两千兵马先行。兆佳城主宁古亲有个女儿瓜尔佳，是当地出了名的美女，她的头发十分特别，又黑又长，拖到地面，走起路来，不得不用手挽着。舒尔哈齐杀死宁古亲，冲进城里，常书找到瓜尔佳，带她去见舒尔哈齐，不想给我迎面碰到。那女人长发散乱，遮掩着粉嫩的玉脸，眼里闪着泪光，肌肤如雪，娇艳如花，惹人怜爱。我想不到兆佳城里还有如此俊俏的女子，就命常书将她交出，在她家里住了一夜。舒尔哈齐大为不满，与常书、武尔坤带领本部兵马回了佛阿拉。我知道他是为了瓜尔佳，便忍痛割爱，立即派人把她送给了三弟，舒尔哈齐当时打消了心中的介蒂。十月之后，瓜尔佳生下女儿巴约特，三弟本来极欢喜，后来巴约特渐渐长大，却越来越像我，他以为巴约特不是自己生的，心里觉得吃亏，又不想在家里常看到她，提出让我领回抚养，我也分不清楚她是谁的骨血，就答应了。"

"冤孽呀！"孟古心底深深地叹息，看着努尔哈赤风尘仆仆的神态，知道他长途奔袭，心里又酸又热，想是将心事和盘端出，心里不慌乱了，呼吸渐渐变得均匀悠长起来，她看着努尔哈赤略显疲惫的脸说："这些内情我不知道，只知道他恨你很深。你出去这些日子，他常与龙敦堂叔在一起。"

"他们想干什么？"努尔哈赤锁起眉头，他惊怒交加，想到堂叔龙敦当年勾结萨尔浒城主诺米纳兄弟，谋夺建州都督之位，自己一再忍让，不想手足相残，不料同胞的兄弟竟与他纠缠到了一起，他们无非是想着夺权，想着做建州之主。舒尔哈齐呀舒尔哈齐！众位兄弟之中，我待你最厚，迁都佛阿拉后，允你称二贝勒，服色与我一般，戴貂皮帽，穿五彩龙纹衣，系金丝带，登鹿皮靰鞡靴，共执政务，你却与他人一起想着害我！他见孟古双眸紧闭，枯瘦的手死死抓着自己的胳膊不放，忙抚慰道："你不要怕，凡事有我呢！"

孟古惭愧道："他们行动极为诡秘，不是亲近心腹不会知情。若不是儿子无意中偷听到了片言只语，至今我也给蒙在鼓里，丝毫不知道丁点儿的消息。我对不住你，家里的事还要你操心劳累……"她眼角又流出泪来，伤感道："我也只是听说了这些，你再问问儿子吧！"

努尔哈赤从屋里出来，喊了皇太极，父子俩骑马出城，只带颜布禄几个贴身侍卫。皇太极刚刚十二岁，平日跟着龚正陆学习汉文，也练习骑马射箭，但终归没有经过战阵，难得与父亲骑马出来，生怕不能如父亲的意愿。他骑着小红马，小心翼翼地跟在努尔哈赤身后，几人出城放马跑了一阵，沿着原路缓缓而回。努尔哈赤望着远处的佛阿拉城楼，径直问道："你听到了什么？"

皇太极一心想着父亲想是考察自己骑马射箭的功夫，却没想到父亲如此发问，心下一怔，随即明白了父亲喊自己出来的原因，答道："那日我陪着龚师傅回家，师傅留我在家里看了不少汉文的典籍，孩儿看了几篇《三国演义》，一时入了迷，竟忘了及早赶回木栅城。回来时，天色已黑得沉了，经过内城时，忽然看到龙敦爷爷的牛车停在三叔的府门外。孩儿想到龚师傅让我写的文章，打算仿照《三国演义》的样子，写一篇《建州演义》，找龙敦爷爷讲一些祖宗们如何创业的故事，就偷偷躲在车厢里等他。谁知等了好大的工夫，也不见他出来，孩儿一时困倦，就睡着了。不知过了多久，猛然听到人声，赶忙爬起来扯着车帘朝外看，见三叔喝得醉醺醺的，带着阿尔通阿、扎萨克图两个哥哥，将龙敦爷爷送出府门。三叔嘴里不住地说：'叔叔放心，我不会为了眼前的这点儿富贵，总是甘心屈居人下。'龙敦爷爷笑着说：'眼下正是千载难逢的大好时机，千万不可错过了。'三叔说什么城里兵马太少，抵挡不住阿玛的大兵。龙敦爷爷附耳给他说了几句话，声音太低，听不真切，好像是让三叔联合他人、两面夹击之类，三叔不置可否，挥手道别。孩儿急忙下车，藏身到车下，双手攀着木板，贴身在车底，好在孩儿的身子瘦小轻便，支撑到龙敦爷爷他们停车等着开城门时，才从车下爬出脱身，回到家里将这些话告诉了额娘。额娘变了脸色，嘱咐孩儿千万不可向他人说起，要等阿玛回来再做打算。"

"难为你额娘了。"努尔哈赤面色凝重起来，与三弟毕竟是手足同胞，对他从未起过疑心，若非儿子撞破此事，自己还如同蒙在鼓里，毫不知情。他登时觉得无边的悲伤向心头袭来，又酸又苦……

努尔哈赤回到家里，翻来覆去睡不着，想着舒尔哈齐究竟要联合什么人，不是叶赫就是朝廷，扈伦四部只有叶赫尚存，其他鸭绿江、长白山女真相距遥远，往来不便。这几年，自己忙于海西扈伦的战事，往朝廷进贡的事多由舒尔哈齐代替，他自然会结识不少明朝的人物，引以为靠山也是难免。叶赫既在，兄弟不能妄起争斗，给他人称雄辽东的机会，当今最为紧要的还是灭亡叶赫，才可顾及其他。努尔哈赤打定了主意，次日派人送信到叶赫，去接岳母。果然，金台什、布扬古二人丝毫不肯通融，只派了孟古的乳母与丈夫南泰一起来到佛阿拉探病，乳母痛哭了一场，回了叶赫。努尔哈赤眼看孟古靠一口气支撑着，等着见额娘最后一面，又两次派人去请岳母，金台什、布扬古置之不理，孟古等得无望，含恨而亡，享年二十九岁。努尔哈赤没能请来岳母，深感负疚，也恨极了金台什、布扬古二人。举哀期间，他亲去祭享，杀牛、马各一百，随葬奴婢四人，佛阿拉全城祭奠斋戒一个月，棺椁停在禁内三年，准备日后厚葬。一连几天，努尔哈赤不思饮食，悲痛不已。侍卫长费英东带领数百侍卫，昼夜护卫左右。

办完孟古的丧事，努尔哈赤准备攻打叶赫，但又放心不下佛阿拉，如今舒尔哈齐反迹不明，以谋反罪处置他，难以服人，但若坐视不理，不加惩戒，日后一旦反目成仇，兄弟相残，也对不起死去的父母。他秘密召来军师张一化商议，张一化抱病在床，急急赶到木栅城，也累得气喘吁吁，听了努尔哈赤的忧虑，他叹气道："二贝勒这样做可是不该了！所谓人心不足蛇吞象，是该惩戒一下，让他知道收敛悔过。只是我担心若是走漏了风声，他今后凡事多加戒备，躲在暗处算计汗王，咱们就不好防范他了。我想还是朝老龙敦下手为好，此人到处煽风点火，拨弄是非，再不除掉他，怕是会酿成大祸。"

"都是我当年一时心软，饶恕了他。以为他年纪也大了，又不住在佛阿拉，掀不起多大的风浪，一再容忍。谁知他本性难改，不知自重，竟然得寸进尺，那就别怪我心狠手辣了。"努尔哈赤按着刀柄，牙齿咬得格格直响。

张一化咳嗽了几声，望着他说："汗王，我年纪老了，今后不中用了，你可要多加小心，凡事三思而行，处事要公平，不能只顾着血肉之情，而忘了三尺法在。古人说：没有霹雳手段无以成菩萨心肠，对谁都不能纵容，一味疼爱也会害人呀！"

"先生助我多年，良师益友，一旦先生离我而去，可有他人举荐？"努尔哈赤想到张一化已是风烛残年，忠心耿耿，计谋百出，但毕竟年事已高，随军出征多有不便了，见他沉默不语，试探到："先生看龚正陆怎样？"

"学识足以教育汗王的子弟，若是参与帷幄，路数似乎不够博大。这话我扯得远了，还是回到刚才的话题。我知道汗王想征讨叶赫之意已久，大福晋已经故去，更可放开手脚，如今迟迟未能出兵，是有两件心病。"

"先生高见。"努尔哈赤点头静听。

"一件是担心明军出兵叶赫，再一件是不放心佛阿拉。"张一化白眉下的眸子依然闪着精光，他摇着枯瘦的手说："其实这两件事难不住汗王。如今明朝刚刚换了辽东巡抚，那杨镐初来乍到，不过是一介精通八股文的腐儒，极好糊弄。辽东总兵李成梁勇气已不比早年，他的心思已不在辽东，只想着克扣些粮饷，走动京城的门路，早日给子弟谋个肥缺，他自己颐养天年。明军之中，军务精熟的只有抚顺游击李永芳一人，此人跟随李成梁多年，是个老辽东了，什么事情也难逃过他的眼睛。只要打发好了他，叶赫自然少了强援，一鼓可下。佛阿拉么！咳咳咳……"他又咳了起来，喝了一口奶茶。

自从杀了尼堪外兰以后，努尔哈赤刻意结交各关的明军守将，自然在李永芳身上也下了不少工夫，知道还少不了借助他之处，想着近期该与他会一会面，却听张一化问道："汗王以为二爷为什么至今没有动手？"

"他的脾气我知道，他是担心功亏一篑。"

"是呀！他手下的兵马还不足以抗拒贝勒。二爷是个极为谨慎的人，这也是他的优柔寡断之处，没有十分的把握，他是不会轻举妄动的。汗王要想征讨叶赫，必要先解除二爷的兵权。"张一化说到此处，目光灼灼，恍如一个精干的中年汉子，没有了一丝的老态。

"我也想过此事，但如何解除？终不能大开杀戒吧！"

"汗王想到绝路上去了，当年宋太祖杯酒释兵权，何等高明的手段！不必定要拿刀动枪，谈笑之间也可成事。"他见努尔哈赤不解，忽觉自己的话深奥玄虚了一些，笑道："汗王可想法子将二爷调开，事情自然就好做了。"

"怎样调开？先生明言。"

张一化摸着雪白的长须，轻声说道："万万不可使他起了疑心，汗王可命他到京城进贡，往来最少要二十天左右。京城遥远，汗王可以任意施为，即便二爷得到什么消息，也是迟了。"

努尔哈赤大喜，登时觉得胸有成竹，赞许道："妙计！我让他带上阿尔通阿、扎萨克图、常书、纳奇布、武尔坤等人一起入京，其他人就容易收拾了。"

舒尔哈齐听说要入关进贡，果然不知是计，高高兴兴地带着两个儿子和几个亲信爱将去了京城，等到他回到佛阿拉，手下的五千人马都已分散，归了额亦都、安费扬古、扈尔汉等人统领。舒尔哈齐悔恨不已，常常借酒浇愁，口出怨言，努尔哈赤暂不理会，亲到抚顺拜见李永芳。

抚顺城修建于明洪武十七年，是建在浑河北岸高尔山下的一座砖城，取名抚顺，含有"抚绥边疆，顺导夷民"之意。抚顺城的规模并不大，周围二里三百七十六丈，池深一丈五，阔二丈。洪武年间就在此设抚顺千户所，受沈阳中卫管辖。城内驻有守军一千一百人，设游击将军一员，总辖防守事宜。努尔哈赤年轻的时候经常到抚顺做些买卖，对抚顺的山川、道路、城垣了如指掌。他一行五十多个人，押送着人参、鹿茸等礼物，这些礼物之精不下于送往京城的贡品，尤其是十五颗大粒的东珠，极为罕见。努尔哈赤还担心李永芳看不上这些本地物产，特地派人到抚顺最有名的一家钱庄换了一千两银票。他于明朝官吏打了多年交道，知道他们的俸禄极低，就是与游击品级相同的文官，一年也没有多少两银子，何况是在这荒僻关外的一介武职！他自进了抚顺城，就不敢托大，不再想着自己是建州的大贝勒，远远地在衙门前下了马，随手交给了颜布禄，摸出一块银子递给门前把守的兵丁，脸上堆笑道："这位老弟，麻烦往里通禀一声，就说建州努尔哈赤求见游击大人。"

那兵卒听说他是努尔哈赤，先是吃了一惊，看到眼前白花花的银子，登时眉开眼笑道："你来得可真巧，李老爷刚刚回府来。"慌忙携着礼单进门去了。

努尔哈赤回身对颜布禄说："你们看，到了汉人这里还是银子好用，只是区区一两银子，他跑得像风一般快。"

"汗王，我听张军师说这叫什么门敬，有的门子专会拿这些名目的银子，也是一笔不小的富贵呢！"颜布禄今日眼见坐实了，心下颇有些艳羡之意。

"你们可愿意这样收银子？"

颜布禄忙说："不敢。奴才们跟随汗王征战，终日过这刀头舔血的日子，就是收了银子也没什么用处，带在身上，反而觉得累赘。"

努尔哈赤肃声说："就是今后有一天过上了平安的日子，也不能这样讨要银子，有时银子会误事的，误了事，轻则受罚，重则丢命。不然，你们为了收什么门敬，肆意刁难来客，不知要挡回多少人的驾，我这做汗王的四下难通消息，与外界隔绝，还不是给你们软禁了？真是那样，门敬就是索命的小鬼。要门敬还是要命，你们自己选！"

"奴才们怎敢！"颜布禄吓得变了脸色。

努尔哈赤还要申斥，却见李永芳一身戎装，从仪门迎了出来，抱拳施礼，含笑道："原来是大都督光临，不曾远迎，恕罪恕罪！"

努尔哈赤急走几步，抱拳还礼道："不见李将军有些日子了，心里异常想念，冒昧赶来抚顺拜见，大人可不要怪咱唐突。我们女真人比不得你们汉人，只知道待人一片热忱，没有那些虚礼。"

李永芳是辽东铁岭人，大明官制，游击将军排在总兵、副总兵、参将之后，守备、把总之前，其实无品级，也无定员，多是由总兵保举的。给人尊称一声将军，已是高抬了。李永芳心里受用，含笑道："这样才好，更见性情。"与努尔哈赤并肩来到厅堂，落座喝茶。

努尔哈赤大口喝了，赞道："李大人的这茶极好，香到嗓子眼儿里去了。我给孩子们请的那个龚师傅，喝的却是种苦茶，实在难以下咽。"

李永芳矜持地一笑，淡淡地说："我中华地大物博，单说这茶分为四大类一百零八种，我喝的茶是给栀子花熏过的，你那位西宾喝的想必是绿茶了。不过说起吃茶，人各有所好，里面的讲究可多着呢！都督来抚顺该不是吃口茶就走的吧！可别任我谈什么茶叶，耽误了正事。"

努尔哈赤一笑，从怀里摸出一张银票，递与李永芳道："这些年来，多蒙看顾关照，一点儿小意思，不成敬意，李大人可别嫌少。"

李永芳接了银票，略微一瞥，已知数目是五千两，放在桌上，欢笑道："朝廷知道你忠心守边，屡有封赏，其实你也是给我帮忙，怎好收下这许多银子？有什么话只管说就是，这样岂不伤了我们多年的情谊！"

"我知道大人官箴极严，不敢令大人坏了名声。大人不必多想，尽管放心，我没有什么事相求，只想与大人见个面，叙叙旧而已。不论怎样讲，要说在公，我与大人都给朝廷效命；在私，我们是儿女亲家，我侄女高攀到府上，这些银子权作给她的脂粉钱。"

李永芳听他说得豪爽，笑着收起银票，吩咐摆酒，二人细酌。几杯酒下肚，努尔哈赤叹了一声，说道："李大人，尊府上想必也曾有过儿女婚嫁的，要说这亲家之间一度反目成仇的常有，可至死不相往来的怕是极少吧？"

"怎么忽然间有此浩叹啊？"

"我与叶赫本没什么过节儿，还娶了叶赫格格做福晋，可布寨、纳林布禄多次与我为难，无故欺辱建州，全不顾什么郎舅之谊。那布寨死于乱军之中，他们不思悔过，却与建州结仇，就是他们叶赫的女儿将死之前，要见额娘一眼，我三番五次派人去请，他们都冷着心肠不答应，致使我的福晋孟古死不瞑目！大人说可不可恨？"

"这个……是不该如此绝情。"

努尔哈赤含泪咬牙道："我那福晋至死喊着额娘、额娘，数声不绝，就是铁人心肠，也会闻之泪下。我就在她身旁，却无能为力，心底的滋味，大人想必也体会得出来。我必要替她讨个公道，出了这口恶气！"

"你要攻打叶赫，可要想着火候，不要失了分寸，不然朝廷追问下来，我也不好搪塞。"李永芳乘着酒兴，起身道，"抚顺城内驻守的可都是精兵，专配了一些火器，我带你去看看。"

二人骑马到了校场，下令火器营列队操练，一百五十名军卒都穿着轻便的软甲，头戴红缨大毡帽，脚穿薄底战靴，肩上各抗一支四尺长短的兵器，前头是一个长长的铁管，后面一个木托子。李永芳指点道："你可见过这鸟嘴铳？"

努尔哈赤摇头道："只是从未这样近地看过。这东西样式古怪，砍不能砍，刺不能刺，打不能打，有什么用处？"

李永芳哈哈大笑，解说道："这火铳创制于元朝，我朝嘉靖年间多次改进，后来又仿照西洋的佛郎机、火绳枪，改成了这个模样。你不要小看了它，这火铳可是厉害得紧呢！只要装上三钱火药，三钱铅弹，可射一百五十步远，就是林中的飞鸟也可击落。"他一挥手，出来一个兵卒举铳向校场中间的箭靶便射，砰的一声，铳口冒出一团淡淡的青烟，正中靶心，众人一片呼喊。那兵卒往腰下的火药罐中取了些许的黑色粉末，放入枪管，用一根细细的搠杖顶实，又取出数粒铅弹，依然用搠杖送下，举枪再射。

努尔哈赤看李永芳得意洋洋的模样，问道："火铳是比箭快，可装药装弹就缓慢了，一旦敌方数队人马轮番进攻，怕是火铳不及装弹，就给人砍了脑袋。"

"火铳填装发射之快，若能赶上弓箭，我这一百五十人的火器营，抵得上建州的两千铁骑了。敌方若轮番冲杀，我也是轮番射他，火器营的铳手分三排站在阵中，刀手和枪手站在两翼，相互护卫，不给敌方可乘之机。"

努尔哈赤却不搭话，拈弓纵马，一连射出三箭，都中在靶心，那兵卒也射完两枪，众人齐声喝彩。看过了火铳，努尔哈赤与李永芳并辔而行，谈论火器弓箭的长短，心里兀自不服，马快箭利，哪里会容得你给火铳装药呢！他见李永芳展示军容之盛，意在虚与委蛇，心知他还要看总兵李成梁的眼色，可李成梁与自己有杀父祖之仇，怎好转去求他？

努尔哈赤闷闷不乐地回了佛阿拉，张一化见事情没有头绪，便自请入京，寻找关节，扳倒李成梁，除掉这一心腹大患。努尔哈赤派了两个机灵的侍卫随他入关，多备了金银、貂皮等贵重礼物。

张一化来到北京，一时不知从何处入手，想到李成梁每年派人进京给内阁大臣送礼，就是兵部、吏部、户部、工部等部上自堂官、侍郎下至郎官主事都有孝敬，单单少了都察院和六部科道，必是自恃军功和圣宠，不把他们放在眼里，正可浑水摸鱼。张一化命两个随从抬着礼物，送往辽东巡按御史胡克俭的府邸，到了门上，门子见了足足五两的红包，自然笑逐颜开，往里让道：“我家老爷远在辽东，有拜帖可先放下，等老爷有家信回来，我必禀告明白。”

张一化假作诧异道：“这里不是太仓王阁老府么？阁老不曾离京，怎么会在辽东？再说阁老到了辽东，我家总镇老爷还会不知道？”

门子回道：“这里是胡府，我家老爷现任辽东巡按御史，王阁老的府邸与这里差着一条街呢！”

“原来如此，打扰了！”张一化回身给了随从一巴掌，骂道，“你这混账东西！送礼都走错门儿，若不是我问得明白，岂不误了宁远伯的大事！等回去禀上老爷，看不挖了你的两眼！”

那随从捂了腮帮，口中喃喃道：“小的分明记得是这条街，怎的错了？”伸手夺回门子手中的银子，揶揄道：“你这门子好不晓事，这大包的银子也敢收下？想必平日没有几钱的门敬，却要冒充阁老府的门子骗钱！”抬起礼盒，扬长而去，门子气得半天回不过神来。

张一化又假冒李成梁之名，分头到御史张鹤鸣、御史朱应毂、给事中任应徵、金事李珰等人府上，如法炮制一回。那些御史本来就是嗅血的蝇虫，都有风闻而奏的专权，他们之间交往极多，眼见给李成梁如此小看侮辱，哪里忍得下这样的恶气？几人约齐了，聚在柳泉居酒楼，商议如何摆布李成梁。四人之中，张鹤鸣是万历二十年的进士，资历最老，他望望三人，恨声道："李成梁如此狂妄，分明是小觑我们，若不给他点儿颜色，此事传扬开去，我们如何在京城立身？"

朱应毂踌躇道："李成梁可是有首辅撑腰，还有王阁老也是极祖护他的。朝中宫内身居要职之人，无不饱其重赂，为他邀功买好，遮掩恶行，自然不遗余力。此事必要稳妥，打蛇要看准七寸，万不可捉不到狐狸，反惹一身骚。"

任应徵不以为然道："老兄恁的小心了！我们言官按成例准许闻风奏事，实与不实且不必管他，先上个折子，寻寻李成梁的晦气，叫他知道我们也不是好惹的！"

张鹤鸣道："倒不能如此便宜了李成梁，必要参倒他，才消我心头之恨！"

李瑄问道："看老兄如此胆魄，必是有了几分胜算？"

张鹤鸣点头道："我已写信给辽东巡按胡克俭，他也受了李成梁之辱。胡巡按在辽东多年，详知李成梁的劣迹，他已有书信写来，罗列其罪状，都是条条见血的，容不得狡辩。"他掏出一封书信，递与三人过目，接着说道："万历十七年三月，奴酋努尔哈赤进犯义州，攻入太平堡，自把总朱永寿以下一军尽没。同年九月，鞑靼东西二部侵犯辽东，李成梁率兵抵御，大败而回，备御李有年、把总冯文升皆战死，被歼八百人。万历十九年二月，鞑靼五万余骑再次入侵辽东，李成梁派兵出塞，遇伏，死者千人，却掩败为功，称斩首二百八十。万历十九年三月，李成梁谋捣土蛮老巢，派副将李宁等出镇夷堡，偷袭板升，无功而返，回师途中，遇敌伏击，死伤军卒数千人，他欺罔不报……至于杀良冒级，克扣军饷，将军贵、马价、盐课、市赏都落入自家腰包，用以是灌输权门，结纳朝士，我等都曾亲身经历。这折子不是风闻而奏吧！"

"哎呀！若不是看了此信，我们都要给他蒙蔽了，还以为李成梁如何英雄了得，就是古代良将也不过如此呢！"朱应毂三人啧啧而叹，摩拳擦掌地要即刻写折子弹劾。

张鹤鸣阴笑道："蒙蔽咱们倒不怎么打紧，他蒙蔽圣上，可是犯了欺君罔上的大罪！咱们有了这些把柄，必要参倒他，不可给他留了活路，以免他咸鱼翻身，再来找咱们的晦气！这上折子的次序可是极有讲究的，谁先上，谁后上，要好生商议一番，以免给人抓了小辫子，劳而无功，白忙活一场。"

李珰道："还是交章参奏，以壮声势，等惹得满朝物议沸腾，我看两位阁老也爱莫能助了。"

张鹤鸣肃身而立，一拍桌子，说道："他们若敢袒护，我一起具本参劾！"

果然不出几天，宫里传出旨意，李成梁以血气既衰，罪恶贯盈，解除辽东总兵一职，回籍养老，总兵换成了麻贵。

八·割 袍

"有刺客！"努尔哈赤一惊，变故仓猝，不及思虑，他狠力一夹马腹，白龙马向前猛冲。树上的刺客见一击不中，急忙抽箭再射，不想努尔哈赤的坐骑神骏异常，骨挺筋健，奔驰若风，四蹄翻飞，早已跑出了半箭之地，又有树林遮掩，射出的羽箭掉在他身后。努尔哈赤驰出林子，与颜布禄等人会齐，向林中查探，林中已没了刺客的人影，射落在地的羽箭也没了踪迹。

　　李成梁交出兵权，离职回乡，新任总兵麻贵虽是名将，但新来乍到，诸事尚未熟悉，努尔哈赤乘机起兵再征叶赫。他将龙敦斩了祭过大旗，仍旧留下舒尔哈齐与褚英、张一化守卫佛阿拉。

　　自努尔哈赤离开佛阿拉出征叶赫，舒尔哈齐终日喝酒，与瓜尔佳氏等几个年轻的福晋厮混，阿尔通阿、扎萨克图二人焦急难耐，一起赶到家中劝谏。唢呐嘹亮，鼓乐悦耳，舒尔哈齐斜倚在宽大的木椅上，欣赏着瓜尔佳氏的舞蹈。瓜尔佳氏身穿薄似蝉翼般的缎衣，显出玲珑的身段儿，手持一面铜镜，半裸着纤细雪白的胳膊，舞步妙曼，婀娜多姿，那一头的乌黑长发披散开来，几可垂地，随着身子的转动跳跃，散成千万根丝线，闪着乌亮的光。她的头发先是闻名乌拉，渐渐享誉扈伦四部，后来她来到建州，也是无人能及。但常人所见的都是她云髻高挽的"两把头"，还有头上插满的鲜花、金银翠玉结成的压发簪、珠花簪，雍容华贵，落落大方，哪里见得到她如此狐媚的模样？瓜尔佳氏越舞越快，飘舞的长发飞到了舒尔哈齐的脸上、脖间，痒得舒尔哈齐神魂颠倒，与身边的女人一起大呼小叫，狂饮不止。瓜尔佳氏忽地将铜镜抛给舒尔哈齐，松开系在腰间的小红布兜，叮铃铃一阵脆响，赫然露出一串银铃，那银铃随着腰肢扭动，响个不停。瓜尔佳氏索性将脚上的厚木底的绣花鞋和白袜脱掉，露出一双白嫩的天足，门外的阿尔通阿、扎萨克图也看得痴了，暗自喝彩："长发美人，金头天足，真是天生的尤物！"二人迈步进来，舒尔哈齐兀自鼓掌不已。

瓜尔佳氏此时跳得香汗淋漓，见了二人，知趣地收住脚步，说道："贝勒想是有些醉了，你们劝劝他吧！"使个眼色，带着那些女人出去了。

"我没醉，再喝三大杯也不够。"舒尔哈齐晃着手中的金杯大叫。

扎萨克图夺过金杯，不满地说："阿玛就喜欢每天喝酒，以前的雄心壮志哪里去了？"

阿尔通阿也觉伤心，无奈地叹道："让他喝吧！还能喝几天呢！等刀架到脖子上，想喝也难了。阿玛只知道享乐，哪有心思趁城内空虚之机起事？总有一天，咱们会妻离子散，家破人亡的！"二人埋头坐下，相顾凄然。

舒尔哈齐翻了个身，睁开朦胧的醉眼，冷笑道："你们两个胡乱发什么牢骚？跟随我多年，竟还这么鲁莽。你大伯父是走了，可他留下了褚英和张一化，对咱们分明是怀有戒心，他既然有了准备，何必中他圈套呢！我问你们，他为何杀了龙敦？"

"阿玛原来还没醉？"阿尔通阿暗自思忖，他看到了舒尔哈齐眼中深含的两道精光，问道，"是为了祭旗吧？"

"哼！祭旗？牢里有的是死囚，祭旗还要必杀龙敦吗？十年前，龙敦与尼堪外兰联手发难，本就该被处斩，却大难不死，留了一条狗命，今天却被杀了祭旗，这无论如何也说不过去。"

"阿玛，他发现了咱们？"

"不会有什么真凭实据，但你大伯父已提防咱们了，在我兵权被夺之前，他就怀疑了。但不知是何处给他看出破绽。"

"那他杀龙敦是打算试探咱们？"阿尔通阿想不明白。

"不是试探，是杀鸡给猴看，给咱们一个下马威。你们可要小心了，万万不可妄动，露了马脚！上次我曾嘱咐过你们，若不能一举成功除掉你大伯父，只要这座空城实在没有一点儿用处！他挥师攻城，我们不是死路一条了？"

"他觉察出了什么？我们可是小心提防，从未大意过的。"扎萨克图见父亲如此谨慎，大觉不快，父亲毕竟老了，不再有当年的锐气果敢。

舒尔哈齐摇头道："那倒不会，你大伯父的秉性我知道，最不能容忍亲近的人有二心。他若是发觉了蛛丝马迹，就不会只杀龙敦一人祭旗了。"

"那咱们就死了这条心不成？阿玛既不甘心，又一味畏缩不前，终日沉湎酒色，闷闷不乐，这样下去，身子如何打熬得住！"阿尔通阿又忧虑又焦急，不知如何说动父亲。

舒尔哈齐诡秘地一笑，说道："你们以为我愿意束手待毙？我这样声色犬马地胡闹，是为什么？是给你大伯父看的，不然他怎么会放心于我？"

"孩儿明白了，阿玛原来是学三国刘皇叔的法子。"阿尔通阿、扎萨克图恍然大悟。

舒尔哈齐叹道："敌强我弱，不得不如此了。假作不知而实知，假作不为而实不可为，或将有所为。当其机未发时，静候似痴。这是假痴不癫一计的要诀。当年刘备寄身曹操门下，每日饮酒种菜，不问世事，才成就了日后的大事。若他还没有什么准备，就暴露了心迹，怎会存活在世上。"

"那阿玛打算怎么办？"

"挽弓当挽强，用箭当用长。射人先射马，擒贼先擒王。你们明白这话的意思么？"

扎萨克图抢着说道："俗话说：蛇打七寸，打了七寸，蛇头再也无力伸缩，这条蛇也就完了。阿玛，何时动手？我有些等不及了。"

"做大事要耐得住性子，不可急躁。你大伯父手下所多，但我看来额亦都等人不过以勇之夫，没什么可怕的。褚英、代善血气方刚，历练还不够，不足以自立。最可怕的是他的智囊张一化，但张一化毕竟年老了，五天前染了风寒，我已暗地命人在他的汤剂里多加了一味药，昨日张一化咽了气。他再有智谋，也想不到是被做了手脚。我已命人将他的灵柩暂放在城南的大觉寺。你大伯父与张一化早年有师徒之情，他回到佛阿拉，必会马上前去吊唁……"舒尔哈齐听到一阵急急的脚步声，赶忙住了口，歪倒在椅子上，连呼痛快，阿尔通阿、扎萨克图二人也取杯在手。

进来的却是一个守在府门外的亲兵，他气喘吁吁地禀报道："汗王大捷而回，离佛阿拉城还有二十里的路程，大阿哥请二贝勒一起出城迎接。"

"知道了。"舒尔哈齐略摆一下手。阿尔通阿、扎萨克图扶他起来，舒尔哈齐将桌上的一大杯烧酒洒在身上，让兄弟二人搀扶着上了马，摇摇晃晃地出了城。

大阿哥褚英已抢先一步，接到了努尔哈赤。努尔哈赤问了佛阿拉的情形，知道一切平安，一颗空悬多日的心终于放下，发现来迎的人群中少了张一化，询问起来，褚英说："张军师昨日病故了，灵柩停在城南的大觉寺，等着阿玛回来再发丧。"

努尔哈赤叹息良久，满身酒气的舒尔哈齐这才赶来道贺，醉醺醺地说道："东……东哥在哪……哪里？怎么没……没带她回来？"

努尔哈赤听说了这些天他沉湎酒色，见他身上龌龊不堪，酒气熏人，沉着脸说："老三，你又喝酒了？误了守城，可是要罚的！"

舒尔哈齐嬉笑着摇手说："有大……大哥在，谁……谁敢打咱们建州的主……主意？敢是活得不……不耐烦了。"

努尔哈赤淡淡一笑，由众人簇拥着入城，打算先到张一化灵前祭奠一番，想到大觉寺在南城以外，只好先回木栅城，褚英、舒尔哈齐等人重新拜贺，摆酒庆功。

次日一早，努尔哈赤带着颜布禄几个贴身侍卫赶往大觉寺。大觉寺离城不到十里，处在龟背山脚下，是佛阿拉唯一的一所寺庙。寺院正殿为大雄宝殿，供奉释迦牟尼佛祖。在殿后的高台之上，另建有东配殿，供奉地藏王菩萨，西配殿供奉观世音菩萨。东西配殿之后，便是斋堂。寺庙的住持和尚听说努尔哈赤来了，慌忙迎接出来，让到净室歇息，努尔哈赤道：

"大和尚请自便，我只是来祭奠张先生。"

住持和尚亲自引领他来到斋堂后面的一间空闲屋子前，说道："张施主修养精纯，若是入我教门，必能悟道得法，炼得舍利。"

"张先生解脱成佛去了。他今世苦其身，尽其心，来世定能生个好地方，享享人间的福禄……"努尔哈赤拈香在手，半是祭拜，半是答话，但见了那红漆的棺材，心里难过得说不出话来，含泪连拜，守灵的孝子大礼回拜，他又问了张一化死时的情形，才蓦身出来，上马回城。

佛阿拉与大觉寺之间，有一片茂密的槐树林。正是深秋季节，槐树叶子已有些发黄，但枝叶依然繁密，亭亭如盖。努尔哈赤尚未从悲伤中脱离出来，打马如飞，一个人跑在前头，颜布禄等人在后面紧紧追赶。进了树林不远，突然听到弓弦的响声，努尔哈赤久经征战，猛地将头向外一偏，拧腰收腹，伏在马背上，"嗖嗖"两只狼牙大箭，贴着鬓边背后飞过，黑貂皮帽子竟给射落在地。

"有刺客！"努尔哈赤一惊，变故仓猝，不及思虑，他狠力一夹马腹，白龙马向前猛冲。树上的刺客见一击不中，急忙抽箭再射，不想努尔哈赤的坐骑神骏异常，骨挺筋健，奔驰若风，四蹄翻飞，早已跑出了半箭之地，又有树林遮掩，射出的羽箭掉在他身后。努尔哈赤驰出林子，与颜布禄等人会齐，向林中查探，林中已没了刺客的人影，射落在地的羽箭也没了踪迹。

颜布禄等人跪倒请罪道："奴才们虑事不周，让汗王受惊了。"

努尔哈赤抬手命他们起来，抚慰道："刺客早有准备，他们在暗处，我们在明处，自然不好防备。好在上天保佑，我们没有损伤一人，回城后此事不准向他人提起，若有人打听，速速禀报我！"众侍卫连声答应。

努尔哈赤回到木栅城，召来何合礼、费英东、褚英、代善，还特地请来龚正陆，商讨被刺一事。众人听说此事，各自吃惊。褚英眉头深锁，不解道："如今扈伦四部只剩下叶赫一部，孤立无援，还有谁有这样的胆子？"

"我飞马奔驰，那刺客却能既快且准地认出我来，可见不是外人。再说若是外人，必不熟悉地形，更不会在眨眼之间，逃得无影无踪了，必是内奸无疑！"说道最后，努尔哈赤的语气变得异常冰冷，眼里那两道慑人的目光，令人不寒而栗。

龚正陆颔首道："汗王说得极是。那些刺客想必就在佛阿拉。"他目光深窈地看着众人，张一化已死，军师之位正虚，初次参与机要，不免要显出高人一筹的见识。

褚英问道："龚师傅怎么知道？"

龚正陆见努尔哈赤不动声色，越发觉得推断不误，反问道："大阿哥，你看刺客背后主使的人是谁？"

"这……"褚英挠头道，"必是与我阿玛有深仇的人。"

"扈伦三部已归建州，东起日本海，西迄松花江，南达摩阔崴湾，濒临图门江口，北抵鄂伦河，再也无人可与大贝勒抗衡，那些仇人大多灰飞烟灭，谁还有如此深仇？"

"那会是谁呢？总不是咱们自家人吧！"

"正是咱们自家人。"努尔哈赤面色阴沉，一字一顿地说，"此人就是你的三叔舒尔哈齐。"

"怎么会是二贝勒？"众人惊得挢舌难下，脸色大变。

努尔哈赤缓声道："龚师傅，把你的见闻讲与大伙儿听听。"

"其实二贝勒对汗王怀恨已久了。当年初建佛阿拉城，以木栅城为中心，汗王与福晋、小阿哥们居住，二贝勒居住在此外的内城。二贝勒极为不满，唆使心腹将领常书向汗王进言，二贝勒也该居住在木栅城里，不该与其他兄弟一样住在内城。汗王接待朝鲜使臣，坐在中厅的黑漆椅上，二贝勒与其他将领佩剑侍立两旁，他同样怨恨不服，在他眼里只有兄弟，没有尊卑。"

"那何至于动了杀机？"褚英两次留守佛阿拉，与舒尔哈齐交往最多，他心里仍是有些迷惑，说道，"三叔这人本性不算坏，是不是他手下的那几个将领偷偷干的？这些日子他终日酗酒，声色犬马的，好像没多大的野心。"

龚正陆道："这正是最可怀疑的地方。二贝勒的才智过人，却要示人以愚，掩人耳目，他想干什么？不过是想让汗王少戒心罢了。大阿哥说他没有什么野心，那却未必。乌碣岩大战时，他带领五百人马，同常书、纳奇布等停在山下，畏缩不前。汗王要将常书、纳奇布处死，他却请求代他们受罚，汗王无奈，只罚了常书白银一百两，撤去纳奇布牛录一职。足见二贝勒与他们情逾骨肉，如此重大的事情，那些手下不经他点头，决不敢妄动。他如今手中没有了兵权，知道难以与汗王抗衡，自然处处隐忍，不敢有丝毫的破绽。那日他与大阿哥一起出城迎接汗王回来，浑身的酒气，可眼里不时闪出怨恨之光，不是醉酒的常态，分明是装出来的。"

何合礼思忖着说道："龚师傅这样说，我倒想起十多年前的一件事来。那年朝鲜特使申忠一来到建州交好，二贝勒想要宴请他，我陪着一起到二贝勒家里赴宴。席间，二贝勒乘着酒兴对申忠一说：'我们兄弟俩一样请你吃酒，你们朝鲜国给我们兄弟俩的礼物却不一样，是何道理？我们兄弟俩一母同胞，原不应该有高下之分，朝廷承认我们兄弟俩的身份都是建州都督，你们却要不依朝廷么？'吓得申忠一连声说不敢。当时，我只以为他权位与财物不能与汗王平分秋色，心存怨气，借机发作而已，并没有多想。"

努尔哈赤神色黯然，声音低沉道："我与三弟、四弟早早没了额娘，阿玛又抽不出工夫教导，父母的关爱抚养极少，因此我对他俩宽容过多，管束不够，他们难免骄横一些。这是我们家中的私事，我倒不想让大伙儿与我一样地宽容他，只想不要因他的骄横得罪了大伙儿，冷了大伙儿的心。"

"汗王，自古帝王无私事，所谓家事既是国事，此次行刺不论二贝勒知与不知，都不可听之任之。"龚正陆急声说道，"自古兄弟阋于墙，争权夺利，互相残杀，代有其事。唐朝初年，李世民兄弟三人争夺帝位，李世民预先发难，玄武门之变，两死一存，才得以龙飞九五，不然哪里会有唐太宗，哪会有贞观之治？"

努尔哈赤沉吟半晌，叹口气说道："李世民是被逼得万般无奈，才不得不反击，我与三弟还没有势同水火，不至于动刀拿枪的。如今建州初定，正是用人之际，三弟颇有才智，我不忍心伤他。他实在不愿住在佛阿拉，就另选个地方，做个一城之主。有了自己的地盘，他的火气自然就消了。"

龚正陆笑道："多行不义必自毙，汗王此计高明之极。二贝勒择地另居，倒是个好法子，但不可再让那几个心腹将领跟在身边，应该趁此时机，除掉他的羽翼，他人单势孤，想图大事也不容易了。"

一直沉默的费英东说道："二贝勒离开佛阿拉，自然少了顾忌，不必这样夹着尾巴了，离得虽说远了，却更容易监视了。若是查出什么谋反的凭据，看他如何狡辩？"

"不错，查查那日出城的人，或许有所收获。"代善附和道。

褚英咬牙说："若真三叔有什么不轨，那就乘机除了他！他先无情，也不能怪咱们无义！不然留下什么后患，反会遭了他的算计。"

"那要看他自家的心地，能不能悔过自新了。"努尔哈赤摇头叹气不止，对何合礼道，"你去告知老三一声，看他自立门户，喜欢选什么地方？"然后留下褚英与代善，命他二人去查问此案。

褚英、代善二人换了便衣，到城门询问了守门的兵卒，可见骑马背着弓箭的城内将领出去，兵卒们都说没有见到，褚英、代善颇觉失望，垂头丧气地往回走，龚正陆骑马迎面赶来，兄弟二人拜见说："龚师傅要出城么？"

"正是。你们可查出头绪？"

代善无奈地说："守门的兵卒说没见过城内的将领出城。"

龚正陆下马，与他们进了城门街边的一家小店，坐下喝着奶茶，问道："你们想那刺客可会大摇大摆地出城？"

褚英、代善二人对视一眼，摇头说："不会。"

"那守门兵卒如何能见？"

"这……"二人支吾着，无言以对。

龚正陆说道："刺客所为最忌讳明目张胆，必然不会骑马背弓出城，而是要将人、马、弓箭分散偷运出去。你们先问问有没有什么可疑的人带着马匹、弓箭出城。"

不多时，二人无精打采地回来说："每日带弓箭出城打猎的人极多，兵卒们哪里辨认得过来！"

"马匹呢？"

"我们没再询问。"

龚正陆暗自摇头，他俩虽是自己的学生，但毕竟是身份尊贵的阿哥，不好出言申斥，淡淡地说："没问也罢，咱们出城到密林中走一趟。探案讲究实地勘察，四处走访，不能闭门造车，在家里胡乱猜想。夜半行窃，僻巷杀人，路上行刺，都是愚夫俗士之行，非谋士之所为，必有破绽之处。只要用心，不难查出。"

"龚师傅原来是特地帮咱俩的。"褚英一拍代善的手臂，"走，我们出城。"

三人骑马来到城南的槐树林中，细心搜寻，几乎找遍了每棵树上树下，没有一点儿线索，褚英、代善看着龚正陆，一时没了主意。龚正陆深锁眉头，找到努尔哈赤遇刺的几棵槐树周围，信马漫走，忽然看到路旁的槐树给人砍伐了不少，四下散落着不少干枯的枝条，几处还留着半人高的树桩，回身问褚英道："大阿哥，这些树木给人砍去做什么？"

"烧饭取火。"

"嗯！那为什么留下这半截的树桩，散落的这些枝条也不屑拾取？"

"想是车上装不下了。"

龚正陆摇头道："此事大可怀疑。砍柴人好像十分匆忙，心思也不在这些木柴上，想必是以此掩盖什么。"

代善醒悟道："是那些刺客在此踩盘子？"

褚英道："砍去树木，或许是为便于瞭望射箭。"

"你俩四处看看，可有丢弃的槐树枝干？"

褚英、代善骑马四下查看，那砍伐的槐树竟似自己长腿走了一般，没有丝毫踪迹。

"那些槐木哪里去了？"

龚正陆却不回答，打马回城。进了城门，才对褚英、代善道："你俩去问问守门的兵卒，大贝勒遇刺的前几日可有砍柴的牛车出入？"

不多时，褚英、代善二人赶上来，满脸喜色，褚英问道："师傅怎么知道三叔家会有人赶着牛车出城砍柴？"

"那刺客要将人、马、弓箭分散出城而不引人注意，只有夹带在来往运货的车辆之中，二贝勒何等尊贵，家中还少得了几捆木柴？赶牛车出城砍柴，必是别有所图。"

代善佩服道："师傅料事如神，那个守门的牛录额真还说不知是谁骑了两匹极为神骏的战马出城，看着好像阿尔通阿和武尔坤的坐骑。"

"那么多马匹，他如何一眼分辨出来？"

代善答道："那牛录额真说当年曾在阿尔通阿和武尔坤营中效力，因此熟悉。"

龚正陆催马说："回去禀明汗王，将阿尔通阿和武尔坤捉来审问。"

"好！先拿了那两个贼子。"

努尔哈赤听了褚英、代善的禀报，面色一寒，问道："去请你三叔来！"

褚英道："他已带着扎萨克图、常书、纳奇布等人出城，往黑扯木去了。"

"他走了，怎么也没过来和我话别？"努尔哈赤怅然若失，随即自语道，"自从万历十五年筑起佛阿拉城，我与他住在一起，如今已是万历三十七年了，转眼二十多年了。他竟这样搬出去了……"

褚英等人看到了努尔哈赤眼角的泪光，想要劝说宽慰一时却不知如何开口。努尔哈赤摇手道："你们不必劝我，我此时的心你们谁也体味不到。我今年五十一岁了，是不是老了，没有胸怀了，容不得人了？怎么年轻时，兄弟们处得好好的，如今却不得不分开了。我派何和礼告诉他，愿意离城别居，可随意选地方，只要是建州的土地，我都舍得给他。可黑扯木那个地方，地处浑河上游，山高林密，距叶赫不远，离明军重镇铁岭也近便。看来他宁肯离我的仇敌近些，也要躲得我远远的，他……他竟然这么恨我？"努尔哈赤任凭泪水大滴淌落，并不擦拭，转身问道："莽古尔泰，你生在佛阿拉，与这座新城同岁，你说我待你三叔怎样？不像个兄长吗？"

莽古尔泰一掌击在桌案上，骂道："阿玛不用费那些口舌了。他们做下这等狂逆的事，早已有了必死之心，还能问出话来？"

褚英见他鲁莽，提醒道："五弟，若这样杀了他俩，三叔有什么阴谋就无从知晓了。"

"杀了他们，你三叔更是不会回头醒悟了。"努尔哈赤一脸茫然，心下似是极为酸楚，本来以为舒尔哈齐不会如此不顾手足之情，心里不愿坐实，如今证据俱在，若再有了口供，就无法躲避了，势必骨肉相残。他缓缓站起身来，说道："我要亲自审问，看那两个贼子如何答话？"

努尔哈赤带着三个儿子进了关押阿尔通阿的屋子，阿尔通阿已被五花大绑地捆在木桩上，他见努尔哈赤等人进来，鼻子冷哼一声，闭目不语。努尔哈赤坐下道："我只问你一句话，那天在槐林中是不是你？"

阿尔通阿睁开眼睛，咬牙切齿道："可惜我的箭法不精，不能替阿玛出了这口恶气。"

"我与你父亲是一母同胞的兄弟，你为什么这样恨我？"

阿尔通阿讥讽道："你们还是兄弟，我怎么没看出来？你若把我阿玛当做兄弟，怎么会夺了他的兵权？可怜他每日长吁短叹，借酒浇愁，你不心疼，我们做儿子的还心疼呢！"他伤心至极，满脸流泪。

"我自信对得起你阿玛，没有亏待他。"

"没有亏待？他还不如你那几个异性兄弟呢！乌碣岩大战，我阿玛只带五百人马，你却狠着心肠逼他与布占泰厮杀，我的两个妹妹都嫁给了布占泰，他投鼠忌器，怎么下得了手？那不是要他亲手杀了两个女儿么？回到佛阿拉，你借口畏敌不前，不再派阿玛领兵，趁机剥夺了他的兵权。其实哪里是什么畏敌不前，你是害怕我阿玛与乌拉联手。你如此猜忌他，哪里有什么兄弟之情？"

努尔哈赤沉下脸说："我与你阿玛怎样还轮不到你来说三道四，有什么话该由你阿玛来对我说。我俩之间，仇也罢恨也罢，并没有什么争斗，你却动手来刺杀我，存心犯上，罪不可恕！"

"既然仇怨深不可解，不先发制人，还要束手待毙吗？当真可笑！"

褚英上前骂道："你这胆大的奴才，父辈就是有什么恩怨，你也不该起下这样猪狗不如的心肠！"

"哥哥，若是换成了你，该怎样做？以你的心胸早就当场拼命了，还要等到今日么！"

"你讲的是什么屁话！换了我又怎样，还是老老实实做本分的事，不该有什么非分之想。三叔总想着与我阿玛分庭抗礼，那不是痴人妄想么！我阿玛是兄长，自然该敬重，又是敕封的建州都督、龙虎将军，这岂是任由什么人来做的？若不是我阿玛，你们三房怎能有这样的荣华富贵？你们不知饮水思源，尽忠报效，也就罢了。却贪心都督权位，谋害尊长，留你们这些忘恩负义的小人何用！"

代善也说道："上次三叔与龙敦勾结，自以为神不知鬼不觉，其实八弟皇太极早已禀了阿玛。阿玛隐忍不发，只杀了龙敦一人，难道不是顾念兄弟之情？到了今日，你还嘴硬，反咬一口，这般丧心病狂，我容不得你！"拔刀欲砍。

努尔哈赤阻拦道："不必心急，听他还有什么话说。"

莽古尔泰早已按耐不住，劈面一掌，喝道："好小子，原来真的是你下的毒手！咱们自幼一起长大，平日里哥哥弟弟地叫得亲热，如今却胆大包天来害我阿玛！我没有你这样的兄弟！"

阿尔通阿平日与莽古尔泰交情最密，二人自幼一起玩耍，吃酒玩乐，想到以前快活的光景，低头伤感道："我恨大伯父，但心里一直将你看做兄弟，不想因此而伤及咱们多年相交相知的情谊。我既然走出了这一步，也不后悔。我死后，你若能有时能想起我来，不以为我对不住兄弟，就不枉咱们交往一场了。"说完，低声悲泣，泪水涟涟。莽古尔泰也觉辛酸，悒悒不乐地退到一旁。

努尔哈赤上前说道："本来做儿女的要替父母分忧，也是份内之事，只是你做过了头，没有了是非善恶之分。我再问你，是不是你阿玛让你刺杀我的？你给我句明白话儿！"说到后面的话，他想起早死的额娘，想到兄弟三人被迫离家，心里一酸，声音颤抖起来。

阿尔通阿冷笑道："你是不是要对我阿玛下手了？你要真有此心，也用不着审问了。反正你手下兵马极多，小小一个黑扯木还能攻不破么？你想杀他，本来不需找什么借口，何必要知道他与此事有没有瓜葛？"

"好一张利嘴！佛阿拉城寨太小，真委屈你了！我也不杀你，你自己慢慢说吧！看你什么时候住口。来人，把他吊起来！"努尔哈赤知道他已不可理喻，再问下去也是无用，看着两个侍卫把阿尔通阿吊在院中的大槐树上，转身而去。阿尔通阿声嘶力竭地叫喊道："你杀了我吧！我不愿有你这样残暴、阴险、毒辣的伯父！不愿看到你这卑鄙无耻的小人！"

努尔哈赤回头看他在树上挣扎，叹气说："舒尔哈齐怎么生出这样一个目无尊长的畜牲！吊上他三天三夜，看他知不知道悔悟。"

努尔哈赤满肚子的怒气无从发泄，走进关押武尔坤的屋子，命人将他吊起来，脚下堆满一堆干柴。努尔哈赤将一支火把在武尔坤眼前不住晃动，狞笑着问道："你为什么刺杀我，是哪个主使的？"

武尔坤脸上一阵灼热，转过头去，一言不发。

"好！我看你忍到几时？"努尔哈赤将手中的火把扔到柴堆上，早已风干的木柴登时燃烧起来，霎那间，火焰熊熊，舔舐着武尔坤的双脚、双腿。武尔坤本能地将两脚缩高一尺，那火焰却升高了两尺，烧着了他的衣服、须发……武尔坤大骂道："努尔哈赤！你残害忠良，不得好死！我就是死了，也要化作厉鬼，取你性命！"

"我等你，不识时务的狗奴才！"努尔哈赤不住冷笑，眼看武尔坤化作了一缕青烟，变成了一具焦枯的骷髅。

阿尔通阿也没有吊到三天三夜，次日夜里，他竟咬舌自尽了。努尔哈赤怒不可遏，骂道："不知好歹的蠢货！我敢放你出去，就有把握捉你回来！"命代善领五千兵马，攻破黑扯木，把舒尔哈齐捉到了佛阿拉。

舒尔哈齐被关押到了一间狭小的屋子里，无门无窗，只记得是从屋顶的一个小孔扔落到了屋里。里面漆黑一片，伸手不见五指。他暴怒着用拳脚踢打着屋子的四壁，只听到砰砰的几声闷响，触及之处柔软异常，他用手仔细地摸了一遍，原来屋子竟是用整张牛皮缝制的，无床无桌无椅无凳，想要求死也难，他怒吼道："努尔哈赤，你在哪里？快来见我！"反复叫了几十遍，也没人答应，他翻身跌坐在屋内，大口地喘着粗气。

过了不知多少时候，外面传来了一阵脚步声，屋角见了一丝亮光，原来那里竟是一个小小的铁门，仅有半尺见方，送进了两个饽饽和一碗炖菜，上面竟有几块肉片。舒尔哈齐大叫道："我不想吃饭，只想见努尔哈赤，快给我叫他来！"

外面的人却不答话，将小铁门牢牢关上。舒尔哈齐好不容易听到人声，怕他走了，呼喊道："你不要走，我要拉屎！"

砰的一声，另一处屋角打开一扇小铁门，扔进一个小木盆来，铁门随即关闭。舒尔哈齐和衣躺下，两眼看着依稀透过一丝光亮的两孔小洞，自己一个堂堂的二贝勒，竟落到如此的地步，城破家亡，幽居在一个暗无天日的小屋子里，求生不易，求死不能，还不知苦熬到几时，不禁悲从中来，失声痛哭。

努尔哈赤心里也忐忑不安，舒尔哈齐已然囚禁在佛阿拉，但如何处置他，实在难以决断。他毕竟是患难与共的亲兄弟，是终生囚禁，留他一条性命，还是一了百了，不留后患？努尔哈赤想了半夜，也狠不下心来，朦胧之中，听到舒尔哈齐大喊道："努尔哈赤，你在哪里？快来见我！"

他翻身起来，带了颜布禄等人，进了西跨院。颜布禄在前面提着灯笼，努尔哈赤走到院中牛皮房子前，说道："舒尔哈齐，你想见我，我却不想见你。"

"努尔哈赤，你为什么派人抓我来佛阿拉？"

"你我本是亲兄弟，你为什么一心要杀我？"

"是你逼的！"

"我何尝逼你？"

"灭了哈达以后，你独断专行，眼里就没有了我这个兄弟，我算什么？我连你手下的那些心腹将领都不如！平日里带兵打仗，只给几百兵马；稍有不满，便横加训斥。恨乌及屋，对我手下的那几员将领，百般刁难，多有偏心。我搬到黑扯木，不想你吊死阿尔通阿，烧死武尔坤，又将我关押在这黑屋子里，你心肠也太狠了！你把哈达的孟格布禄、乌拉的布占泰都放回本部去了，怎么却容不得我，硬要置我于死地呢？"

"要怪只能怪你个人生了外心，竟想着做大称王，取代我当满洲之主。"

"是你容不得我！"

努尔哈赤冷笑一声，说道："我容不得你？从万历二十五年，你第二次代我进北京朝贡，就中了明人一箭双雕之计，更助长了你称霸满洲的野心。他们封你都指挥一职，你不推辞，我忍下了。你与李成梁结成儿女亲家，忘了爷爷、阿玛的深仇大恨，我也忍下了。但李成梁上奏朝廷册封你为建州右卫首领，你情愿接受，听任他们挑唆我们兄弟之情，我怎么再忍？舒尔哈齐，他人背叛我都可宽恕，只是、只是我容不得自家兄、兄弟反目……"努尔哈赤心头一热，语调哽咽。

"难道兄弟还不如那些异姓的敌人？"

"那些敌人怎样对我都行，我最容不得兄弟背后插我一刀！"

"你要杀了我？难道不怕背上兄弟相残的骂名，给天下人耻笑？"

"自家兄弟竟恨不得一刀杀了我，那我宁愿不要你这个兄弟！"努尔哈赤拔刀在手，撩起前襟，嗤的一声，割下一尺多长的袍角，抛到地上说道："舒尔哈齐，如今我们俩各不相欠了。你不用记着我的恩，我也不用记着你的义，就只当是从未做过兄弟，就当我对不住死去的额娘！天下人若想评说，任由他们说去！颜布禄，打发他上路吧！"

不一会儿，颜布禄端了一壶烧酒、一盘牛肉，从小铁门中送进，说道："奴才颜布禄跪请二贝勒上路。"

"哈哈哈哈……"舒尔哈齐一阵狂笑，"我知道会有这么一天的，我早想死了，只是他存心折磨我，好看着我向他屈膝请罪，想不到我不怕死，不愿像狗一样的活着……哈哈哈……努尔哈赤，你好！你好狠！这是毒酒么？我不怕，不怕……"

舒尔哈齐端起酒壶一饮而尽，抓起牛肉大嚼起来，不多时，他突然痛呼一声，双手紧紧捂住了肚子，鲜血先是顺着嘴角流出，随即狂喷而出，和着烧酒、牛肉，将牛皮屋内染得一片猩红，舒尔哈齐缓缓地躺倒……

那天是大明万历三十九年八月十九日，舒尔哈齐年仅四十八岁。

九·抢　妻

　　她用蔷薇露细细洗过头发，又将周身洗搓干净，起来喊侍浴的丫鬟送过澡巾来。红木托盘上整齐地叠放雪白的澡巾，轻轻地放在了池边，她抬眼一看，见褚英不知何时进来，正色迷迷地靠在池上，看着水中赤裸的身体，惊得娇呼一声，将澡巾挡在胸前，脸上一热，垂头问道："怎么是你？"褚英哈哈一笑，说道："美人出浴，是何等的眼福，我怎舍得离开？"

次日，天刚发亮，努尔哈赤起来，命人将舒尔哈齐的家产查抄，剩下的八个儿子一起捆绑着押来。舒尔哈齐生有九个儿子，长大成人的只有七个：长子阿尔通阿、次子阿敏、三子扎萨克图、四子图伦、五子寨桑武、六子济尔哈朗、八子费扬武。努尔哈赤下令一起绞杀，代善、皇太极等人苦劝，最后只将参与刺杀之事的扎萨克图杀了，其他几人概不追究。

惩治了舒尔哈齐父子四人，努尔哈赤心神疲惫之极，他感到自己骤然之间苍老了许多，将褚英召来。褚英此时已是三十一岁了，他见父亲闭目躺在睡榻上，不敢说话，轻轻地跪在地上。努尔哈赤睁开眼睛，缓声说："起来吧！"

褚英问道："阿玛可是身子劳累了？"

"不是身子，是心里累了。"努尔哈赤摇头道，"你三叔一死，我既伤心又气恼，心里总觉得不痛快。四个兄弟中，我最看重他，不想他竟狼子野心，做出这等大逆不道的事来！不过，他倒给我提了个醒，我今年五十三岁了，胡子都花白了，蒙古几个部落尊称我为昆都仑汗，我起先没放在心上，如今才想到既是给人称作了大汗，便要立个太子，也好有了传位的人，绝了一些人的妄想。唉！我若是早料及此事，你三叔想必不会作乱了。"

"三叔是不甘心久居人下的，以他的秉性，迟早会闹出事来！是他自取其祸，阿玛何必自责！"

"阿玛年纪大了，想着你帮我处理国政，白旗旗主就不要做了，就让与你八弟皇太极。代善照样掌管红旗，舒尔哈齐的蓝旗就由阿敏掌管，莽古尔泰与我协领黄旗。你可要友爱兄弟，尊重额亦都等几个叔叔，不要令我失望了。"

"阿玛放心，我也不是几岁的孩子了，知道轻重的。"褚英心里大喜，脸上却极为恭敬。

"这次你三叔的事惊动了朝廷，我不久要去京城朝贡，也好让朝廷放心，不再管女真之间的纷争。如今扈伦四部还剩下叶赫一部，还有黑龙江女真，我还做不成昆都仑汗，等到女真各部都臣服了，那时再称大汗也不迟。"努尔哈赤坐起身来，看着褚英道，"你与东果、代善是一母同胞，当年你额娘临死之时，嘱托我好生看顾你们，说你生性顽劣，要多加调教。这么多年，我一直忙于征战，与你们在一起的日子不多，可你自十八岁随我出征，身经百战，军功赫赫，那洪巴图鲁的封号不是侥幸而来的。我也算对得起你死去的额娘了。"

褚英含泪道："孩儿凭借阿玛威名，薄有军功，当时只想着奋勇杀敌，哪里想到阿玛用心如此良苦！"

"你千万记住，做大事不能心慈手软，不然会后患无穷。你劝我赦免你三叔，我何曾不想一团和气，只是你放过了他，他却放不过你。这些事情还要慢慢体会，日子长了，你自然就会明白。"努尔哈赤目送着褚英退下，躺在炕上闭目想着朝贡之事，一阵细脆的脚步声响，一双柔柔的手放在他的额头："汗王可是累了？"

努尔哈赤并未睁眼，将那双手提住，问道："你怎么才来？"

"阿济格听说我到汗王这里，哭闹着要跟来，给他缠得好半天，才脱了身。"

"那就叫他一起来么！他今年也八岁了，还好么？"

"好，每日跟着师傅舞枪弄棒的。他毕竟不是小孩子了，带他来终归不方便。"

努尔哈赤睁开眼睛，见小福晋阿巴亥脸色绯红，低垂着粉嫩的脖颈，一把搂住。阿巴亥偎在他胸前，低声说："汗王忙着征战厮杀，将我们娘俩儿都忘了。怎么今日想起来了？"

努尔哈赤看着她流泪，抚慰道："哪里会忘，这不是唤你来了么？"

"阿济格都八岁了，下面连个弟弟妹妹都没有，终日没有个伴儿玩耍，只知道早晚闹着缠人，我都烦闷得憔悴了。"阿巴亥撒娇不止。

努尔哈赤屈指一算，笑道："你来建州十一年了，二十三岁正是娇艳欲滴的年纪，憔悴什么，可是怪我冷落你了？"

"那怎么敢？我知道汗王忙着大事呢！"阿巴亥狐媚地一笑，挣脱出他的怀抱，脱了水红袄，躺在努尔哈赤身边……

万历三十九年初冬，努尔哈赤动身往京城朝贡，长子褚英监管国政。不料，努尔哈赤刚刚离开佛阿拉，褚英便来到了囚室，那里羁押着绝色的美人瓜尔佳氏。瓜尔佳氏年近三十，虽说已生了两个孩子，但常年的养尊处优，身材还如姑娘一般苗条，她见进来一个英武高大的汉子，惊恐地问道："太子爷，你来干什么？"

褚英嘿嘿笑道："听说你是满蒙第三号美人，我过来看看是怎样的美法？"

瓜尔佳氏将胳膊紧紧抱在胸前，说道："我不是第三号美人，太子爷，求你放过我，我还有两个孩子呢！"

"你怎会不知道？东哥第一，阿巴亥第二，你名列第三。只是东哥远在叶赫，没法子一睹她的芳容。阿巴亥又是我的庶母，正受我阿玛的恩宠，动不得她一根汗毛。就只好来找你了。"褚英狂笑着凑到瓜尔佳氏身边，拉起她的小手，啧啧称赞。

瓜尔佳氏吓得浑身一颤，慌忙缩回手道："五阿哥莽古尔泰已向汗王替我求情，就要娶我了。我不能对不起他！"

"你答应了莽古尔泰，还要他向汗王求情？何必绕那些弯子，你伺候好了我，要想出去不过是一句话的事，不用费那些周折。"

"你的口气好大，我不信！"

"不信我，为什么却信莽古尔泰？莽古尔泰是我兄弟，还不是要听我的话！你放心，只要我一句话……"褚英说着伸手就去搂抱，瓜尔佳氏躲闪不过，给他搂住了腰肢，拥倒在地。

瓜尔佳氏哀求道："太子爷，求你高高手，放过我！你身子金贵，我是个残败了身子的女人，不值得怜惜，若给莽古尔泰知道，禀告了汗王，如何是好？"

褚英喘着粗气，冷笑道："他能怜惜，我却不能了！我偏喜欢你这推三阻四的模样，若是一口应承了，我还不屑呢！"一把撕开她的胸衣，露出雪白的胸脯。

瓜尔佳氏惊呼一声，双手死命护在胸前，停止了挣扎，说道："男女之事，匆匆苟合有什么乐趣！太子爷真有此心，不如换个雅静的地方，也容我洗洗这腌臜的身子，好生地欢爱一番，在这臭气熏天的监牢里谈男女之情，岂不大煞风景？"

褚英欢喜地站起身来，拉过瓜尔佳氏，在她腮边轻轻吻了一口，威胁道："好！谅你也不敢有什么花花肠子，不然有你的好看！"他带着瓜尔佳氏出了牢门，守门的军卒阻拦道："太子爷请便，这瓜尔佳氏却要留下。"

褚英一耸眉毛，不耐烦地说："我要带她走，你要阻拦吗？"

"汗王有令，任何人不能轻易动她。"

"如今佛阿拉城内是我说了算，你要犯上不成？"

"奴才不敢，此事若教汗王知道，奴才的小命就没了，太子爷开恩，不要为难奴才。"

"你少啰嗦！我的事还要你来管？滚到一边去！"

"太子爷！奴才还有家小……"军卒跪地哀求。

"我知道你有家小，不然早将你这不识好歹的奴才一剑砍了。"

"太子爷，汗王知道了，可让奴才怎么说呀？"

褚英恶狠狠地说："该说的说，不该说的，你若多说半个字，休怪我手下无情！"

那军卒面无人色，颤声说："若要人不知，除非己莫为。奴才也不想为难太子爷，实在左右为难。你给指条明路吧！"

"伸出舌头来！"

那军卒舌头刚刚伸出，一道剑光闪过，他大叫一声，满嘴流着血，倒在门旁，双手哆嗦着在地上摸索着那半截舌头，褚英拉着惊呆了的瓜尔佳氏上马而去。

两人来到褚英的家中，循着回廊来到后院，穿过院墙洞门，眼前一座高墙四围的小园，天上皓月繁星，清幽不尽。瓜尔佳氏踏入此园，便闻到一缕奇香，不觉问道："好香，这是什么花香？"

褚英拉着她的手，说道："这就是我家的浴堂，龚师傅采了地下的温泉水，仿照江南样式修建的，一年四季，都可在此洗浴。有个清雅的名字，叫做天露园。"

瓜尔佳氏借着星光，见此园果然不是关外的样式，小巧别致。四下围着疏篱，园中栽遍繁花，中间铺开一条鹅卵石小路，直通辟在园中的一座石砌浴池，热气蒸腾，烟雾缥缈，池中浸以鲜花香料，姹紫嫣红，异香缭绕。池边又有假山流泉，水如银绸，从中不时漂出缤纷落英，花木掩映，翠藤拖曳，曲径通幽，令人心神俱快。饶是初冬，里面却春意盎然。

红烛高烧，香烟缭绕。褚英掬起一捧水，说道："我已吩咐在池中加了许多的香料，传说是元·顺帝当年宫廷里秘制的方子，有什么兰芷、木樨、豆蔻、白檀、丁香、沉香……不下几十种之多，我一时也说不清。你下池去吧，这水冷热刚好。"

瓜尔佳氏虽出身富贵之家，父亲也是一城之主，但却未见过如此精丽雅致的浴池，暗暗咋舌道："太子爷一个大男人家，洗澡竟这般讲究。"

褚英笑道："我听说东哥在八角明楼上建造了一个小巧的兰汤池，一直无缘见识，只好自己建了这个露天的温泉浴池。我服侍你入浴吧！"

瓜尔佳氏一阵扭怩，嗔怒道："我又没缺手缺脚，自己来便是了，你这样两眼直直地只顾看人家，我浑身都不自在呢！烦劳你给我看着点儿，免得叫人闯进来。"

褚英嬉笑道："这是我家，哪个敢随意闯进来？不过有几个伺候的丫鬟，给她们见着有什么要紧？"

瓜尔佳氏逐一除去鞋袜裙裳，早有丫鬟接过挂放妥当。她伸足轻点水面，果然冷热适宜，当即踏入池中。池水暖如煦日，热气扑面，源源不断，芳香迷人。她多日不曾沐浴，只觉舒畅难言，忍不住长叹一声："好香的兰汤！"

侍奉的丫鬟回道："这池中放了秘制的香料，合了丁香、沉香、青木香、珍珠、玉屑、水乳花、玫瑰花、桃花、钟乳粉、木瓜花、茶花、梨花、红莲花、李花、樱桃花等种种花香，最是滋润肌肤。稍后福晋洗过了，肌肤势必粉嫩细白，如丝缎般光洁滑腻，娇艳欲滴。"

"这些花开的时候不一，如何每次洗浴都用？"

"福晋想必不知道，池中放的不全是鲜花，而是放了香丸，这些香丸是将花、香分别捣碎，再将珍珠、玉屑研成粉末，调和成丸，密封储藏，随用随取，十分方便。"

瓜尔佳氏泡了片刻，花香热气交浸之下，全身舒泰，多日的牢狱之苦登时烟消云散，恍如半梦半醒，喃喃自语道："想不到还能有如此享乐的一天！"她看着池中朦胧的倒影，自己的容颜依然俏丽，如醉如痴地拆开云髻，摘下珠花，一头乌黑长发如丝滑落。她蓄发长可及踝，是有名的长发美人，平日里梳起"两把头"来，看不出妙处，如今将头发尽皆散开，随波逐流，轻拂落花，乌发遮掩着玉体，酥胸雪肌，娇艳动人。她用蔷薇露细细洗过头发，又将周身洗搓干净，起来喊侍浴的丫鬟送过澡巾来。红木托盘上整齐地叠放雪白的澡巾，轻轻地放在了池边，她抬眼一看，见褚英不知何时进来，正色迷迷地靠在池上，看着水中赤裸的身体，惊得娇呼一声，将澡巾挡在胸前，脸上一热，垂头问道："怎么是你？"

褚英哈哈一笑，说道："美人出浴，是何等的眼福，我怎舍得离开？"

"你偷看……"瓜尔佳氏话说出口，自己也暗觉好笑，此处本来就是太子的府邸，有什么偷看不偷看的。她只觉褚英的目光锥子般地刺向自己，仿佛要生生一口吞下，不由全身发软，暗想：一个女人家，刚刚死了丈夫，却又给兄弟俩人争来夺去，还不知归属哪个，深夜就给人威逼着洗浴，赤身露体的，遭人偷看，谁知此人是真心还是薄情，自己不过是只羔羊，遇到两头雄狼，总归难以逃脱……她这么想着，又羞又怕，大觉伤心，不禁嘤嘤地哭了起来。

褚英伸手揽住她的纤腰，温存道："哭什么，这里不是好过牢狱甚多么？"

"我……我不是伤心，是欢喜得紧了，竟忍不住……"瓜尔佳氏在他怀里簌簌发着抖，急忙转啼为笑，"我是受苦受怕了。"

"这个容易，只要你顺从了我，哪个还敢关你入狱？"褚英撩起她那湿漉漉的长发，将她的胸脯缠裹，直至腰际，俯身狂嗅不止。瓜尔佳氏闭目躺在他怀里，脸上一片潮红……

早晨醒来，瓜尔佳氏见自己睡在宽大的南炕上，从枕边可以穿窗斜视那残留东天的一抹朝霞，身边的褚英还在沉沉地睡着。她翻了一下身子，觉得酸软无力，慢慢穿衣坐起，室内各物摆设整齐，几上的那两个瓷瓶内插着鲜艳的数枝菊花，花香阵阵，幽雅宁静，真像是在梦中一般！她想起往日，自己不也是这样快活舒适，无忧无虑？如今这样的日子怎么如此遥远了？一时愁肠百结，不由得又低声抽泣起来。褚英睁开眼睛，翻身起来，将她轻轻抱在膝上，痴痴地呆望着，疾喘道："我……我喜欢你，喜欢你锁着眉头的模样……"

瓜尔佳氏噙着泪，瞟他一眼，似怨似嗔地叹道："我是负罪在身的人，你不怕坏了名声？还是放我回去吧！"她挣脱了下炕，踏上软鞋，捧起瓶中的菊花，幽幽叹道："花无百日好，太子爷早晚有烦腻的一天，我何必自讨无趣呢！"

"不要胡思乱想！"褚英赤条条地跳下地，将她抱回炕上，伸手便要解她的衣裳。瓜尔佳氏躲闪道："快别这样贪玩儿，你该办公事去了。"

"你就是公事……"褚英双手乱摸，瓜尔佳氏娇喘吁吁……两人正在缠绵，却听外面一阵嘈杂，"五阿哥，不行呀！太子爷有令，不管什么人都不能进去！"

"放屁！他夺了我的女人，躲在家中淫乐，怎么不能进去！"

褚英一惊，急忙穿衣，瓜尔佳氏吓得缩在被中。褚英刚刚穿上裤子，莽古尔泰已大步闯了进来，看了炕上一眼，怒斥道："大哥，你怎做出这等没廉耻的事来，竟抢兄弟的女人！"

"莽古尔泰，你好大胆子！竟敢闯我的府邸，若不是念兄弟情分，该治你何罪？"褚英见他按着腰刀，怒气不息，心里有些惊悸，知道他生性鲁莽，发起怒来，天不怕地不怕的，自己衣衫不整，赤手空拳，身边又没有侍卫，一旦动起手来，难免吃亏，必要在气势上压住他。

莽古尔泰上前一把掀开被子，见瓜尔佳氏发髻散乱，赤脚穿件兜肚儿卧在炕上，兜头一掌，骂道："你这个水性杨花的女人！我已向阿玛讨要了你，本待过些日子，接你出来成亲，谁知你……"

"啪"的一声响亮，莽古尔泰脸上也挨了一掌，褚英气急败坏地骂道："莽古尔泰，你竟敢在我面前动手！来人，给我拿下！"

"谁敢靠近！"莽古尔泰拔刀大喝，门外拥进来的侍卫不敢上前，目光逡巡地看着二人。褚英大怒："你们这些没用的东西！他胆敢犯上，还不动手！"说着，一脚踢倒一个侍卫，夺刀在手，向莽古尔泰劈下。莽古尔泰跳出屋子，挥刀招架，二人在庭院里打斗起来。褚英昨夜精力耗费过多，赤脚而战，双脚给地上的石块等物刺得生疼，战不多时，已落下风，堪堪要败。院门外拥进一队人马，将二人用弓箭团团射住，为首的那人喊道："两位哥哥快住手，不要伤了和气！"

褚英见了命道："八弟，将莽古尔泰拿下！"

莽古尔泰一见，知道再斗下去也是无望，将腰刀抛在地上，怒目而视。褚英戟指喝道："给我绑了！押到牢狱，定要重重惩治他！"

莽古尔泰挣扎着吼叫道："我不服！等阿玛回来，我要控告你！"

褚英森然道："我不怕你诬告，只是你未必能等到阿玛回来！"

"都是自家兄弟，都消消气，何必拿刀动枪的！五哥，先跟我走吧！"皇太极拉起莽古尔泰走了。

褚英看着他们出了院门，返身进了屋子，从墙上拔出刀来，向左臂砍去，半尺多长的一道伤口，鲜血迸流。瓜尔佳氏吓得脸色苍白，颤声问道："你怎么砍伤自己？"

褚英冷笑道："这是莽古尔泰砍伤的，你方才没见他拔刀吗？"他裹了几下伤口，走了出去。

皇太极押着莽古尔泰快步疾走，走不多远，褚英带人飞马赶来，大喊道："八弟，将老五给我留下！"

"五哥既然犯了罪，就该会同额亦都五位叔叔一起审问，将他留下怕是不妥。"

"国政由我代管，自然是我说了算，何必去问他们？"

"五位叔叔可是阿玛任命的议政大臣，这么大的事不与他们商议，那不是架空了他们？"

"八弟，你怎么如此啰嗦？如果凡事都与他们商议，我的威严又在哪里？不要废话了，你到底交不交人？"

莽古尔泰瞪着褚英，口中叫道："八弟，你将我交给他，看他怎样处置我？终不成还敢砍了我的脑袋！"

"我替阿玛管教管教你！让你知道什么是尊卑上下！"褚英挥手道，"给我押回去！"

皇太极眼睁睁看着莽古尔泰给押走了，急忙找代善报信，代善刚吃完早饭，正要到议事厅去，闻听此事，大吃一惊，责怪道："老八，你怎么不拦下大哥，由他任着性子胡闹！若是要五位叔叔知道，事就大了。"

"二哥，大哥那样凶恶，我怎么敢拦？"

"老五怎么知道是大哥接走了瓜尔佳氏？"

皇太极道："一大早五哥去给瓜尔佳氏送换洗衣裳，却见牢门大开，询问守门的军卒，那军卒只顾捂着嘴呜呜哑哑地说不出话来，原来那军卒竟给大哥割了舌头。五哥气冲冲地去找大哥，半路上遇到小弟。五哥那火爆的脾气，小弟怕他惹出什么事来，就暗里跟着他。果然，他们大吵起来，竟动了刀子，小弟将五哥接出，又给大哥生生抢走了。"

"我去看看。"代善与皇太极匆匆出门，直奔褚英家中。

褚英将莽古尔泰绑在后院的树上，用皮鞭抽打，莽古尔泰被打得皮开肉绽，兀自咬牙不语。代善慌忙阻拦说："大哥，都是自家兄弟，你怎么下这样的狠手？"

褚英将左臂一伸，说道："老二，你来得正好。老五这不知死活的东西，竟向我动手，这一刀砍得可深呢！"

莽古尔泰大喊道："二哥，我冤枉！"

"老五，怎么这样没大没小的！快向大哥认个错，大哥早些消气，你也少受点儿皮肉之苦。"代善不住朝莽古尔泰使眼色。

莽古尔泰恍若不见，愤然作色说："二哥，我哪里动手了？我身上的这些伤，你倒是看见是谁打的了。"

褚英气得脸色铁青，解开前心的衣裳，露出毛茸茸的胸膛，举鞭再打，代善双手死命拉住，哀求道："大哥，不能再打了。"

褚英挣脱不开，圆睁着两眼，斥问道："老二，我自幼对你不薄，怎么不帮我却帮别人？好，我不打他了，你来打！"将鞭子摔在代善脚下。代善看阻拦不住，趁弯腰拾鞭子之际，用手示意皇太极快去找人。皇太极闪身出来，打马如飞地赶到议政厅。

议政厅里，额亦都、安费扬古、费英东、何合礼、扈尔汉五个议政大臣正在等着褚英前来议事，皇太极气喘吁吁地跑进来，说道："五位叔叔，快……快去救人！"

"救什么人？这一大早你就慌慌张张的，慢慢说明白。"额亦都等人面面相觑，大惑不解。

"五哥快被大哥打死了。快走吧！路上再慢慢说。"

几人骑马来到褚英家里，见莽古尔泰鲜血淋漓地绑在树上，代善跪在地上哭求，褚英怒气不息地大声责骂："代善，你竟敢不听我的话，等我接了阿玛之位，第一个免了你的职权！好啊！皇太极，你倒乖巧，竟然跑去报信了，到时候我第一个宰了你！"

五个议政大臣之中，额亦都年龄最大，追随努尔哈赤的日子最长，他见褚英骄横无比，将他们五人视如无物，心里大觉不快，暗忖：就是你阿玛见了我们五个，还要客套一番，但看到莽古尔泰浑身鲜血淋漓，还是救人要紧，忍忍胸中的火气，问道："太子，五阿哥犯下什么罪了，竟要这样处罚？"

"他目无尊上。"

"这罪是谁定的？"

褚英反问道："我定的还不行吗？"

"按照汗王定下的规矩，大事须由四大贝勒会同我们五位议政大臣拟定，汗王最后决断。太子难道忘了？"

"阿玛命我执掌国政，你们不知道么？"

"知道。"

"什么是执掌国政？就是无论大事小事，我说了算！何必定要费那些周折？自今日起，你们不必参与议事了。"

额亦都气得浑身哆嗦，竟说不出一句话来。何合礼身为额驸，乃是褚英的姐夫，他怕众人当面顶撞起来，褚英毕竟是努尔哈赤确立的储君，结下深怨，大伙儿日后不好相处，急忙说道："太子，我们五人参不参与议事，还是等汗王回来之后再说。今日之事，你打算怎么办？"

"鞭打一百，罚银五百两，夺一牛录。"

费英东冷笑道："你这样处罚能服众吗？既然你执意如此，今后凡事你一人决断算了，我们也落个轻闲。"

额亦都稳了稳心神，指着褚英的鼻子说："当年，我与安费扬古随你阿玛攻打图伦城时，你还是几岁的小孩子。立储才几天，就知道用职权欺压人，我们年纪大了，伺候不了你了，你还是先免了我们五个吧！"

"额亦都，你不必向我摆什么功劳！我阿玛命你做议政大臣，那是他重用你，我继承了汗位，未必如此。你不知道一朝天子一朝臣吗？"

安费扬古最拙于言辞，气得大叫道："议政大臣一职不是你给予我们的，你也没有资格免我们！莽古尔泰不论犯了什么大罪，也要经我们审问明白，然后处罚。这规矩不能乱了！"说着他抢到莽古尔泰身前，一刀割断了绳子，架起便走。

"给我拦下！"褚英大叫。那些侍卫正要上前抢人，额亦都大笑道："我们追随汗王征战多年，杀人无数，还怕你们这几个小辈！不怕死的尽管上来！"

费英东一脚踢翻一个侍卫，夺过弓箭，对准褚英道："太子，我劝你不要自相残杀，不然刀箭无眼，可要得罪了！"

费英东的神箭天下闻名，开弓必有所获，绝不空射，就是当年的神射手鄂尔果尼、罗科二人也佩服不已，何况相距不过十几步远，果然要射，褚英哪里躲得过？褚英脸色微变，汗水不禁湿了内衣，冷哼道："好！人就交给你们，若有个三长两短，你们可要给我有个交待。"

扈尔汉点头道："莽古尔泰若有什么不测，我这颗人头你随时可取。"

"不劳你动手，我会在汗王面前自刎谢罪！"费英东收了弓箭，抱拳说，"太子，方才冒犯了。"

褚英心里眼睁睁看着众人护着莽古尔泰离开，又恨又怕，急忙召来师傅龚正陆商议对策。龚正陆叹气道："太子，你也太心急了。想在众人面前树威，也不可如此强硬。。那额亦都等人出生入死，身经百战，早已将生死置之度外了，都是吃软不怕硬的主儿，你怎么会唬得住他们？一旦他们都在汗王面前讦告你，纵使你做得不错，可三人成虎，汗王也会有所怀疑，何况你今日做得确实有些过头了。"

"那该怎么办？"

龚正陆拈须说道："此次你得罪的人太多，实在不好收拾。其他几个阿哥好办，就是莽古尔泰也好安抚，大不了将瓜尔佳氏割爱送与他就是。但五个议政大臣却不好对付，他们性情刚烈，军功赫赫，是建州重臣。对他们不可一味逞强，而该避实就虚，以柔克刚。只是大阿哥可要受些委屈了。"

"只要我阿玛不怪罪，受些委屈无妨。"褚英听了龚正陆的一席话，心里不禁惶恐起来，他最怕的就是有人告到了阿玛面前。

"你可到五大臣家里逐一请罪，求他们宽恕，自责得越重越好，这样他们或许不忍心告知汗王了。一是他们出了胸中的闷气，二是他们也不想让你阿玛伤心。二阿哥、五阿哥、八阿哥那里，再赔个礼，讲讲兄弟情谊，此事多半就烟消云散了。"龚正陆说道，"今后做什么事，千万不可由着性子来，一举一动都要小心，你现在刚刚有了储君的名分，处于风口浪尖，多少人看着呢！我不知道你们女真父子怎样传位，在汉人的历朝历代常有废黜太子的故事。你有了漏洞，就是他人的机会，小不忍则乱大谋，废太子的命好苦啊！往往不得善终，别人也防着他，怕咸鱼翻身啊！"

褚英听得毛骨悚然，再也坐不住了，急急忙忙地到五大臣家里请罪，痛哭流涕，五大臣果然转怒为喜，声言不再追究，但提出一个条件，不能再处罚莽古尔泰。褚英满口答应，忙碌了一整天，连夜备了一桌丰盛的酒菜，将代善、阿敏、莽古尔泰、皇太极四大贝勒请来。众人坐定，褚英斟满一杯酒，抚着莽古尔泰的后背流泪道："都是我一时发昏，竟鞭打了自家的兄弟，若不是老二、老八阻拦，我还不知道要做出什么混账事来！这次就是你们不记恨，我也自觉没有脸面再见兄弟。今后还请你们多多提醒，以免伤了阿玛他老人家的心。我先自罚一杯！"

代善也将酒喝了，说道："哥哥能这样想，足见心胸！毕竟是自家兄弟，怎能因此结了仇怨！老五，你说是不是？"

"小弟有什么不是，哥哥倒也打得骂得，只是……只是……小弟也不该与哥哥争那个女人。"莽古尔泰身上的鞭伤兀自火辣辣地疼痛，他强自忍着低头吃酒，只是心里毕竟有了些芥蒂，话说得有些吞吞吐吐。

皇太极见了，将话题一转道："早听说大哥藏着好酒，今夜可要好好喝上一顿了，不醉不归。不然，过两天阿玛回来，想喝也不敢了。"

阿敏鼻子连嗅几下道："果然好酒！换大杯来。"

褚英劝道："这可是辽东最负盛名的孙记烧刀子，我藏了有些年头了，力道极大，小心吃醉了！"

阿敏调笑道："哥哥该不是心疼酒吧！"众人大笑，五人推杯换盏，喝了起来。

孙记烧刀子果然厉害，褚英吃了几大杯，有了几分酒意，说道："你们四人各领一旗，手握重兵，快活逍遥！今后，咱们兄弟五人应该有福同享，有事多商议。"

其他四人附和道："大哥！你尽管放心，以后我们听你的吩咐就是。"

褚英大喜，向门外喊道："摆上香案，我与四位兄弟对天盟誓！"起身领着四人来到院中香案前，一溜儿跪下。褚英拈香对天祝告说："自今而后，我一定善待四个弟弟，就是有朝一日接了王位，也不会疏远兄弟之情。此心有如日月，人神共鉴！如有违背，天诛地灭！"五人立誓已毕，一直喝到天亮。

过了两天，努尔哈赤从京城朝贡回来，回到佛阿拉。众人参拜已过，努尔哈赤讲了京城的诸多见闻，说道："我这次去了京城一月有余，听说大阿哥执掌政务尚算尽心，看来我还没选错人，比朝廷做得要好一些。如今朝廷立谁为太子，迟迟未定，那些大臣私下也相互争斗，各不相容，实在是件棘手的大事。"

额亦都道："想必皇上生的儿子太多，一时间分辨不出贤愚，不知选哪个好了。"

"万历皇帝儿子倒不多，只有七个，按照汉人的规矩是要有嫡立嫡，无嫡立长的。"他扫了褚英一眼，见他神色为之一喜，接着说道，"万历皇帝的王皇后没有生下嫡子，倒是他宠幸的一个送水的宫女给他生了长子朱常洛，可万历皇帝并不喜欢他。过了三年，他宠爱的郑贵妃生下了皇三子朱常洵，他竟想着废长立幼，但他额娘李太后还有那些大臣不愿意，只得作罢。从此，万历皇帝有了这桩心病，仍然想立三子，但又不敢明言说出，便把立太子一事一直拖着不办，于是就有了拥立皇长子的一派和拥立皇三子的另一派。这样一来，朝廷里面的朋党林立，争斗不绝，往往不择手段。到万历二十六年，忽然出了什么妖书案，万历皇帝不得已才将长子立为太子。但已闹得沸沸扬扬，人心惶惶的，实在是大大不该的。"

龚正陆称颂道："如今汗王立了大阿哥为储君，实在是高明之至。如此就少了明争暗斗，不会手足相残。朝廷虽说立了太子，但太子之位并不稳固，迟早还会生出变故。"

众人多数不明朝廷的情形，听得迷迷糊糊，努尔哈赤心下惊愕，问道："这么说太子之位变数极大？"

龚正陆侃侃而谈："汗王说得不错。朝廷自太祖高皇帝以来，分封子弟为王，及至成年便分遣封地，非奉诏不得擅离，更不得进京朝拜。那福王朱常洵今年已是二十七岁了，长大多年，早该到其藩属之地洛阳去了，可迟迟滞留京城，其意显然在觊觎大宝，用心昭然若揭。"

努尔哈赤点头道："朝廷当年出兵朝鲜，一时无力顾及辽东，只有眼睁睁看着我们建州渐渐坐大。如今他们若再起什么内乱，我们正好可以趁机攻打叶赫，一统女真，便没有向南进兵的后顾之忧了。"

十·杀　子

努尔哈赤一脚踢翻了褚英，目光阴森得吓
人，褚英福晋歪倒在地，晕了过去。

龚正陆被五花大绑着押进屋来，皇太极用
力一推，他向前冲了几步，摔倒在褚英身
旁，二人对视了一眼，褚英登时脸色惨
白。努尔哈赤踱步上前，叱问道："你还
有什么话说？"此时，几个兵卒将法坛、
大伞、令牌、法器、朱砂、印符、桃木
人、蒲团、钢针等物搬运进来。

众人听得摩拳擦掌，欢呼雀跃。额亦都笑道："这好些日子无仗可打，烦闷得手脚都笨拙了，正好舒活一下筋骨。"

何合礼心思最是细密机敏，说道："布扬古将妹妹东哥许聘了汗王多年，迟迟没能送来完婚，这次我们一起破了他的东、西二城，给汗王将美貌的福晋迎娶回来。"

"那东哥美若天仙，也只有汗王这样的盖世英雄才娶得。"安费扬古啧啧称赞。

费英东当年曾替努尔哈赤传信，在叶赫远远见过东哥，自然更不肯落后他人，说道："那东哥格格一直守身如玉，三十几岁了还未嫁人，分明是等着汗王呢！"

努尔哈赤看着褚英、代善等人，笑道："见面不如闻名，东哥未必看得上我这老头子了。不过叶赫一直是我的心腹大患，不早日剿灭，我睡觉都难安稳。"

龚正陆却道："汗王，讨伐叶赫为时尚早，不如深挖洞，广积粮，先将我们的后防稳固下来。"

皇太极接道："龚师傅说得对。后防稳固，才能进可攻退可守，立于不败之地。"

努尔哈赤沉思片刻，才说："嗯！如今我们人马多了，佛阿拉的住户也增添了不少，但城寨狭小，颇为局促，该多建几个城寨，分兵驻守，相互呼应。再有就是现下的工匠人手不足，尤其缺少铁匠，置办刀枪等军械极为缓慢，该想想法子。龚师傅，你多选几个汉人到京城打探消息，朝廷有什么动静我们知道得越多越快才好。噫！莽古尔泰呢？怎么一直没见他？"

说起莽古尔泰，众人一扫方才的欢乐，屋内顿觉沉闷起来。褚英环视了大伙儿一眼，堆着笑道："老五骑马，不小心跌了一跤，正在家里养伤。怕爹爹责骂，没敢来拜见。"

"是不是喝醉了？伤得怎样？"

"只是擦破了一点儿，不过皮肉之伤，并不沉重，疗养几天就没事了。"

努尔哈赤多日未见众人，乘兴与众人说了小半日，已有些乏了，看看日色将近晌午，各自回去安歇。

福晋衮代早已打发丫鬟过来请了两次，见朝会未散，托付了侍卫颜布禄，衮代还不放心，竟等在了门口。努尔哈赤犹豫不决，他本来打算去看阿巴亥，听说她有了身孕以后，呕吐得厉害，吃不下饭，但见了衮代，不好扫她的脸面。衮代已年过四十，生下了五男一女，她极会保养，做得一手好饭，当年佟春秀遇害以后，东果、褚英、代善三人多亏她照看，因此努尔哈赤心里存了几分感激，对她格外看重。衮代精心打扮了一番，身穿藕荷色紧身贴腰的暗花绸袍，衣襟、袖口、领口、下摆处镶上精细的花边，如意襟开到膝盖，微微露出里面月白色的裤子。脚着白袜，穿双石青缎凤头盆底绣花鞋，头上盘梳两把头，满头的珠翠，耳鬓处戴着一朵栀子花，香气袭人。见了努尔哈赤，盈盈一个万福，更觉身段婀娜，摇曳生姿。努尔哈赤拉着她的手，走进屋内，见红木的炕桌上摆好了酒肴，八碗八碟，极是丰盛。努尔哈赤盘膝而坐，贴身侍女阿济根和代因扎端上来热气腾腾的火锅，碟中放着切好的猪肉、羊肉、牛肉、鹿肉、马肉、酸菜、蘑菇、粉丝及佐料。衮代依次撤去碗盖，碗里是薄如纸帛的白肉、血肠、人参鸡、鹿茸三珍汤、酸菜粉条、酸菜鱼、雪里蕻炖豆腐，居中的一个大碗里赫然放着一只熊掌。衮代笑道："这是熊瞎子的前右掌，我用山泉水煮了三次，又用母鸡、老鸭、猪蹄膀配成的高汤炖了三次，小火煨烂的。汗王尝尝，可入了味？"

努尔哈赤吃了一箸，果然入口如羹似腐，柔嫩清淡，鲜美异常，夸赞道："你这只熊掌真是妙绝天下，想必宫里的皇帝都吃不到。怎么今天整治出这般丰盛的酒宴？"

"一来是汗王刚刚朝贡回来，千里迢迢的，一路劳乏，也该进补进补，二来么……汗王先尝尝人参鸡。"衮代话到嘴边，竟改了口。

努尔哈赤见她欲言又止，放下筷子，说道："有什么事你不能说，还要这样吞吞吐吐的？"

衮代起身跪在炕上，垂泪道："求汗王给我做主！"

"到底出了什么事？看来你这顿饭也不好吃！"努尔哈赤长眉一挑，似有几分不悦。

衮代哽咽道："莽古尔泰给人打了，浑身上下都是伤，躺也不是，坐也不是，疼得睡不着觉。我看了心疼得……呜呜……"她掩面抽泣，说不出话来。

"哪个这么大的胆子？"努尔哈赤一掌拍在炕桌上，震得碗碟叮当乱响。

"还能有谁？是太子亲手所为。"

努尔哈赤不禁愕然，褚英怎会下这样的辣手，半信半疑地追问道："他果真如此狠心？！"

"汗王不信，可亲去验看伤势，也可问问代善、皇太极，他俩可是亲眼见的。"

努尔哈赤面色阴沉，下炕出门，向后院走去。莽古尔泰与衮代住在一起，两进的小四合院，几步便到。努尔哈赤刚到东厢房的窗根，已听到里面传出莽古尔泰痛苦的呻吟之声，进去一看，莽古尔泰闭目披衣，头朝里斜倚在炕上，不住低声叫喊，两个儿媳带着丫鬟左右伺候，忙得团团转，又揉不得摸不得，只是不住地用手巾擦着他额头的虚汗。努尔哈赤上前揭开衣裳，见前胸、后背、手臂满是褐色的鞭伤，条条红肿隆起，鞭鞭见血，心里不由一阵惊悸。

那两个媳妇和丫鬟急忙在地上蹲安道："给汗王请安。"

莽古尔泰悚然而醒，转过头来，惊叫道："阿玛回来了！"起身便要跪叩行礼，努尔哈赤一抚他的肩头道："你身上有伤，就免了！"

莽古尔泰平日极是鲁莽刚强，上阵杀人，箭矢如雨，从未胆怯皱眉，今日见了努尔哈赤却觉心中酸楚不已，眼泪打湿了脸上的鞭痕，火辣辣地疼，面皮禁不住连连抽搐，越发显得哀怨可怖。他伏在炕上，哭道："儿子差一点儿见不到阿玛了。"

努尔哈赤心火大炽，问道："他是用右手打的？"

莽古尔泰一时没有领会明白，只是点了点头。努尔哈赤回身一把拉出侍卫颜布禄的腰刀，咬牙道："那我卸了他的右臂给你！"

门口的衮代扑上来抱住他，嘶哑说道："汗王千万不可如此！天下哪有一条胳膊的储君？再说汗王百年之后，大阿哥岂会放过莽古尔泰？他少了一条胳膊，还不把老五千刀万剐了！汗王要去砍大阿哥，就先将我们娘俩砍了再去吧！"说罢大哭。

"那也不能这么算了！褚英是储君，他若如此狂悖，建州的大业就要毁在他手上了。"努尔哈赤长叹一声，将腰刀抛下，抚慰道："莽古尔泰，你安心养伤，此事我知道了。"转身出去，不顾衮代挽留，回到议事厅，命侍卫颜布禄道："去将二阿哥、八阿哥请来！"

不多时，代善、皇太极几乎同时到了。努尔哈赤看着二人规规矩矩地打了个千儿，厉声道："给我跪下！"二人惊恐地跪在地上，不知道他突然发这么大火气。

努尔哈赤低头看着他们，骂道："你们两个好大的狗胆，出了这样大的事，竟敢瞒我！你们眼里还有我这个阿玛么？"

代善擦着额头的汗说："阿玛，儿子想拦了，可怎么也拦不住。大哥瞪起眼来，什么话也听不进去……"

"是怕他连你也捎上吧？"努尔哈赤知道代善为人本分，但却瞧不起他老实得有几分懦弱，"怎么不派人禀报五位议政大臣？"

"五个叔叔也都赶去阻拦，大哥依然不肯听，还说要免了他们的职呢！"

皇太极见他气得双手颤抖，不等发问，辩解道："阿玛回来，儿子们不敢禀报，只因大哥曾说，若有人敢泄露出去，轻则割舌，重则处死。那听到的也要割了耳朵。"

努尔哈赤瞋目大怒道："好霸道！"他起身在屋里不住地踱步，忽地收住脚步，命道："你们各带本旗的精兵，将褚英给我押来！"

代善踌躇道："已是夜里了，别惊扰了百姓，还是天明再说吧！"

努尔哈赤颓然坐在炕上，怔了良久，才说："你们起来！褚英如此欺凌兄弟，目无长辈，我实在没有想到，也怪我平时管教不严。他从十八岁跟着我出征，头一战是征讨安楚拉库，如今大大小小百余次了，英勇异常，颇识韬略，也算是咱们建州数一数二的勇士。万历三十五年正月，与乌拉贝勒布占泰大战于乌碣岩，代善你还记得吧？"

"记得，记得！此战极为险恶，一辈子也忘不了。当时，爹爹命大哥与我，还有三叔、费英东、扈尔汉率三千人马去蜚城迎接城主策穆特赫的家小，不料布占泰在路上伏兵万人，三叔借口白光掠过主帅旗，是不祥之兆，便要溃逃。大哥与我力主交战，分率一千人马，两路突袭乌拉兵卒。凭借阿玛的威名，建州将士以一当十，大获全胜，斩首乌拉兵卒首级三千，获战马五千匹、铠甲三千副。那真是一场激战，杀声震天，尸横遍野……"代善忆及当年，豪气冲天，但想到大哥如今横行不法，眼圈一红，神色黯然。

"那次大战以后，我封他广略贝勒和洪巴图鲁，对他期望甚高，不想他竟变得如此残暴！"努尔哈赤闭目摇头，伤心至极。

皇太极说道："大哥毕竟是一时心急，做事失了轻重分寸，爹爹训斥一番，他自会悔改的。"

努尔哈赤苦笑道："训斥未必有用，怕是管得了一时，管不了一世。要紧的还是他自己幡然醒悟，痛改前非。我本想羁押他入狱，令他好生思过。又怕处罚过了，伤了他的脸面，我想佛阿拉狭小拥挤，还是迁回赫图阿拉，另建新城。那年我路过赫图阿拉老城南，见地势高旷，万山朝拱，峭壁峥嵘，三面环山，一面临水，易守难攻，就教他去督建新城去吧！政务暂不用他插手了。"

次日，努尔哈赤假作不知褚英抢妻之事，派他与何合礼一起到赫图阿拉，督建新城，龚正陆参赞跟随。

不到半年的功夫，赫图阿拉建完了内城。褚英为讨好努尔哈赤，听从了龚正陆的建议，在城北仿照京城皇极殿的样式，建造了一座汗宫大衙门。八角飞檐，冲天而起，气势恢弘。大殿正中设宝座，宝座前设龙书案，龙书案两侧有鹤衔莲花蜡台、熏炉和香亭。殿左掘一深潭，面阔水幽，荷花争艳；殿右开一池塘，清水粼粼，鱼虾竞游，名曰"神龙二目"。东侧是四开间的寝室，都极尽奢华。努尔哈赤带领家眷、亲信将领迁到了新城，四处巡看了，褚英又将外城如何建造及关帝庙、地藏寺、显佑宫、城隍庙、文庙等七大庙细细解说，努尔哈赤只是点头微笑，却不提将政事交与他管辖之事。转眼到了九月，努尔哈赤打算统领大军征讨叶赫，褚英请求出征，努尔哈赤推说都城新迁，须留人监国，不准他随去。褚英担心不参战立功，在众人心中的威望便会减少，闷闷不乐，长吁短叹，生怕危及储位，密召龚正陆商议对策。

龚正陆看他不住踱步，坐卧不宁的样子，宽慰道："沉着不慌才是做大事的本色。大阿哥，你未免着急了。"

褚英勉强坐下，急声道："师傅，我请求带兵征讨叶赫，阿玛不准，你说他是什么意思？当年三叔舒尔哈齐，也是从不让出征开始，渐渐夺去兵权，以致下狱处死，我能不急吗？"

"我想汗王此举不外乎两层意思，一是对你怀有戒心，不敢将许多兵马交给你统领；二是他珍重储君之位，刀枪无眼，怕你万一有个闪失……"

"不会，不会，他不会那样看重我的。"褚英打断龚正陆的话，颇不以为然。

"大阿哥，汗王立太子的初衷你该明白吧？"

"他是担心诸子争位，引起内乱。"

"是啊！"龚正陆摸着花白的胡须道，"如果汗王早立你为储君，也许就没有他与二贝勒之间的手足相残了。接着我刚才的话讲，说汗王对你怀有戒心，我以为不然。说句对太子不公的话，是过分看重自个儿了。其实汗王心里有数，就是将正黄、正白、正红、正蓝四旗兵马全部交给太子，你要作乱造汗王的反，那些阿哥、五位议政大臣、固山额真对汗王忠心耿耿，会听你的吗？那些兵马你调遣得动吗？所以说即使汗王对你有所戒备，也不是什么大不了的事情，你们父子的隔阂没那么深，绝没有到汗王与二贝勒的份儿上。这次汗王命你留守，我看珍重储君之位是其一，其二是再次考验你独立处理政事的才能。皇帝出征，太子监国，这是历朝历代的通例。汗王这样做，理由堂堂正正，或许有我想不到的深谋，但决不会有什么不可告人的意图。你放宽心，好生做事，不要胡思乱想，自个儿吓唬自个儿！"

"我一想到三叔的死，就安不下心来，夜里吓得睡不着觉，老觉得阿玛无时无刻不在看着我，我害怕啊！真恨不得他今日就死了，明日也好揽过大权来，痛痛快快地活着！"褚英霍地站起身来，拍打着桌案，满脸凶戾之气，仿佛含着刻骨的仇恨，片刻又颓然跌坐在椅子上，叹息道："只是阿玛素来康健，生病都是极少的，不知还要等到什么年月？”

“你真的这么恨汗王？”龚正陆眯起双眼。

“上次我得罪了五大臣和众位兄弟，原指望此事过去了，可如今看来，此事非但没有过去，想必是走漏了风声，阿玛已经知道，心里有了芥蒂。今后若是那些人合起伙儿来对付我一个，不用说别的，就是一人一口唾沫也淹死我了。”

“自古皇帝与储君就是一对冤家，皇帝想着长寿，万岁万万岁，而储君却巴望着早点掌握大权，盼着父皇早点儿死，有多少人伦泯灭的故事！我与大阿哥在一起也二十余年了，一损俱损，一荣俱荣啊！我也盼着你早点儿接了大位，不再为此费心劳神，过几天踏实日子。你说人言可畏，不错，是要防着他们点儿，见人只说三分话，未可全抛一片心啊！对任何人都是如此。不过，那几个阿哥还好糊弄，五位议政大臣跟随汗王出生入死多年，却是不好惹的。我最为担忧的是你虽为太子，名义上是建州第二号的人物，但这是汗王赐给你的。惹恼了汗王，他随时可以剥夺名号，你会随之一无所有。你没有得力的心腹，却想着做最艰难的事情，但汗王在世一天，你就别妄想着与他抗衡，有汗王在，阿哥、大臣们就不会为你所用，你要想早登大位，只有除掉汗王。子谋父位可是天下最凶险最可怕的事情，不用说那些当面锣对面鼓的争斗，犹如泼妇骂街一般，原本就不该那样浅陋愚蠢。就是暗里算计，也千万不能暴露什么蛛丝马迹。若有丁点儿闪失，势必万劫不复，一辈子再也翻不了身！”

“说了这么多，这也不能，那也不能，师傅可有什么良策，总不能这样坐等吧？”

龚正陆鼻子里轻哼一声说：“说句托大的话，我若早些时候稍稍卖弄个手段，他们也等不到如今了！只是这手段未免阴损一些，为世人所难容的。”

“到底是什么手段？”

“你可听说过巫蛊之术？”

"什么巫蛊之术？"褚英心内暗暗欢喜。

龚正陆诡秘地一笑，低声说道："巫蛊之术流传已久，历代典籍多有载述。巫是以木偶人、符咒作法，木偶人上写着被诅咒者的姓名、年庚八字，刀砍针刺，辅以符咒，极为灵验。蛊就是蛊毒，将各种毒虫集在一个器皿之中，任其互相撕咬吞食，存活到最后的百毒之王就是蛊。蛊的名堂甚多，有蛇蛊、金蚕蛊、篾片蛊、石头蛊、泥鳅蛊、中害蛊、疳蛊、肿蛊、癫蛊、阴蛇蛊、生蛇蛊……放蛊的手法有三四种之多，伸一指放，戟二指放，骈三指四指放，后果各不相同，以三指四指所放最毒，中者必死无疑。遭蛊之人，求生不得，求死不能，必要受尽痛楚以后，才会慢慢死去，或气胀胸膛，或全身麻痒，或七窍流血，死得千奇百怪，极为可怖。"

褚英阴戾地说道："蛊虫之毒，辽东罕闻罕见，最难为人察觉，死得神情越奇怪恐怖，像遭天谴一样最好。谁不尊奉我，就放蛊给他们尝尝，杀一儆百！"

龚正陆摇头说："放蛊之人多在西南的苗疆，习练者都是苗族的妇人，山高林密，路途又远，十分难寻。再说即便找她们来暗助，她们的容貌言语都与本地人不同，岂不令人怀疑？"

"用木偶人的法术倒是好办，不少萨满巫师都会此法，但防范起来也容易。我是担心轻易给人破解了，白费一场心血。"褚英不禁有些失望，"我知道有个科尔沁的大萨满，法术极高。"

龚正陆提醒道："此人如此知名，汗王他们岂会想不到？"

"法术高的大萨满作法，只有法术更高的才可破解，他们就是想到，急切之间哪里找得到破解之术？"褚英胸有成竹。

龚正陆摆手道："不必跑那么远找人了，此事必要机密，所谓法不传六耳，知道的人越少越好。我少年时曾跟龙虎山张真人的弟子习练过此法术，你给我寻个僻静的所在，设坛施符咒，每人从五行相克之时咒起，咒一遍，拜三拜，每日咒七七四十九遍，拜一百四十七拜。至七日而生人之一魂离舍，又七日而二魂去，又七日而三魂尽矣。然后咒六魄，咒六日而一魄亡；余魄各止二日而皆去；至第六魄，又必咒六日而后离体。这边咒起，那边就病，如响之应声，影之随形，不爽时日。总共四十一日大功可成。"

褚英大喜道："可要准备什么？"

"你只给我准备十种污秽的东西，其余我自己动手布置，不用别人动手，也不许有人偷看。"

"哪十种东西？"

"男子精液、娼女月经、龙阳粪便，还有牝牛、雌羊、母狗、骒马、骒驴、母猪胎血，狼尾草汁。"

"要这些腌臜的东西何用？"

"不必多问，到时候你就知道了。"

龚正陆命人在褚英的家中收拾出一处僻静的小院落，门口派专人把守，不许任何人进入。他带领两个小童在院中选坎位方向，结起三尺三寸的法坛，坛上竖立一柄大伞，伞下安长桌一张，摆列令牌法器、朱砂印符等物。坛之四围以内，建皂旗七十二面，上书毒魔恶煞名讳。将刻好的十个桃木人上书努尔哈赤、代善、阿敏、莽古尔泰、皇太极四大贝勒和额亦都、费英东、何和礼、扈尔汉、安费扬古五位议政大臣的姓名生辰，用一寸多长的钢针钉住，将十种污秽之物洒在桃木人上。他在蒲团上打坐，默念咒语。单等二十七天一过，做完法事，将十个桃木人深埋在褚英的炕脚之下，再镇压双七的时日，就算大功告成了。

褚英终日躲在那间小院子里，与龚正陆烧香念咒，冷落了福晋。福晋纳闷好久，想不出其中的缘由，以为他给瓜尔佳氏狐媚了，暗自生了几天的气，才觉不是办法。想到瓜尔佳氏长发如云，漆黑如墨，心里也是十分钦羡，命丫鬟请她过来。

瓜尔佳氏虽说搬到了莽古尔泰的家里居住，但自从给褚英掠到家中淫乐，心里一直惴惴不安，总怕褚英的福晋记仇衔恨，找个借口责罚报复，见她派人来请，心里怕得怦怦直跳，又不敢不来拜见。等到见了福晋，看她面色如常，才觉心安。那福晋笑吟吟地招呼着坐了，问道："我这头发总是掉个不住，也干枯了许多。看你头发又黑又密，想必是有什么保养的秘方，你可不要藏着不说！"

瓜尔佳氏见她心直口快，含笑答道："我天生头发既多且长，额娘给我请了一个汉人媳妇，专门伺弄。那汉人媳妇是个读过书的，真是心灵手巧。她怕我头发多了，天冷天热不好伺弄，就采了时令鲜花煮成香汤，用来洗发，头发乌黑，光可鉴人，终日浓香弥漫。冬天用芝麻叶煮水梳头，不长虮虱。若要止住头发脱落，也有个法子，可用芭蕉油梳头，不出一个月，头发不但不落，且会变黑。"

"大阿哥一直夸你的头发润泽，周身香气不断，原来竟有这些讲究！"

瓜尔佳氏听她说起褚英，忍不住问道："大阿哥还好吧？这赫图阿拉新城建得如此壮丽，功劳可不小呢！"

"好着呢！只是每日里忙碌不堪，连我都懒得理了，好不容易见个面，也紧锁着眉头，怕是嫌弃了我呢？"福晋幽怨地看了瓜尔佳氏一眼，叹道，"他自那日与你……与你……以后，竟不看我一眼了，我不知怎样收收他的心？"

瓜尔佳氏听到她说"与你"二字时，语调有些酸楚，脸色一热，急忙遮掩道："大阿哥是有志向的人，想必不愿在女人堆里厮混，是想着大事呢！"

福晋撇嘴道："想着什么大事，这些日子他精神恍惚，行踪诡秘，终日与龚师傅躲在那间小院子里，我还以为商议什么大事，那天我悄悄跟随着看了，原来竟在烧香拜佛。一个大男人却做咱们女子的勾当，真不知他要做什么？该不是炼丹修道吧？"

"炼丹修道那是汉人道士唬人的把戏，大阿哥岂会如此？也许他是为汗王祈福呢！"

"祈福还用木偶人……"福晋脸色一变，她恍惚想起龚正陆拿着木偶人，翻来覆去地念着咒语，神情极是狰狞恐怖，隐隐感到不是什么光明的事情，忙改口道："那样倒好，汗王若是身子康泰，也是咱们的福份呢！今日有劳妹妹了，闺房闲话，可不要传出去，不然大阿哥知道我向你请教，又该骂我愚笨了。"

瓜尔佳氏起身道："福晋本来出身尊贵，什么世面没见过，却要我指点？我那里还有几瓶蔷薇露，明儿个送与福晋试试。"她见褚英福晋期期艾艾，说话不爽利起来，告辞离开。

瓜尔佳氏嘴上应允了，可却不会瞒着莽古尔泰。半个月后，努尔哈赤率军返回赫图阿拉，大获全胜。瓜尔佳氏与莽古尔泰多日不见，缠绵了半夜，便说起褚英福晋受冷落之事来，问道："大阿哥可真孝顺，汗王出兵叶赫，他竟在家中作法祈福呢！"

莽古尔泰惺忪着两眼，揽着她的细腰，敷衍道："他是想讨好阿玛，怕阿玛废黜了他。其实自他鞭打我以后，阿玛一直对他心存猜疑，说他当面答应得痛快，未必是真心悔改。"

瓜尔佳氏伏在他胸膛上，见他心不在焉，自语道："祈福竟要用木偶人，大阿哥真花费了心思……"

"什么木偶人？"莽古尔泰忽地翻身坐起，一把扯住她的胳膊，急声追问。

"哎哟！"瓜尔佳氏一声娇呼，"你急什么？用这样大的力气，人家的胳膊要断了。"

莽古尔泰低头看她的胳膊，果然有两道淡淡的红痕，用手轻轻揉搓，赔笑道："我一时心急，用力大了。什么样的木偶人，你可见到了？咱们女真祈福哪里有用木偶人的？"

瓜尔佳氏思忖道："也是呢！当时大阿哥的福晋想是说漏了嘴，吞吞吐吐的，不教向外人说起。我也没敢追问。"

"想是她知情的，看来此事必有缘故。你先歇着，我要禀报阿玛。"莽古尔泰急急披衣起来，上马直奔大衙门。

努尔哈赤回到大衙门，命人召来阿巴亥陪寝。阿巴亥已有了六个月的身孕，见了努尔哈赤，扎手扎脚地还要行礼，努尔哈赤笑着拉住她道："你身子沉重了，就免了，扭腰下跪的，容易引动胎气。"

"那等我生了，再多给汗王请安。"阿巴亥笑着，忽然抱住肚子，痛得弯了腰。

努尔哈赤问道："可是扭了腰？"

"不……不是。哎哟！是这……这小东西在里面……乱踢……哎哟，好疼……"

努尔哈赤扶她上炕，斜靠在棉被上，伸手摸着她微微隆起的腹部，纳闷道："才六个多月，竟知道踢人了？若是个男孩儿，就起名多尔衮吧！"

"我的肚子还没有生阿济格时大呢，谁想小东西哪里来的这么大劲儿？非要踢破肚子出来么？多尔衮，这名字好。他就是一头小獾子啊！都说这样的孩子有出息，能成大器，可你也不能这样折腾你额娘呀！"阿巴亥额头浸出细密的汗珠儿，口中娇喘着，脸蛋儿潮红，咬着细碎齐整的银牙，高耸的双乳不停地随着身子颤动。

努尔哈赤看得眼热心跳，替她擦着汗道："本想叫你来说说话儿，可看你这样娇嫩肥美，竟觉比平日里还招人疼。"他解开阿巴亥胸前的衣襟，双手罩在她的双乳上，只觉丰满异常，鼓鼓胀胀的，喷薄欲出……俯身下去，一股浓郁的奶香扑面而来……

"不，不要！汗王，你先等一会儿，这会儿小东西闹得厉害。哎哟……你要踢死额娘了……"

努尔哈赤恍若不闻，伸手向她腰下探去，忽然门外高喝道："五阿哥，汗王已经歇息了，有事明日再来。"

"我有十万火急的事禀告。"莽古尔泰声音之中含着焦躁。

"五哥，什么事这样急？阿玛确已安歇了，不好惊动。"皇太极快步从耳房出来，他已代替费英东，做了总领侍卫大臣，汗宫大衙门的警卫由他一人专管。

"此处不便说。"莽古尔泰压低了声音，随即一阵更低的说话声，脚步似乎走得远了。努尔哈赤摸到阿巴亥隆起的小腹，一片湿热，想必是她给腹中的婴儿折腾得极是痛苦，浑身是汗，想要给她解开衣裳透气，猛听皇太极急声问道："你可拿得准？"他的手竟随着一颤，好像给腹中的婴儿踢了一脚，抽手出来，掌心满是冷汗，深更半夜的，有什么急事？他隐隐有些不快。

随着一阵脚步声，皇太极在门外求见。努尔哈赤整衣出了寝室，坐在御座上，朝外命道："你们俩都进来。"

皇太极、莽古尔泰请过安，莽古尔泰就将事情细细禀报了一遍。努尔哈赤听了，反问道："老五，你大哥心肠真是如此险恶？"

莽古尔泰急忙道："孩儿决不敢诬告，阿玛不信，派人搜一搜不就真相大白了。"

"若不是这样，你诬不诬告，还在其次，你大哥会怎么想？刚刚出了你们争抢女人的事，再闹出什么事来，人心就乱了。"努尔哈赤满脸忧色。

皇太极道："阿玛并非多虑，此事必要慎重。孩儿以为，不如阿玛亲自去。"

"此事真假未辨，若我去查，还有回旋余地么？"努尔哈赤不禁有些愠怒。

皇太极辩解道："阿玛明日可到大哥家中，大哥出来迎接，势必不能脱身，那时孩儿暗中派人查探。若没有此事，他也不会起疑心；若此事确实，阿玛正好将他拿下。神不知鬼不觉的，大哥未必能料到。"

努尔哈赤点头道："下去准备吧！人手要精干，人多容易走漏风声。"

次日一早，褚英与龚正陆将污秽之物淋在桃木人上，刚刚在蒲团上跪拜，侍卫慌慌张张地跑来道："汗王已到了门口。"

褚英大惊，看着龚正陆道："可是走漏了风声？"

"不会。若是那样，只要一队人马就行了，他何必要亲自来？"龚正陆稳坐蒲团，闭目念咒，神色极是安详。

褚英稳稳心神，急忙跑出小院，果见努尔哈赤带着颜布禄几个侍卫已进了大门，慌忙上前行礼，接入正房，上炕坐了，喊福晋过来拜见。那福晋忙取过努尔哈赤手中的烟袋，从绣花荷包里装了碎烟叶，毕恭毕敬地双手奉上道："阿玛的烟袋可真讲究，白铜錾花烟锅儿，白玉石烟嘴儿，乌木烟杆儿，这烟嘴儿是细玉沟老玉的吧？"随即打火镰点上。

"你们女人家就是喜欢金银珠玉的，你眼力不差，这烟袋嘴儿是块好玉料。不过不是出自偏岭细玉沟，是我领兵攻打哈达时，碑瓦沟雕玉名手王宝山用本地的上好玉料磨制的，抽起来很是顺口。"努尔哈赤喷出一口浓烟，端碗吃茶。

褚英夫妻陪着，努尔哈赤抽了半袋烟，就见皇太极在门口做了个拿人的手势，他吐出嘴里的烟袋，将绣花荷包卷在烟杆上，插在腰间，一拍炕桌，喝道："褚英，你可知罪？"

褚英吓得两腿一软，随即站直了，颤声道："孩儿留守赫图阿拉，并无过失，有什么罪？"

努尔哈赤不住冷笑道："你还想瞒我？"

"孩儿实在没什么事隐瞒阿玛。"褚英装作委屈，眼里噙着泪水。

"没有？你不是做梦都想着我死，好尽早坐了汗王的位子？今儿个我将这个人头给你送来了，你还不过来取！"

褚英跪在地上，哆嗦道："孩儿怎敢……怎敢起这等狂悖之心！阿玛听了谁的蛊惑，竟信不过亲生的儿子？"

"赫图阿拉城还有你什么不敢做的，你这个狼崽子！老八，将人带上来！"努尔哈赤一脚踢翻了褚英，目光阴森得吓人，褚英福晋软软地歪倒在地，晕了过去。

褚英向门外望去，赫然见龚正陆被五花大绑着押进来，给皇太极用力一推，向前冲了几步，摔倒在褚英身旁，登时脸色惨白。龚正陆低垂着头，不敢与褚英对视，更不敢看努尔哈赤一眼。

努尔哈赤踱步上前，叱问道："你还有什么话说？"

"阿玛，是我一时糊涂，听信了妖人蛊惑……"

龚正陆抬头道："汗王，都是我一人所为，与大阿哥无关。要杀要剐，汗王随便，只求不要为难大阿哥。"

努尔哈赤怒不可遏，戟指骂道："龚正陆，我对你不薄，将几个阿哥交你管教，还想提拔你做军师，谁料你竟插手立储大事，助纣为虐，真令我寒心！"转头向褚英说："我知道这个法子不是你想出来的，但你允许他这么做，其心就可诛！你说，阿玛哪里对不住你，你这样咒我早死？说呀——"

"我……"褚英张嘴狡辩，却觉无从说起，低头不语。

龚正陆淡然说："汗王，我知道此事不够光明磊落。自古胜者王侯败者贼，普天之下，成大事者，有几个是靠正大光明的手段？还不是为达目的无所不用其极！我与褚英相处多年，情逾父子，若能让褚英早登大位，豁出我这条老命，又算什么！只是我不明白，我们处处小心谨慎，怎么还是如此之快地走漏了消息？好恨，好恨！"

"是天意！尽人事而听天命，你们争不过天，天命在我这里。"努尔哈赤扫视着二人。

褚英怨毒地看着众人，咬牙道："什么天意，都是哄人的鬼话！兄弟反叛，父子仇恨，难道也是天意么？"

努尔哈赤一怔，默然不语，闭上眼睛，长叹一声，褚英的话像一把尖刀刺到了他最伤心的地方，他无从辩驳，一时也说不出话来。皇太极冷着脸道："大哥，你好狠的心肠！竟用这些下三烂的手段诅咒阿玛，刚才我带人悄悄翻入小院，还见龚师傅往这些桃木人身上扎针，口中念念有词，这可是大逆不道的死罪呀！"

此时，几个兵卒将法坛、大伞、令牌、法器、朱砂、印符、桃木人、蒲团、钢针等物搬运进来。努尔哈赤睁眼看了看跪在地上的二人，又环视了众人一眼，神色凛然地喝道："将龚正陆即刻绞死，褚英押入西大狱。"随即扬长出门，兀自喃喃自语道："不错，兄弟反叛，父子仇恨，也是天意么？老天怎么伤我如此之深，他们都是我最亲最近的人呐……"

褚英入狱的消息，五位议政大臣很快就知道了，一起赶到大衙门。努尔哈赤正想着废黜褚英之事，便命人召来四大贝勒，一起商议。莽古尔泰抢先说："大哥心术不正，确实不能做太子。上次他抢了瓜尔佳氏，以为是我给阿玛告了状，骂我违背誓言，发狠说要杀我。"

皇太极道："他还以为是我与堂哥阿敏告的状，说登上王位，先杀我俩祭旗！"

何合礼见努尔哈赤一言不发，摇头说："汗王，褚英狼子野心，罪恶昭彰，再不能纵容了，如何处罚，可要三思而行，以免再生出什么是非。"

费英东附和道："此子目无尊长，不可再留了。"

扈尔汉说："乌碣岩大战时，他骂我和费英东二人，眼里只有汗王却没有他，再不服军令，砍了示众。竟说什么：别看你俩是开国功臣，我照样敢杀，杀了你们，日后也少了两个对头。"

额亦都跟随努尔哈赤最久，知道他对褚英表面严厉，内心仍存一丝慈爱，歆歆道："再怎么说，褚英是咱们看着长大的，他如今狂傲不驯，咱们做叔叔的也有罪责。我看还是再等一些日子，或许他能有所悔悟，浪子回头金不换。当不当储君先不说了，能留下条命就好，大嫂地下有知，也会感念。"

安费扬古道："褚英是咱们死去大嫂的骨血，给他留条活路也算对得起大嫂，不然汗王如何忍心？"

四大贝勒中，代善与褚英是同胞兄弟，他一直默然地听着众人议论，安费扬古说及死去的额娘，他眼里早满含了一泡泪水，扑通跪倒在地，哭道："阿玛，孩儿愿以所获军功，替大哥赎罪，军功不够，孩儿日后还会去拼争。不管怎样，也要给他留下条命呀！我昨夜去西大狱见他，他哭喊着要见阿玛，说有话要对阿玛讲。"

努尔哈赤忍着泪道："代善，你起来！你额娘临死前，托付我好生照看你们三个，这么多年我一直记在心里，没有一天忘过。看见你们，总是想起你额娘拉着我的手流泪，我就那么忍心无情？不是……不是！我们女真到了今天，靠的是祖宗阴德，靠的是军法如山。你说！阿玛该怎么办？不是他对阿玛如此就该处罚，就是他对你们其中一人如此，也是死罪呀！阿玛自然想着什么事都没出，大伙儿和和睦睦的，多好！可事情已经出了，总不能不闻不问不理不办吧！这不是可商量的事儿，阿玛只好对不起你额娘了。”

众人本来心里都恨着褚英，一心劝说汗王废黜了他，以免日后他继了王位，向大伙儿开刀，但见努尔哈赤竟要处死他，又有些不忍，纷纷求情，代善更是痛哭失声，大殿里一片嘈杂。努尔哈赤摆手道：“你们不必劝阻了，我主意已定，为了建州的长久大计，不得不如此，也容不得半点儿父子私情！代善，你陪褚英到你额娘坟前祭拜，也算向她辞……辞行，买个好棺材。下去吧……”

“阿玛，你就饶了大哥吧！”代善哭拜于地，叩头不止。

“拖出去！”努尔哈赤嘶哑地喊道，“就当我没有他这个儿子！”颜布禄赶忙拉起代善，却见一个侍卫急步进来，附耳低语，他撇了代善，上前低声禀道：“汗王，关内的探子回来了，有要事禀报。”

“带他进来。”努尔哈赤点点头。

不多时，颜布禄从殿外领进一个关内装束的汉人，那人朝上跪拜道：“奴才奉命到京城打探朝廷动静，如今朝廷出了大事，闹得人心惶惶，上下骚乱不堪。”

“出了什么大事？你起来慢慢地说。”四大贝勒、五位议政大臣早已住嘴敛声，静静地听那探子说话。

十一·夺 城

努尔哈赤蓦然回头问道："怎么个夺法？"

"汗王可先派人扮作赶赴马市的商贩，分成数伙，驱赶马匹，暗藏兵刃，混入城内。入夜之后，大军偷偷潜到城下，发炮为号，里应外合，内外夹攻，李永芳必无防备，抚顺唾手可得。"努尔哈赤大喜，快步上前，一拍他的臂膊，笑道："真是后生可畏！"

那探子说道:"妖书案后,不久又出了一件事,万历四十一年六月初二日,锦衣卫百户王曰乾告发孔学等人,受郑贵妃指使,纠集妖人,摆设香纸桌案及黑瓷射魂瓶,由妖人披发仗剑,念咒烧符,又剪纸人三个,写上皇太后、皇上、皇太子三人的名字,用新铁钉四十九枚,钉在纸人眼上,七天后焚化……"

那探子不知赫图阿拉刚刚出了类似的事情,只顾着说,皇太极咳嗽一声,探子抬头暗瞥一眼,见努尔哈赤面色阴沉下来,众人也都默然,以为自己说错了什么,正在迟疑,努尔哈赤问道:"朝廷是如何处置的?"

探子回道:"万历皇帝知道后,赫然震怒,要严惩罪犯。内阁首辅叶向高却向他进谏:此事不可声张,大事化小,小事化了,才是上策。不然势必像'妖书案'那样闹得满城风雨。第二天,叶向高命三法司严刑拷打王曰乾,将他打死在狱中,此事也就不了了之。"

努尔哈赤扫视众人一眼,见代善面有喜色,其他人却紧锁着眉头,似是对如此处置颇为痛惜,知道大伙儿内心在想着朝廷与褚英的关联,暗自叹息:褚英不去,人心难安,万万不可昏聩啊!见探子收声不语,又问道："还有什么事？"

"这些事情过后，许多大臣天天逼着万历皇帝下诏，命福王朱常洵赶赴洛阳的藩地。去年二月，万历皇帝与郑贵妃实在推托不过，只好命朱常洵离京。那郑贵妃哭得死去活来，恋恋难舍，万历皇帝本来看不上长子朱常洛，因此更是对他不满了，消减东宫的费用，就是侍卫也寥寥数人，宫中的太监最是势利，见东宫门庭冷落，纷纷想着法子离开。"

探子说到这里，见众人听得茫然，知道自己说得太迂远了，急忙切入正题道："五月初四日黄昏时分，有一名叫张差的大汉手持木棒闯入大内东华门，一直打到皇太子居住的慈庆宫，后被内监捕获。张差梃击太子宫之事，朝内多有争论，不少大臣以为是郑贵妃陷害太子，阴谋拥立福王。后经刑部十三司会审，查明张差系京畿一带白莲教教徒，其首领为马三道、李守才，他们与郑贵妃宫内的太监庞保、刘成勾结，派张差打入宫内，梃击太子。一时传遍宫闱，震动京华。万历皇帝见事情牵涉到郑贵妃，不愿深究，株连太多，先命郑贵妃向太子朱常洛哭拜，将张差凌迟，又将庞保、刘成处死，草草结案……"

莽古尔泰耐着性子听到此处，忍不住打断道："他们自管争斗，与咱们有什么相干？不就死了三个人么？"

那探子不敢反驳，只是据实解说："贝勒爷，梃击案虽然了结，但万历皇帝越发不理朝政，连旬累月的奏疏，任其堆积如山，不审不批，把一切政事置之脑后，深居内宫，寻欢作乐。皇帝不上朝，大臣和他见不着面，上了奏疏也不看，临到大臣辞职都没法辞，于是按惯例送上一封辞呈，也不管准不准，弃官回家。有的大臣离职皇帝也不知道，知道了既不挽留也不责怪，官缺了也不调补。吏部、兵部因无人签证盖印，边防军请发军饷，无人签发，关内的兵丁多年不行操练。这些岂不是与咱们有关了？"

努尔哈赤蹙眉道："郑贵妃想要加害朱常洛，便令太监庞保、刘成寻找张差这一类鲁莽、弱智、状似疯癫之人行事，事情败露之后也好掩盖主谋之人。此案郑贵妃脱不了干系，不然她为什么要向朱常洛下拜？万历皇帝为什么要秘密处死刘成、庞保？此案虽结，后患难除。朝臣阉珰，皇亲国戚，势必纷结党羽，相互攻讦，争斗不休。如此自然无暇顾及辽东，咱们正好出兵叶赫，扫灭扈伦四部，再伺机南下，将关外尽归我建州版图。"

众位兄弟之中，只有皇太极一人精通汉文，对朝廷的典章制度多所了解，听了事情的原委，心下豁然开朗，赞道："阿玛说得极是。郑贵妃身膺殊宠，宫闱侍宴，枕席言欢，也就搅乱了朝野。加上他们内忧外患又极多，倭寇为患东南，建州崛起东北，万历皇帝年老昏庸，朝中党争不止，大明江山已显出末世光景了。如今辽东巡抚换了李维翰，总兵换了张承荫，此二人都是酒囊饭袋，与当年的杨镐、李成梁不可同日而语。等咱们取了整个辽东，就想法子入关南下，灭了大明，再建个新朝。阿玛就可做成吉思汗那样的大汗了！"

努尔哈赤听他说得豪气干云，心头大喜，笑道："咱们攻打叶赫，明朝屡次出兵阻拦，我实在气他们不过！如今他们的朝廷出了这等大事，他们军心想必也有些涣散，我想趁机给他们点儿厉害尝尝，不能教他们轻易小觑咱们。兵发叶赫之前，咱们先攻明军一座城池如何？"

额亦都握着胖大的拳头道："我心里这口气憋得很久了，再不出一出，肚子都要气破了。"

努尔哈赤挥手命探子退下领赏，问众人道："攻打哪座城池为好？老八，你说说看。"

"阿玛一直说对明朝要用蚕食之法，好比砍大树，要先去其枝叶，其次是躯干，最后连根拔起。明军的城池抚顺离咱们最近，取了抚顺，即是打开了向南的门户。"

努尔哈赤笑道："老八所言正合我意。你们回去加紧准备，喂好战马，整顿兵甲，不日就要攻打抚顺。"

何合礼迟疑道："抚顺城坚兵强，怕是不易攻克。"

努尔哈赤捋髯道："攻克不下，也要吓他们一吓，教他们见识一下建州铁骑！"

"大哥怎么办？"代善一直等着对褚英的判罚出现转机，见努尔哈赤浑似忘了一般，只顾说起攻打明朝的事来，心急难忍，只得小心提醒。

果然，努尔哈赤瞪了他一眼，缓缓说道："还是那句话，留他个全尸。"

"大哥让我捎话给阿玛，果真不能赎罪，他宁肯战死沙场，也不想死在自己人的刀下。"

努尔哈赤颓然地向后靠到御座上，叹气道："晚了，不能让他再动刀枪弓箭了。代善，你送他上路吧！告诉他，我们父子之情已绝。百年以后，我见了你额娘，自会向她解说剖白。去吧！"

代善泪眼凝视着努尔哈赤，心知再难挽回，起身黯然离去，众人心头百感交集，说不出是什么滋味。

四月二十二日，褚英走出了赫图阿拉城西南角的西大狱，被蒙上黑色头罩，押到了校场的点将台上。万人空巷，观者如潮，校场四周挤满了男女老少。代善看着刽子手将绳索缓缓套入他的脖子，高高吊起……

"大哥——"代善不由一声嚎啕，哭倒在地。

努尔哈赤绞死了长子褚英，率全体将士祭拜过堂子，周身披挂，骑上战马，亲率二万兵马，誓师攻打抚顺。角声响起，螺号嘹亮，旌旗蔽日，枪戟如林，浩浩荡荡，杀奔抚顺。大军行进到木奇一带，分兵两路，一路由大贝勒代善领兵攻取东州、马根丹；另一路由努尔哈赤亲自率领直奔抚顺城。四月十四日，八旗军冒雨赶路，马不停蹄，很快进至抚顺城下。将到抚顺城下，大雨兀自下个不住，努尔哈赤下令在距城三十里处扎营。疾风密雨，伴着一声声的炸雷，将近处的树木、村庄笼罩在无边的烟幕之中，道路泥泞，行走艰难，军中生火做饭也是不易。努尔哈赤坐在大帐中，帐外的雨点时而骤急时而淅沥，将帐顶敲击得有如鼓响，心中十分焦躁，看天色阴沉如给一块大幕遮盖，不知何时能放晴？正在烦闷不已，帐外忽然传来争吵之声，皇太极带着巡营的将士将一个人推搡进来，吆喝着："跪下，跪下！快见过我们的汗王！"

努尔哈赤见来人生得相貌堂堂，体格魁伟，像是一员虎将，身上却是文士装扮，头戴一顶黑色罗纱的四角高方巾，穿着一件蓝色蚕绸直裰，外面罩件油衣，足下踏一双半新半旧的鹿皮油靴，沾满了烂泥，年纪在二十岁上下，一双眼睛炯炯有神。想是在雨中淋得久了，面色青白，身子冷得发抖，却无一丝惊慌，站着问道："你果真是当年的建州都督？"

巡营将士推他一把，喝道："哪里有什么都督？我们的主子已是建州国汗了，还不跪下拜见，小心打折了你的狗腿！"

那书生横他一眼，不悦道："我是读书识礼的人，还用你来教？"

努尔哈赤见他倔强，大觉有趣，笑道："我做建州都督之时，怕还没有你呢！你问这个作甚？"

那书生伸手从贴身处摸出一方纸来，递上道："你果真是建州都督，看了这封信，自然明白。"

努尔哈赤接过那封微微有些濡湿的信来，打开看了，惊诧道："你是范楠的儿子？他如今在哪里？"随即招呼他靠近坐下烤火取暖。

那书生恭恭敬敬地施过大礼，才将油衣、油靴脱了，在火盆旁烤着淋湿的衣衫，答道："家父就住在抚顺城中，晚辈在家中排行第二，家父取名文程，字宪斗，号辉岳。晚辈幼遵庭训，入学读书，十八岁中了秀才，与兄长文采同为沈阳县学生员。今闻都督起兵叩关，都督风采，家父时常提及，以为都督是个成就大事的不世雄主，故不辞劳苦，不避斧钺，冒雨投营，拜谒军门。如蒙都督不弃，愿效犬马之劳。"

努尔哈赤欷歔道："当年你父亲曾救过我，那时他还是个十几岁的孩童，不想如今故人之子也长大成人了，日子过得真快呀！你父亲可好？做什么官？"

"多谢都督挂念，家父倒还康健，只是不满朝政糜烂，奸佞当道，早已绝意仕途，自号枯心居士，只在家中读书自娱。"

"那你们弟兄入学读书，不是还想着做官，为大明出力么？"努尔哈赤目光闪烁不定。

范文程苦笑道："我与家兄年轻气盛，还有着为王前驱、澄清天下之志，不满家父独善其身的做派。中了秀才以后，屡次上书当今皇帝，畅言国事，那些折子却如石沉大海，杳然无音。后来听说万历皇帝二十多年不临朝听政了，深居西苑，终日与郑贵妃寻欢作乐。那些奏疏堆积如山，任由尘积网结，又岂会拆看我一介草民的折子？自古良禽择木而栖，如今明亡之兆已显，自然该择英主而事。圣人说：君子疾没世而名不称焉。晚辈自幼博览群书，天文地理无所不知，兵书韬略无所不精，三教九流无所不晓，实在不想落拓一生，埋身沟壑。"

"我有心兴邦，正在用人之际，欲成大业，必要贤才。听你父亲说，你们祖上是北宋的贤臣？"

"晚辈的十八世祖是北宋有名的贤相范文正公讳仲淹，文正公生有两子，次子纯仁公乃是晚辈的十七世祖。晚辈祖居苏州吴县，后来迁居江西，明初自江西获罪谪徙沈阳，居住在抚顺。"说起先祖，范文程脸上一片肃穆。

"阿玛，范仲淹可是文武双全的人物，在汉人心中可是大大有名。"皇太极自幼跟随龚正陆学习汉文，长大以后，戎马倥偬，仍披览不辍，已有相当根底，听他俩谈及范仲淹，自然想到他常年戍边的文治武功。

努尔哈赤半信半疑道："哦！汉唐以后，汉人竟还有这等的豪杰？"

范文程心中窃笑，看来他对中原知之甚少，却又觉其气魄之大为平生所仅见，不禁暗自赞叹。皇太极平日多是与努尔哈赤商议军情兵阵，难得谈古论今，正好展示胸中的才学，说道："范仲淹当秀才时就常以天下为己任，有敢言之名。做官后，曾多次上书当时的宰相，被贬三次，后来官至参知政事。西夏人造反，他奉旨平叛，号令严明，夏人不敢进犯，称其为小范老子。他居官注意农桑，整顿武备，推行法制，减轻徭役，给皇帝采纳，朝廷政治日渐清明，后人称颂的庆历新政，其实多半是他的主意。"

皇太极略顿了顿，见努尔哈赤的脸上竟流露出几分赞佩的神情，才接着说："此人文采冠绝一时，诗文俱佳，他有篇文章写出了'先天下之忧而忧，后天下之乐而乐'的名句，更是百年传唱，流韵不歇。"

"先天下之忧而忧，后天下之乐而乐？"努尔哈赤思忖片刻，拊掌道，"写得妙，写得妙！果然是忠君为国的名臣！这样的豪杰之士，不能见面把盏，对坐快谈，真是可惜。"

范文程听他们称赞自己的先祖，心中一热，十分感激，顿生明主知遇之感。又见那押送自己进帐的将领身形英武，仪表奇伟，龙骧虎步，脸色红亮，年岁与自己不相上下，却详知汉文典故，出口成章，暗暗喝彩道：不想建州荒蛮之地，竟有这等的英才，大有相见恨晚之意。忙穿好了油靴，整整衣衫，跪地叩头道："今日拜见了汗王，才知家父识人之术，确实高出一筹。"

努尔哈赤拉他起来，说道："当年你父亲曾与我都在张一化先生门下读书，只是并未同时，说起来，算是师兄弟了。今日你初到军营，不必忙着受礼仪约束，快坐下说话。"说罢，指着皇太极道："这是我的第八子皇太极，今后你们共事的日子想必要长了。"

范文程又与皇太极见过礼，二人才一起坐下。此时，帐外大雨如注，透过雨幕，范文程隐隐看到一两座营帐，大队人马扎下营盘，想必连绵数里，声势骇人，不由心潮起伏，暗吟道："醉里挑灯看剑，梦回吹角连营。八百里分麾下炙，五十弦翻塞外声。沙场秋点兵……"

努尔哈赤听雨声甚急，担忧道："一连几日，雨水不断，军中真是艰难了。阴雨之中，我建州铁骑不便驰骋，此时是不是不宜攻打抚顺？"

"阿玛莫非想回兵么？"皇太极念头一闪，正要劝说，却见阿玛两眼看着范文程，知道是有意试探他的才智，于是住口静听。

范文程心神正在遨游古今，忽听努尔哈赤问话，思忖片刻说："兵法曰：凡战者，以正合，以奇胜。兵无常势，水无常形。今天降大雨，我军行动不便，但城中明军势必懈怠，没有防备之心，我军正可出其不意，攻其不备。"

努尔哈赤略点点头，皇太极补充道："阿玛，出兵之时，军卒都已备下了油衣，弓矢也有防潮的雨具，无需担心淋湿不可使用。咱们既已兴兵，断无不战而还之理。"

"抚顺乃是一座砖城，极为坚固，就是天气放晴，三五天内，道路也会泥泞不堪，骑兵难以派上用场。若明军据守城上，龟缩不出，只以火器射击，如何是好？"努尔哈赤这几日一直苦苦思索，却无计可施。皇太极也觉进退两难，一时想不出良策。

范文程见他二人苦思冥想，眉头深锁，说道："此城最好智取，不宜强攻。"

"此话不假，只是如何智取，却让人煞费苦心。"努尔哈赤起身走到帐门前，掀起帐帘，雨声听来越发骤急。

范文程道："汗王可与抚顺游击将军李永芳熟识？"

"见过几次面。"

"汗王可知道他已下令重开马市？"

"辽东连年水灾，庄稼歉收，饥饿缺粮，今年的羊牛山货价格想必大跌，李永芳又要大捞一把了。"努尔哈赤想起建州的不少百姓逃到朝鲜讨饭，大批的牛羊染了瘟疫而死，朝廷不但不知抚恤，还在马市上压低马价，滥征税银，肆意盘剥，心情一时大坏。

明代自永乐四年起，陆续在辽东开设马市，天顺八年开设的抚顺马市与开原、广宁两地并称辽东三大马市，每月初六至初十开市一次，满蒙各部以牛、马、羊、驴、牛皮、貂皮、人参、木耳、蘑菇、松子、蜂蜜、珍珠等换取汉人的米、盐、绢、布、缎、锅、犁等，各取所需，莫不称便。范文程知道努尔哈赤曾多次来抚顺贩马买货，想必深受朝廷马市官的盘剥，至今耿耿于怀，笑道："汗王不必气恼伤神，咱们正好趁他开马市之机，夺了抚顺，多年积攒的旧债，教他们一并偿还。"

"怎么个夺法？"

"汗王可先派人扮作赶赴马市的商贩，分成数伙，驱赶马匹，暗藏兵刃，混入城内。入夜之后，大军偷偷潜到城下，发炮为号，里应外合，内外夹攻，李永芳必无防备，抚顺唾手可得。"

努尔哈赤大喜，起身上前，一拍他的臂膊，笑道："真是后生可畏，你没经过战阵，竟有如此的妙计，看来是上天特地恩赐了个智囊给我！你初来建州，未建功勋，不便厚封。就先做个章京，参赞军机大事，掌管往来文书。"

范文程叩首谢恩道："无功受禄，惭愧惭愧！"

努尔哈赤对皇太极道："文程是故人之子，吩咐下去，不准直呼其名，都要称范章京，不准怠慢！"

范文程自幼饱读诗书，最重名节，如今初遇努尔哈赤，就蒙如此善待，感激之情莫可名状，两眼涌着泪道："汗王对晚辈知遇之恩，天高地厚，晚辈，晚辈竭尽驽钝，怕也不能报效万一。"

"不用说什么报效，你能做个乱世的谋臣，就算不负了我心。"努尔哈赤极赏识范文程的机智，但见他满身的酸腐之气，竟似虚情假意，暗嫌他不够爽快。

皇太极见他礼数周全，揖让得当，时刻不忘尊卑之序，却是十分受用，顿生惺惺相惜之意，心想：若得此等英杰之士相助，何事不可成功！拉起他的手，慨叹道："君臣相遇，何其难也！"

努尔哈赤闻言，拈须大乐。皇太极与范文程会心相视，莞尔一笑。此时，雨渐渐小了下来，透过细细的雨帘，似乎依稀望见抚顺高大的北门城楼……

次日，天气转晴，道路仍是泥泞难走。努尔哈赤召集众将按计行事，派出三路探子前往广宁，刺探辽东总兵张承荫的动静。又派何合礼带着厚礼赶往蒙古科尔沁部，去找明安贝勒，请他劝说蒙古西部宰赛、暖兔两部，一起赶来抚顺讨要马市多年积欠的抚赏，以为迷惑之计。将一半人马退到古勒山扎营，以为援兵。留下的五千精兵，一部人马扮作赶市的商贩，大队人马等城中乱起，伺机攻城。

马市重开，其实出于抚顺游击将军李永芳的私心，此时他手头最缺的就是银子，等着银子给一个女人赎身。上个月，抚顺来了一个绝色的粉头，自称曾经名列秦淮河花榜，琴棋书画，无所不能，李永芳慕名便装而去，竟一见如故，当场便要给她赎身。那老鸨见他如此大的口气，为之色变，一时摸不出他的来头，不知是骗吃骗喝的亡命恶棍，还是财大气粗的豪商大贾，不敢应承，又不敢得罪，只得割肉似地赔上个二两银子的干茶围，耐着性子好生招待。过后打听原是本城的游击将军，便狮子大开口，给女儿定了三千两银子的不二身价。

李永芳听了，挢舌难下，但话一出口，不好收回。再说那粉头又是生得千娇百媚，颇谙风情，也难割舍得下，就狠心定了两月的赎身期限。可过了大半月的光景，却寻到百十两的银子，与那粉头的身价相差甚多，心里暗自叫苦不迭。明朝官吏就是有品级的俸禄也薄，何况他这不入流的微末之官，所领俸禄，尚不足养家，好在统领一千一百人的兵卒，平日克扣冒领些军饷，贴补些日用，积攒几两活钱。他有心与鸨母商量，减些银子，那鸨母见他一回回地空手而来，忍不住冷言冷语，说得李永芳满面羞愧，到嘴边的话只得生生咽回去。俗话说：粉头爱俏，老鸨爱钞。李永芳闷闷地从粉头那儿出来，迎面见几个女真商贩拉着马匹，驮着毛皮、山货，沿街叫卖，登时有了主意，若重开马市，岂不是有了大把的银子可赚？他回去即刻命师爷给辽东巡抚李维翰写了申请文书，并备了一份厚礼，快马送往巡抚衙门。李抚台一见礼物，自然准了。李永芳随即贴出告示，明令四方。

马市在抚顺城东，本是官市，后来变为民市。不过是在一处平旷的地上筑起一座小土城，围成长方形的圈子，居中建起一座两丈上下的高台，专供马市官安坐监察所用。市圈北面有关岳二庙，关帝像骑赤兔马，仪观甚伟，岳王则端坐在"还我河山"的巨匾之下。市圈南面专门搭建考究的装檐戏台，以娱商贾，常常请来沈阳最有名的戏班，上演南曲昆腔。各戏班趁此机会，显露头脸，选派当家名角，购置全新的行头登台献艺。戏台两旁是跑江湖的卖艺人，玩的无非是跳丸、吞剑、绳舞等各种杂技，还有满蒙的壮士比试射箭和摔跤。众多买卖马匹的牙纪掮客，嘴上说着行话，袖中勾着手势，忙忙碌碌，穿梭其间。土城内外到处是临时搭起的摊铺，百货陈列，人声鼎沸，穹庐千帐，绵延数里。经由城东门，与城内的马市街连成一线。

马市乃一方盛事，抚顺本来就是商贾云集、烟火千家的繁华城镇，马市大街是以物换物的常设之地，马市乍开，更是店铺林立，热闹非凡。茶坊、酒肆、脚店、弓店、银庄、绸庄、肉铺、药铺、香铺、当铺、烟铺、马鞍具、染料坊、杂货铺、小吃铺……无不买卖兴隆。街上人流如织，摩肩接踵，卖花的、算命的、各色摊贩、行脚僧人、外乡游客……男女老幼，士农工商，三教九流，无所不备。白天城中鼓乐喧天，车水马龙；夜晚店铺张灯结彩，唱戏说书通宵达旦，笙歌乐曲，嘈杂吵嚷之声，传出数里。

建州总兵麻承塔带领五百人马，有的扮作赶马的商人，有的扮作买布的贩子，赶着数百匹马，满载着各种货物，络绎不绝地直奔抚顺城东门，刚到门前，却听一声喝令，"站住！奉游击将军将令，清查货物，严禁私藏。带了什么货，有多少？报上数来！"

麻承塔一惊，他曾来过抚顺马市，知道守门官兵与市圈提督马市公署衙门的仆役各有司职。官兵一是验看敕书，即衙门准许的通商证件；二是查禁私卖火药、兵器的商贩。清点货物，按数收捐，则属公署衙门份内之事，不该他们插手。怎么这次竟改了规矩？他看一眼盛着蘑菇、松子的口袋，里面藏着几口短刀、短斧，若给他们搜出，势必泄露了形迹，自己生死事小，因此打草惊蛇，夺城的大计就要落空，那岂不是罪无可恕了？他心急如焚，浑身直淌热汗，思忖着如何应对。后面的马队不知前面出了变故，只顾向城内轰赶马匹，城下顿时挤得满满的，人喊马嘶，一片嘈杂。

守门的军卒大骂道："他奶奶的，挤什么挤！少交了银子，谁也别想进城！”

　　麻承塔登时醒悟，那些军卒只是一味吆喝，并不动手，原来只是想着勒索银子，并非看出了什么异常。他摸出一块二两上下的银子，赔笑道："几位军爷，今日开市头一天，尚未卖货，身上的银子不多，这点儿散碎的银子，不成敬意，权且买杯酒吃。等小的卖掉这批货物，再来补谢！"

　　果然，那几个军卒眉开眼笑，挥手放行。麻承塔进到城内，心神一松，暗自后怕。他包下一家宽大的客栈，等着后面的人陆续到了，给马匹喂上草料，吃饭歇息。

　　马市开的头一天，城门口就收足了三千两银子，李永芳欣喜万分，命人兑成一张银票，藏在怀中。他坐在游击将军衙门的大堂上，取出银票，摸了又摸，看了又看，仿佛拿的不是银票，而是那个如花似玉的青楼美人，不由得意地连声嘿嘿傻笑，痴痴说道："小美人，再捱两日，哥哥就能搂着你同榻而眠了。嘿嘿，你权且忍一忍，可不要心焦烦恼。"

　　正在神魂颠倒，一个兵丁跑来禀道："蒙古宰赛、暖兔两部五千人马，在辽河两岸扎下营盘，派人来说要到抚顺讨要历年积欠的赏银。"

　　李永芳听到一个"银"字，浑身不由哆嗦几下，忙将手中的银票揣入怀里，那些赏银一半送了抚台大人和总镇大人，一半与马市公署衙门提督私分了，没剩下一两一钱，哪里有银子给他们？可蒙古的五千人马若是攻入城来，城中守军算上虚冒的不过千人，如何抵挡？他心里慌乱不堪，忙让侍卫喊来千总王命印，把总王学道、唐月顺等，把探马报来的消息说与他们。

　　王学道哪里知道他私分赏银之事，不以为然地说："将军莫慌。蒙古宰赛、暖兔两部出兵五千，并非有意攻打抚顺，他们不过是想威慑恐吓将军，以便于领到赏银。将军将积欠的银子给他们，蒙古必然退兵。"

　　李永芳按住胸口，支吾道："这……这赏银虽有成例，只是……只是所收的捐银都解到了京城，皇上并未恩赐，急切之间，哪里去凑这么多的银……银子？"

王命印、王学道、唐月顺等人知道马市收取的捐银是先留足赏银，才解发京城，上缴户部太仓的，但听李永芳无中生有地胡说一气，明白银子已给他私吞了，谁也不敢揭穿。他们跟随李永芳已有数年，知道他生性贪吝，到手的银子决不肯吐出来，但这次再铁公鸡似的，惹急了蒙古两部，激成变乱，势必难以收拾。他们不敢多言，以免引火烧身，给李永芳抢白。又有兵丁禀报说："城外三十里处的古勒山下，驻扎有建州兵马万人，不知何意。"

李永芳急道："西有蒙古军卒，东有建州兵马，难道他们要攻打抚顺城么？"

王命印说："既然不知他们的意图，最好还是早加防备。"

李永芳见王学道与唐月顺二人跟着附和，命道："火速派人飞报广宁，请总镇大人派兵协助守城。"

"不如关闭马市，不然城中若是有变，抚顺怕是难保了。"王命印明知马市乃是李永芳请开的，不好指东道西，胡乱评说，但事情紧要，一时竟隐忍不住。

李永芳不悦道："马市才开，就要关闭，如何向百姓交代？再说今年马市规模最大，号称三千人的大市，城中往来的商贩其实不止三千，劳民伤财关闭马市，若是激怒了他们，城中才会大乱呢！好了，你们各司其职，只要马市平平安安地过去，少不了各位的一场小富贵。"

三人听说有银子可赚，嬉笑着走了。不一会儿，把守东门的军卒赶来禀报说："城东门吵闹得厉害，聚集了大批建州来的商人，人马车货，挤得水泄不通。小的们人手不够，约束不住，求将军增派一些弟兄。"

李永芳厉声问道："怎么不去找王命印？"

"正是王千总命小的禀报将军。"

李永芳无奈，朝侍卫们挥手道："跟我走一趟！我倒要看看你哪里来的王八羔子，吃了熊心豹胆，敢在抚顺城作乱。"

李永芳还没有赶到东城门，就已听到东边杀声震天，见城门楼上下，无数个商贩装束的汉子挥着短刀、利斧狂杀乱砍，把守东城的军卒被杀得所剩无几。王命印身中数创，兀自挥刀乱剁，却被几人围住，接连中刀，浑身血肉模糊，眼见倒在地上……

李永芳见那些汉子极为凶猛，不敢上前，躲得远远的，等着援兵。为首的汉子带人冲到城下，打开城门，门外呼啦一声，潮水般地涌进无数的女真兵马。李永芳大叫两声，打马便逃，迎面遇到王学道、唐月顺率领部下赶来。他急忙勒住马头，转身指挥军卒厮杀。抚顺城内，杀声四起。

李永芳等人平日养尊处优，不问战事，哪里比得上女真武士剽悍勇猛？人数又居劣势，只片刻间，就已抵挡不住。李永芳正觉彷徨无计，城外数匹健马飞奔而来，一匹高大的白马上有人大呼道："李永芳，此时不降，还要等到我发狠屠城么？"

李永芳定睛一看，建州都督努尔哈赤骑着战马，威风凛凛而来。他略一迟疑，王学道、唐月顺齐声大叫道："将军不可听他蛊惑！我们生是大明朝的人，死是大明朝的鬼，怎能向番邦虏酋屈膝呢！"二人说罢，疯魔一般地狂舞大刀，逢人便砍。

李永芳一阵羞愧，便要鼓起余勇，纵马砍杀，却见努尔哈赤身后跳出一匹黄骠马来，马上的将领弯弓连发两箭，王学道、唐月顺先后坠落马下，咽喉上各插着一支狼牙大箭。李永芳脸色登时惨白，冷汗涔涔而下，恍惚中，只听努尔哈赤笑道："费英东，你的箭法还是如此神妙！我是自愧不如了。"

"这些鼠辈哪里值得汗王动手？"费英东一提马缰，赶到李永芳眼前，冷笑道，"你到底降是不降？"

李永芳见他一手挽着铁胎大弓，一手拈着狼牙大箭，神武非凡，肝胆俱裂，摇晃着向前坠下。费英东眼疾手快，用弓一抵他前胸，努尔哈赤也赶上前来，抓住他的臂膊道："万历昏庸无道，你何必要为他尽忠？你归降建州，我绝不会有半点亏待，高官厚禄，荣华富贵，远胜你这游击将军！"

李永芳望望满街满巷的建州兵马，知道大势已去，颤声说道："我有个不情之请，汗王若能答应，我便归降。"

　　"只管说来。"

　　"我看上了一个粉头，可贱内甚为凶悍，必不能相容，恳请汗王将她恩赐与我，贱内慑于汗王神威，自然就不敢胡闹了。"

　　"哈哈哈……"努尔哈赤放声大笑，"李永芳，你也是朝廷命官，归顺建州我还要厚待你，怎么却甘愿自跌身份，娶那千人骑万人跨的腌臢女子？我给你找个尊贵些的，岂不更好？"

　　李永芳眼睛一亮，感激道："汗王保媒，自然求之不得，究竟是哪家淑女？"

　　"我家老七阿巴泰的大女儿喇迷拉，颇有才貌，尚未嫁人，就招你为额驸，择日成婚，再升你为三等副将，仍驻守抚顺。那些抚顺降民，都让他们父子兄弟妻女团聚，每户配给一头牛、两口大母猪、四条狗、十只鸡，并衣服、被褥、粮食等物，仍交你统辖。如此推心置腹，以免你归顺之后，会有寄人篱下之感。"

　　"多谢汗王！"李永芳整整衣冠，便要下马叩拜。努尔哈赤大笑道："不必如此，你我六年前就已相识，也算故交旧友了，不必拘泥，甲胄在身，马上见礼就行了。"

　　李永芳唯唯听命，在马上拱手道："大明游击将军李永芳叩见汗王。"

　　"你已不是大明的人了。"努尔哈赤端坐马上，从容提醒。

　　"哦，哦！"李永芳尴尬之极，重又抱拳道，"奴才李永芳叩见汗王。"

　　努尔哈赤微笑拱手，身后的建州兵卒一阵欢呼雀跃……

十二·称 王

"你，你罪不可恕！"努尔哈赤大叫两声，骂道："你这禽兽不如的东西！东哥是给你害的，你却要诬赖别人！来人，快！快给我把他拉出去勒死！"布扬古咬牙道："你心里其实时刻没忘记东哥，破得了我叶赫二城，算得什么英雄！东哥已远嫁蒙古，你这辈子再也娶不到她了。哼哼，我叶赫那拉一族就是只剩下一个女人，也要灭你建州。"他目光怨毒，面目竟有些狰狞。

　　抚顺一战，俘获明军官兵五百九十多人，杀伤抚顺军民近两万人，一万余人愿意归顺，共编了一千多户，迁往建州境内。不几天，又传来捷报，代善、莽古尔泰相继攻破东州、马根丹二城。攻破的三城，旁及周围五百余座台堡，俘掠人、畜竟有三十万之多。努尔哈赤将这些人口、牲畜、财物带到抚顺城东北的旷野，在嘉班城扎营，论功行赏，优恤战死的将士，剩余的财物派人运回赫图阿拉。分赏完毕，努尔哈赤带着谋士范文程、颜布禄等几个侍卫，骑马进了抚顺城，也不知会李永芳，径直来到佟家大院。

　　佟家大院是个三进的四合院，自佟春秀的母亲死后，家中的奴仆都已散尽，再也无人居住。多年失修，高大精美的砖雕门楼坍塌过半，黑漆的大门一片斑驳，有几处已经朽坏成洞，红铜门环锈迹斑斑。努尔哈赤推门进去，恍有隔世之感，原先高墙环绕的前庭，只有片片青石板埋没在荒草之中。厅堂更是破败不堪，结满了蛛网，门边砖墙下的青石基座上还可清楚地分辨出浮雕着香炉、宝瓶、喜鹊登梅等吉祥图案。唯有气派考究的雕花门堂和风骨犹存的回廊，仿佛还留有宾客满座时的风光和喧哗。当年佟老爷子贩马发家，随即大兴土木，盖起这处院落。飞檐雕梁，天井地池，高墙大院，甚是壮观。如今人去院空，只存依稀旧梦。

努尔哈赤走在阔大的天井里，追想着当年的光景，顿觉一阵凄凉。他转身走到庭中那棵高大的槐树下，嗅到一股甜香，那棵老槐树开出一串串的白花，挂在浓密的绿叶里，芳香四溢，招引来无数的蜂蝶，嗡嗡嘤嘤，还有许多的鸟雀，叽叽喳喳，甚是热闹。他忽然想起夏夜与佟春秀、东果、褚英一起在此乘凉，不由心内一酸，围着槐树绕行一圈儿，脚下一绊，险些摔倒，颜布禄等人过来扶住。努尔哈赤低头一看，槐花落满一地，草丛中躺倒着一个破旧的香炉，他喃喃自语道："这是春秀拜神用的。"

范文程正对着残垣断壁欷歔不已，闻声过来。颜布禄到屋内找了两把旧椅子，搬到树下，拂拭干净，又用佩刀芟除地上的杂草，割出一丈见方的空地，请他们坐下歇息，便到院门口守卫。

努尔哈赤问道："范章京，方才见你对着残墙发呆，到底是读书人，必定想得远了。"

"只不过触景生情，感慨人生苦短。当年曹孟德横槊赋诗，并非无病呻吟，自作多情。"范文程忽然想及宋人苏东坡的句子："月明星稀，乌鹊南飞，此非曹孟德之诗乎？西望夏口，东望武昌。山川相缪，郁乎苍苍；此非孟德之困于周郎者乎？方其破荆州，下江陵，顺流而东也，舳舻千里，旌旗蔽空，酾酒临江，横槊赋诗；固一世之雄也，而今安在哉？"不由浩叹数声。

努尔哈赤熟读《三国演义》多年，自然知道曹操与手下诸将置酒夜宴长江之上，天色向晚，江如横练。饮至半夜，曹操已醉，取槊在手，自舞自歌，唱的什么诗词，他早已记不得，却没有忘了曹操的豪言。努尔哈赤站起身来，捋须吟诵道："吾自起义兵以来，与国家除凶去害，誓愿扫清四海，削平天下；所未得者，江南也。今吾有百万雄师，更赖诸公用命，何患不成功耶！收服江南之后，天下无事，与诸公共享富贵，以乐太平。"

想到自己二十五岁以十三副遗甲起兵报仇，境遇竟与曹操相似，虽跨越千年，一时竟也大觉知己，又诵道："吾今年五十四岁矣。持此槊，破黄巾、擒吕布、灭袁术、收袁绍，深入塞北，直抵辽东，纵横天下：颇不负大丈夫之志也。"

范文程躬身道："汗王志向高远，奴才惭愧，深恐不能略尽绵薄。"

"惭愧什么？那曹操统兵百万，尚有赤壁大败，我自起兵以来，大小数百战，攻无不取，战无不胜，却非曹操能比。"努尔哈赤豪气大发，立身良久，才又坐下道，"如今建州地域广大了数倍，人口归附的日渐增多，有些难以统摄。当年我将环刀军、铁锤军、串赤军、能射军改称为黄、白、红、蓝四旗，各设一名旗主，旗下设固山，固山下设甲喇，甲喇下设牛录。三百人为一牛录，设额真一名。那时人马不过两万，旗主要辨认旗下牛录额真已是不易，如今人马已达六万，怕是更难了。"

范文程道："汗王创建四旗，大伙儿多已习惯，不必繁改。所谓树大分权，人多分支，不妨将四旗扩为八旗，仍以三百人为一牛录，只将五牛录合为一甲喇，五甲喇称为一固山，固山首领可统领步骑兵七千五百名，称为旗主。再将所有百姓分隶各旗，平时耕种，战时从征。如此建制，六万兵马正好分作八旗。"

"嗯！如何设置将领？"

"牛录设佐领一名，下设两个代子、四个章京、四个拨什库。一牛录分作四个达旦，每个达旦由一个章京与拨什库掌管；甲喇设参领一名；固山设都统一名，副都统两名。"

"那新增四旗定什么名称？"

"汗王所定黄、白、红、蓝四色军旗，各有所本，大有深意，不可轻改。只将新增四旗的军旗镶上花边，以示区别即可。各旗旗丁以此定制盔甲，见其盔甲样式，即可判别所属。"

"好主意！当时我创建四旗之时，以红色像日，以黄色像土，以白色像水，以蓝色像天。咱女真人，靠天靠地，有水有日，就能发迹。以此统辖军马，自然所向披靡。"努尔哈赤点头道，"旗色不变，还能有所区别，好！那就叫镶黄、镶白、镶红、镶蓝，原有的四旗仍称正黄、正白、正红、正蓝，甲服、军旗不是一时可定的，回去再仔细斟酌。"

范文程道："八乃是卦象中极吉祥的数目，也是六十四卦推衍的根基。八旗实在是大吉之相。"

努尔哈赤思索道："你以为何人可以分领八旗？"

范文程一怔，他见努尔哈赤将如此重大之事推心而问，感激莫名，但觉此事关系重大，不好轻率道出，或许他心里已经有数，想了半晌，仍觉踌躇，试探道："奴才以为还是用旧人好些。"

"嗯！我亲领镶黄、正黄二旗，代善领正红旗、镶红旗，阿敏领镶蓝旗，莽古尔泰领正蓝旗，皇太极领正白旗，镶白旗么，没有什么合适的人选，交给我四弟雅尔哈齐如何？"

范文程知道事关努尔哈赤家族，不好明言，只说："汗王的嫡孙杜度贝勒爷长大成人了。"

努尔哈赤会心一笑，惋惜道："若是褚英还在，我又何必领那两黄旗？鞍马劳乏的事也可少了许多。可他……唉，也没法子！就将镶白旗交给杜度，也算对褚英有个告慰。只是五位议政大臣跟随我出生入死，不知他们可愿意如此安排？"

"汗王不必担心，政务由他们五人商议，兵马由旗主统领，各有职守，不分彼此轻重，最后决断于汗王，他们必不会有什么冷落之感。"

努尔哈赤与他结识未久，但见他应对如流，从容机敏，极为赏识，越发推心置腹道："我还想将八旗军分作长甲军、短甲军和巴牙喇。挑选骁勇兵卒做巴牙喇，护卫中军……"

范文程暗忖：建州铁骑名震辽东，从中选拣而出的精兵会是何等精悍？心中不由神往起来，又听努尔哈赤说道："长甲军人马都披重甲，持矛冲锋在前；短甲军人披轻甲，持弓箭随后……"范文程听他随意说出，却隐含战阵之法，甚有妙用，真是天生的用兵奇才。正自嗟讶，颜布禄领着一个探子匆匆进来禀报道："辽东总兵张承胤率领辽阳副将颇廷相、海州参将蒲世芳、游击梁汝贵，三路兵马，一万余众，从广宁来夺抚顺。"

"距抚顺多远？"

"不足三十里。"

"带多少火器？"

"不计其数。"

努尔哈赤起身，正要出门，李永芳与第二拨探马一起赶到，禀报说明军已赶到前面，占据险要，立营掘壕，布列火器，堵住退路。努尔哈赤问李永芳道："张承胤是什么样的人物？"

"倒是一员猛将，刀马娴熟，勇冠三军。"

范文程道："奴才听说张承胤一口大刀，从未遇过对手，汗王不可小看了他。这等猛将奋勇而来，急于建功，必然轻进，汗王不必与他厮杀力敌，先挫了他的锐气。张承胤本来就有些瞧不起李维翰，以为他不过是个落魄秀才，没有什么功名，又素不知兵，靠着是万历皇帝之母李太后的侄子，竟做了辽东巡抚。那李维翰依仗出身皇戚贵眷，自然盛气凌人，想在辽东一试身手，必然会严令张承胤进兵，将帅失和，张承胤急躁起来，乱了方寸，破他就容易了。"

"有理。"努尔哈赤一挥马鞭，命道："传令三军，前队做后队，后队做前队；再传令代善、莽古尔泰不必赶来会师，各从一面夹击他们。我却不信张承胤能阻挡我回赫图阿拉！"

回到大营，皇太极、阿敏、杜度等大小贝勒、将领都聚集在大帐中等候，努尔哈赤率兵迎击，走出不到五六里的路程，隐隐约约可以看见前头山间路旁明军旗帜飘摇，见建州兵马到了，三声号炮，漫山遍野地冲来。当前一面大旗，临风飘扬，现出一个斗大的"张"字。努尔哈赤将手中的马鞭一指，建州兵马奋勇当先，上前厮杀。

张承胤在未到辽东之前，就已听说大明军卒与建州交战即溃，那些逃得慢的非死即伤，往往给杀得尸积如山，血流成河，以致后来闻风而逃，听得一声警讯，吓得魂飞魄散，还半信半疑。他镇守辽东将近两年，从未与建州兵马交战，本想凭着掌中的一口大铁刀不难取胜，不料今日见建州军容极盛，旌旗如云，刀光胜雪，剑戟如林，兵骁马壮，号角声此起彼落，铁蹄声奔驰来去，暗觉吃惊。再看自己麾下这些边兵，非病即老，刀枪生锈，确实不堪一击，担心给冲乱了阵脚，急忙喝令炮手开炮。

"轰！轰！轰……"一连几炮在建州军中炸响，掀起滚滚烟尘，建州兵马成批倒下，伤亡不少，兀自奋勇向前，面无惧色。努尔哈赤用兵军令极严，以敢进者为功，退缩者为罪，每次战后，赏不逾日，罚不还面，赏罚分明。有功者，赏以奴婢、牛马、财物；有罪者，或夺其妻妾、奴婢、家财，或贯耳，或射胁下，或杀或囚。诱之以利，绳之以法。因此，建州兵卒打起仗来，有进无退，个个争先。此时他见明军火器厉害，怕军卒挫了士气，急忙下令竖起黄色飞龙的九旄大纛，军卒远远见了，士气大振，人人要在大汗眼前建立功勋，呐喊着向明军猛冲。

张承胤立马山坡，哈哈大笑，率军冲下山来，两军对垒，他看清大纛旗下，铁骑拥卫着一个须发斑白的高大老者，长脸方颐，眉弯鼻直，骑一匹白色高头大马，知道此人必是努尔哈赤，用鞭梢指着骂道："你这个逆贼！朝廷待你不薄，为什么要兴兵作乱？"

努尔哈赤拍马上前，说道："张承胤，听说你也是忠勇之士，怎么却不分是非，不辨曲直！朝廷与我有杀父害祖之仇，无端杀戮我女真，如此待人，还说不薄！"

"一派胡言！你祖父与父亲是中了尼堪外兰的诡计，为他所害，与朝廷何干？朝廷赐你敕书百道，你也屡次入京朝贡，受封为龙虎将军，总领建州女真，不想你却暗自怀恨，包藏祸心，真是罪不容诛！"

皇太极闻言大怒，向努尔哈赤请令道："阿玛，似这等不识大体的狂妄匹夫，只知强词夺理，心中哪什么是非曲直？看他如此蛮横，口口声声不离朝廷二字，想必是借此鱼肉百姓的贪官污吏，何必与他多费口舌！一刀砍了，岂不爽快！"不待努尔哈赤点头，舞刀出阵，喝道："明朝皇帝荒淫无道，你们这些狗官，只知贪赃枉法，拿朝廷压人，可有半点儿为国为民的心肠？我劝你早早下马投降，免得身败名裂。"

张承胤恼怒道："好生狂妄！"举刀砍来，皇太极侧身躲过，二人战到一处。明营里的颇廷相见皇太极身形高大，手中的钢刀十分沉重，担心主将有失，也拍马过来，二贝勒阿敏举刀迎上，四人杀作一团。两军阵前，喊杀震天，鼓角之声，响成一片。双方大战数十回合，不分胜负。努尔哈赤见张承胤刀法精奇，武艺高强，暗自赞叹，顿生收服之心，正要鸣金收兵，忽然一阵大风从西北吹来，明军被吹得睁不开眼睛，接连又是数阵狂风，把明军的旗帜刮去了好几面，明军阵形大乱。努尔哈赤令旗一挥，乘势掩杀。建州铁骑疾如狂飙，冲锋起来端的气势骇人，泰山压顶般地驱入明军。两军混战，天色昏暗，分不清敌我，明军不敢动用火器，被建州铁骑冲得七零八落，抵挡不住，任张承胤胆力过人，将那口大刀舞得有如雪片一般，也禁不住建州马快箭利，向山坡上且战且退，想要依山扼守。刚到坡下，山侧闪出一支建州兵马，为首的大将叫道："明将哪里去，还不下马受缚？"

努尔哈赤见代善赶来，率军急追，张承胤腹背受敌，无心恋战，只得杀开血路，领兵前走。谁料天色昏暮，不辨路径，本想往南逃回广宁，却竟向东方败走，不出三里，迎面一彪人马拦住去路，明军恶战了半日，人困马乏，三面受围，后来两彪人马都是尚未冲杀过的生力军，张承胤大惊，对颇廷相、蒲世芳二将道："今日被围，战与不战都难免一死，不如与他们拼死力战！如此才不负皇恩，不失为大明忠臣。"

颇廷相、蒲世芳二人见主将以忠义相激，各自振奋，同声喊道："大丈夫战死疆场之上，足慰平生！"三人齐声呐喊，返身抵挡，舍命冲突。不料，背后阵内万弩齐发，箭如飞蝗，将三人与游击梁汝贵等五十余员战将射成刺猬一般，其余军卒也都死于乱箭之下。努尔哈赤见驰援而来的莽古尔泰射死了张承胤，大觉惋惜。

明军一万多人马全军覆没，丢失战马九千多匹，抛弃盔甲七千多副，火器、刀枪等不计其数。大风吹过，天色转明。放眼四野，黄沙浸血，死尸山积，断枪折戈，死马破旗，黄昏落日，不胜凄凉。

努尔哈赤凯旋班师，带着俘获的兵马回到赫图阿拉。休整到八月，努尔哈赤留下代善守护赫图阿拉，亲率倾国之师直逼叶赫。扈伦四部，叶赫居中，东临辉发，南接哈达，西靠蒙古，北依乌拉，所辖十五部族，其部民素以勇猛、善骑射著称。叶赫部的治所叶赫城有东、西两座，西城依山面水，建在叶赫河北岸的山坡上。城墙宽厚高峻，有内外二城。东城北面临河，南依岭岗，城墙也高大耸阔，外建栅城，用木栅围成一周，次为石城，石城内又有木城，木城中建有偌大的一座八角明楼，斗栱飞檐，雕梁画栋，最高层便是满蒙第一美女东哥的住所。

自布占泰逃到叶赫，多次求见东哥，东哥总是不允，她喜欢的是叱咤风云的大英雄，失魂落魄的败将怎么能替她了却多年的夙愿？布占泰，那个每日在八角明楼下徘徊流连的汉子，一忽儿仰头望着花窗，一忽儿低头叹息，本来英俊魁梧，刚过四十岁，才两个月的光景，却苍老了许多，背也有些弯了，这样的人怎么可以托付终身呢！这么多年都苦熬过来了，可不能白白这么苦熬了。唉！年华易逝，青春不再，当年自己怎么那样高傲那样轻率。她看着自己镜中的容颜竟有了些憔悴，少了昔日的光鲜，不由地暗自伤心流泪，幽幽地叹口气道："我这是跟谁怄气呢？"她呆呆地望着天边南归的大雁，它们一年一回地南归北飞，做只雁儿也好，可以四处走动，不像自己这么多年守着叶赫这片土地，独坐明楼第一层，看着花开花落，春去秋来……

"格格，不好了！"贴身的小丫头慌张地跑进来。

东哥从遐想中惊醒，带着几分愠怒问道："什么事，这样大惊小怪的？"

"努尔哈赤领着大兵杀来了。"

"到了哪里？"

"再有两三天，就要进入咱们叶赫的地盘了。两位贝勒爷请你过去呢！"

"请我过去？大兵压境，我有什么法子？还想让我嫁人么？如今的辽东，女真各部都给努尔哈赤剿灭了，还有哪个可嫁，还有哪个可借兵，还有哪个可与他抗衡？这么多年了，到今天我才明白，借他人的手复仇原来是一场春梦。我不顾脸面，订婚又悔婚，反反复复，有什么用？杀父大仇报不了，我自己也要老死在家，嫁不出去了。"东哥目光如泣，看着那丫头问道："你说真心话，我还好看么？"

小丫头给她那幽怨的眼神吓住了，片刻才鸡啄米似地点头道："好看好看！格格是咱们满蒙第一美人……"

"满蒙第一美人？"东哥凄然一笑，摇摇头说，"我终日躲在这楼里，再美也是无用，只有顾影自怜了……呜呜……顾影自怜……"她伏在炕头大哭起来。

小丫头吓得手足无措，也不知如何规劝，站在一旁陪着哭了一会儿，东哥收住眼泪，喊过她说："你说努尔哈赤见了我，还会求婚么？"

小丫头撇嘴道："努尔哈赤已是五十多岁的糟老头子了，格格竟还惦记着他？就是他向格格求婚，格格哪里会嫁他？"

"怎么，他五十多岁了？在我心里，他一直是顶天立地的大英雄，高头大马，长箭弯弓，盔甲闪着金光，英武威猛……竟也老了？"东哥痴痴地遐想着，神色迷离，凄楚哀怨，"可惜我没有见到他壮年时的模样，他也没见过我少女时的姿色……"

"反正他已是须发苍苍的老头子了，不见他早年的模样，也不打紧。"

东哥叹息道："你还小，不懂得什么是伤心。这么多年，我守身如玉，原来是为了一个痴梦，一个影子。为了这个痴梦，这个影子，竟自个儿跟自个儿怄气，将脸面看得比什么都要紧，其实心里苦有谁知道？就是知道了，又怎能帮我解脱？都说人生如梦，但不管好梦坏梦，醒了还可以重做，人生哪里有重来的，就像东流的河水，到了大海，也不会掉头向西。

这是命，我命该如此！"

"格格可是好命呢！容貌、富贵……"

"你不会明白的……去禀告两位贝勒，就说我要嫁人了。"

"格格要嫁哪个？"

"多嘴！"

"她不问，我也要问。"随着话音，布扬古登上楼来。布扬古急声追问："妹子，你愿意嫁给努尔哈赤？"

"要嫁给他，我就不必等这么多年了。"东哥神情极是冷淡。

"那你要嫁哪个？"

"哥哥，我要嫁到蒙古，想远远离开叶赫，离开女真，越远越好，越快越好，我一天都不愿待在叶赫。这次努尔哈赤带兵杀来，恕我不能帮忙了。"

"是蒙古的喀尔喀部？"

"前些日子，喀尔喀部贝勒巴哈达尔汉亲自来给他儿子莽古尔岱求亲，我愿意嫁他，不想再听到努尔哈赤的名字，杀父的大仇就……就这么不了了之了。"东哥掩面哽咽。

"这些年苦了你，哥哥对你不住。好！我这就安排人马护送你走。"布扬古匆匆下楼。

夜色如水，一片沁凉。一队人马悄悄地护送着东哥出了西城，向西北而去，没有炮声，没有锣鼓，没有披红挂彩。

走得好凄凉……

叶赫贝勒金台什、布扬古闻知建州大军奔袭而来，急忙派人到开原向明军总兵马林求助，可是不多时派出的信使却回来禀报说，通往开原的道路给建州人把守，难以通过。二人这才惊慌起来，明军得不到叶赫求助的消息，自然不会赶来，没有明军的火器相助，如何守城？本来叶赫兵马也是极为骁勇善战，但前几次建州来犯，都因明军相助，不战而退，二人尝惯了甜头，以为只要结欢朝廷，量努尔哈赤再也不敢轻易来犯，就不再操练兵马，整日在府里与几个妻妾寻欢作乐。如今建州兵临城下，援军又已无望，不禁慌了手脚，只得布置守城，在城头堆放滚木礌石。建州兵马一连攻了数日，城上箭如雨落，滚木礌石纷纷打下，伤亡极多，才攻下外城。金台什退入内城，建州兵卒点燃了木栅城，一时火光四起，浓烟滚滚，他见历经数代修建的木栅城顷刻之间就被烧毁，愤恨不已，更加死守。努尔哈赤命兵卒挖了一条地道，直通城下，地基一松，城墙轰然塌陷。皇太极、费英东率领军卒冒着箭雨，奋力攻城，杀散守军，夺了内城。金台什见大势已去，带着几个妻妾和儿女登上八角明楼，坐在金银珠宝之中，纵火自焚。

　　冲天的大火惊动了守在西城的布扬古，他站在城头看着内城冒起滚滚浓烟，推想必是城寨已破，堂叔金台什自焚而死，既恐惧又悲伤，手下将士更是惊慌不安，军心涣散，无意守城。布扬古正在苦思对策，他的堂弟已携妻带子，开城出降，建州兵马蜂拥而入，将他生擒活捉。努尔哈赤坐在布扬古的厅堂里，满面怒气地看着布扬古被捆绑着押进来，拍案喝道："布扬古，你可知会有今日？"

　　布扬古冷冷地看他一眼，昂头不答。两旁的侍卫呼喊道："跪下！再不跪下，小心你的狗腿！"

　　布扬古冷笑道："我叶赫贝勒怎能轻易跪人？再说叶赫与建州本是一样的部族，没什么轻重贵贱，何必要跪？就是要跪建州贝勒，我也不该跪你！"

　　努尔哈赤听他巧舌如簧，问道："你想跪谁？"

　　"怎么也轮不到你努尔哈赤，要跪的自然该是嫡传的子孙，你爷爷觉昌安不过排行老四，你阿玛塔克世又是老四，你这小宗旁支，当得起如此大礼么？"

　　努尔哈赤给他揶揄一通，怒不可遏，骂道："似你这样反复无常的小人，也配谈什么礼法！二十年前，你将妹妹东哥许婚与我，我下的聘礼你也收了，却一再悔婚，四处许给别人，把她许聘给哈达、辉发、乌拉，几天前竟远嫁蒙古喀尔喀部。可怜满蒙第一美人，竟变成了人人嗤笑的叶赫老女！你为一时微薄小利，将自己的亲妹妹这样一个柔弱女子随意买卖，如此厚颜无耻，当真天下罕有。"

布扬古恶毒地一笑，说道："那是我妹妹心甘情愿的……"

"替父报仇，我不怪她！"努尔哈赤打断他的话。

"嘿嘿嘿……"布扬古连声狞笑，"你以为她替父报仇，宁肯嫁给不喜欢的男人，只要那人能将你杀了？不是！她是恨你没有亲自到叶赫下聘礼。东哥是辽东人人艳称的美女，哪个给她允了婚，不巴巴地赶来一睹芳容？你却只派了个无名小卒，也太小瞧她了！自那日起，她就深深怨恨着你……你没想到吧！"

努尔哈赤如遭重创，心里隐隐作痛，喃喃道："她……她竟这样看我？我……我当时只想着壮大建州……"

"哈哈哈……"布扬古一阵狂笑，"你倒是条冷心肠的硬汉，为江山舍弃美人！东哥真是痴心的呆子，总还想着有一天你会当面跪下求她……可惜不能够了……"他忽然想到妹妹一个人独守闺房，二十年来，饱受煎熬，何等凄苦冷清？真是天妒红颜，这样一个如花似玉的美人，辜负了多少大好时光，错过了多少姻缘！布扬古心中又酸又苦，泪水涔涔而落。

"你……你罪不可恕！"努尔哈赤大叫两声，骂道，"你这禽兽不如的东西！东哥是给你害的，你却要诬赖别人！来人，快，快……给我把他拉出去勒死！"

布扬古咬牙道："你心里其实时刻没忘记东哥，破得了我叶赫二城，算得什么英雄！东哥已远嫁蒙古，你这辈子再也娶不到她了。哼哼，我叶赫那拉一族就是只剩下一个女人，也要灭你建州。"他目光怨毒，面目竟有些狰狞。

努尔哈赤默然无语，他看着庭院中布扬古渐渐不再挣扎的身子，看着周围破败的城寨，冥想着此时的东哥也许正沉浸在新婚的甜蜜之中，不知道新郎可英俊体贴？扈伦四部都因她一人先后败亡，她就如意了吗？

费英东见他面色阴郁，劝道："叶赫破亡，扈伦四部扫灭已尽，建州从未如此强大过，汗王何必为一个女人伤心？"

努尔哈赤叹息道："老天爷是公平的，人生在世不会事事如意的！为了东哥这个天生尤物，咱们女真各部多年不和，兴兵动武，哈达、辉发、乌拉、叶赫相继灭亡，死人无数，她远远地躲到蒙古喀尔喀部就安心了？不会，不会！这么多死去的幽魂缠扰着她，她能熬多久？女人真是祸水呀！这样不断招惹祸端的绝色美女，无论她嫁与何人，也绝不会安享天伦的，东哥的死期怕是不远了！如今她嫁人了也好，我终于了却了一桩心事！"

两旁将士想他二十多年，仍对东哥一往情深，各觉动情，暗自嗟叹不已。努尔哈赤黯然伤神片刻，想着扈伦四部尽归建州，东起日本海，西迄松花江，南达摩阔崴湾，濒临图门江口，北抵鄂伦河，无不遵奉建州号令，胸中涌起万丈雄心，终于可以做名符其实的满洲大汗了……

东哥嫁到蒙古，听到的依然是努尔哈赤南征北讨的消息，大捷，大捷，还是大捷，一次大捷就如一把盐撒在伤口，撕心裂肺，痛彻骨髓，她如深秋的花草，再也经不起朔气风霜的侵凌，眼看着枯萎凋零。她独自一人躲在蒙古包里，忘记了饮食，忘记了梳洗，就是没有忘记曾经的梦……瘦骨伶仃，面色枯黄，不到一年的光景，郁郁而终。

玉殒香消，红颜薄命……

万历四十四年正月，正是过大年的时节。女真一年之中，节日颇多，清明、端午、七夕、中元、中秋、腊八以外，还有添仓节、领龙节等，而以春节最为盛大，时日最长。腊月二十三小年，家家开始请灶王爷上天，清扫庭院，置办年货，杀猪宰羊，蒸年糕，做豆腐、萨其玛、粘豆包、白肉血肠、驴打滚、苏子叶饽饽……还要写大字，贴对联、窗花、福字，按旗属分别挂红、黄、蓝、白不同颜色的彩笺，上面画着金龙，焰火，鲜艳夺目……家家院内竖灯笼竿，高挑红灯，彻夜不熄。大姑娘、小媳妇全身上下穿戴一新，孩子们成群结队燃放烟花、鞭炮，玩耍木爬犁、溜冰，到处忙忙碌碌，热热闹闹。

汗宫大衙门自腊月二十四挂起了一丈多高的天灯，大殿、寝宫等处也挂起大红宫灯，映得四下一片通明。努尔哈赤与大福晋阿巴亥亲手摆设供品，拜祭神佛、祖先，擦得锃亮的银器盛了两摆馒头，一摆五个，硕大的猪头摆在供板中间，猪鼻孔里插着两个白根绿叶的大葱，依次摆好的五碗饭菜，盛满了猪肉方子、过油鲤鱼、炸粉花、素菜大葱、方块豆腐。二人拜祭完毕，回到寝宫守岁。天色尚未放亮，代善、莽古尔泰、皇太极等人各携妻孥赶来拜年，努尔哈赤看着满屋子的子孙，满面笑容。众人礼拜完毕，阿巴亥与几位福晋一起服侍努尔哈赤穿戴新做的礼服，天亮以后，他要正式告天称王了。

大殿正中摆设了宽大的宝座，宝座前是批阅奏折的大红御案，御案东西两侧有鹤衔莲花蜡台、熏炉和香亭。宝座两侧自北向南八幅龙旗依次升起，左翼是正黄、正红、正蓝、镶蓝四旗，右翼是镶黄、镶红、镶白、正白四旗。四大贝勒、五位议政大臣率领众文武官员齐聚尊号台前，等待努尔哈赤正式登殿称汗。尊号台乃是仿照明宫的皇极殿而造，金顶黄瓦，雕梁画栋，修葺簇新，越发富丽堂皇。

东方渐白，卯时一到，红日初升，登基典礼开始。钟鼓乐声大作，众人肃立两旁，乐毕，努尔哈赤头戴朝天冠，身穿黄色八团龙织金缎衮服，足登粉底方头靴，腰束黄色朝带，神色自若地登上大殿，面向群臣，耸肩端坐在宝座上。侍卫总管阿敦立于右侧，创立满文的额尔德尼立于左侧。众人之中走出的八位大臣，手捧劝进表文，跪在前面，诸贝勒、大臣率众人跪在后面。阿敦、额尔德尼接下八大臣跪呈的表文，恭恭敬敬地呈到大红御案上。额尔德尼站读表文，上尊号为奉天覆育列国英明汗，国号后金，年号天命。读罢表文，努尔哈赤站起来，离开宝座，亲自拈香，向天祷告道："上天任命我为大英明汗，为百姓造福。帝王与民如同鱼水，难以相离。我愿对天发誓：生为庶民，死为庶民，为民而战，愿满洲民族永远昌盛，百姓安康。"祷告过后，带领群臣朝天行三跪九叩首大礼。礼毕，又回到宝座，接受各旗贝勒、大臣的拜贺。拜贺完毕，努尔哈赤望着群臣，说道："朕自二十五岁以十三副遗甲起兵，征战三十三年，杀仇敌，拓疆土，建国立号，做了英明汗，有一事尚不能告慰祖宗，就是向明朝讨报杀父祖大仇！如今国势日盛，朕决意出兵伐明，牧马关内。"随即命范文程宣读出兵伐明的七大恨檄文。

那檄文写得慷慨激昂，将明朝大大痛骂了一番：

后金国大汗努尔哈赤谨昭告于皇天后土：我祖我父，不曾损毁大明边陲的一草寸土，明廷无端生事起衅，杀害我祖我父，大恨一也；

明廷如此暴虐，我仍隐忍修好，与边官划定疆界，设碑立誓，凡满汉人等，无越疆围，敢有妄越边境者，一经发现即可诛杀，若故意放纵，殃及纵者。明廷累次违背誓言，遣兵越界，襄助叶赫守城，大恨二也；

自清河城以南，江岸以北，明人每年偷过边境，侵夺女真地方。我遵奉誓言而诛杀，本是理所当然，而明廷却违背盟誓，责我擅杀，拘捕我派往广宁的使臣纲古里、方吉纳，以铁链加身，逼迫我送去十人，杀于边境。大恨三也；

明廷派兵出边，襄助叶赫，使我早已聘定的叶赫美女东哥，改嫁到蒙古，大恨四也；

后金数世居住的柴河、三岔、抚安三路，耕种谷物，丰收在望，明廷不许割取，派兵驱赶。大恨五也；

叶赫屡次背信弃义，获罪于天，明廷暗昧，偏听袒护，多次派遣使臣持书信恶言诬害后金，肆意凌辱。大恨六也；

往昔哈达协助叶赫二次侵犯后金，我发兵征讨报仇，攻破哈达，明廷却又多方责难，定要哈达复国。不久，哈达屡遭叶赫侵掠，明廷却不闻不问。天下各国，相互征战，顺天心者胜而存，逆天意者败而亡，岂能使死于兵者更生，得其人者更还乎？天建大国之君，即为天下共主，何独构怨于我国也？初扈伦诸国，合兵侵我，上天都厌恶扈伦挑起战乱，眷顾后金，而有古勒大捷。明廷襄助上天谴之叶赫，抗拒天意，颠倒是非，妄作评判。大恨七也。

　　明廷欺我太甚，实难忍受。因此七大恨之故，是以征之。谨告。

　　读诵完毕，众贝勒与各大臣皆呼万岁，努尔哈赤大宴群臣，以示欢庆，那些萨满歌舞接神，青年男女不畏凛冽寒风，载歌载舞，簸箕舞、神刀舞、角斗舞、棍铃舞、高跷舞、腰铃鼓舞、迎春射柳舞、八角鼓舞……赫图阿拉一片欢腾。

　　天命元年，努尔哈赤五十八岁。此后，他坐在金碧辉煌的汗宫大衙门里，雄视八方，传出号令，号角鸣响，后金铁骑奔突，箭如蝗发，长刀闪动，弥天烽火烧向辽南……

　　注：咸丰帝的妃子叶赫那拉氏即出自叶赫部，野史以为正合布扬古诅咒之谶。

十三·激 战

　　他看看阴霾的天空，又向台下扫了一眼，
脸上隐隐透出一股杀气，声色俱厉地喝道：
"白云龙！抚顺一战，死了多少军卒？"抚
顺游击白云龙出列，躬身叉手答道："一万
有余。""你怎么却活着？""……"白云龙
两腿战栗，软身跪下，面如死灰。杨镐森
然道："你贪生怕死，临阵脱逃，还有什么
话说！左右，与我绑了！"上来几个武士将
白云龙剥去盔甲，五花大绑，推下台去。
白云龙没命地喊道："大帅！努尔哈赤兵马
势大，哪里挡得住？求大帅恩典，求大帅
恩典呐！"

　　万历皇帝朱翊钧自十岁登基，六年以后，册立王氏为皇后，三年以后，又选立了九个嫔妃，年纪轻轻就沉湎于酒色，淘虚了身子，常常头晕目眩，腰酸腿软，以致二十多年不理朝政，专心颐养，可是身边有个娇艳的郑贵妃，哪里能够清心寡欲，养气宁神？朝廷接连发生妖书案、梃击案，他不顾郑贵妃终日啼哭，将福王打发出京之藩。福王走后，郑贵妃郁郁寡欢，常在他面前长吁短叹，他只得答应福王可三年赴京朝觐一次，郑贵妃这才有了笑容，与他整日在宫里恣情取乐。万历正觉快慰，辽东巡抚李维翰的奏折从千里以外的关外六百里加急飞抵皇城，他看了，大惊失色，不由站起身来，那奏折落在地上。郑贵妃从未见过皇上如此惊慌过，拣起奏折，知道原来是抚顺、东州、马根丹三城以及周围台堡，已给建州努尔哈赤攻破。抚顺关游击李永芳投降，辽东总兵张承胤、副将颇廷相、参将蒲世芳等五十多员将领战死。万历皇帝浑身冰冷，半晌才缓过神来，急召兵部尚书薛三才入宫，调兵围剿。

　　薛三才回奏道："辽军缺饷已有三年，户部自去年秋季不到一年已拖欠饷银五十万两。兵部拖欠辽东马价银十一万七千八百两、抚赏银三万两、新兵饷银四万七千一百两，兵卒无饷，自难驱使。皇上可发内库帑银，以解燃眉之急。"

万历皇帝听说要银子，登时支吾起来，厉声道："朕只要火速调兵援辽，你却给朕提什么饷银？这几年接连遭受旱蝗之灾，皇庄颗粒无收，户部还欠着宫里的金花银，每年所进不足支用，内帑空虚，朕都快吃不上饭了，哪有银子给你们？此事你与户部好生筹措，不得借口请帑，贻误军机。不然休怪朕恩情寡薄！"

薛三才不过是以兵部侍郎的身份代理尚书事，若不是本兵黄嘉善奉旨回乡省亲，单独召见也轮不到他，再说万历皇帝多年不理朝政，就是阁臣、大九卿们也难得一见，他一个三品的侍郎如何能够得睹天颜？一时难以揣摩上意，召对也生疏了，未免不够得体，见皇上发怒，暗悔方才说话太过生硬，未留余地，汗如雨下，不知如何作答，大着胆子说道："蓟辽总督汪可受已选调蓟镇精兵六千五百名赴辽，其他各镇路途遥远，征调实在不便……"

万历皇帝拍案大怒道："国家养兵，岂是白白输给饷银的？亏你还是个小司马，竟说出这样的混账话来！难道任由奴酋在关外猖狂放肆么？"

薛三才不敢作答，战战兢兢，手足无措。一个小太监飞跑进来，呈上一个锦盒，万历皇帝打开，取出文书，是蓟辽总督汪可受飞马报来的，说努尔哈赤竟然以七大恨告天称王，做了覆育列国大英明汗，称孤道寡，要与朝廷分庭抗礼。他颓然呆坐，片刻才说："这个不知天高地厚的建州奴酋！他竟敢自立为什么英明汗，与朕一争长短，这不是造反么？还想要朕入贡财物才肯罢兵。薛三才，朕要你大举进剿，将努尔哈赤捉来京城，砍头示众。"

"臣竭尽驽钝，也要杀了他……"薛三才急忙叩头答应，不料万历皇帝却大叫一声，惊恐道："这是什么？怎么鲜血淋淋的？"

薛三才起身看那锦盒，见里面有一角文书，赫然竟是朱红的颜色，浸透纸背，好似淋漓的鲜血一般，拿起细看，果然隐隐嗅到一股刺鼻的血腥之气。他大着胆子打开，满纸猩红，直逼两眼，左角下注着几行墨色楷书小字，说此书信乃是努尔哈赤将一名被掳的汉人，割去双耳，以其鲜血写成，直言若战，可约定战期出边；若和，须纳贡金帛……

万历皇帝恼怒异常，他气不过努尔哈赤如此嚣张，一改往日万机不理的旧态，终日与六部九卿科道商议如何调兵遣将，如何筹措军饷。他本来多病，而辽东战事又如此棘手，一时急火攻心，旧病复发，就在病榻上传谕首辅方从哲，早日征剿，扫除边患。方从哲当即举荐谙熟辽事的杨镐出任辽东经略，又请赐尚方宝剑，重其事权，总兵以下准许先斩后奏。万历皇帝准了，又命周永春为辽东巡抚，陈王庭为辽东巡按兼监军，又向贵州以外的各省加派辽饷，每亩三厘五毫，总计二百万三十两四钱三分八毫，限期火速运往辽东。

杨镐是河南商丘人，字汝京、京甫，号凤筠。万历八年进士。做过两地知县，后升迁入京。万历二十五年，倭寇进犯朝鲜，杨镐以右金都御史经略朝鲜，率兵往援，在蔚山大败，弃军丧师被免职。三十八年起任辽东巡抚，不久辞归故里闲居。杨镐接旨赴京，与方从哲、黄嘉善征调各地兵马，宣府、大同、山西三镇，各发精骑一万，约三万人；延绥、宁夏、甘肃、固原四处，各发兵精骑六千，共约两万五千人；川广、山陕、两直，各发步骑兵五七千不等，共约两万人；浙江发善战步兵四千；永顺、保靖、石州各处土司兵，河东西土兵，数量二三千不等，共约七千人。加上朝鲜兵等处兵马，总计十一万多人，号称四十七万，会集辽阳。杨镐奏请起用山海关总兵杜松，征调还乡的老将刘綎，又奏请悬赏万金，斩擒努尔哈赤，由兵部刊印榜文，晓谕天下。明廷将出师日期定在万历四十六年六月，因为兵饷不济，将不出关，兵不听调，无法如期出师。进了七月，努尔哈赤统帅大军攻破清河城，明廷又将出师期限定在八九月间。到期满时，明军只有宣大、山西两地兵马起程，其他各路尚未筹办妥当。又过了四个月，各路兵马才渐渐凑齐，分头出关，路上走了两个月，万历四十七年二月，终于会集辽阳。

辽阳城楼插起彩旗，沿街各家商号挂起彩灯，辽东巡抚周永春亲率城内的副将、参将、游击、千总、百总等大小官员，迎出城外，把杨镐迎到巡抚衙门，摆酒接风。

杨镐八年以后又回到辽阳，颇多感慨。一连几日，他躲在行辕里与蓟辽总督汪可受、巡抚周永春、巡按陈王庭商议讨伐之策，最后定下了四面合围夹击之术，兵分四路：西路军出抚顺，以山海关总兵杜松为主将，率保定总兵王宣、原抚顺总兵赵梦麟、都司刘遇节、参将龚念遂等官兵两万人，兵备副使张铨为监军，沿浑河北岸入苏克尔河谷，从西进击；北路出开原，以总兵马林为主将，率游击麻岩、都司郑国良、游击丁碧、游击葛世凤等官兵两万人，以兵备道金事潘宗颜为监军，通判董尔砺赞理，出靖安堡，自北面进击；南路军出鸦鹘关，以辽东总兵李如柏为主将，率参将贺世贤、都司张应昌、参将李怀忠、游击尤世功等官兵两万人，以兵备道参议阎鸣泰为监军，推官郑之范赞理，自南面进击；东路出宽甸，以总兵刘綎为主将，率都司祖天定、姚国辅、周文、周翼明等官兵一万人，以兵备道副使康应乾为监军，同知黄宗周赞理，出凉马甸进击，会合一万三千朝鲜兵马，自东面进击。四路大军在赫图阿拉城外的第二道关代珉关前会师，直捣赫图阿拉。杨镐坐镇辽阳，居中调度。

大军休整了近一个月，天气转暖，三月十五日，誓师辽阳演武场。演武场上搭起高高的点将台，一对五六丈高的大旗杆矗立台前，悬挂着的两面杏黄大旗迎风飘摇，左边的绣着"奉天征讨"，右边的绣着"三军督司"。点将台上摆设了黄龙缎帷的供桌，香烟缭绕，供着万历皇帝钦赐的尚方宝剑。三声炮响过后，奏起鼓乐。杨镐身穿皇上钦赐的麒麟服，居中坐在高高的点将台上，汪可受、周永春、陈王庭一旁坐陪，众将官和监军御史鱼贯而入，参拜后列立两厢，躬身垂手，屏息无声。

杨镐领兵多年，鲜有胜绩，全赖首辅方从哲举荐，才得以起复重用，如今手握十万大兵，最怕别人不肯心服，想着借机树威。他向汪可受、周永春、陈王庭三人略拱拱手，拈着胡须，目光凌厉地向两旁扫了一遍，慢慢站起身来，凛然说道："本帅受皇上厚恩，委以重任，誓要扫灭建州，以报陛下。大军出征，必要军纪严明，有功必赏，有罪必罚。如有玩忽懈怠，有尚方剑在，副将以下先斩后奏，决不宽贷！"几句话出口，演武场上近十万大军登时鸦雀无声。

杨镐申明军令、军纪一十四项：若有迟误军期或逗留不进的，大将以下者论斩；官军有临战不前的，立斩；各军兵卒以冲锋陷阵、破敌立功为先，不许临阵争割首级；敌兵败走，准许割取敌兵首级报功；若是敌军未败，先行争割首级的，无论官兵，立即处斩。他看看阴霾的天空，又向台下扫了一眼，脸上隐隐透出一股杀气，声色俱厉地喝道："白云龙！抚顺一战，死了多少军卒？"

抚顺游击白云龙出列，躬身叉手答道："一万有余。"

"你怎么却活着？"

"……"白云龙两腿战栗，软身跪下，面如死灰。

杨镐森然道："千总王命印、把总王学道、唐月顺等人知道身死殉国，报效皇恩，你却贪生怕死，临阵脱逃，还有什么话说！左右，与我绑了！"

上来几个武士将白云龙剥去盔甲，五花大绑，推下台去。白云龙没命地喊道："大帅！努尔哈赤兵马势大，哪里挡得住？求大帅恩典，求大帅恩典呐！"

杨镐咬牙发狠道："你就不该回来，立斩！"他向南拜了四拜，从桌上请下尚方剑来，脱去黄绫套袱，身旁的心腹亲将跪下双手接了，捧下台去。二十万双眼睛齐齐盯着他手中的尚方宝剑，脖子伸得老长。剑光一闪，白云龙的人头滚落尘埃。不一会儿，被高挂在旗杆上。

杨镐望着台下，肃声说道："本帅一介书生，并非好杀之人，但白云龙临阵脱逃，罪无可赦！望诸君以白云龙为戒，奋勇向前，勿负国恩！军法如山，讲不得情面，不可稍存姑息！"

众文武肃立，齐声回答："谨遵钧谕！"

杨镐又带领全体将领杀牛宰马，祭告天地，只是在杀牛时，那屠牛刀竟然不够锋利，一连砍了三刀，才将牛头砍断，全场不禁出了几次嘘声。杨镐皱眉命副将刘招生上马演武，那刘招生提一把镏金大槊，飞马沿演武场四周驰骋，但只挥了数下，木柄突然自中间断为两截，嗵的一声，槊头飞落在地，全场大哗。杨镐不好发怒，就向众将口授进兵方略，定于三月二十一日一起出边征讨。

　　不料，次日天色突变，乌云密布，纷纷扬扬下起雪来。寒风凛冽，大雪纷飞，一夜之间，满山遍地一片银装素裹。通往赫图阿拉的道路本来就不甚宽阔，不少的地方还是狭窄的山路，天寒地冻，雪铺冰封，平常行走都觉艰难，何况全身甲胄、荷枪持刀还有不少辎重的军兵？杨镐在行辕内烤着火盆，望着窗外弥漫的风雪，兀自飘落，不知何时能停，按计划出兵进剿，确实困难。各路将领纷纷恳请延期，可出兵之期已上奏朝廷，不容擅自改动，他不得不紧急写了奏折，推后到二十五日出师。到了日子，道路依然给冰雪封着，各路人马还要再请延期，杨镐大怒，将尚方宝剑悬挂在军门上，斥责道："国家养士，正为今日。若再敢有人敷衍推辞，立斩！"众人不敢再拖延，各自督兵进剿。

　　杜松率西路军先在沈阳集结，他未料到三月季节辽东依然如此严寒，大军御寒衣物、帐篷缺少，只得入城取暖。两万大军驻扎在城里，沈阳城一下子拥挤了许多。

　　杜松是名将杜桐的弟弟，极有胆智，勇健绝伦，廉洁自爱。年少时从军，累积军功，做了山海关总兵，但度量狭窄，最吃不得闲气，性情也暴躁刚愎。到了二十五日，他督促出兵，手下将士畏惧严寒，一再拖延。他忍耐到二月二十八日，挥师向抚顺进发。次日晌午时分，赶到抚顺宿营。次日，将士又要拖延，杜松越发催促得紧了。天寒用兵，士卒多有怨言，有的背后竟说他想争头功，不顾将士死活。杜松大怒，眼看日色已落西山，竟下令连夜启程，点起火把，急速进军，越过五岭关，直抵浑河岸边。

　　努尔哈赤早已接到明军大举进犯的消息，厉兵秣马，加紧战备。攻陷抚顺城后，他估计明廷不会善罢甘休，就把抚顺城里掠获的汉人，选出一些精明强干的哨探，化装成往来的客商，到山海关内外刺探军情。凡是官军的一举一动，无不熟知，明师未出，布防已备。

听说西路明军将到浑河岸边，努尔哈赤召集四大贝勒、五位议政大臣，还有范文程等人商议对策，他见众人面色凝重，知道大敌当前，免不了慌乱，问道："你们可信杨镐有四十七万人马？"不等众人回答，他接着说道："当年曹操诈称八十万，其实不过十五六万，杨镐不过学曹操罢了，不必怕他。我八旗虽只有六万人马，所谓兵在精而不在多，将在谋而不在勇，远胜明军那些乌合之众。再说明军分成四路，兵分则弱，任他几路来，咱只一路去。朕将八旗集中在一路，不难破他！"

皇太极抚着腰刀说："阿玛的《三国》兵法越来越精深了！如今西路明军逼近，孩儿倒以为不必费许多周折，可凭地利胜他。"

"你是想用浑河水吧？"

"阿玛说得极是。西路明军要想兵临赫图阿拉城下，必要渡河。今年浑河水势极大，且昼夜滔滔东流，并未结冰。可在浑河上流用布袋装沙土筑坝拦水，当明军渡河时，再掘坝放水淹他；另在附近埋伏一支人马，趁他们渡到一半，出兵冲杀，必能大胜。"

努尔哈赤听了，笑道："这是仿照关老爷白水河水淹曹仁的故事，好！此计若能成功，不用说水淹，就是冻也会冻死人的。"

范文程道："汗王，杜松虽说是个当世的活许褚，有勇无谋，几近癫狂，但不可过于小看他。不然，他若在岸边坐等其他三路兵马，咱们的计谋就落空了。奴才以为不妨先示之以弱，纵之以骄。"

努尔哈赤点头道："也好！朕就送两个村寨给他。"

杜松领兵过了五岭关，不费吹灰之力，攻下了后金的两个村寨，活捉了十四名女真人，将他们捆绑起来，送往辽阳报功。随后昼夜行军，夜里三更多天，到达浑河岸边的界凡渡口，杜松下令连夜渡河。监军张铨劝阻道："士兵连续行军，疲乏之极，也还不到会师之期，不如就地驻营，明日渡河东进不迟。"

都司刘遇节也担忧道："我军渡河过半，一旦敌兵袭来，首尾不能相顾，孤军深入，实在危急得很。"

杜松不以为然，轻蔑一笑道："天兵义旗东指，谁敢抗拒？当今之计，只有乘胜前进，早日攻破赫图阿拉，师期不师期的倒不打紧！"随即带人查探水势，选择渡河地点，见河水不深，仅及马腹，连连呼酒，举杯痛饮，乘着几分醉意，长啸数声，挥剑道："日月同辉，天佑大明。看我天朝大兵直捣努尔哈赤的巢穴，杀他个干干净净！"策马跃入水中，大呼而进，催促军卒渡河，一时人喊马嘶，喧闹之声数里可闻。杜松带着本部亲兵，还有都司刘遇节的五千骑兵，人、马、车营近万名，刚到河流中央，却听天崩地裂一般，水势滔天，自上流汹涌咆哮而下。杜松暗叫不好，打马夺路便走，军卒猝不及防，连淹带冻，死者极多，大军给河水分为两截，乱作一团。

三月春夜，冰天雪地的塞北究竟比不得繁花似锦的江南，河水冰冷刺骨，甲胄给水泡得水淋淋的，寒风吹来，登时结成了冰凌，冻得兵卒止不住地浑身哆嗦，纷纷取了火种烘烤，一堆堆的营火闪耀跳动……忽然角螺齐鸣，鼓声大作，一队后金伏兵杀到，箭飞刀闪，将明军冲得一阵大乱。杜松正在帐中脱了衣甲烤火，不及披挂，闻声出帐，提刀迎战。手下将士们见他光着上身，露着疹点一般密的伤疤，急喊道："大帅慢走，披上盔甲再战！"

杜松仰天大笑，呼喝道："投身战阵，披挂坚甲，岂是大丈夫所为！老夫束发从军，至今不知铠甲多重。你们今夜看老夫如何杀敌！"

那后金将领从未见过如此剽悍的明将，不敢恋战，率领精骑冲杀一阵便退，竟给杜松渡过浑河，追到萨尔浒山口，留下总兵王宣、赵梦麟等一万多人马在萨尔浒扎下大营，率领其余人马挺进吉林崖，攻打界凡城。

界凡城依山而建，形势险要，乃是后金都城赫图阿拉的咽喉要塞，离赫图阿拉只有百余里的路程。城北有一座临浑河东岸的吉林崖，为界凡第一险要之处。城南的扎喀关为后金第一道关隘，扎喀关旁的苏子河对岸便是萨尔浒山。过了界凡，地势一马平川，无险可守，可直逼赫图阿拉。

努尔哈赤见浑河未能阻挡明军，又知杜松分兵两路，命右翼二旗驰援左翼四旗，先将萨尔浒大营攻破，再到吉林崖下与杜松决战。萨尔浒大营明军不足一万五千人，后金六旗精兵却有四万五千人。王宣、赵梦麟命军卒挖堑树栅，布列着铳、炮，准备与后金军厮杀。八旗兵马漫野遍地而来，向着明军大营冲杀。明军第一排火炮、鸟铳散乱射出，后金兵倒下一片，先锋军炸得血肉横飞。明军慌忙装填枪炮，准备第二轮齐射。后金阵中红旗挥动，一队铁甲骑军冲出，人马都披重甲，不惧箭矢，震山撼岳地呐喊着，纵横驰骋，越堑破栅，仰面扣射，万矢如雨，狂飙一般掠至眼前。明军大炮难以用上，两军火铳弓箭互射互发，后金铁骑刀砍马踩，锐不可当，明军死伤无数，阵脚大乱，溃不成军，萨尔浒大营顷刻之间土崩瓦解。

正在攻打吉林崖的杜松得知萨尔浒大营被攻陷的消息，军心动摇。萨尔浒取胜的后金军与吉林崖杀下来的八旗兵马前后夹击，大贝勒代善、二贝勒阿敏、三贝勒莽古尔泰、四贝勒皇太极各带本旗兵马，从河畔、丛林、山崖、谷地等处杀出，将杜松团团围住。杜松见情势危急，率领残余人马，赤裸着上身，左右冲杀，八旗兵马一时竟奈何不得他。努尔哈赤立马在远处的山坡上，暗自赞叹，见围困多时，仍然擒不住杜松，恼怒道："杜疯子，我看你这当今的许褚可躲得过女真的长箭！"当下调来一队弓箭手，向杜松一阵乱射，杜松身中数箭，坠落马下，西路明军全军覆没。吉林崖下，尸横遍野，鲜血将山石黄土染得片片赭红。

努尔哈赤击败杜松军后，率兵迎击北路明军。北路主将马林率开原、铁岭兵马到了五岭关，才得知杜松兵败身亡，吓得浑身颤抖，全军震动，人心不稳。次日一早，听说后金兵马来攻，急忙避其锋芒，转攻为守，将人马带至尚间崖，依山结成方阵，环绕营帐挖了三层深壕，壕内布列精兵，壕外排列骑兵，骑兵外布枪炮、火器外再设骑兵。监军潘宗颜率领几千人马驻扎在离尚间崖三里远的裴芬山，杜松军余部龚念遂、李希泌率本部人马在斡珲鄂漠扎营，互为犄角。

后金兵马刚刚扫灭了西路明军，士气大振，到了尚间崖，大贝勒代善一马当先冲入马林军中，阿敏和莽古尔泰各率兵马好几千人，随后杀到。马林下令士兵燃放巨炮，但军卒早已魂飞魄散，战战兢兢地点不着炮火。战场之上，瞬息万变。只片刻工夫，后金铁骑飞驰而至，两军短兵相接，混战在一起，明军的火炮登时没有了威力。八旗铁骑横驰纵冲，长刀飞舞，势不可挡。马林见势不妙，策马逃走。军中没有了主将，纷纷溃散，后金兵马趁势掩杀，麻岩、丁碧等将领相继战死。努尔哈赤随即横扫裴芬山，监军潘宗颜率兵力战，寡不敌众，身死兵败。

后金兵马接连击败西、北两路明军，收得兵械等马匹、旗帜、盔甲，不计其数，士气大盛。此时，接到探马禀报，明朝总兵刘綎，会合朝鲜军队，由宽甸进击董鄂路，总兵李如柏由清河进击虎拦路。努尔哈赤听了，说道："李如柏是个胆小如鼠的人，不足为虑，倒是刘綎久经战阵，不可小看。"

范文程道："明将之中，刘綎最为骁勇。他出身将门，乃是南昌名将刘显之子，生得虎背熊腰，力大无穷，所用镔铁大刀重一百二十斤，在马上舞动，转如飞轮，人称'刘大刀'。弓马纯熟，箭术极精，真有万夫不挡之勇。刘綎身经万历三大征的播州之役和援朝之役，均立下大功。播州之役中军功在全军排第一，援朝之役中军功仅列于总兵陈璘之后，确是个威名赫赫的良将，难以力敌。奴才以为刘綎惯用偷袭设伏之策，此次正可以彼之道，还施彼身。"

努尔哈赤道："赫图阿拉城东南七十里处有一处山岭，名叫阿布达里冈，沟岭纵横，水道交错，最宜设伏。若将他诱到此处，破他不难。"

范文程道："汗王，刘綎与杜松不同，并非有勇无谋的猛将，此人生性谨慎，心计颇多，怕不易引诱。刘綎此时想必不知杜松军败的消息，可命归顺的汉人扮作杜松军卒，约他即刻进兵，他一则贪功，二则以为有杜松西路呼应，必然督促军卒急进，心智一乱，只知向前，不思有诈。"

努尔哈赤点头，命扈尔汉率兵五百袭击刘綎，且战且退，诱他入伏。代善率左翼四旗兵马迎击；皇太极率右翼四旗兵马，埋伏在阿布达里冈的丛林之中；阿敏率兵潜伏在南面山谷，放过刘綎一半兵马，自后面攻击。努尔哈赤亲领四千人马留守赫图阿拉，坐镇指挥。

刘綎于三月二十五日，按时率东路军由宽甸出师。过凉马甸，连克牛毛寨、马家寨，深入到榛子头。一路上，狂风大作，雪深数尺，军卒睁不开眼睛，路上走得十分艰难迟缓，一日只行二十里。好不容易到了浑河岸边，大雪初停，天气放晴，四处冰天雪地，寒冷异常，只好驻营休整，而粮草又接济不上，马无食，人无粮，一些军卒竟活活冻饿而死。

茫茫雪野，银白一片。刘綎军旅多年，不觉其苦，但他领的两个儿子刘结、刘佐，多年生长在江南，从未受过如此严寒，手足俱已冻伤，刘綎用烧酒给他们疗治。义子刘招孙进来禀报说："西路军杜松大帅派人来见。"

刘綎住下手，命道："快请进来。"

进来一个手持令箭的小校，叉手拜见道："杜大帅已经深入敌境，兵临后金都城赫图阿拉城下。担忧刘大帅的东路军不能按时合兵进击，故差卑职传语大帅，急速起营，一同夹攻破城。"双手呈上令箭。

刘綎接过令箭，半信半疑地反问道："我与杜大帅都是一路主将，本来互不统摄，怎么竟传令箭给我？他还以为我是他的副将不成？"

那小校极为机警，应变道："我家大帅命卑职以令箭传信，约定与大帅一起破贼，不过是担心大帅疑心，以此凭证，其实并无号令之意。"

刘綎依然疑心道："我军出师，照例是以传炮为号，哪有飞马传令的？"

小校答道："此处距离赫图阿拉不过五十里，若三里传一炮，反不如骑马赶来快呢！"

"回去告诉你家大帅，听到炮声本帅即刻进军。若只是这么一支小小的令箭么，嘿嘿……别怪我不顾情面，小看了他。"刘綎将令箭掷还给小校，他以战功卓著，进左都督，世荫指挥使，武职中仅次于名将李成梁，怎肯受杜松的轻慢？好在他年纪大了，知道隐忍，不然早就一脚踢过去，让那小校抱头鼠窜了。

将近晌午时分，刘綎听到三声大炮，似是从东北方向远远传来。他心里大急，杜松大军果然抢在了前面，若给他独占首功，岂不坠了自家名头？刘綎急令士卒拔营，火速进军。走不多远，便到了阿布达里冈，周围重峦叠嶂，路狭林深，乱石杂立，只容单人匹马，行进迟缓。突然，前面山林中冲出一彪人马，拦住去路，为首将领高声喝道："大将扈尔汉在此，速速受降！"

刘綎挥刀便砍，扈尔汉举枪招架，果觉刀势沉重，勉强两三个回合，带兵败走。刘綎见后金军中只有扈尔汉一员大将，军马又少，大驱人马，放心追赶。追出数里，天色渐暗，山路越发崎岖，两旁尽是悬崖林木、皑皑积雪。刘綎顿起疑心，喝令人马停下，却听前面一声炮响，西北山路上一彪军马杀到，如从天降，将扈尔汉迎头截杀一阵，一面大旗迎风飘扬，火光之中现出一个斗大的"杜"字，那些兵士一身明军甲胄，刀剑明亮，如狮似虎。刘綎又惊又喜，喝问道："来将可是杜大帅么？"

"正是！"那员大将金盔金甲，飞马上前，拱手施礼。

刘綎将大刀横担在马背上，拱手作答："杜大帅独占首功，令人佩……你不是杜……"他见来将红脸方颐，身形高大，不像杜松，惊愕万分，伸手抓刀，已是迟了。那员大将手起一刀，将刘綎劈于马下，又将手中红旗一招，一声呐喊，伏兵四起。大贝勒代善、二贝勒阿敏率领兵马，从山间林中杀出。代善大笑道："八弟，没想到久经沙场的勇将给你一刀杀了！"

"全赖父汗神威。"皇太极欲砍刘綎的首级，却听脑后一阵金风，急忙伏在马背上躲闪。刘招孙跳下马去，抱起刘綎的尸首，上马向外冲杀。皇太极喝道："小辈大胆！竟敢暗算我？"

刘招孙大骂道："无耻的女真贼！你若不使诡计，又怎是我义父对手！"

皇太极俯身伸手在地上捞起刘綎的半个脑袋，用刀扎了说："你既是他儿子，怎么竟舍了这半个脑袋？"

刘招孙低头果见刘綎被砍去了半个脑袋，转身看到扎在皇太极的刀尖上，大哭道："义父，孩儿不孝，差一点儿不能教您老人家全尸还乡。"挺刀向皇太极杀来。皇太极手下亲兵岂容他靠近，将他团团围住，刘招孙左冲右突，力杀数十人而死。

杨镐坐镇辽阳，日夜盼着军前的捷报，却传来西路杜松、北路马林先后兵败的消息，东路刘綎军又陷入重围，大惊失色，巡抚周永春、巡按陈王庭惶恐问计，杨镐长叹道："兵法云：善攻者动于九天之上，善守者藏于九地之下。我军尚未出动，泄露军期，便失去了先机。又不占天时、地利，终有此败。今日之计，只有急命南路李如柏火速进军，刘綎军或许可以转败为胜。"急发红旗催李如柏进兵。

南路军主帅李如柏跟随其父李成梁战守辽东多年，又娶了舒尔哈齐的女儿娥喇佳为妻，深知后金兵马的厉害，所谓"女真不满万，满万不可敌"，何况后金已有六万大军？他出身将门，但依仗父兄功名，纵情酒色，生性怯懦，并没有什么真才实学。当年李成梁、李如松为将时蓄养的那班勇士，多已老迈，不能征战，李如柏无所依仗，不敢与后金交锋。拖延到三月一日，才带着两万人马出清河鸦鹘关，一路行动迟缓，逗留观望。接到杨镐的檄令，正在踌躇，探马报说抚顺路杜松全军覆没。李如柏吓得面色如土，半晌无言，稍后开原马林兵败消息也传来，李如柏两腿乱颤，心里暗骂杨镐：那杜松何等英勇，却兵败身死；马林兵马火器也比我多，照样败逃；刘綎一生鲜尝败绩，手中大刀所向无敌，受了围困，却要我去救他？暗自冷笑，拒不从令。副将贺世贤请命率兵偏师策应，增援东路，李如柏摇头不允。只一天的工夫，传来刘綎兵败被杀的消息，四路大军只剩下他一路，李如柏魂不附体，知道如再进军，也是白送性命。有心回军，又怕杨镐恼羞成怒，无处发泄，翻脸将他做了替罪羊，欲进不敢，欲退不能，日夜忧愁，茶饭不思，寝卧不安。

　　杨镐得知李如柏延师不进，东路兵败，知道大势已去，只得召李如柏回师。李如柏如接到赦令一般，急急忙忙转回辽阳，队不成列，排不成行，有如残兵败将一般。路遇后金哨探武理堪率二十精骑，武理堪并不畏惧，驻马大呼，吹起螺号，一时山鸣谷应，似有无数伏兵，追杀而至。李如柏心胆俱裂，打马急逃，军卒互相践踏，死伤近千人。

　　萨尔浒数场激战，明军损失重大，文武将吏死亡三百一十余人，士兵死亡四万五千八百七十多人，失去马、骡、骆驼二万八千六百多匹。杨镐兵败萨尔浒，丧师误国，御史交章劾奏，万历皇帝下诏命锦衣卫校尉锁拿杨镐入京，兵部右侍郎兼右佥都御史熊廷弼接任辽东经略。

十四·鏖 兵

　　贾朝辅仰脸大笑，说道："熊经略果然见识不凡，只几句话就将我问出了破绽，佩服佩服！"右手一扬，两点寒星径向熊廷弼面门飞来，身子向外高高纵起。熊廷弼大喝一声，将桌子踢翻，挡在身前。两声痛呼，却见酒馆掌柜和店小二倒地翻滚，熊廷弼大惊，只此一缓，眼见贾朝辅两个起落，飞身上了驴子，疾驰而去。

　　赋闲在湖北江夏老家的熊廷弼接到起复的圣旨，即刻带了贴身家奴熊忠入京，二人昼夜兼驰，请了敕书、关防，等着陛辞出京，万历皇帝有心召见，却病体难支。熊廷弼等到七月初七，内廷却传旨不必陛辞，他便朝紫禁城叩头谢恩，起身赶赴辽东。出了山海关，沿着官道飞马疾驰。

　　七月的辽东，山川浓绿，平畴叠翠，正是风光秀丽的季节。官道上却多是由北往南而来的逃难饥民，扶老携幼，也有几个官吏缙绅坐着骡车，带着一家老小、金银财宝赶着入关。溽热难当，不少饥民连累带饿，行走艰难，坐在道旁的树荫下大口喘息。熊廷弼看看向北的行人极少，心中暗自叹息，白山黑水，千里沃野，当年曾是何等富庶的粮仓，如今却野有饿殍，百姓流离失所，无处为家。将近晌午，熊廷弼见不远处山脚下飘着一角酒旗，四处尽是流民，却有酒可卖，真是难得。他们赶到近前，酒馆掌柜见来了两个骑马的人，虽是一身灰色布袍，但背后却背着极大的包袱，胯下挂着防身的宝剑，风尘仆仆，显然非富即贵，急步迎出来，赔笑道："两位大爷可要吃饭？"

　　"有什么吃的？"熊忠将马缰绳递与小二，接过熊廷弼身上的包袱，与自己身上的包袱一起放在板凳上。

"有烩饼、包子、馒头……"酒馆掌柜见小二在门口站着，呵斥道，"你这呆子！还不快去井里打凉水来，给两位大爷去去暑气！只管在这里戳杆子似的呆站着做什么？"

店小二慌忙打来井白凉水，熊廷弼洗脸擦汗已毕，坐下问道："店家，这兵荒马乱的，生意可好？"

"托您老的福，这酒馆买卖还好。这些日子多是急着入关的百姓，不少官宦之家，这大老远的，他们总不能带着锅灶不是？敝店虽小，可饭菜新鲜可口，那些老爷小姐们倒也不挑剔，买卖比往日还好些呢！"酒馆掌柜摇头叹气道，"只是这生意怕是没多少日子可做了，后金兵马若打过来，我也要搬到关内了。就是不打过来，小的这心里头也总不踏实，担惊受怕的。老爷想必没有到过我们关外，前些日子后金占了开原、铁岭，这些难民都是从那里逃出来的。"

"他们也太嚣张了！"熊忠一拍桌子，桌上的水碗、水壶叮当乱响。

酒馆掌柜劝道："我的小爷，小的这张破桌子可禁不得这么用力！你怕是没见过后金兵马，利箭长刀，锐不可当呀！"

"都是那杨镐昏聩无能……"

"不可乱说！"熊廷弼锁着眉头，阻止熊忠道，"朝廷命官，不容妄议。再敢如此，小心掌嘴！"

"老爷……"熊忠委屈道，"他若有老爷的半点本领，也算小的诬赖他了。他丧师辱国，致使辽东糜烂不堪，小的也说错了？"

"唉！辽东多年没有良将了，也不唯独是杨镐一人而已。当年辽东大帅李成梁纵横边塞，镇守辽东近三十年，屡破强豪，拓疆千里。边帅武功之盛，实为我大明开国两百年来所未有。可惜他只知以利驱众，御下不严，贵极而骄，奢侈无度，遭言官弹劾去职。此后十年之间，更易八帅，辽东边备益弛，终给努尔哈赤坐大成了气候。"熊廷弼长叹一声，神情甚觉惋惜。

那掌柜道："那李成梁毕竟年纪大了，少了锐气。他官复原职又怎么样？还不是将八百里宽甸拱手让给了后金，六万户的百姓被逼得背井离乡，逃往关内？巡按熊老爷劝都劝不住。唉！朝廷昏庸，若是换了熊老爷做辽东抚台，我们老百姓就有好日子过了。"

熊廷弼一笑，问道："你见过熊廷弼？怎么知道他有如此本领？"

掌柜听他语气中对熊廷弼并无尊敬之意，有些不悦道："熊老爷斩城隍的事传遍了辽东，你竟没听说过？"

熊忠抢话道："怎么没听说过？那年大旱，我家……熊老爷到金州祷拜城隍求雨，说好了七日之内若是再不下雨，就捣毁城隍庙。等老爷到了广宁，已是十天了，雨还没下。熊老爷见过了三天，恼怒不止，大书白牌，派人持宝剑去斩城隍。那城隍果然怕了，一时风雷大作，豪雨如注。"

"是呀！我们辽东因此将熊老爷视作活神仙，早晚都要朝拜。你想城隍神都惧怕熊老爷，何况是努尔哈赤呢？若是熊老爷一到，他还不自己捆绑了来归顺？"

熊廷弼与熊忠二人相视大笑，酒馆掌柜莫名其妙，也跟着干笑几声。小二端上一盆炖好的狍子肉，香气扑鼻，二人食指大动。正要举箸，却见一个方巾蓝衫的秀才骑驴而来，嗅着鼻子道："好香的肉！店家，快切上一盘来。"

小二赔笑道："相公，那狍子肉只有这些了。厨下还有些刚出笼的肉包子，可行？"

秀才眼望着桌上那盆红亮油光的狍子肉，兀自热气蒸腾，晃晃脑袋道："不想竟是如此没口福？"

熊廷弼生性豪爽，见他一副斯文的模样，招呼道："相逢何必曾相识，世兄如不嫌弃，移座一同用饭如何？"

"叨扰了。"秀才打躬入座，熊忠见他毫不客气，心里暗自气恼，却又不好发作，将木凳略略移向一旁，以示厌恶。

那秀才丝毫不以为意，伸筷子捞起一块肉来，大快朵颐，将肉块几口吞下，连呼好吃，全然不见了斯文的模样。一块狗子肉下肚，他又想起什么，口中叫道："糟了！如此美味，却无酒佐之，岂非大煞风景！"

熊忠听他还要讨酒喝，怒目而视。熊廷弼却笑道："世兄所说有理，自古无肉不香，无酒不欢。店家取二斤酒来。"

酒馆掌柜命小二抱来一坛酒说："这是辽东有名的松苓酒，只剩下这五斤了。大爷们一起要了，敝店将存货卖完，也要关张回山东老家了。"

熊廷弼想到辽东接连失陷城池，数百里内，炊烟断绝，百姓如此纷纷逃入关去，辽东恢复更加艰难，不禁生出几分伤感，说道："早听说满洲有这种好酒，酿时，在山中觅一株古松，伐其本根，将上好的白酒装在陶制酒坛中，埋在树下，数年后掘取，那时酒色如琥珀，故名松苓酒。萍水相逢，你我尽是他乡之客。就请同坐，权当给你送行。"

酒馆掌柜慌忙告了座，吩咐小二端上一盘肉包子，才小心坐下。那秀才此时已将半碗烧酒吃下肚去，两颊酡红，击箸而歌，唱的竟是一曲《山坡羊》的小令：

> 城池俱坏，英雄安在？云龙几度相交代？想兴衰，苦为怀。唐家才起隋家败，世态有如云变改。疾，也是天地差！迟，也是天地差！

那《山坡羊》乃是于宋末流传民间的鄙词俚曲，一般的调子，字句不长，可随意而作，出口而吟，往往感慨兴亡，寄托心志。熊廷弼听他唱得悲凉，大有深意，问道："秀才大名还未请教。"

那秀才住了声，叹道："萍水相逢，知与不知，又有什么要紧的？晚生贾朝辅，还是一顶白巾。惭愧惭愧！"

"秀才怎么还要往北去，关外的科举不是已停了多年？"熊廷弼心下疑惑。

贾朝辅答道："回沈阳取家小入关。"

熊廷弼看他蓝衫上下一尘不染，不动声色地问道："你可是从关内来？"

"不错。"

熊廷弼冷笑道："关内到此不下千里，秀才身上竟没什么汗渍尘土，大违常情。"

贾朝辅仰脸大笑，说道："熊经略果然见识不凡，只几句话就将我问出了破绽，佩服佩服！"右手一扬，两点寒星径向熊廷弼面门飞来，身子向外高高纵起。熊廷弼大喝一声，将桌子踢翻，挡在身前。两声痛呼，却见酒馆掌柜和店小二倒地翻滚，熊廷弼大惊，只此一缓，眼见贾朝辅两个起落，飞身上了驴子，疾驰而去，依稀传来歌声：

> 峰峦如聚，波涛如怒，山河表里潼关路。望西都，意踟蹰。伤心秦汉经行处，宫阙万间都做了土。兴，百姓苦！亡，百姓苦！
>
> 骊山横岫，渭水环秀，山河百二还如旧。狐兔悲，草木秋，秦宫隋苑徒遗臭，唐阙汉陵何处有？山，空自愁；河，空自流。

想是内力深厚，人影不见了，歌声还余音袅袅，不绝如缕，竟然字字清晰可闻。熊廷弼呆了半晌，见他去得远了，才想起酒馆掌柜和店小二来，俯身去看，那二人早已死去，浑身乌黑，显然中了极为歹毒的暗器。店内四下一搜，竟搜出金人的衣甲、兵刃，不禁惊出一身冷汗，此店原来竟是后金的据点，若不是与那个秀才搭话，没来得及用饭菜，想必早已大口吃喝，给他们毒死了。想到此处，不敢再逗留，急忙与熊忠起身，一路倍加小心，避开后金眼线。

二十九日到了辽阳。巡抚周永春、总兵李如桢率领文武官吏接入行辕，摆酒接风。

熊廷弼不好推辞，热闹了近半夜，才回房歇息。熊忠进来道："门子刚才送来一封信笺，说昨日一个秀才送来的，定要交到老爷手上。"

"贾朝辅?"熊廷弼心念一闪，撕开信函，仔细读了，见落款果是贾朝辅。大意说为后金擒获，变节做了哨探，沿途侦探大人踪迹，得知酒馆掌柜奉命暗害大人，感于大人居官清正，出手相救，自此隐姓埋名，渔樵江渚，了却残生。信末附着一曲《山坡羊》：

　　天津桥上，凭栏遥望，春陵王气都凋丧。树苍苍，水茫茫，云台不见中兴将，千古转头归灭亡。功，也不久长！名，也不久长！

　　熊廷弼歃歔良久，迷途知返，也是善终。细品这首小令，深觉所言不虚，人生无常，历来如此，心头倍添惆怅。

　　熊廷弼刚到辽阳，努尔哈赤就已得到消息。他对熊廷弼并不陌生，熊廷弼字飞白，号芝冈，江夏人，身长七尺，素有胆略，三十岁中进士，三十一岁出任保定推官，以断案清明著称，是个极厉害的角色。万历三十六年，他曾巡按辽东三年，熟知辽东山川地理关隘要塞。在辽东期间，领兵军屯，缮垣建堡，按劾将吏，军纪大振。想到他上疏备陈修边筑堡、以守为战的存辽大计，努尔哈赤依然心有余悸，暗自庆幸，若非他与巡抚杨镐不和，不久调任南京学政，后金决不会有今日的兴盛。

　　过了几日，听到熊廷弼部署筹措粮饷，招集流亡，修整器械，缮治城池，集官兵于教场，宰牛数百头，置酒数千坛，蒸饼数十万个，连犒军士四天，还歃血共盟，誓守辽东，又斩了逃将刘遇节、王捷、王文鼎、陈伦，明军士气重振，辽东军防渐备。努尔哈赤不甘心，派了两万人马，兵分两路，前去试探，果然败回，辽、沈无隙可乘，只好待机而动。

　　熊廷弼守卫辽东转眼一年有余，正想练好精兵，向北收复失地。此时，万历皇帝驾崩，太子朱常洛继位，年号泰昌。泰昌皇帝甫一登极，发了一百万两内帑银到辽东，犒赏辽东将士。辽东将士无不欢欣鼓舞，摩拳擦掌，跃跃欲试。熊廷弼率全体将士朝南向着宫阙，遥遥叩谢皇恩，打造定边大炮三千余尊，百子炮数千尊，三眼枪七千余杆，盔甲四万五千余副，火箭四十二万余支，双轮战车五千余辆，步步为营，渐进渐逼，逐步恢复开原、铁岭。不料，仅一个月的光景，泰昌皇帝却误服鸿胪寺官李可灼红丸仙丹，一夜暴亡。年仅十六岁的皇太子朱由校继位，年号天启。给天启皇帝的生母王才人典膳的小太监魏忠贤骤得殊宠，升做了司礼监秉笔太监，派吏部给事中姚宗文巡视辽东兵马。

时值隆冬，天气严寒。熊廷弼亲自出城迎接，远远见一顶暖轿前呼后拥、耀武扬威而来，将近城门，暖轿停下，熊廷弼迎上前去寒暄。姚宗文不过是个从七品的官衔，可是吏部给事中权力极大，手握官吏升迁的监督大权，再说此次又是奉旨的钦差，熊廷弼更不敢怠慢。谁想姚宗文竟是十分托大，并不下轿，只将轿帘微微掀起个小缝儿，拱拱手，嘴里说着："经略大人客气了，回衙门再见吧！这天可真冷得厉害，身上的羊皮袍子都冻透了。"

熊廷弼暗自不快，陪着姚宗文进城，照例摆酒接风。次日，又陪着他检阅兵马，二人并辔而行，姚宗文看了辽东军容整肃，笑道："熊大人果是干练的能员，才一年的光景，辽东便治理得如此兴旺，实在令人赞佩。"

熊廷弼道："姚大人不畏风霜严寒，千里出关巡视，辽东将士无不感奋。"

"好说好说！"姚宗文草草骑马围着校场走了一圈，回到行辕烤火闲谈，他看一眼熊廷弼道："本钦差一来是奉天命检阅将士，二来还有一事相求。"

"钦差大人有事不妨直言。"

"痛快！我离京前，特地到魏公公府上去了一趟……"

"哪个魏公公？"

"哎呀！熊大人看来是一门心思地想着辽东，朝中的事体全不知晓。魏公公可是万岁面前的第一大红人，他与奉圣夫人终日伺候在万岁左右，说句大不敬的话，可是当着万岁的半个家呢！"

"他一个太监，怎么将手伸得如此长？当年太祖皇帝明令，太监不得干政，预者死。立铁牌于宫门外，谁敢违背？"

"大人可真是个直性子，什么干政不干政的，万岁巴不得魏公公多分担些烦劳，他好专心做那些木工活儿呢！"姚宗文看熊廷弼一脸愕然，说道："我离京时，魏公公命我代办黑貂皮十张，东珠五十颗，人参一百支。我到辽东这么几天，哪里去置办？还有魏公公反复叮嘱要给他搜寻一张白色的老虎皮，这可是辽东才有的稀罕物！此事还要劳烦大人操心，过两日我就要回京了，千万不可耽搁。"

熊廷弼为难道："我来辽东一年有余，整日忙于整顿、督练兵马，增设防务，催征粮饷，一向廉洁奉公，唯恐有负国恩。黑貂皮十张、东珠五十颗、人参一百支不是个小数目，那白虎皮更是闻所未闻。我的俸银有限，钦差想必也算得出来，实在是爱莫能助！"

姚宗文拉长了脸道："先皇泰昌爷不是拨了一百万两帑银给你，你哭得什么穷？"

"那些银子都置办了火炮鸟铳盔甲，其余做了军饷，分发给了军卒。"

姚宗文拂袖而起，冷笑道："魏公公的那批货大人打算怎么办？"

"实在是无力承办，请大人回去代为剖白一二。"

"哼哼……你还是等着自己回去说吧！我可替不得你。"姚宗文起身便走，冷哼道，"好不识相！这点儿小事都办不好，还做什么官？辽东是该换人了。"

姚宗文再也不想待下去了，次日早上，传令回京，熊廷弼护送出十里，下马辞别，姚宗文见没有半两回京的程仪，不肯相见，只说了声免，也不照面，径直回京。熊廷弼又急又气，回到行辕闷闷不乐。

不出几日，御史顾慥、冯三元、张修德，给事中魏应嘉交章弹劾，随后下来一道圣旨，将熊廷弼革职回籍，刚刚赴任不久的辽东巡抚袁应泰接任辽东经略。

袁应泰也是进士出身，为人机警，做过几任地方官，颇有政声。只是素不习兵，御下过宽，无法令约束，军纪很快松弛下来。努尔哈赤打探到袁应泰的动静，拍手喜道："去了熊廷弼，袁应泰不足为惧。"召集文武大臣商议攻打辽、沈，范文程献计道："蒙古突遭旱荒，不少饥民成群结队入塞乞食。听说袁应泰可怜饥民，大发慈悲，准许他们到辽、沈城内乞食，并收降蒙古人为兵卒，以扩充军队。汗王可派些兵卒扮作饥民，混入明军之中，以为内应，里应外合，取辽、沈不难。"

努尔哈赤等人连称妙计，加紧准备攻城的木板、云梯、战车等器具。天启元年二月，努尔哈赤统帅诸贝勒、大臣，领兵四万，兵分八路，先攻下奉集堡，将辽阳与沈阳分割开来。随后倾全国之师，亲率雄兵猛将十万余兵马，直扑沈阳。

沈阳位于浑河北岸，洪武年间，将元代土城改建为砖城，城内辟为十字形大街，设四门，南为保安门，北为安定门，东为永宁门，西为永昌门，万历年间重修，在北门增建重门藏兵洞，改为镇边门。沈阳城垣高广，堑濠深阔，乃是有名的坚城。周围的开原、广宁、抚顺三大马市，更是远近闻名。它虽然不如辽阳重要，但也是辽东重镇之一，被视作辽阳的藩蔽，着意经营。熊廷弼到了辽东后，将辽阳、沈阳等处多加修缮，镇守沈阳的总兵贺世贤和副将尤世功，率人在城外深壕用巨木立为栅栏，靠近城墙之处，挖壕二道，各宽五丈，深二丈，设置陷阱，井底插有尖桩，上铺秫秸，虚掩浮土。城上留有炮眼，环列火器。

后金国大军围住了沈阳城，努尔哈赤知道城中防卫甚严，想到《孙子兵法》上说："军旁有险阻、潢井、葭苇、山林、翳荟者，必谨复索之，此伏奸所藏也"，敌力不露，未可轻进，下令四处扎营，不可妄自攻城，每日派数百骑兵挑战，引诱明军出城交战。贺世贤与尤世功商议，坚守城池，不宜出战。一连十几天，努尔哈赤见引蛇出洞不成，甚是焦急，正在大帐中与范文程对坐，忽听一阵喊杀之声，出帐上马，军卒飞报说，贺世贤率数千精兵出城杀来。努尔哈赤大喜，急令大贝勒代善率五百铁骑迎击，必要将他引入大军之中。

原来贺世贤嗜酒如命，大敌当前，忍了多日，一滴酒水都不曾沾唇，过了十几日，见后金兵似是无可奈何，心神为之一松，酒瘾发作，喝了满满三大碗烧酒，乘着酒兴，领着一千多兵马出城，向后金大营冲来。见代善领数百兵卒迎来，举铁鞭就打，代善招架几下，打马退走。贺世贤随后追赶，不到半里，呐喊之声惊天动地，后金大军将他们团团围住，一千兵马所剩无几。贺世贤见势不妙，酒气化作冷汗，涔涔而落，奋力拼杀。后金兵马四下合围，贺世贤身中四箭，兀自狠命挥鞭抵挡，且战且退，向永昌门败回。努尔哈赤见了，知道若给他退回城里，再难诱他出来，喝令放箭，霎时箭矢如雨落蝗飞，贺世贤身中数十箭，坠马身亡。

副将尤世功见贺世贤被围，领着兵马出城营救。刚出城门，就给后金兵马围住。尤世功奋勇厮杀，不想坐骑掉入城下的陷阱之中，连人带马都给井底的尖桩刺死。

努尔哈赤命人高喊："贺世贤、尤世功都已死了，你们速速投降！"城中的官兵听得喊声，都往城下观望，只见西城门外都是后金兵马，不见总兵与副将的踪影，登时军心大乱，全无斗志，纷纷后退。努尔哈赤督兵攻城，从城东北角挖土填壕，城上明军炮火齐发，滚木、礌石一齐打下，后金兵成片倒下，兀自冒死前进，填平三道壕沟。明军再发火炮，哪知发炮过多，炮身炽热，不敢再装火药。后金兵乘机搭上云梯，推着战车，猛扑城下。此时，城头上冲出一群大汉，各挥刀斧，砍断吊桥绳索，放下吊桥，后金兵见内应夺了城门，呐喊着冲过吊桥，撞开城门，一拥而入。不多时，沈阳城破。总兵贺世贤、副将尤世功等参将、游击、千总、百总三十多人战死，兵卒多数投降后金。

努尔哈赤不及入城庆功，哨探飞报：总兵童仲揆、陈策率军三万出辽阳北上驰援，奉集堡总兵李秉诚、武靖营总兵朱万良、姜弼率军四万已到白塔铺。努尔哈赤分遣右翼四旗、左翼四旗迎击，大败两路明军，乘势长驱直入，兵临辽阳城下。

辽阳首山雄峙，衍水逶迤，襟山带河，作为榆关以东第一胜地，乃是辽东巡抚、辽东总兵的驻所，也是边城都会，最为繁华之区，城内店铺、茶楼、酒肆林立，街道两旁商号密集，盛况不下关内名城，因有"辽阳春似洛阳春，紫陌花飞不见尘"之誉。洪武八年，在辽阳设立辽东都指挥使司，统辖二十五卫二州，遍及东北全境，东至鸭绿江、西至山海关、南至旅顺海口、北至开原。辽阳城高三丈三尺，池深一丈五尺，城周围二十四里三百八十五步。城门六个，南二，左安定，右泰和。东二，南平夷，北广顺。西肃清，正北镇远。城头各有角楼四座，东南名筹边，东北名镇远，西南名望京，西北名平胡。钟、鼓楼各一处。规模之宏大，城池之坚固为辽东第一。

袁应泰得知沈阳陷落，两路援兵都已溃逃，急忙檄令各路兵马集守辽阳，沿城布兵，严阵以待，又引太子河水灌满城壕，护住城池。令姜弼、侯世禄、朱万良等领兵马，以太子河为屏障，列阵驻守，阻截八旗兵渡河。入夜，袁应泰与巡按张铨登上城东北角的镇远楼瞭望，见后金军驻满了城外四周，篝火映空，战马嘶鸣，营帐连绵，号角呜呜，声势骇人。袁应泰听着浑河流水滔滔，想着辽阳即将一场血战，他轻轻叹了口气，呼着张铨的表字说道："宇衡啊！后金军来者不善，我看辽阳城势难保全，我身为经略，当与辽阳共存亡，倘若城破，唯有一死以报皇恩。你身为巡按，无兵权也无守土之责，还是趁着后金围城未久，连夜杀出城去，退守河西，招集残部，以图后举。"

张铨摇头，惨然说道："卑职其实也无处可逃。自辽东兴兵开战，朝廷首创辽饷之征，如今每亩加赋增银已至九厘，可说是竭尽天下财力以救辽东。卑职自束发受教，读圣贤之书，遵孔孟之道。十三为童生，十五进学，二十岁举孝廉，二十五岁在万历皇爷手里中进士，拿了十八年的俸禄。身为朝廷命官，不能替朝廷分忧，已觉惭愧无地，怎会有苟且偷生之想？文文山说：孔曰成仁，孟曰取义。惟其义尽，所以仁至。读圣贤书，所学何事？至今而后，庶几无愧！我要与辽阳共存亡，大人不要再逼卑职了。"

袁应泰不好再说什么，含泪连连点头。

次日，努尔哈赤命左翼四旗攻打小西门，右翼四旗攻打东门，明军据守城头两面反击，火箭乱飞，大炮轰鸣，后金军伤亡极多，努尔哈赤见久攻不克，下令收兵，与众将商议。皇太极道："辽阳城垣高大宽厚，远过沈阳，更不宜强攻，最好如攻打沈阳一般，如法炮制。"

努尔哈赤皱眉道："一计不可再用，不然就给人家识破了，劳而无功。如今想用计也难了，袁应泰有了沈阳之鉴，势必严加稽查，进城不易，进去不被发觉更难。"

李永芳道："汗王，奴才的儿女亲家马汝龙有个弟弟马应龙，就住在辽阳城内，可做内应。"

"那就请贵亲家到城内走一趟。若能成功，必有重赏。"努尔哈赤大喜。

皇太极道："引袁应泰出城也不难……"他见范文程会心一笑，想是已猜到几分，"先在城外暗伏精兵，然后高张旗帜，弃城南下，虚张声势，进击山海关、蓟镇，袁应泰必不敢坐视，等他出城追击，伏兵杀出，一鼓可取辽阳。"

努尔哈赤听了大喜，分兵两路，命硕讬带三千人马，遍插旌旗，向山海关进发。袁应泰接报大惊，登上城头远远望去，果见后金兵马拔营而去，离开辽阳城，向西南方疾驰，跺脚道："后金猝然兵临山海关，关上将士以为有辽阳可为屏障，必不会加防备，一旦山海关破，后金长驱直入，京师震动，实在百死莫赎。"即刻传调总兵胡嘉栋、副将刘光祚率青州兵尾追，朱万良、姜弼、侯世禄与李秉诚、梁仲善、周世禄统帅的两部兵马，出城西摆阵接应。

努尔哈赤挥动军旗，硕讬率先领兵返回冲杀，代善、阿敏、莽古尔泰、皇太极等人伏兵杀出，从午时一直杀到傍晚，明军大败，梁仲善、朱万良战死，士卒溃散，逃入城中。当晚，努尔哈赤分兵攻城，无奈护城河水宽且深，兵马不得近战，城上火炮、火箭齐放，后金伤亡惨重，攻城受挫。

一夜攻城，毫无所获。晨曦微露，努尔哈赤带着侍卫沿城查看，见护城河水自东引来太子河水，顺着地势向西流淌，东为入水口，西为闸门。

若将入水口封堵，打开西面闸门，护城河内的水便会泄走。他当即命兵卒运石担土，将东面入水口堵住，工夫不大，河内水势渐浅，不少地方干涸见底。努尔哈赤命左右两翼兵马，乘机攻城。城上明军放火箭、掷火罐，奋力抵抗，双方激战，互有伤亡。

城内马应龙接到哥哥马汝龙的口信，暗命儿子马承林与结义兄弟柯汝栋几人，将侍卫总管阿敦等人接入家中，藏在地窖内，躲过了明军的巡查。过了两天，城外攻势极猛，明军伤亡极众，无暇巡查，他们趁着城中混乱，傍晚时分，装扮成明军模样，赶到城内小西门。小西门乃是城中的仓库，堆放着火药、器械、粮草等一应物品。几人将草场点燃，又烧了守军的窝铺、火药库，登时火光冲天，浓烟四起。明军见仓库火起，肝胆俱裂，马承林、柯汝栋乘机砍翻了城门的守军，打开西门。守将监司高出、牛维曜、胡嘉栋、户部督饷郎中傅国等人纷纷缒城而逃，军卒四散。后金兵马趁势登城，沿城追杀。

袁应泰正在镇远楼督战，见西城已破，楼外喊杀连天，知道大势已去，佩戴好尚方宝剑，揣上朝廷印信，默默西望京城，跪拜叩首："万岁，臣不能守卫疆土，唯有一死以报陛下隆恩了！"解带悬梁，引颈自缢。一旁流泪的妻弟姚居秀也不阻拦，跟着他自缢而死。家奴唐世明从楼下提刀跑上来，本想护卫着主人离开，见他俩双双挂在房梁上，挥刀砍断绳带，将二人平放在楼内，伏尸痛哭："老爷，小的来晚了！救不得老爷，小的也无脸面活在世上，就随老爷去了。"向外望望后金兵卒舞刀呐喊，蜂拥而来，他将楼门关闭，纵火焚楼，大火熊熊，哔哔剥剥，朱漆巨柱的镇远楼眨眼间化作了片片瓦砾，一堆灰烬。努尔哈赤望着一缕青烟飘进苍穹，惊叹良久："大明有如此忠臣，非三五年可亡！"命人拣出袁应泰等人的骸骨，用上好棺木殓葬。

三月二十二日，晴空万里，鼓乐喧天，在一阵阵礼炮声中，努尔哈赤威风凛凛地进了辽阳城，街道两旁官民百姓跪伏迎接。

辽阳城破，辽、沈西南二百余里，人民纷纷外逃，民宅一空，经月不见烟火。辽东周围的金州、海州、复州、盖州、耀州等大小七十余城，数日之内，传檄而定，望风归降后金。

辽、沈接连失陷，朝廷大为震恐，天启皇帝这时想起了熊廷弼，对他的去职深感悔恨，将冯三元、张修德、魏应嘉各降三级，姚宗文除籍去名，永不叙用。下诏再度起用熊廷弼为辽东经略。

熊廷弼回到江夏，伤心摧肝，忧愁郁结，病倒在床，想着自此诀别仕宦，桑麻稼穑，了却残生。眼看病体好转，已勉强拄杖到庭院漫步，京中六百里加急传下圣旨，他颤抖着身子跪下叩拜倾听，心里却想着如何推辞。圣旨竟写得情辞恳切，称赞了熊廷弼守辽之功，有如皇上对面而语，当听到"卿勉为朕一出，筹划安攘"，熊廷弼登时泪流满面，哽咽道："臣就是受了天大的委屈，也无须皇上这般自责！皇上知遇之恩，臣就是万死也难报答。"扶病而起，拜过祖茔，带着熊忠起身赴京。天启皇帝赐了一袭麒麟服，亲与文武大臣陪在东郊设宴饯行，并从京营选调五千人护送他到辽东。

此时的辽东满目疮痍，糜烂之极。三岔河以东均落入后金手中，辽东军民，除金州、复州等地和东山矿徒结寨自固外，其余死的死，降的降，逃的逃。五万多残兵败卒散落在宁前一带，四万人逃到了海岛或渡海到了登、莱，还有两万多人逃到了朝鲜。辽河以西，人心惶惶，竞相往关内逃命。熊廷弼边走边思谋收复辽东方略，一连几夜在驿站辗转反侧，夜深难眠，将方略写成条陈，途中拜发，力陈收复辽东的"三方并进"之策：以广宁为根基，部署重兵，抗击后金；在天津、登、莱各置舟师，以备将来进攻金、复、海、盖等地；辽东、天津、登、莱各设巡抚、总兵，经略驻山海关，节制三方，统一事权。

六月初六，兵部尚书兼都察院右副都御史驻扎山海经略辽东等处军务的熊廷弼，在山海关整顿兵马，筹划复辽大计。请兵部抽选各镇精兵二十余万，户、工二部准备粮饷、器械；请任用在辽东颇有威望的刘国缙、佟卜年、洪敷教等为总兵、副将，以收辽人之心；调工匠，买铁，伐木，制车，造炮等。事无巨细，躬亲自为。

"熊蛮子又回了辽东？"在辽阳八角金殿与阿巴亥欢宴的努尔哈赤吃惊地看着哨探，险些将酒杯掉在地上。

"熊廷弼已到了山海关。"

努尔哈赤摆手命哨探退下，心里不禁有些颓然。阿巴亥软语温存道："汗王，那熊廷弼也不是什么大罗神仙，何必这样惧他？"

"朕不是惧他，是不想与他纠缠。朕本无意灭亡明朝，只想满、汉各自为国，不想深入汉地，变受汉俗，如此咱们后金势必衰弱，如辽、金、元一样，国运不长。如今熊蛮子复来辽东，辽西必是难取了，关外何时可尽归后金？朕今年已六十三岁，等不得了。"

"汗王身体素来康泰，日子长着呢！"阿巴亥听他语出不祥，心里隐隐有些不安，自己虽身为大福晋，可三个儿子还未长大成人，阿济格刚刚十六岁，多尔衮和多铎一个九岁，一个七岁，还顶不了什么大事，不由呆了一呆，正想要他带阿济格出征，挣下些军功，也好有个封赏，李永芳匆匆进来，拜见说："给汗王、大福晋请安。"

"什么事？"

"辽东巡抚王化贞派人给奴才送来密信，要联络奴才反水，归顺明朝。"李永芳递上一封密函。努尔哈赤取出，见笔画甚是潦草，辨识不全，问道："你打算怎么办？"

李永芳扑通跪倒，叩头说："汗王待奴才推心置腹，恩情深厚，奴才断不会听他蛊惑！"

努尔哈赤笑道："快起来！你既来禀明，朕自然信得过你。朕还发愁无从得知明军机密，他送上门来，不可错过，正好趁此刺探明军的动静。"

李永芳惊喜问道："汗王之意可是想用反间计？"

"不错，王化贞要你做内应，朕则将计就计，所谓敌有间来窥我，我必先知之，或厚赂诱之，反为我用；或佯为不觉，示以伪情而纵之，则敌人之间，反为我用也。"努尔哈赤捋髯微笑，气定神闲，似是成竹在胸，把握了胜算。

十五·废　储

阿巴亥身子一颤，胳膊有如雷击，登时麻热起来，略挣了几下，竟未挣脱，仰头看着代善。代善见她漆黑的眉毛微微蹙起，双眼含嗔，似怒似喜，满面晕红，不知是酒色还是羞怯，两个酒窝时隐时现，一双柔弱无骨的小手簌簌抖动，身子摇摇欲坠，伸手揽住，阿巴亥嘤咛一声，酥倒入他怀中，酒壶落在桌上，滚落在地，摔得粉碎……

　　李永芳答应一声，退了出去。努尔哈赤一时欣喜，连饮了几杯酒，见她怔怔出神，将她丰腴秀美的身子揽入怀里，抚慰道："朕自幼漂泊，孤苦无依，长大成人以后，戎马大半生，饱受艰辛，如今渐有年老体弱之象，不能再像年轻时那样上马厮杀了。好在有你相伴，广宁城又指日可下，大快朕心！就是死也瞑目了。唉！费英东死了，额亦都也病了，下一个也快轮到朕了。"

　　阿巴亥给他花白的胡须刺痛了脸颊，想到自十二岁那年嫁到建州，如今已是二十年了。他年过花甲，白发红颜，一旦他有个三长两短，自己孤儿寡母依靠何人？心里忧伤不已，禁不住嘤嘤地哭泣起来，嘴上却娇声道："汗王可是看厌了奴婢？若是不要奴婢了，奴婢就一头撞死在汗王眼前……呜呜……"

　　"朕喜欢尚且不及，怎么会厌烦？"努尔哈赤伸手擦去她脸上的泪水，泪水却又如珍珠般地滑落。

　　"那、那汗王怎么会说出这样不吉利的话来？"阿巴亥不依不饶，伸手去扯他的胡须。

努尔哈赤笑着躲了，敛容说道："朕命在天，不知还能活几年，但总归是要走在你前头。朕放心不下，想着如何安置你们母子。朕有十六个儿子，不能算少，可托付大事的却没有几个。诸子之中，代善为人憨厚宽柔，日后，我将你们母子托付给他，他定会尽心照顾你们。你不必担心。"

"大贝勒可是有儿孙的人了，他的大儿子岳讬比阿济格还大七岁，他愿意再添这些麻烦么？"阿巴亥轻叹口气，目光有些幽怨。

努尔哈赤不以为然道："知子莫若父。代善的为人朕心里有数，他忠厚老实，不会亏待你们的。"

阿巴亥看着努尔哈赤斜倚在炕上，端着那杆做工极为精细的大烟袋，一口一口地吐着浓烟，神情有些倦怠，恹恹思困，赶忙伺候他睡下，自己却怎样也合不上眼睛，放不下心来。

次日一早，努尔哈赤召集众贝勒、大臣商议攻打广宁之事，阿巴亥想着努尔哈赤昨夜的话语。自褚英被囚禁而死以后，几个阿哥暗地里争储位，诸王贝勒之中，大贝勒代善军功累累，威望甚高，且手握两红旗人马，有权有势，年长位尊，将来继承汗位非他莫属，其他三大贝勒不足与他争锋。汗王能将自己母子托付大贝勒，日后也算有了依靠，只是不知大贝勒的心思，阿巴亥一整天胡思乱想，坐卧不安，好不容易等到暮色已起，要努尔哈赤回来，召来代善当面问个明白，将近定更时分，却还不见努尔哈赤的踪影，打发侍女去问，才知道早已议事完毕，汗王今夜要在小福晋德因泽那里安歇。

德因泽是努尔哈赤新纳的福晋，刚刚十七岁，在妻妾之中排行最后。她本是大福晋衮代的侍女，正值妙龄，貌美如花，与当年满蒙第一美女东哥长得有几分神似，努尔哈赤因而将她纳作了小福晋。其他几个福晋多是徐娘半老，虽不能说人老珠黄，但终比不得德因泽花样年华，德因泽一时娇宠无比。阿巴亥恼怒地骂道："这个狐媚子，小小年纪就知道迷惑男人，夜夜专宠，还想着给汗王生个一个儿半女么？呸！就是生了，你也别想着母因子贵！"她呆坐了半晌，想到此时德因泽必是扑在汗王怀里撒娇撒痴，肆意撩拨，发狠道："好！我自去找大贝勒问明白。"阿巴亥亲到厨下做了两样精致的菜肴，带了贴身侍女代因扎，也不坐轿子，悄悄出了角门，赶往大贝勒府。

代善刚刚与努尔哈赤争吵得不欢而散，闷闷不乐地回到大贝勒府，晚饭也没吃，独自闷坐在书房里，他想不明白父汗近来脾气暴躁了许多，有些喜怒无常，总是想着攻城杀人，如今后金地盘空前广阔，尽有了辽河以东土地，不再受人欺凌，停战休兵，安安生生地过太平日子岂不更好？何必打打杀杀呢！胸中正自郁结，却听门环声响，怒道："我已明言不准打扰，是谁这么大胆？"

房门洞开，贴身侍卫惊慌地禀报说："主子，是、是大福晋来了。"

代善见阿巴亥一身艳装，风姿绰约，含笑进门，急忙上前请安道："额娘有什么吩咐，只管差个下人过来就是，怎么如此屈尊？孩儿好生不安。"

阿巴亥笑盈盈地说道："免了免了！这是在家里，不必如此多礼。"说着径自走到桌前，拿起翻开的书看了片刻，啧啧称赞道："大贝勒可真好学，《三国演义》看了多少遍了，竟也不厌烦！怪不得汗王说，平生的计谋都是出自此书，敢情里面都是用兵打仗的事呀！什么征南……大兴师的，那该杀多少人？我可不敢看，识的那几个汉文也看不懂。"

"等额尔德尼和噶盖他们译成了满文，额娘就能看懂了，这里面也不全是杀人的故事。这一章节是征南寇丞相大兴师，却不是为着杀人。你看上面说的：夫用兵之道：攻心为上，攻城为下；心战为上，兵战为下。只要心服归顺，自然不必杀了。"代善苦笑道，"人人都想安生，不愿征战不休。"

"哟——大贝勒怎么慈悲起来了，我见你每次出征回来，可都是威风凛凛地入城，好生羡慕呢！"

"额娘不明白……"代善摇头轻喟，陡然闻到门外飘进一丝饭菜的香味，登时食指大动，肚子咕咕作响，犹如蛙鸣，一时大窘。

阿巴亥听了，问道："想必大贝勒晚饭吃得少了，我正好做了几样菜肴，你尝尝如何？"

"哪里是吃得少了，孩儿还不曾吃饭。"代善一阵委屈，心里暗自酸楚。

阿巴亥命代因扎提进食盒，打开在桌上摆好，竟是扒鹿筋、炖燕窝、白猪肉、烧花菇四碗大菜，屋内登时一片浓香。代善提鼻连吸，竟是有些不能自禁。阿巴亥命代因扎退下，笑道："咱们大金都说袞代姐姐做得一手好膳食，我这几个小菜实在拿不出手来，大贝勒可不要笑我！"

"岂敢，岂敢！"代善扎着两手，嘿嘿连笑，"这鹿筋、燕窝、花菇都在八珍之列，又是额娘这样俊俏的人巧手做的，怎能不可口！"

"都说大贝勒忠厚，谁知竟这样伶牙俐齿的，说出的话真叫人舒坦。"阿巴亥满脸笑意，"哎呀！竟忘了带酒，这有菜无酒怎么好？"

"额娘放心，贝勒府岂会无酒可喝？"

"那、那终是你的酒，我本来该备下的。"阿巴亥用眼睛瞟着代善。

"酒菜本来不分家，还说什么你的我的！"

"不分最好。"阿巴亥道，"我倒也想喝两盅呢！"

代善朝门外命道："好！快将上好的松苓酒取来。"

两杯烧酒下肚，阿巴亥粉面通红，捂住脸道："这酒好大的劲儿！我这脸火烧火燎的，要出丑了。"

代善不依，拿起酒壶又倒上一杯，说道："这是宁古塔的汤子酒，埋在一棵千年古松下，陈了二十几年，端的色如琥珀，醇厚香甜，并不伤人，额娘想必是喝得有些急了。"

"那我可要多喝几杯。"阿巴亥笑问道，"你怎么没吃晚饭，可是你福晋伺候得不周到？明个儿我劝劝她。"

"不是不是，她不敢的。"代善酒量颇豪，可喝不得闷酒，又是空着肚子，宁古塔汤子酒乃是驰名满洲的烈酒，喝下几杯，竟有些头重脚轻，少了平日的那些顾忌，盯着阿巴亥绯红的俏脸道："孩儿是生汗父的气，他老人家只知道杀人攻城……唉！"吱的一声，仰脖又喝下一杯。

"你们父子可怄的什么气？"

"汗父杀戮太重，我规劝他老人家，本是好意，不想他竟大发雷霆，在众人面前，劈头盖脸地一顿训斥。当年孩儿与朝鲜元帅姜宏立对天盟誓，永结盟好，不再交兵，汗父因他们没有臣子之礼，竟大开杀戒，杀死四五百名朝鲜士卒。如今得了辽河以东的国土，竟还贪心，非要攻取辽西的广宁城不可！这又何苦呢？"代善忽觉有些失言，看阿巴亥两眼只顾盯着自己，心里一慌，问道："额娘有什么事？该不是汗父要你来的吧！"

"是我自家要来的，怎么，你怕我给你汗父吹枕边风？"阿巴亥见他多心，调笑道，"情深莫过父子，我何必在你们中间掺和？再说你们想的都是军国大事，我想的都是自家的私事，本来搅扰不到一起的。我是来求大贝勒的。"

"求孩儿什么事？"代善既惊且惑。

"哎呀！我还比你小六岁呢！怎么一口一个额娘的？我祖上是大金国的宗室，我阿玛又是个循规蹈矩的人，依照祖宗的风俗给我取了个汉字的闺名，叫水兰儿。你就喊我水兰儿好了。"

代善见她浅斟轻啜，惺眼乜斜，越发显得风情万种，楚楚动人，不禁一痴，问道："水兰儿？倒是个极清雅的名字！如水之柔，如兰之馨。"

阿巴亥幽幽地叹了一声，有如深潭中给微风吹起一圈涟漪，令人怦然心动，她心底自怨自艾道：真是红颜薄命，我十二岁时情窦初开，就嫁了年纪老大的男人，虽说他英雄盖世，可、可毕竟年纪有些大了，不再有少年新婚的缠绵与缱绻……她心里一酸，眼里噙满了泪水，凄然说道："你汗父是个盖世的英雄，我能伺候他，实在是前世修来的福气。可是任凭你再大的英雄，也有、也有那一天……你汗父一旦撒手而去，让我们母子依靠谁呢？我来就是问你一句痛快话，你、你愿意照看我们母子么？"

"这……没有汗父的旨意，我可不敢。"代善听她娇语如莺，有些情动难耐，但想到汗父，不由万分踌躇，急忙推辞。

"你好狠的心！"阿巴亥泪光一闪，大滴的泪水滑落到胸前，倏地不见了。她咬着银牙，泪水不住淌落，哀怨地问道："你怕什么？你汗父亲口说要把我们母子四人托付给你，你不愿劳这份儿神么？"

"既是汗父之意，我怎敢推辞！"

"那我们母子就靠大贝勒了。"阿巴亥起身提壶斟酒。那玉色的纤手把着青花的小酒壶，身子微微前倾，漆黑浓密的鬓发间散出一阵阵诱人的香气，直扑人的鼻孔，花香、酒香、美人……代善心神一荡，伸手捉住她的小手道："怎么敢当？还是我自斟吧！"

阿巴亥身子一颤，胳膊有如雷击，登时麻热起来，略挣了几下，竟未挣脱，仰头看着代善。代善见她漆黑的眉毛微微蹙起，双眼含嗔，似怒似喜，满面晕红，不知是酒色还是羞怯，两个酒窝时隐时现，一双柔弱无骨的小手簌簌抖动，身子摇摇欲坠，伸手揽住，阿巴亥嘤咛一声，酥倒入他怀中，酒壶落在桌上，滚落在地，摔得粉碎……

"大贝……"屋外的侍卫张口呼叫，身边的代因扎一把将他的嘴捂住，低声道："你这头笨叫驴！喊什么？主子又没叫，你要进去做什么？"侍卫一怔，随即回过神来，二人蹑手蹑脚地在窗根侧耳倾听，只听里面一阵窸窸窣窣，似是撕扯衣带之声，阿巴亥问道："你可记住了答应我的话？"

代善喘着粗气道："水兰儿，我记着呢！你这样惹人疼得俏模样，我不看顾你，还舍得便宜他人……你跟了我，今后的日子……放心好了，少不了你的荣华富贵……"

"你要对我好呢！不然可不依你……"阿巴亥也娇喘起来。

代因扎正是少女怀春之际，听得男女私情，早羞红了脸，回身见侍卫死盯着自己的胸前不住地看，轻啐了一口，骂道："你这没正经的，竟这般不老实！要看回家看你媳妇去，何必这么做贼似的偷偷摸摸呢？好生当你的差吧！小心我禀了大福晋，剜了你的眼珠子！"

那侍卫听她说得狠毒，讪笑道："小浪蹄子！你装什么假正经？大福晋自家还偷食呢！我怕什么？惹恼了我，说出去大伙儿都没个好儿！"探手向她胸前袭来，代因扎见没吓唬住他，登时慌乱起来，双手死死护在胸前，哀求道："好哥哥，你饶了我，改日请你吃酒。"

"这会儿你倒来求哥哥了？哥哥也不乘人之危难为你，必要你服服帖帖地答应哥哥。来，叫哥哥香一口！"侍卫淫荡地一笑。代因扎怕惊动了屋里的大福晋，不敢不从，蹩着两脚慢慢靠过去，那侍卫先在她腮上拧了一把，凑上去要亲，突然听到有脚步之声，不及转身，已有人问道："阿玛在屋里么？"

他吓得一哆嗦，听出是大贝勒的长子小贝勒岳讬的声音，急忙赶上几步，见岳讬与兄弟硕讬各自提着灯笼联袂而来，急忙上前请安，惶恐不知如何对答。夜色已深，对面也看不真切，硕讬没有发觉侍卫神色有异，见屋里灯已熄了，问道："阿玛歇息了？"

"是、是，贝勒爷刚刚歇下，两位爷什么事，明早再禀不迟吧？"侍卫回神过来，恨不得几句话将他俩打发走了，不然若是闯进屋去，可就不好收拾了。

岳讬点头说道："哦！我俩也没什么大事，听额娘说阿玛没有进一口晚膳，怕他动怒伤了身子，过来看看。"说着到门前侧耳倾听，似有唧唧私语夹带着喘息之声，甚为急促，便要上去敲门。

侍卫阻拦道："贝勒爷吩咐过了，任何人不得惊扰，两位小爷还是请回吧！不然，奴才要受责罚了。"

岳讬心下疑惑，屋内不像是睡熟的呼吸之声，似是夹杂着女人压抑的娇喘，不敢硬闯，想到也许是阿玛召幸了哪个妃子，登时心里释然，赶紧退下，不想回身仓促，手中的灯笼碰到一个人的身上，烛火歪倒，烧着了外面的灯笼罩子，腾起一团火焰，那人吓得失声惊叫，竟是女子的声音。岳讬借着火光，看清了那女子的模样，竟是大福晋贴身的侍女代因扎，喝问道："怎么是你？"

代因扎本来想趁着岳讬问话之机躲藏起来，不料突生变故，却给人发觉，惶恐道："奴才、奴才是来……"一时之间，她想不出什么理由搪塞，急得嘤嘤而哭。

硕讬看着他们两个惊慌失措，骂道："好呀！你们两个不知廉耻的奴才！想必是不好好当差，却在这里鬼混。看明日禀了阿玛，打断你们的狗腿！"拉着哥哥岳讬便走，出了跨院小门，才低声说："我的傻哥哥，你在那里折腾什么？不是兄弟拦着你，还不知你要问出什么来呢！"

"深更半夜的，代因扎来阿玛的书房做什么？"岳讬尚未会意，兀自追问不休。

"你说还会有什么事？"硕讬回头看看无人，才放心说道，"大福晋想必就在阿玛的书房里，你刚才还要大声叫嚷，阿玛要是听到了，还不知道有多气恼呢！"

"大福晋会在屋里？"岳讬脸色大变。

屋里的代善与阿巴亥正在情浓之际，听到外面几声吵闹，恼怒不止。二人忍气温存了一阵，整衣起来，见侍卫与代因扎直直地站在门外，阿巴亥怒冲冲跨出门，劈面一掌朝侍女打下，斥骂道："你个不中用的小蹄子，枉我调教了你！他们两人过来，有你什么事？不快快躲藏了，却没眼色地出来乱撞，还要你望风不成？"

代因扎捂了脸呜咽，不敢作声。代善骂道："岳讬那两个小畜生也不长进，没由来地举灯乱照什么？"

阿巴亥跑进屋内，伏在床上哭道："不知他俩口风可紧？若是传扬出去，可要大祸临头了。"

代善听了也惊恐起来，他本是个极谨慎的人，只是贪了几杯酒，竟不能自禁，想到储君之位，越发不安起来，沉思了半晌，说道："你先回宫，切不可露了形迹。此事我自会料理。"阿巴亥没了主意，匆匆走了。

清早起来，代善亲领侍卫赶到岳讬家中，直闯内宅。岳讬与弟弟硕讬一夜未睡，无意之中他们得知了惊人的秘密，想着如何应付阿玛的责问，哪里睡得着？二人心慌意乱，一时也理不清头绪，命人连夜请来好友斋桑古及其妹夫莫洛浑，一起商议。斋桑古乃是二贝勒阿敏的弟弟，平日与岳托交情极厚。四人商议了半夜，一筹莫展，最后说定假作不知，静观其变，正想各自散去，代善却排闼而入，见了四人先是一怔，随即喝道："岳托你好大的胆子！你贵为贝勒，又协领了镶红旗人马，大金对你不薄，你却聚众密谋，要逃往明朝。我今日要大义灭亲，给我都绑了！"

四人大惊，不容分辩，侍卫一拥而上，将他们五花大绑，用手巾堵严了嘴，押出门去。岳托的福晋接到禀报，飞跑赶上求情，代善铁青着脸，一声不吭，福晋见哀告无用，撒起泼来，双手抱定岳托的双腿不放，代善喝令将她拉开。岳托不等侍卫赶过来，弯腰低声对福晋道："快去找八叔，求他……"话未说完，侍卫上来将福晋拖走。

代善本来打算将岳托兄弟二人看管起来，等接了汗位再放他们出来，不料他们竟泄露给了别人，本是不传六耳的机密大事，如今却多了两个人知道，危险自然多了几分，若再不当机立断，此事难以保密。他自见到岳托四人的面儿，就已动了杀机，不留活口，以免节外生枝。他将四人看押在大贝勒府的密室之中，即刻赶往八角金殿禀报。

努尔哈赤刚刚起来，小福晋德因泽正给他编辫子，梳理胡须，听了代善的禀报，怒道："他们不知道朕与明朝又不共戴天的大仇？当年朕以七大恨告天，立誓伐明，他们也都在场，怎么竟想着逃归明朝，是中了什么疯魔？"

"汗父，儿子也不知道这几个是如何想的，汗父对他们不薄，他们竟这般丧心病狂？儿子现已将他们押入囚室，想亲自审理此案，若是他们死心塌地叛逃大金，儿子必定亲手斩杀这四个奴才！汗父切不可动气，伤了身子。"代善说道最后，声音竟有些哽咽。

"岳托是你的嫡长子，也是将来大金国的传位人，朕有心命他署理兵部，磨炼栽培，他竟如此让朕伤心！他们既生此意，就不是朕的子孙，也不是我大金的臣民。你好生审问，绝不容宽贷！"努尔哈赤伤心至极，两眼茫然地看着窗外，他不愿相信爱新觉罗的子孙竟出了这样的逆贼！

此时，岳托福晋已在皇太极面前哭诉，皇太极问及内情，她却说不清楚，只是一味求他援手救命。皇太极道："你不要心急，如今父汗有意立大贝勒为储君，大贝勒权势煊赫，谁敢捋他虎须？此事只有去求汗父了。"他送走岳讬福晋，赶往八角金殿，努尔哈赤刚刚带了督堂阿敦等一干侍卫出城去了。他进了寝宫拜见小福晋德因泽，询问汗父什么时候回来。德因泽正在缝着一件新的貂皮袍子，笑吟吟地请他坐了，才说："汗王想另选个地方做都城，这次带人出去，总要两三天才能回来。四贝勒有急事么？"

"大贝勒将岳讬看押起来，汗父可知道？"

"知道，大贝勒说他要与硕讬、二贝勒的弟弟斋桑古及其妹夫莫洛浑一起密谋逃往明朝。"

"怎么会？他们……"皇太极心头疑窦大起，想要辩白，却见一个侍女匆匆地进来，向二人各自施了礼，才恭声问道："福晋，大福晋命奴才来问，汗王今夜可还歇在福晋这里？"

"汗王出城了。"德因泽冷笑道，"大福晋又想汗王了？代因扎，你的脸怎么这样红肿，敢是又给大福晋打了？"又是关切，又是怜惜。

德因泽给衮代做侍女时，便与阿巴亥的贴身侍女代因扎极为稔熟，闲暇之时，常常走动往来，做了福晋倒也还存着一丝姐妹的情分，背后嘘寒问暖的。代因扎听了，眼圈一红，看了皇太极一眼，欲言又止，皇太极急忙告退出来，沿窗根儿慢走，侧耳细听屋内的动静。只听代因扎呜咽道："昨晚大福晋带奴才到大贝勒府上送菜肴……呜呜……奴才不小心，给硕讬贝勒看到了……大福晋发怒，打了奴才……呜呜……"

"送菜肴有什么见不得人的？"皇太极念头一闪，心里一片雪亮，"哦！是了。想必是有什么事怕给人看到，那硕讬却偏偏撞见了。匹夫无罪，怀璧其罪，硕讬看到了不该看的事，自然会惹来塌天大祸了。"想到此处，他诡秘一笑，暗暗得意道："大贝勒呀！你不顾惜父子之情，竟要杀人灭口。此事却不能令你如意，不然储君的位子你岂不坐定了？"

他在八角金殿前走了两圈，眼看代因扎擦眼抹泪地走了，转身进了寝宫，见德因泽独自咯咯笑个不住，问道："福晋遇到什么喜事了？说来给孩儿听听。"

德因泽正在心花怒放之际，见他去而复返，悄声进来，竟不以为忤，嘻嘻笑道："你看大福晋平日一副正经的模样，像个严守妇道的贤妻良母，谁知却是个骚狐狸！昨夜汗王歇在我这儿，她竟忍不住发情了，竟去找……哎呀！真说不出口！"

"大福晋去了哪里？"皇太极推知她必是去了大贝勒府，故意懵然追问。

德因泽摇头道："要说咱们女真倒也容得她这样，父死妻其庶母，本来也不丢丑，可那都是丈夫死了以后的事，丈夫还在，就背着偷养汉子，却是家法难容了。这下可有好戏看了。"她见皇太极一旁发呆，说道："你想必还不知道，大福晋昨夜跑到大贝勒府上，两个躲在书房里，唧唧哝哝的，闹得地动山摇，给硕讬兄弟俩看到了。你说这怎么得了，汗王若是知道了，还不气死？"

"这么说福晋想把这事压下来？"

"不压下来怎么办？汗王的脾气你不知道，他咽得下这口又脏又臭的闷气？"

皇太极撺掇道："难得福晋有这样的善心，你忘了大福晋衮代之仇了，竟愿意给阿巴亥一辈子骑在头上？"

一句话勾起了德因泽沉淀在心底的往事，她神色登时惊恐起来，颤声说道："我好不容易忘了，你又提起作甚？阿巴亥心如蛇蝎，害死了我的主子……当年她不满足侧福晋的位子，依仗姿色缠住汗王，令主子独守空房，暗地里派个英俊的后生去勾引主子，却将此事泄露给主子的儿子三贝勒莽古尔泰。三贝勒看到大福晋与那后生赤条条地在炕上翻滚，羞怒交加，竟、竟拔剑将二人砍死。阿巴亥就这样不露声色地做了大福晋，借刀杀人，多么精细的算盘！"

"以其人之道还治其人之身，这可是个大好的报仇机会。"

德因泽慌乱地看了皇太极一眼，低头道："我、我狠不下心来，再说除掉了她，大福晋的位子也未必会轮到我。"

"如今福晋最受汗父恩宠，何必妄自菲薄？"

德因泽为难道："我若是向汗王揭发了，一无人证，二无物证，汗王未必会信。"

皇太极笑道："福晋可放宽心，只要向汗父检举，汗父必会命人调查审问。此事关系重大，知道的人越少越好。四大贝勒之中，不会交与二贝勒，也不会交与三贝勒，最宜由我办理。福晋检举，我来审问，汗父想不相信都难。"

"你要我怎样谢你？"德因泽目光如水地看着皇太极道，"四贝勒该不会学大贝勒，专要在女人身上讨便宜？"

皇太极正色道："此时不必言谢，只要福晋荣升了，自然不会少了我的好处。"

"你倒是个明事理的人。"德因泽咯咯一笑。

努尔哈赤去了一趟沈阳，二百多里的路程平常来回不足两天的工夫，可这次是有心在那里定都，不得不仔细看看四周。沈阳三面环山，四通八达，确是绝佳的形胜之地，滔滔的浑河流过，昼夜不息地向东入海，天柱山犹如一条巨龙探入浑河，山水相交，隐隐而成一龙脉。他选定了都城，逗留了半天，才转回辽阳。小福晋德因泽将他迎入寝宫，脱去外衣，坐下歇息。德因泽看他面带喜色，问了几句选定都城的事，说道："汗王离开辽阳两天，辽阳可是热闹呢！"

"怎么热闹？"

"汗王可还记得大贝勒将岳讬四人看管起来一事？"

"不要再提那几个混账东西，我没有这样的子孙！"

"汗王别妄动肝火，可知道大贝勒为何将岳讬几人看管起来？"

"还不是他们想南逃降明？"

"汗王要处罚岳讬吗？"

"从无此事。"

"汗王想过没有，岳讬身为贝勒，又协领镶红旗，怎么无缘无故地要降明呢？这分明是大贝勒是恶人先告状。"

努尔哈赤不以为然道："岳讬是他亲生的儿子，虎毒不食子，代善怎么会诬陷他？"

"平常自然不会，可若为了自保，就不得不出此下策了。那天夜里，汗王在我这儿安歇，大福晋却也没闲着。汗王猜她会去哪里？她去了大贝勒府。"

"她到大贝勒府做什么？"

"给大贝勒送菜呀，送的是亲手做的拿手好菜，天快明了才回来，汗王知道吧？"

努尔哈赤暗瞥她一眼，拿出烟袋，一边装烟一边解释道："朕有一回酒后曾说过待朕死后，他们母子交由大贝勒代为抚养照看……不想就这么一句醉话，她竟认真了……朕早已乏了，想独自歇一会儿，你跪安吧！"

德因泽预想他会勃然大怒，没料到却如此平淡，以为他有心袒护阿巴亥，告退出来，心里兀自愤愤不平，她哪里知道次日努尔哈赤就暗令皇太极调查此事。皇太极带领扈尔汉、额尔德尼巴克什、雅荪、蒙噶图四位协办大臣，将代善的侍卫和阿巴亥的贴身侍女秘密捉了审讯。

案子极是好查，代因扎终是女流，将刑具在她面前一扔，已吓得面无人色，不用三推六问，就全招了。但皇太极却随即将她放了，吩咐代因扎不可走漏招供的消息，代因扎自然不敢承认出卖了主子。皇太极这么做，是因为他摸不准努尔哈赤的心思，不敢轻易和盘端出，毕竟代善是汗父一人之下的大贝勒，若是一招不慎，恐怕会后患无穷，怎敢冒那样大的风险！

阿巴亥听到了一些风声，坐卧不安，不知道皇太极如何查案，是大事化小，小事化无，还是有心将事情闹大，搅得满城风雨？这几天又不敢再与代善见面、通消息，她不知如何是好，只盼着代善早日动手杀了岳讬那几个人，死无对证，即便有人成心飞短流长，也奈何不得了。可是汗王下了旨意，案情未明，不得随意杀人。她饱受了两天的煎熬，听说汗王回来了，却又独自在寝宫安歇，并未召幸一个福晋，自己这个大福晋竟也见不到他的面了。阿巴亥越想越觉不安，她照样做了几色菜肴，亲到四贝勒府上探问动静，不料皇太极却以查案期间，依律回避为由，拒不相见，并将菜肴原封不动地退回，阿巴亥更是没了主意。

皇太极见努尔哈赤并不催问查案，也不急着禀报，不动声色地将阿巴亥给自己送菜肴的事透露给小福晋德因泽，德因泽果然不时传话给努尔哈赤："听说大福晋曾先后两回备下山珍海味送给大贝勒代善，大贝勒受而食之。又给四贝勒皇太极送过一回，四贝勒丝毫未动，退了回去。当年汗王不在时，大福晋有一天二三次派人到大贝勒家去，还有两回大福晋自己深夜出门……"

努尔哈赤再也忍耐不住，召来额尔德尼巴克什询问案子查得如何，额尔德尼巴克什按照皇太极吩咐的回禀道："案子尚未全结，可奴才曾看到每逢贝勒大臣在八角金殿赐宴或会议之时，大福晋都披金戴银，满头珠翠，盛装艳服，精心打扮一番，在大贝勒眼前走来走去，有意献媚取悦。奴才本以为是眼老昏花，看错了，可私下听到众贝勒议论纷纷，都以为实在不成体统，本想如实禀报汗王知道，却又害怕大贝勒、大福晋责罚，就隐忍到了今天。若不是汗王动问，奴才也是不敢说的。"说着偷眼向宫外观望，似是极怕给别人听见。

努尔哈赤默然无语，只朝他摆摆手，额尔德尼巴克什小心退下。夜里，他怎么也不能入眠，命督堂阿敦将代善悄悄召入宫来，拍案低喝道："代善，你为父不仁，黑了心肝！自己做的孽，却要子侄们来担当罪名，朕差点给你蒙蔽了！你要瞒到什么时候？"

代善吓得跪在地上，叩头不止。他还想着等汗父心绪好的时候，请旨杀了岳托四人，不留痕迹，即可高枕无忧，不料汗父竟知道了内情。他伏地大哭道："汗父明鉴，儿子贪杯多吃些酒，才惹出这样的大祸来。儿子平时立身谨慎，哪里做过这般狂悖荒唐的事！求汗父开恩，看在死去的额娘份上，饶了儿子这回，儿子再也不敢了。"

努尔哈赤垂泪道："你额娘只生了你们兄弟两个，朕已处死了褚英，怎好再拿你开刀？好在你还不像你哥哥，心里还有朕这个阿玛，朕不想再因一个女人伤了骨肉，就给你留条小命！朕一直有心栽培你，只是你如此无德无能，怎敢将祖宗基业托付给你？朕也想好了，不再立什么储君，由你们四大贝勒，加上杜度、德格类、济尔哈朗、岳讬四小贝勒，共治国政。"

"那大福晋……"代善看到汗父那凌厉的目光，吓得后面的话急缩了回去。

努尔哈赤缓缓地说道："家丑不可外扬，就大事化小吧！略作小惩就算了，何必闹得沸沸扬扬的，叫百姓们饭后茶余说笑呢！她做大福晋日子虽不久，可积攒了不少绸缎、蟒缎、金银财物，私藏财物也是罪责难逃的。"

努尔哈赤不动声色地派人到界凡山上的行宫、阿济格家、阿巴亥的额娘家等处密查暗搜，果然搜出绸缎三百匹，精织青倭缎数匹，蟒缎被、闪缎褥各二床，又从暖木面大匣中抄出上千两银子。随即将阿巴亥休离，命她带着多尔衮、多铎寄居到远在乌拉的额娘家里，阿济格留在宫中恩养。阿巴亥知道已无可挽回，一手拉着多尔衮，一手拉着多铎，忍着泪拜别了努尔哈赤，一步一回头地离开了八角金殿，无人来接，也无人来送……

摘去了满头珠翠，脱下了华服彩裙的阿巴亥，紧咬着嘴唇，一声不吭，带着两个儿子穿行在僻静的小巷里，低头快步，匆匆而行。努尔哈赤气急败坏的模样和声色俱厉的那些话依然在耳边回响着："这女人奸猾邪恶，欺诳盗窃，邪恶之极……朕不杀她，是看在三个年幼无知的儿子份上，实在不想他们像朕一样年幼就失去了额娘……朕给她留条活命，想着三个孩子一旦有了什么灾病，也好有人照应……"她目光呆滞，心里悔恨不已。

多尔衮从未见过额娘这样的神情，心里不住发慌害怕，好久才大着胆子，怯生生地问道："额娘，咱们去哪里？"

"去一个很远的地方，离开你阿玛一些日子。"阿巴亥低头看一眼两个年幼的孩子，忍不住要落泪。

"为什么要离开阿玛？"

"阿玛要去带兵打仗，顾不上咱们了。"阿巴亥敷衍着多尔衮，她怕儿子再追问下去，不知如何回答，忙催促着快走。

小多铎拉住她的衣角，不愿再走，眼泪汪汪地说："额娘，怎么不坐车不骑马？我走得脚都疼了。"阿巴亥看看瘦骨伶仃的多铎，弯腰将他抱起，泪水再也忍不住了……

"额娘不要哭，儿子不坐车了，跟着额娘走。"多铎伸出干瘦的小手费力地给她擦着眼泪，阿巴亥觉得那只小手竟又有些发热了，她惊慌起来，喊着多尔衮快走，不料脚下一软，与多铎一起摔倒在地，脑袋碰到一块碎石，登时晕了过去……

十六·中　炮

　　一声巨响，炮弹落在黄龙幕帐不远处，幕
帐登时腾起了一团火焰，努尔哈赤顿觉后
背给人猛击了一下，火灼一般疼痛，那马
也受了惊吓，竟人立而起，他猝不及防，
被掀落在地。金国兵将见大汗落马，无不
惊惶，四面八方抢了过来。

　　努尔哈赤废黜了代善，为了平息立储风波，他将四大贝勒代善、阿敏、莽古尔泰、皇太极，四小贝勒杜度、德格类、济尔哈朗、岳讬，召集在一起，焚香盟誓。努尔哈赤带头跪下，大小贝勒跟在后面。努尔哈赤祈求天神，保佑父子兄弟和睦，子孙之中，若有品行不端、残恶狂悖之徒，群起而共诛之。不咎既往，惟鉴将来。盟誓完毕，他扫视着众人道："今后一切政务由你们八和硕贝勒共同议处，朕不再立储君了，百年以后，由你们八人推选出新汗王。新汗王不能独揽后金大权，遇到军国大事，还要和八和硕贝勒共同议定。若是新汗王不听训诫，不听规劝，肆意妄行，违背祖制，八和硕贝勒可对其处置，初犯定罪；若不改再犯，没收其财物和门下包衣奴才；如再拒不悔改，就将他囚禁废黜。"

　　他见众人频频点头，代善面现愧色，接着肃声说道："朕今年已过花甲，经历了两次废黜太子，不管你们今后谁继位做汗王，不该盛气凌人，狂傲自负，要行善政，收拾人心，虚怀纳谏，宽宏大量，多用众人之谋……新汗王既经选立，你们必要恭顺从命，不可觊觎汗位，妄生不臣之心，哪个胆敢如此，新汗王不必顾惜什么手足骨肉之情，必要严办！"他忽然看见李永芳匆匆而来，在门外逡巡，语调缓和下来，说道："你们去吧！好生体会朕的一片苦心。"

近几日，李永芳接连收到辽东巡抚王化贞的密函，商议约他为内应，袭破辽阳城。努尔哈赤将几封密函反复看了，笑道："这王化贞不是个实诚的人，专好吹嘘，以大话唬人。他不过是辽东巡抚，手下怎么会有十四万大军？那熊廷弼经略辽东军务，官职在他之上，如何却只有五千人马？"

"汗王问得有理，可是明朝官场上的陋规极多，汗王想必不曾理会。那王化贞在密函上所说大军十四万，并非虚言。他是明朝内阁首辅叶向高的门生弟子，又与兵部尚书张鹤鸣交情深厚。辽东每年往兵部请调的兵卒，都绕过熊廷弼，径自归到王化贞的名下，他手下兵马远多于熊廷弼，也就不足为奇了。"

李永芳见努尔哈赤若有所思，接着说道："王化贞自恃朝中有强援，不把熊廷弼放在眼里。凡事专向朝廷请旨，却不知会熊廷弼，他手握辽东重权，熊廷弼早给架空了。"

努尔哈赤悠然地点烟，深吸一口，笑道："朕方才见密函上只具王化贞一人名姓，可知熊廷弼并未参与。看来他们经抚不和，那么熊廷弼徒有经略虚名，不足为惧了。"

"岂止是经抚不和？奴才看来，他们二人已势同水火了。王化贞主战，熊廷弼主守，各持一说，极为龃龉。弄不好怕是要老拳相见了。"李永芳想到熊廷弼何等的英豪，却奈何不得那个文弱的王化贞，若是二人由争辩而致打斗，该是怎样的场面，不禁暗自发笑。

努尔哈赤将密函抛在御案上，冷笑道："区区一个王化贞，依仗叶向高就敢如此藐视我大金，竟说什么统领六万大军，一举荡平，可真大言不惭、狂妄至极！必要给他点儿苦头尝尝，让他想起辽东就胆战心惊。"

李永芳道："王化贞好大喜功，意气自豪，其实并不知兵。他若是固守广宁不出，守住城池，山海关内外自可无虞，可他却一心想着建功，率兵渡过辽河，不是自己找死么？"

努尔哈赤道："朕先遣一路人马，渡过辽河，偷袭西平堡，王化贞若能率兵救援，正好乘机在野外伏击，倒省得攻城了。"

"野地浪战乃是我八旗兵马所长，却是明军所短，如此扬长避短，必能大获全胜。"李永芳心里极是赞佩，汗王计谋百变而出，端的是炉火纯青。

一夜之间，后金兵马围住了西平堡。守堡副将罗一贯见情势危急，派人飞马求援。王化贞一心进兵，哪里容得有一城一地的失陷，得知后金兵数不多，急撤广宁、闾阳、镇武三处兵马，派总兵祁秉忠、参将祖大寿、游击孙得功，带兵往援。熊廷弼也得到了消息，派总兵刘渠赶来援助。两路人马会师前进，赶到平阳桥，得知西平堡失守，罗一贯阵亡。孙得功想要带兵返回广宁，刘渠、祁秉忠二人执意上前厮杀，孙得功勉强相随，兵卒陆续过了平阳桥，到了西平堡北边的沙岭，见前面尘头大起，大贝勒代善、四贝勒皇太极带领三万人马一齐杀出。刘渠、祁秉忠拍马迎击，孙得功却畏缩在后面，观望不动。只见后金兵马前排左右一分，后面冲出一队弓弩手，万箭齐发，明军猝不及防，再要持盾牌护身，早已伤了数百人，军卒惊慌而退，有人大叫道："明军败了，还不快逃？难道要等着女真人来砍脖子吗？"刘渠、祁秉忠舍命遮拦，无奈军心大乱，约束不住，四散溃逃。

王化贞不知军卒溃败，还想着西平堡解围之后，如何向朝廷写折子报捷，正在构思腹稿，一阵骤急的马蹄声直闯辕门，总兵江朝栋气喘吁吁地跑进来，喊道："大、大事不好了！孙、孙得功反了，诱开城门，正朝巡抚衙门杀来，大人快走！"

王化贞仓皇失措，两腿颤抖不止，竟跨不上马。江朝栋将他连拉带拖地架上了马，挥鞭出城疾驰。回头再看广宁，城中浓烟大起，杀声震天，王化贞吓得抱紧马鞍，落荒而逃。一直跑到大凌河，见一支人马迎面疾驱而来，打的是大明旗号，为首的一员大帅，身高七尺上下，魁梧高大，威风凛凛，正是辽东经略熊廷弼。王化贞伏在马背上失声大哭，不肯下来相见。熊廷弼提缰上前，见他泗涕滂沱，狼狈不堪，拱手道："抚台大人当日豪言六万大军一举荡平，怎么却落到这步田地？"

王化贞无言以对，既惭愧又尴尬，更加埋低了头，号啕不止。熊廷弼重重一叹，说道："你就是再高声用力地啼哭，也没用了，广宁不可复得。熊某只有五千兵，都交你率领，也好抵挡后金追兵。熊某不忍心这么多的百姓给后金掳去受苦，要护领他们入关。"

王化贞听到五千人马，眼睛一亮，说道："还是先夺回广宁，不然如何向朝廷交待？"

"迟了迟了。"熊廷弼摇头不已，"如你不上当出战，尽撤广宁兵马，也不至有如此大败。如今正是兵溃之时，谁还肯为你卖力固守？"

王化贞还要再三相求，探马来报，后金占了广宁，锦州、大小凌河、松山、杏山等城都已失陷。熊廷弼看看发呆的王化贞，良久无言，下令将沿路各城镇不能带走的粮草等财物点火焚烧，烟火遮天蔽日。逃难的辽民有数十万之众，他们携妻抱子，拉牛牵羊，哭叫之声，惊天动地。王化贞、熊廷弼回到京城，即被羁押刑部大狱，东阁大学士、兵部尚书孙承宗奉旨出关督理山海关及蓟、辽、天津、登、莱诸处军务。

孙承宗字稚绳，别号恺阳。北直隶保定府高阳县人。万历三十二年进士。年少时，曾杖剑出游塞外，访问要塞关隘边城堡垒，与九边的戍将、老卒吃酒谈兵，深知边事，晓畅虏情。孙承宗坐镇山海关，徐图恢复。更定军制，申明职守，以马世龙为辽东总兵，袁崇焕督理营务，鹿继善督理军储，杜应芳督理修缮甲仗，孙元化督理修筑炮台，游击祖大寿驻守觉华岛，副将陈谏协助赵率教驻守前屯，副将李承先负责训练骑兵，在山海关练成七万精兵。又在宁远筑起坚城，命袁崇焕、满桂、祖大寿驻守。派兵进据锦州、松山、杏山、右屯及大、小凌河，收复大片失地，前后修复山海关以外的大城九座、堡四十五座；练兵十一万；立车营五个、火营两个、前冲后劲营八个；制造甲仗器械弓箭等战具数百万；开拓土地四百里，开垦屯田五千顷。辽东兵精粮足，壁垒森严。

努尔哈赤本打算乘胜进兵山海关，但见孙承宗调度有方，明军日益恢复，他又想着迁都沈阳，因此按兵不动，广征能工巧匠在沈阳营造城池，建筑宫殿。四条宽街通衢的首尾各开一座城门，城池四面各开两座城门，城东，北为内治门，南为抚近门；城南，西为天佑门，东为德盛门；城西，北为外攘门，南为怀远门；城北，西为地载门，东为福胜门。城中央建起一群宫殿，居中为大政殿，八角重檐，正门两根盘龙巨柱，煞是威严气派，是努尔哈赤颁布诏令之处。殿两旁呈八字形排开十座亭子，称为十王亭，则是左右翼王和八旗大臣办事的地方。整座宫殿，楼台掩映，金碧辉煌，虽是仿照大明京阙样式，但在塞外宫阙如此巍峨，确是亘古未有。

努尔哈赤带着几个福晋，满朝文武，来到沈阳，又将离居多日的阿巴亥和多尔衮、多铎接入宫中，欢聚一堂。随即离开众位福晋、子孙，移居城北的一座小宫殿颐养居住。这座宫殿背对未曾拆毁的明人所修镇边门，夹在城北地载门与福胜门之间，面朝通天街，不大的二进院落，甚为僻静。正中是三间宽敞高大的殿堂，东西两厢各有三间配殿，黄色琉璃瓦铺顶，镶着绿边，气势非凡。镇远门虽称之为门，其实已给堵死，不再通行，宫殿周围终日罕见行人。努尔哈赤每日在这里看书、舞刀，似是远离了尘世喧嚣的隐士，他在耐心地等着明军的消息，在知道熊廷弼被砍头，送到大明的九座边关传看以后，他不相信孙承宗能长年地守在山海关，老死辽东，他不是与孙承宗用兵斗法，而是与明廷博弈，毕竟孙承宗不能一手遮天，而自己却无人掣肘，只此一点，自己就已占了先机。善用兵者，待机而动，个中三昧，努尔哈赤多年领兵征战之中早已谙熟。

机会终于给他等来了。此时已是天启六年，天启皇帝朱由校已二十二岁，但他自幼不喜读书，宫里贴身的大太监魏忠贤常导之“倡优声伎，狗马射猎”，朱由校终日沉湎机巧水戏，操斧拿锯凿削搭建各种形状的楼阁宫殿、桌椅木器，精巧异常，即便是巧手的工匠也难企及，做了拆，拆了做，毫不厌倦，再也无心处理朝政。

魏忠贤是河间府肃宁县的一个泼皮无赖，因逃避赌博输钱自宫为阉，改名李进忠，后得宠，皇帝赐名忠贤，复了本姓。他生得身形高大雄壮，极有心计，又善逢迎揣摩，与天启皇帝的奶妈奉圣夫人客氏结成了对食的假夫妻，平步青云，不久升为司礼监秉笔太监。明朝有二十四监，司礼监冠于二十四监之首，领东厂、内书堂、礼仪房、中书房等。司礼监掌印太监是王体乾，掌理内外章奏及御前勘合，职位虽在魏忠贤之上，却反甘心听命。秉笔随堂太监虽有八、九人，掌章奏文书，照内阁票拟批朱，但都看魏忠贤脸色行事。随即魏忠贤又提督东厂，一大批无耻之徒蚁附蝇聚，有"五虎"、"五彪"、"十孩儿"、"四十孙"之号。魏忠贤排除异己，专断国政，总揽内外大权，自称九千岁，内阁、六部至四方总督、巡抚，几乎都为魏氏死党，朝中东林党等正直大臣被他残害排挤殆尽。海内争相望风献谄，立祠颂德，天下财物耗费几空，朝野只知有太监魏忠贤，而不知有皇上朱由校。

孙承宗督师辽东，边防大备，功高权重，誉满朝野。魏忠贤为长久把持朝柄，一心接纳，有意引为外廷强援。孙承宗以为魏忠贤不过一介阉竖，却不把他放在眼里，魏忠贤由此怀恨在心，伺机报复。天启五年八月，辽东总兵马世龙误信自满洲逃回的刘伯漒所言，遣前锋副将鲁之甲、参将李承先率师渡柳河，袭取耀州，中伏遭败。魏忠贤借机小题大做，交章弹劾马世龙。孙承宗不能自安，自请罢官返乡。魏忠贤举荐兵部尚书高第出任辽东经略。

高第本是一介文士，不知兵事，又生性怯懦，接到诏命，想到前几任经略不是战死辽东，就是斩首西市刑场，自以为必客死辽东，断无生还之望，躲在家中大哭不止，但诏令不可改换，更不敢得罪九千岁，咬牙到山海关赴任，以为关外必不可守，下令拆毁宁远、锦州城池，将驻守兵马尽撤入关内。

宁远的主将兵备道袁崇焕在辽东已有四年，宁远城是他定下规制，历经一年多筑建而成的，城墙通高三丈二尺，城雉再高六尺，城墙下宽三丈，上宽二丈四尺，城设春和、延辉、永宁、威远东南西北四门，门上都建有城楼，四角设炮台，东南角台上建有魁星楼。接到拆撤的军令，他实在舍不得数年的心血毁于一旦，力争军令不可行，写了论辩的文书，飞报高第，言辞极为恳切："兵法有进无退。三城已复，安可轻撤？锦、右动摇，则宁、前震惊，关门亦失保障。今但择良将守之，必无他虑。"

高第一心保命，撤兵之意甚为坚决，以为他不过一时大言，哪里肯听？急令并撤宁远、前屯卫二城。袁崇焕看了高第的军令，不住冷笑，眉毛一耸，厉声对传令的校尉说："你回去禀告经略大人，我袁崇焕官居宁前兵备道，守卫宁远、前屯卫二城，乃是我分内的职责，人在城在，城亡人亡，断没有轻易离开的道理！"高第闻言，连道狂妄，只好答应袁崇焕带领本部人马留守宁远，其他明军限期撤退到关内。军令如山，极为仓促，锦州、右屯、大小凌河及松山、杏山、塔山各地守军毫无准备，匆忙退兵，把储存在关外的十几万担军粮丢得精光，关外只剩下宁远一座孤城。

天启六年正月初十，沈阳城内节日的气氛正浓，通天街上人来人往，都忙着预制各式彩灯，庆贺元宵。往年的灯节，自十五至十七放灯三日，今年迁到新都沈阳，努尔哈赤下令将灯节增加到八天，从正月初十晚始张灯，至十七日晚落灯。刚刚入夜，通天街上一里多长的灯市，灯火辉煌，绮丽无比。沿街家家户户门前彩灯高挂，有人物、瓜果、禽兽、鱼蟹灯，穷工极巧，角胜争奇，还杂陈龙灯、狮子、高跷、旱船、秧歌、灯官等剧。就是一些小巷深处的贫寒人家，门口也点起了雕刻模制的各色冰灯，晶莹剔透，玲珑可爱。不少人家把上年积剩的油蜡，倒至铁锅中，挂到门上燃烧，直到天明。灯月交辉，四处欢歌，士女游观，填溢街巷。

努尔哈赤与众贝勒、福晋、大臣摆酒赏灯，看着那些年幼的孙子们在宫苑里堆起不少雪人，放着花样繁多的花炮：盒子花盆、烟火杆子、线穿牡丹、水浇莲、金盘落月、葡萄架、旗火、二踢脚、飞天十响、五鬼闹判儿、八角子、炮打襄阳城……把夜空点缀得灿烂无比，捋髯大笑，点了烟袋，深深吸上几口，吐出一口口浓烟。自高第接任了辽东经略，知道明军必有变动，确未料到竟会将锦州、右屯、大凌河等城的兵马自行回撤到山海关以内，只留下宁远孤城。努尔哈赤端酒喝了几杯，向众贝勒大臣说道："四年前，朕将关外的土地都归入我大金版图，正想领兵入关，却偏偏出了个孙承宗，不仅将辽西的几座城池夺了回去，还将朕挡在关门以外，不能前进一步。如今他既被罢职，朕终于去了心头大患！新任辽东经略高第，尽弃关外诸城，只留下宁远一座孤城。看来此人实在庸碌得很，朕想亲统大军，攻破宁远，乘势叩关攻明，去看看中原的景致。"

代善说道："宁远不过一万多人马，儿子的两红旗已绰绰有余，何必劳驾汗父屈尊，汗父还是在沈阳好好赏几天灯吧！"

努尔哈赤笑道："你的孝心，朕已知道。那宁远守将袁崇焕不过一介书生，朕大可不必亲领大军攻城。但朕这几年耐着性子在都城养尊处优，早已烦闷了，想出去活动活动筋骨，倒不是看重他。量宁远一座孤城，能支撑几天？"

皇太极道："此时正是天寒地冻，我大金铁骑不便驰骋，不如等两三月以后，大地回春，冰雪融化，再攻宁远不迟。"

努尔哈赤挥手道："高第将兵马撤回关内，袁崇焕拒不从命，必定加紧备战，岂能叫他如此从容？兵法上说：出其不意，攻其不备。袁崇焕必想不到朕此时用兵围城，等他发觉，朕已兵临城下，他自然措手不及了。"众人见他执意要去，不敢再劝阻。

正月十五一过，努尔哈赤亲领大军十三万，号称二十万，浩浩荡荡，向宁远进发。大军剑戟如林，迤逦几十里，不见首尾。十六日到达东昌堡，十七日渡过辽河。

袁崇焕孤守宁远，对后金全神戒备防范，努尔哈赤大军出了沈阳城，过了东昌堡，他便已得到消息，撤回中左所、右屯等处的明兵；烧掉城外民房，将城外百姓全部迁入城里。右屯卫守城参将周守廉依照袁崇焕的将令，坚壁清野，焚烧房屋，运走谷物粮食，带领一千守军进驻宁远。后金兵马如入无人之境，兵不血刃，直扑宁远，二十三日将宁远城四面密密围住。

　　袁崇焕命总兵满桂守城东，副将左辅守城西，参将祖大寿守城南，副总兵朱梅守城北，通判金启倧负责供应饮食，自己居中调度，总督全局。他发檄令知会山海关的辽东总兵赵率教，一经发现宁远逃回的官兵，就地处斩，格杀勿论。他深知努尔哈赤善用奸计，抚顺、清河、开原、铁岭、沈阳、辽阳等城失守，莫不如此，命同知程维楧稽查城内奸细。与众将商议，定下守城方略：凭坚城固守，敌诱不出城，据守城池，与敌周旋。部署完毕，袁崇焕下令封闭四门，然后与都督同知谢尚政、都司韩润昌、推官林翔凤、参谋守备黄又光几个平日结纳的同乡死士，微服上街，四处巡查。街上的军民行走匆匆，脸上多有惊恐之色，走到南街，见往日人流如潮的繁华景象早已不再，林立的店铺商号都已关门歇业，街上冷冷清清。他忽觉一阵凄凉，正想着如何收拾人心，使大伙儿安定下来，一心一意守城杀敌，别无其他的念头，却见沿街上的一座黑漆大门轰然洞开，几辆骡车外罩厚厚的青布大幔，从门里吆喝着出来，急急向南面的延辉门驰去，车厢中的人不住地呼喝车把式道："快些走！若是迟了，城门关闭就再难出城了！"

　　袁崇焕疾步跟上，骡车离城门还有一箭之地，眼看那千斤的闸门缓缓落下，车把式大急，连连挥鞭抽打，喊道："且慢关城门，我们还要出城呢！"车厢内的人早已掀开车幔，一起呼喊起来。

　　守门的军卒哪里肯听，任凭怎样呼喊，闸门已经放下，再想绞起已难，眼看城门死死闸住，车上的人纷纷跳下车来，呼天抢地，哭成一片，不住捶打着城门。霎时，四周居民一起拥来，将城门洞团团围住。袁崇焕躲在人群中，侧耳细听。车厢内下来一个老者，拿出一包银子，送与守门的校尉道："军爷，你就行个方便，放小老儿出去吧！不然大金兵马杀入城来，教小老儿往哪里躲？"

　　"不行！"校尉打脱了那包银子，厉声说，"奉袁大人将令，城门关闭，金兵不退，不可开启。请回吧！"

那老者见已无望，含泪叹息道："唉！大金的铁骑纵横关外，宁远弹丸之地，怎么守得住？没想到，我这一大把的年纪了，却要埋骨在关外异乡了。"围观的百姓听了，无不动容惊骇，纷纷议论："可不是么，这个袁蛮子好生可恶！他拼着一条性命不要了，却要咱来陪他！"

"他也真个不知死活！好好听经略大人的话，退回关内早就万事大吉了，如今倒好，还要大伙儿这般担惊受怕！"

"金兵素来残忍，略地屠城，就是妇孺也不放过，杀人如踩死蚂蚁一般。他袁崇焕守此孤城，还不是为了个人邀功升官？一旦有个闪失，却要害了满城的百姓。"

"管他做什么，砸开城门，一起逃出去吧！"

眼见人越聚越多，纷纷向城门拥去，校尉大声吆喝着，命众人退后，领着十几个兵丁持刀相向，哪里阻止得住？正在危急，城楼上有人大喝道："哪个擅开城门，格杀勿论！"随着喊声，下来一个威武的将军，满脸虬髯，按刀立在众人面前。袁崇焕见是守南门的参将祖大寿，心下大急，暗忖：若是此时金兵攻来，他如何一心守城？想到此处，挤出人群，上前给那老者打躬问道："老人家为何要出城去？"

老者见一个中年的汉子，身形略矮于常人，脸上三绺长须一丝不乱，两眼之中神采飞扬，灼灼逼人，身穿半旧的布棉袍，以为是个平常的平头百姓，赌气道："不出城却要在城里等死么？"

"何以见得就是等死？"袁崇焕不愠不怒，他见祖大寿等人见了自己，面有惊喜之色，似要上前拜见，急忙以目制止。

"谁能挡住十三万金兵？"

"你怎么知道挡不住？"

老者诧异地看他一眼，问道："你是什么人？看你是个读书人的模样，怎么竟这般痴呆！"

"我便是钦命的宁前兵备道。"袁崇焕神情自若。

人群一阵惊呼，"他就是袁蛮子？袁蛮子来了！"

袁崇焕看着越来越多的民众，慨然说道："宁远城自修筑那日起，我就想着会有恶战的一天，不仅城墙加宽加高，且已储备了数万担粮米，足够一年的耗费。金兵往来飘忽，所带的粮草不多，只要守得两三个月，他们粮草一尽，不战自退，大伙儿何必担心。"

人群中有人问道："若是他们不退怎么办？"

袁崇焕连声大笑，说道："金兵有刀，我们有枪；金兵有弓箭，我们有盾牌。怕他们什么？"他回身北望一眼高大的鼓楼，见鼓楼下的十字街上也站满了人，远远地朝这里观望聚集，他暗道：来得好！正好当面晓以大义，安定人心。他登高大呼道："各位父老乡亲，奴酋入犯，正是我们做臣子枕戈尝胆之秋。本道受皇命守卫，数年的心血都花在这宁远城上。身在前冲，奋其智力，自料可以阻挡奴酋。万一不测，本道势与此城共存亡，就是血溅城头，也算不枉此生，决无后退半步之理！"说完，跳下高台，拔出佩剑，割开食指，在一处白粉皮墙上写下四字：誓死守城。血迹淋漓，鲜艳夺目。

袁崇焕复又跃上高台道："大丈夫一生，应该俯仰无愧，心术不可得罪于天地，言行要留好样与儿孙。我闻辽东自古多豪杰义士，怎忍心将祖宗留下的基业拱手让与异族？大伙儿若能与我一心守城，自能破釜沉舟，置之死地而后生，何惧金兵百万？仰仗各位了！"屈身长揖，朝众人跪下。

众人热血沸腾，刷地跪倒一大片，齐声喊道："愿跟随大人，誓死守城——"

那老者颤巍巍上前，拉着袁崇焕的手道："袁大人，刚才小老儿冒犯了！大人既有心守城，这几大车上的财物就作军饷，算是小老儿向大人谢罪！"

袁崇焕挽住他道："老人家忧心城陷，桑梓罹难，也是人之常情，何罪之有？"

一时，全城军民士气大振，有的登城防守，有的捐送粮草；就是一些说书的艺人也巡守巷口，提防奸细。宁远众志成城，严阵以待。

努尔哈赤见宁远城内一片悄然，不见什么动静，忍耐不住，带人到城前，举目一看，城墙高厚，巍峨壮观，那高耸的城楼，楼檐翘起，凌空欲飞，真是气象万千！他命人朝上喊话："袁崇焕，朕这次带了二十万大军来攻，宁远非破不可。你如愿投降，朕一定大加优待，高官厚禄，绝不吝惜。"

袁崇焕登城向下答道："我在宁远修筑城池，自然是要死守到底，怎肯投降？你不必费口舌了，我不是李永芳那样的软骨头，不怕你吓的！我生是大明的人，死是大明的鬼，怎会稀罕做你们蛮夷的什么高官？当真可笑！"

努尔哈赤气得脸色铁青，远远地将令旗一挥，背后转出上万的弓弩手，万箭齐发，破空之声不绝于耳。袁崇焕泰然自若地坐在城楼中，夜幕将垂，西天布满红霞，将远处山头的积雪映照得瑰丽无比，天地交合之处红白晕染。无数的羽箭破空而来，顷刻之间，将城楼的门窗钉得密密麻麻，城道上落满了箭矢，横七竖八，有如枯枝乱柴。箭雨过后，金兵铺天盖地而来，成千成万地冲到城边，竖起云梯攻城。袁崇焕一声令下，突然之间，躲在墙雉之后的军卒，举起千万支火把，矢石如雨般投下城去。明军从城头的每个石堞间推出一个又长又大的木柜，这些大木柜一半在堞内，一半探出城外，大柜之中伏有甲士，俯身射箭投石，投完了便将大木柜拉进城头，再装矢石探出投掷。城头十一尊红衣大炮轰鸣，轮流轰击，每一炮打出，炸得土石飞扬，无数金兵和马匹被震上半空。

努尔哈赤挥动令旗，后面铁骑奔突，冲出一队队铁甲军，每人身披两层铁甲，称为"铁头子"，推了铁车，车顶以生牛皮蒙住，车内暗藏军卒，矢石不能伤，奋勇逼近，直到城下的死角，车内的军卒舞动长锹铁铲，猛挖乱掘城墙墙脚，铁甲军推车猛撞城墙，声音轰隆轰隆，势道惊人，饶是城墙既坚且厚，也多有破损。

"不好！金兵正在穴城。"袁崇焕一惊，挥剑大喊，"快拆阶石！"军卒将城上铺设马道的长条大石抬起，顺着城墙投砸而下。那阶石十分沉重，铁车都给砸坏，压死了不少金兵。

穴城乃是金兵多年练就的攻城之法，军卒伏在城墙脚下，凿成空洞，向城内不断掏挖，终至城墙塌陷。穴城的金兵虽被发觉，但已有不少金兵已掩身在墙洞中，躲过了大石。不到半个时辰，宁远四周十余里的城墙墙脚已被挖得千孔百疮，眼看城破在即，满城百姓惊惶失措。通判金启倧大吼道："快取万人敌来！"那"万人敌"是在芦花褥子和棉被里暗撒了火药，再以火箭射燃，威力无比。兵卒门将备好的"万人敌"纷纷投到城下去。正月严冬，气候酷寒，就是白天尚且滴水成冰，遑论没了日头的夜里？城下的金兵身穿铁甲，本不甚御寒，见到被褥，都来抢夺披盖，城上将火箭、硝磺等引火物投下去，"万人敌"立即燃烧爆炸，烧死了无数金兵。

城上军卒见金兵烧得四处翻滚，拍手大笑。忽然轰隆一声，城墙给掏挖得久了，土石松动，竟塌裂了一丈多的口子，袁崇焕从城楼跃身出来，搬了石块去堵，肩膀早中了一箭，他咬牙将石块垒好，刚刚站直了身子，胳膊又中一箭。祖大寿看了，劝道："大人保重，何必亲身涉险？大人若有闪失，这宁远怎么办？"

袁崇焕知道事情紧急，哪容他多嘴，厉声道："宁远虽只区区一城，但与我大明的存亡相关。宁远要是不守，数年之后，咱们的父母兄弟都成为鞑子的奴仆。我若胆小怕死，就算侥幸保得一命，活着又有什么乐趣？"伸手将左臂的箭头拔出，带出一大块皮肉，刺啦撕下一角战袍，将伤口裹了，快步去搬石块。众军卒见他临危不惧，大为感奋，冒着箭雨搬石运土，泼上井水，霎时之间，冻得结结实实，缺口很快堵死。

袁崇焕急忙命人巡查城墙，金兵挖出的洞穴大小竟有七十余个，若这样掏挖下去，宁远城迟早要给挖破了。他站在城头，抚剑望着天边的残月，月冷星稀，天色转明，依稀看出远处雪山的轮廓。想到天明以后金兵必然倾力猛攻，正在彷徨无计，忽听到城下金兵齐呼："万岁，万岁，万万岁！"呼声自远而近，如潮水涌至，到后来数万人齐声高呼，惊天动地。

晨曦之中，但见一根九旄大纛高高举起，铁骑拥卫下青伞黄盖，一彪人马锵锵驰近，簇拥着一个身罩黄袍须发斑白的高大老者，正是大汗努尔哈赤临阵督战。大金官兵见大汗亲至，士气大振，数百架云梯纷纷竖立，金兵如蚂蚁般爬向城头，城上守军奋力抵抗，滚木礌石雨点般砸落，金兵惨叫着摔到城下，却前仆后继，没有一丝怯意。但见金兵的尸体在城下渐渐堆高，后续队伍仍如怒涛狂涌，踩踏着尸体攻城。

城头的军民瞧着这等声势，不觉骇然失色。谢尚政心中大怯，奔到袁崇焕的身前，低声道："大人，眼见宁远是守不住啦，咱们快出城南退罢！"

袁崇焕大怒，喊着他的表字道："允仁！枉你还是个武举出身，竟这般没胆色！众人都在奋勇杀敌，你却说出这等言语？想要动摇军心么！大丈夫以身许国，怎能如此畏首畏尾？宁远在，咱们人在；宁远亡，咱们人亡！"谢尚政满面羞愧，奔回城边御敌。

努尔哈赤见攻了一夜，宁远城巍然屹立，丝毫不动，命人将黄龙幕帐向前移动，将大纛旗高高树起，身旁两百多面大皮鼓打得咚咚声响，震耳欲聋。但见城下满是金兵的死尸、兵刃，兀自有不少的金兵或死或伤，一个个血染铁甲，从阵前退下来。饶是他身经百战，此刻见了这一番厮杀，也不由得暗暗心惊："与明军征战多年，往常的明军将士个个懦弱无用，怎么宁远的明军却如此英勇，丝毫不弱于我们满洲精兵？"心里半惊半恼，暗忖："这小小的宁远城，若是攻不下来，怎么去打山海关……"命传令官晓谕八旗将士加紧攻城。

那传令官驰马大呼："众官兵听着：大汗有旨，哪个最先攻登城墙，便封他为宁远城的城主，招他为额驸。"金兵听了，想着荣华富贵和娇嫩的格格，大声欢呼，那些枭将悍卒个个不顾性命地扑将上来，旦夕之间就要攻上城头。

袁崇焕见情势危急，却听不到红衣大炮的声响，持剑奔到红衣大炮前，大喊道："彭簪古，彭簪古！"连叫数声，无人应答。

背后跑过一人，喘着粗气道："大人，火器把总彭簪古受了重伤，已给抬下城去了。"

"唐通判，其他放炮的人呢！"

"都给金兵一阵箭雨射死了。"

"你来放炮！"

"大人，卑职只是看别人放炮，可从未摸过呀！"

"对着城下放就是了。"

唐通判不敢违命，装了火药炮弹，问道："大人，朝哪里放？"

袁崇焕往远处一指道："你可看清了那边的黄龙幕帐？必是那老贼努尔哈赤，就朝他那里发炮。"

这红衣大炮长一丈，重有三五千斤，口径三寸，中容火药数升，杂用碎铁碎铅，外加三四斤的精铁大弹，火发弹飞，横掠而前，攻无不摧，可有二三十里的射程，是用重金购自澳门的葡萄牙商人，宁远城上布置了十一门。火炮建在平台上，炮身上有小轮、照轮，所攻打或近或远，据此刻定里数，按照一定规式，低昂伸缩炮管。唐通判小心翼翼地调了炮口，装上火药炮弹，点燃火线，大呼道："大人躲开了！"拉着袁崇焕跑出数百步远，只听一声巨响，有如山崩地裂，炮口喷出一大团火球，远远地飞落到城外，在金兵中炸开，一时之间，人仰马翻，血肉横飞。袁崇焕见离黄龙幕帐尚远，暗叫可惜。此时，督建炮台的孙元化、炮手罗立飞跑回来，装好火药炮弹，将炮口调高。袁崇焕叫道："我来点火！"将火线点燃。不料那小轮竟给震松脱了，炮口低落下来，唐通判大急，竟挺身将炮管托起，躲在远处的袁崇焕三人大叫着命他躲开，他浑若不闻，死死抵住炮管，面色涨得通红。又是一声巨响，炮弹落在黄龙幕帐不远处，幕帐登时腾起了一团火焰，努尔哈赤顿觉后背给人猛击了一下，火灼一般疼痛，那马也受了惊吓，竟人立而起，他猝不及防，被掀落在地。金国兵将见大汗落马，无不惊惶，四面八方抢了过来。

烟雾稍散，袁崇焕三人冲上炮台，见唐通判早已给大炮震得粉身碎骨，远处的黄龙幕帐已给烧得干干净净，努尔哈赤的大纛正自倒退，大纛附近纷纭扰攘，金兵偃旗息鼓，纷纷溃散。

"袁大人，打中了！打中了！"孙元化、罗立跳跃欢呼。

袁崇焕大呼号令，乘势开城，率兵杀出。金兵军心大乱，已无斗志，自相践踏，死者不计其数，一路上抛旗投枪，溃不成军，纷纷向北奔逃。袁崇焕追出三十余里，担心中其埋伏，又见金兵渐渐收拾队形，缓缓向北退却，不好迫近，收兵回城。满城的百姓早已拥在城门口，夹队相迎，纷纷赶来拜谢救命之恩。多年来，明军与金兵作战从未有过如此大胜，众人想起这场恶战，兀自觉得心下骇然，竟有几个喜极而泣，放声大哭。

尾声·归天

阿巴亥扶他慢慢坐起身来，努尔哈赤道："给朕装上一袋烟。"阿巴亥听他想抽烟，以为病情有了转机，忙将烟袋递上，打火点燃。努尔哈赤吸了一小口，却猛烈地咳嗽起来，突然两眼圆睁，张嘴吐出一口鲜血。阿巴亥吓得呆了，赶忙将他揽在怀里，擦干净嘴角的血迹，忽觉他身上一阵冰凉，冷汗直流，气若游丝……

努尔哈赤败回沈阳，躲入了城北的小宫殿里，静养背伤。背上不过给火炮灼伤了一片，并不十分沉重，但心头的火气实在难消，急火攻心，伤口愈合得极是缓慢。辗转床榻，半个多月，才勉强下来行走。四大贝勒一齐赶来探视，努尔哈赤扶病而起，见了众人，问道："代善，八旗兵马伤亡多少？"

"不过三五千人，阿玛不必放在心上。"

努尔哈赤摇头叹息道："征战死伤倒也平常，只是朕自二十五岁起兵，战无不胜，攻无不取，不料今日在这小小的宁远城，遇着这袁蛮子，偏偏吃了一场大亏，实在可恨可恼！"

皇太极劝慰道："自古胜败兵家常事，一场小小败绩，汗父何必耿耿于怀？等汗父身子康健了，再领兵报仇，踏平宁远城，出这口恶气不迟！"

"话是那么说，朕活了大半辈子，最看重的是脸面。可宁远一战，差点毁了朕一世英名，朕怎么甘心？"努尔哈赤咳嗽几声，苍白的脸色渐渐有了一丝红润，"朕征战多年，每次班师，无不是满载金银珠宝、刀枪牛羊而归，可这次却损兵折将，真是羞……羞见祖宗……"言下之意，竟是极为愧疚。

代善、阿敏、莽古尔泰、皇太极四人面面相觑，不料汗王心病竟如此沉重，正想着如何劝解，颜布禄进来禀报说："袁崇焕派人送来礼物，要面交汗王。"

"带他进来！"努尔哈赤颇觉意外，忖道：这袁崇焕当真有趣，胜了一场却送来礼物，到底何意？皇太极想到袁崇焕直立宁远城头，轻袍缓带，大有古代儒将之风，本来暗自喝彩，但取胜之后派人送礼致意，未免有些趾高气扬，小看对手了，心里大觉不平。

"阿弥陀佛——"随着一声清亮的佛号，殿外进来一个出家的和尚，向着努尔哈赤合掌施礼道："贫僧李喇嘛拜见汗王。"

努尔哈赤问道："袁崇焕给朕送来什么礼物？"他见信使竟是个方外的僧人，觉得袁崇焕处事实在匪夷所思，大大出人意表。

李喇嘛从贴身处取出一幅画来，恭恭敬敬呈上。努尔哈赤展开一看，见上面工笔画了宁远城楼，楼旁一尊红衣大炮，城下一座黄龙幕帐起火燃烧，一匹高头大马人立而起，地上四脚朝天地躺着一人，五彩龙纹的黄袍，乱蓬蓬的头发、胡须，神情极为狼狈，赫然就是自己，画脚下写着两行小字："老将军横行天下已久，今日竟败于我这后生小子之手，岂非天意？"

努尔哈赤捶座大怒，喝道："你这蛮子，辱朕太甚！"大叫一声，倒在龙椅上。四大贝勒急忙上前扶起，看他背上的伤口鲜血迸流，将外衣浸透，忙将他抬到炕上歇息。努尔哈赤伏在炕上，兀自咬牙切齿道："朕二十万大军，竟然攻不下一座小小的宁远孤城！可恨可恨！"

代善带头劝解道："汗父息怒，身子要紧。"

努尔哈赤疲惫又痛苦地闭上眼睛，一句话也说不出来。一连躺了两个多月，伤口渐渐愈合，想到自己中了袁崇焕的计策，气得金疮开裂，越发愤恨，病情刚刚好转，就下令四大贝勒加紧整修舟车，试演火器，天凉以后，伺机攻打宁远，必报前仇。

转眼到了七月，正值盛夏，天气出奇炎热，努尔哈赤背伤愈合未久，更是耐不得如此高温，勉强熬了几天，沈阳依然笼蒸火烤一般，实在难以忍受，疮口周围竟又红肿起来，只得命二贝勒阿敏护送着，前往清河汤泉避暑疗养。谁知一路颠簸，饱受暑热之苦，到了清河汤泉不到两天，背上的伤口竟有些化脓。八月初一，二贝勒阿敏杀牛烧纸，祈祷神佑，丝毫不见效果。努尔哈赤也觉病势危重，下令乘船顺太子河返回沈阳，命大福晋前来服侍。八月初七，阿巴亥自沈阳匆匆赶到。

夜色如水，星光灿烂。太子河上，灯火点点，一艘大木船在河中缓缓行进，木桨划开河水的声音极其轻柔，船头却戒备森严，站立着许多披甲持刀的侍卫，人人面色凝重。船舱中，努尔哈赤面色苍白，气虚体弱地侧卧在床榻上，闭目养神。大福晋阿巴亥在一旁不停地用凉湿的手巾给他敷着身子，背上的疮口不住地浸出腥臭的脓水，身上灼热滚烫。不到一个月的光景，努尔哈赤已变得消瘦异常，赤裸的后背透出条条肋骨。他虚弱地嘘了一口气，阿巴亥知道他半边身子已麻木了，忙起来扶他翻个身，见他脸上的痛苦之色减轻了不少，才小心地坐下，轻声问道："汗王，可是背上的伤疼得厉害？"

"不疼，我只觉得烫，像有人拿火在烤……"

阿巴亥心头顿觉不祥，想必毒气已渐渐散开了，她背转身去，擦了擦泪水。努尔哈赤声音微弱地问道："到了……什么地方？"

"前面就是瑷鸡堡了，离沈阳四十里。"

"阿敏呢？"

阿巴亥急忙将舱外的阿敏喊来，努尔哈赤不悦地看着他，鼻子哼了一声，责问道："你可给他们几个送信了？他们怎……怎么还不到？是不是朕的话没人听了？"

阿敏跪下道："汗王放心，奴才派人骑快马赶往沈阳，必不会耽搁！汗王再睡一会儿，大贝勒他们即刻就到了。"

"朕……朕是怕见……不到他们了。"努尔哈赤大口喘着气，说话断断续续，动了动手指，说道："你去吧！"

阿巴亥看着阿敏出舱，忍不住抽泣起来，哭道："求汗王撑着点儿，不要胡思乱想，奴婢心里慌得有些六神无主了！"

努尔哈赤强打精神，抓住她的手道："拉朕起来。"

阿巴亥扶他慢慢坐起身来，努尔哈赤道："给朕装上一袋烟。"阿巴亥听他想抽烟，以为病情有了转机，忙将烟袋递上，打火点燃。努尔哈赤吸了一小口，却猛烈地咳嗽起来，突然两眼圆睁，张嘴吐出一口鲜血。阿巴亥吓得呆了，赶忙将他揽在怀里，擦干净嘴角的血迹，忽觉他身上一阵冰凉，冷汗直流，气若游丝。她吓得张口要喊阿敏，可连张了几下，竟喊不出声来。

"不用喊他！"努尔哈赤声音微弱，可依然有着往日的威严。

二人在船舱中静静地坐着，舱外河水哗哗地奔流声清晰可闻，河面上不时有船只穿梭往来，闪烁的灯火透进舱中，稍纵即逝……良久，努尔哈赤的喘息有些均匀了，他凝视着阿巴亥，悲伤道："朕纵横关外数年，没想到临死竟这般寂寞，身边没个儿孙守着！朕叫他们来，他们竟不听了。"

阿巴亥听他说得凄惨，眼里又涌出泪来，抚慰道："他们想必还没接到汗王的旨意。"

"你可知道，朕为什么不再立太子？"

"奴婢不敢乱猜。"阿巴亥听了"太子"二字，登时想起了代善，想到自己一手拉着多尔衮，一手拉着多铎，千辛万苦地回到乌拉老家，在路上多铎发冷发热的，差点儿送了命……她心头一阵酸楚，眼泪大滴滚落。

努尔哈赤吃力地说道："立褚英、代善二人，朕都错了……"

"那四贝勒呢？汗王心里不是一直属意于他？"

"老八倒是极像朕，他的军功、才干，这些阿哥之中，无人能出其右。只是……唉！都是朕害了他！"

"奴婢越发不明白。"

"朕不该给他请汉人师傅，如今他中毒已深，做什么事都愿意用那些汉人，开口闭口也是汉人的做法，朕担心我们女真的祖制要给他毁坏了。不然，他倒是个合适的太子。"他看着阿巴亥，无奈地说道，"以老八的性子，他时刻想着叩关攻明，要进关做天下的共主。朕却怕我们入关以后，后辈子孙给汉人教坏了，忘了祖宗创业艰难，只知文恬武嬉，祖宗之法就这么轻易地丢了。"

"原来汗王竟思虑得如此深远。"阿巴亥见他脸上渐渐生出一片红光，说话的声音也洪亮了起来，心下暗自欢喜。

努尔哈赤拿起烟袋空吸了一口，惬意地闭眼道："你仔细听着，选一个能守祖制的新汗，朕才放心。"忽觉一股辣辣的烟草味直冲喉间、鼻孔，他禁不住又咳嗽起来。

阿巴亥取过烟袋，劝阻道："汗王，先好生歇着，别一下子说这么多的话！"

努尔哈赤摇摇头道："你不要拦着朕，朕这病来势凶猛，怕是熬不过去了。再不说，还要带着这些话进棺材么？"

阿巴亥不敢再拦，只觉他身上又滚烫起来，烤得自己的胸前也是一片汗渍，拿了手巾去擦，却听他说："阿巴亥，朕想从他们几个小阿哥里……挑……挑选一人，把大金国的汗位传给他……"

她顿时停了手，忘了燥热，诧异地几乎叫出声来，颤抖地问道："哪……哪几个小阿哥？"

"多尔衮、多铎，还有……还有费扬古……"

"可是他们三人都还年幼，又没有多少战功……"

"朕要的是守成之主。"

"四大贝勒岂会答应？"阿巴亥顿生怯意。

努尔哈赤喘息道："朕命他们赶来，就是要当面拥立新汗！不然，朕死以后，汗位之争免不了会有一场厮杀，势必给四大贝勒夺了去，朕不愿子孙流血，反目成仇……"

"怎么会？他们可都是至亲的骨肉……"阿巴亥想到骨肉相残，吓得瞠目结舌。

"骨肉相残，更为惨烈骇人。"努尔哈赤重重地出了口气，捏紧她的手说，"你别怕，朕不会教他们这样的……这会儿……我觉得好些了。只要朕死不了，绝不容他们动刀……"

"汗王，你死不了的，奴婢已求过天神……"阿巴亥柔肠痛断。

"朕这样苦撑着，就是要等他们来……你听，可是有马蹄声？"

阿巴亥侧耳静听，果然岸边蹄声杂沓，由远渐近，惊喜道："他们来了！"却觉肩头异常沉重，努尔哈赤已歪倒在她的肩上，大睁着两眼，口中已没有一丝气息……

"汗王——"她惊悸得一声恸哭，撕心裂肺……

"阿玛——"四贝勒皇太极抢身进舱，默默跪倒，泪如泉涌，哭了一会儿，抬头见大福晋阿巴亥怔怔地看着自己，神情有些呆滞，问道："我飞马赶来，还是迟了一步，阿玛临死前可有遗言？"

"汗王已糊涂多日了。"阿巴亥心头扑扑直跳，额头沁出细细的汗珠。

"阿玛果真没吐露什么？"

"没有。"

皇太极眼里射出两道凌厉的光芒，逼视道："若非阿玛有话要说，何必急着召我们赶来？"

阿巴亥置之不理，反问道："大贝勒代善、三贝勒莽古尔泰怎么还没到？"

"我的坐骑最是神骏。"

阿巴亥心底一沉，知道必是送信人做了手脚，登时觉得遍体冰冷。

皇太极追问道："阿玛到底说了什么？"

"他们不来，我不能说！"

"好！你若不说，我也猜得出来，你必是想借在阿玛身边之机，假称遗命，将汗位传给阿济格、多尔衮、多铎三人。我可诬赖了你？"

"你血口喷人，我怎么会敢如此荒唐！"阿巴亥大惊失色。

皇太极冷笑道："自然是依仗只有你一人在阿玛身边服侍，你才敢大胆妄称遗命。"

阿巴亥惊恐万分，颤声道："你……你要怎样？"

皇太极一阵长笑，说道："我听到的遗命可不是这样。"

"你从哪里听来的遗命？"

"阿玛刚刚对我说的。"

"你……你胡说！你来之时，汗王分明已经死……"

"哼！等众位贝勒大臣到齐了，看是谁胡说？他们是信你还是信我？"

阿巴亥大叫道："你竟敢假冒……"舱外冲进两个侍卫，将她紧紧拖住。

阿巴亥挣扎着大骂道："该死的奴才，你们要造反么？"

"住嘴！"侍卫大声喝止。

"我的嘴也要你们这些下贱的奴才来管！"阿巴亥气急。

皇太极森然说道："照理说，我们做晚辈的本不该管，但却不喜欢你四处乱说。你要是管不住自家的舌头，可别怪我心狠手辣！阿济格、多尔衮、多铎三人，小小年纪就因你胡说而死，岂不可惜！"

"我不会乱说的……求你放过他们。"阿巴亥一下子坐倒，惊惶不已。

"我不放心。你自己选吧！是要儿子还是保命？"

"你就不怕舱外的二贝勒揭发你？"

"二贝勒先传信给了我，然后才是大贝勒、三贝勒，其中的缘由你自然明白。"

"你……你就这么狠心？"

"为了大金前途，祖宗基业，我也没别的法子。"

"容我想想。"

"工夫可不多，早拿主意。"

"汗王——"阿巴亥一声长嚎，撕心裂肺，哭倒在努尔哈赤身旁……

半顿饭的工夫，代善、莽古尔泰等人赶到，也都哭拜倒地。过了多时，才想到询问汗王有什么遗命。皇太极看看刚刚返身回来的阿巴亥道："我赶来时，汗父已然到了弥留之际，他见我到了，眼睛发亮，口中嗫嚅着似是要嘱托什么，竟说不出话来，只是抓着我的手不放……"

代善两眼红红地看着阿巴亥道："这四天，额娘一直跟在汗父身边，汗父此前说过什么话？"

不等阿巴亥回答，皇太极接过话茬道："方才我已问过额娘了，汗父只说……只说十分喜爱额娘，离不开额娘，要她陪着去。三个年幼的兄弟，托付我们四大贝勒抚养看管。"他两眼直视着阿巴亥道："额娘，我说得可对？"

阿巴亥看着皇太极那咄咄逼人的目光，神色黯然道："不错！"

代善本有些怀疑，但想到那夜书房的风流，还以为汗父对他与大福晋之事依然怀恨，登时不敢再追问阿巴亥，却对阿敏道："你一直陪伴阿玛，是不是如此情形，你该清楚。"

阿敏摇头道："大汗连日喜怒无常，弥留之际，我在舱外，未闻汗命，不敢擅自进舱。大汗有什么遗命，我并不知道。只听大汗传四贝勒进舱，随即大汗便……便归天了……"

阿巴亥见阿敏暗助皇太极，心知二人联手，绝非仓猝发难，显然早有预谋，自己虽不甘心，但孤儿寡母，实在无力抗衡，想到三个无父无母的孩子，心如刀绞，真如圈中的猪羊，主人要杀，哪里可逃？咬牙道："黄泉路上，汗王还要小福晋德因泽，我的贴身侍女代因扎一起陪他。"

皇太极知道她对这二人恨之入骨，必欲乘机杀之而后快，点头道："汗父的遗命谁敢不从，我第一个放不过他！"

"好！有四贝勒这句话，我就放心了。我自十二岁来到汗王身边，二十六年来，锦衣玉食，享尽了荣华富贵，也不忍心离开汗王，情愿相伴地下。只是我的三个儿子阿济格、多尔衮、多铎，年纪尚幼，还要请四大贝勒多多看顾他们，我也好安心地侍奉汗王。"阿巴亥泪如雨下。

皇太极答应道："我们必不负额娘所托。"

"我要你们对天盟誓。人言虽可忘，上天不可欺！"阿巴亥泪眼婆娑地盯着皇太极。

皇太极扑通跪在努尔哈赤身边，代善、阿敏、莽古尔泰也依次跪下，指天发誓。

"四贝勒，你可要记住今夜的誓言！"阿巴亥两眼痴痴地盯着皇太极，良久，才转身朝努尔哈赤拜了几拜，整整鬓发，走出船舱。

远处依然不断传来急促的马蹄声，也许她的三个儿子正在飞马赶来，可她知道等不到了，也不敢等他们来。也许三个儿子还不知情，他们毕竟没有参与军国大事的资格……阿巴亥闭目流泪，静静地等着两个侍卫将牛皮绳索套入粉嫩的脖颈，慢慢收紧，陡然一阵窒息，霎时两耳嗡鸣，天地昏暗……

天命十一年，即大明天启六年，皇太极继承了后金汗王之位。不久，在沈阳城东二十里的浑河北岸，依着"川萦山拱、佳气郁葱"的天柱山，选定万年吉壤宝地，安葬了努尔哈赤，将孟古、阿巴亥等人与他一起合葬，这就是大清关外三陵中的东陵——福陵。